WENN DIE ALPEN TRAUER TRAGEN

Isabella Archan wurde 1965 in Graz geboren. Nach Abitur und Schauspieldiplom folgten Theaterengagements in Österreich, der Schweiz und in Deutschland. Seit 2002 lebt sie in Köln, wo sie eine zweite Karriere als Autorin begann. Neben dem Schreiben ist Isabella Archan immer wieder in Rollen in TV und Film zu sehen, unter anderem im Kölner »Tatort«, in der »Lindenstraße« und in »Die Füchsin«. Ihre MordsTheater-Lesungen zu ihren Krimis erfreuen sich großer Beliebtheit.
www.isabella-archan.de

Dieses Buch ist ein Roman. Handlungen und Personen sind frei erfunden. Ähnlichkeiten mit lebenden oder toten Personen sind nicht gewollt und rein zufällig. Im Anhang findet sich ein Glossar.

ISABELLA ARCHAN

WENN DIE ALPEN TRAUER TRAGEN

Kriminalroman

emons:

Lust auf mehr? Laden Sie sich die »LChoice«-App runter, scannen Sie den QR-Code und bestellen Sie weitere Bücher direkt in Ihrer Buchhandlung.

Bibliografische Information der Deutschen Nationalbibliothek
Die Deutsche Nationalbibliothek verzeichnet diese Publikation in der Deutschen Nationalbibliografie; detaillierte bibliografische Daten sind im Internet über http://dnb.d-nb.de abrufbar.

© Emons Verlag GmbH
Alle Rechte vorbehalten
Umschlagmotiv: Katya Evdokimova/Arcangel Images
Umschlaggestaltung: Nina Schäfer, nach einem Konzept
von Leonardo Magrelli und Nina Schäfer
Umsetzung: Tobias Doetsch
Gestaltung Innenteil: César Satz & Grafik GmbH, Köln
Lektorat: Hilla Czinczoll
Druck und Bindung: CPI – Clausen & Bosse, Leck
Printed in Germany 2020
ISBN 978-3-7408-0761-0
Originalausgabe

Unser Newsletter informiert Sie
regelmäßig über Neues von emons:
Kostenlos bestellen unter
www.emons-verlag.de

Dieser Roman wurde vermittelt durch die Autoren- und Verlagsagentur Peter Molden, Köln.

*Ich will dir sagen, woran ich glaube.
Ich glaube an das unterschwellig Wahrnehmbare.*

Stephen King

*Ohne Glaube Liebe Hoffnung
gibt es logischerweise kein Leben.
Das resultiert alles voneinander.*

Ödön von Horváth

I.

MarillenknödelFeuer

– Um auf Ihre Eltern zurückzukommen, Frau Schlager.

Dr. Rannacher ist Psychotherapeut in Wien und hat mit seinem weißen Bart und seiner Nickelbrille Ähnlichkeit mit Sigmund Freud. Das hat er nie beabsichtigt, aber er kokettiert schon mal damit. Seine heutige Patientin ist Maria Konstanze Schlager, die extra aus Salzburg zu ihm angereist ist.

– Meine Eltern sind und bleiben tot. Auch mein kleiner Bruder, der Benni. Durch meine Schuld. Es war an einem Sonntag. Mama, Papa, mein kleiner Bruder und ich, wir waren auf unserem Grundstück in Kalsdorf, in der Steiermark. Mit Blockhütte. Eigentlich war es dort immer toll, viel Wiese und dahinter der Wald. Ich wollt Spaghetti am Campinggasherd kochen und hab das Gas aufgedreht. Plötzlich krabbelt eine Spinne über den Boden, eine riesige Spinne, und ich bin davongelaufen. Als die Mama und der Papa mit dem Benni auf dem Arm in die Blockhütte sind, is alles explodiert. Nur ich war nicht drinnen. Ich war bei den Obstbäumen.
– Den Ablauf haben Sie mir bereits öfter geschildert. Ich verstehe, dass Sie sich schuldig fühlen, versuche aber, Ihnen diese Schuld zu nehmen. Es war ein Unfall. Ein schrecklicher, dummer, unfassbarer Unfall. Nicht mehr, leider auch nicht weniger, Frau Schlager.
– Sie können gern Mitzi zu mir sagen. Frau Schlager, das klingt so förmlich. Und alt.
– Wie alt fühlen Sie sich denn, wenn ich Sie mit Frau Schlager anspreche?
– Wie neunundzwanzig. Oder fast dreißig eben.
– Und wenn ich Sie nun Mitzi nenne?
– Wie sieben.

1

Es beginnt mit einem Druck auf der Blase.
Die alte Frau ist tief in ihren Träumen versunken, und nur ein kleiner Teil ihres Bewusstseins registriert das körperliche Bedürfnis.
Nein, nicht jetzt grad Pipi, denkt sie, irgendwo gefangen zwischen Traum und Wirklichkeit.
Sie stellt sich vor, dass sie in ihrem Lieblingscafé auf die Damentoilette geht. Dort im Café ist die Dekoration so hübsch, dass sie meistens stundenlang sitzen bleibt und sich abwechselnd die anderen Gäste und die kleinen gerahmten Bilder an der Wand anschaut. Sie zeigen die Wachaulandschaft und die Donau im Wechsel der Jahreszeiten. Einfach schön.
Ach, jetzt ein Kaffeetscherl, denkt sie weiter oder träumt sie vor sich hin. Dazu ein Marillenknödel. Mit der Gabel in den hellgelben gezuckerten Teil stechen und die Marille freischaufeln. Saftig und süß, gefolgt von dem leicht sauren Obstgeschmack.
Plötzlich kippt der Geruchstraum. Statt voller Blase ist es ein voller Magen. Zu voll. Als würde der Marillenknödel im Inneren wachsen und sich ausdehnen. Er macht nicht halt an den Magenwänden, sondern versucht sie zu sprengen.
Die alte Frau wimmert im Schlaf, ist aber noch nicht fähig, zu erwachen.
Ihr Magen, ihr Bauch, ihr gesamter Leib dehnt sich aus, spannt sich an. Es beginnt richtig wehzutun. Herrgott noch einmal, will sie rufen, laut, damit sie jemand hören kann.
Hilfe muss her. Im Traum platzt sie gleich. Ihre Vorderseite hebt sich, ein Berg wächst unter ihrem Nachthemd. Und es wird heiß. Die Temperatur steigt um sie und in ihr an, erreicht den Grad eines brütenden Sommertages.
Aber es is doch Winter. Kalter, grausamer Jänner mit mehr Schnee als die Jahre zuvor.

Die Jahreszeit interessiert den sich auftürmenden Vulkan, zu dem ihr Leib geworden ist, nicht. Er brodelt, er kocht, gleich wird er Lava spucken. Die Übelkeit wird unerträglich, der Schmerz breitet sich im gesamten Körper aus. Erfasst ihre Arme und Beine. Sie muss sich bewegen.

Die Explosion steht unmittelbar bevor. Mit einem irren Krachen reißt ihr Körper auf, zerreißt der Stoff des Nachthemds, das gute Teil, das jahrelang eines ihrer Lieblingsstücke gewesen ist.

Jesus, Maria und Josef, was is das?

Aus dem neuen Krater ihres Körpers steigt eine Gestalt empor. In Rot und Grellorange und Gelb und Weiß. Ein Ungetüm, das aus Flammen besteht. Feuerteufel, denkt sie wieder. Endlich auch: Aufwachen. Du musst wach werden. Das is zwar ein Traum, aber etwas stimmt nicht. Absolut nicht.

Sie sammelt Kraft, atmet ein und wieder aus. Heißen Atem, der einen säuerlichen Geruch hat.

Endlich schafft sie es, sich aus der Schlafstarre zu befreien. Sie setzt sich ruckartig auf. Ihr Oberkörper schnellt nach oben. In ihrem Rücken knackt es gewaltig. Ihr alter Körper ist ein derartiges Hochfahren nicht mehr gewohnt. Aber darum kann sie sich später kümmern.

Den Tobi wird sie anrufen, dass der für sie einen Termin beim Chiropraktiker ausmacht.

Dieser erste vernünftige und klare Gedanke macht sie ruhiger. Sie öffnet die Augen.

Aufrecht im Bett sitzend sieht sie sich um. Sie meint immer noch zu träumen.

Im Zimmer ist es nicht richtig dunkel. Die Weihnachtsdekoration von den Nachbarn gegenüber wirft ihr Licht durch die Vorhänge. Vor über zwei Wochen haben ihr die Hartlingers versprochen, alles endlich wieder einzumotten bis zum nächsten Lichterfest. Doch immer noch stehen dort drüben der Elch und die Kutsche mit bunten Packerln drauf, die der Weihnachtsmann verteilen soll.

Herrgott noch einmal. Es is eine totale Stromverschwendung. Diese Deppen. Sie wird ihnen morgen noch einmal ordentlich die Leviten lesen, den Hartlingers.

Zuerst muss sie sich um ihr eigenes Malheur, oder was auch immer heut Nacht in ihren vier Wänden geschieht, kümmern.

Das Schlafzimmer hat sich nämlich in eine Nebelwelt verwandelt. Feine Fäden kräuseln sich an der Decke, Wölkchen hängen an den Wänden, und über den Boden zieht sich eine dickere Schicht grauer Masse. Der Nebel strömt unter dem Spalt der Zimmertür durch, am seitlichen Rahmen kommt er ebenso herein.

Ihre Sicht ist eingeschränkt, sie kann den Spiegeltisch an der gegenüberliegenden Seite des Bettes nur durch eine graue Schleierwand erkennen.

Doch richtiger Nebel ist es nicht. Es herrscht keine Feuchtigkeit im Raum. Es ist nicht kühl, sondern warm. Viel zu warm. Der Alptraum mit dem Feuerwesen, wie es sich aus ihrem Inneren herausgesprengt hat, huscht durch ihre Erinnerung.

Der Nebel ist in Wahrheit Rauch.

Das wird der alten Frau in dem Moment klar, als der Husten einsetzt. Er ist mächtig und lang andauernd, es gelingt ihr kaum, zwischen den bellenden Tönen Atem zu holen. Der Husten verdrängt eine Weile alles andere. Tränen rinnen aus ihren Augen, ihre Lunge beginnt zu brennen, Punkte tanzen vor ihren Augen. Ihr Rücken knackt und knirscht bei jedem einzelnen Laut.

Nach einer gefühlten Ewigkeit lässt der Husten nach. Sie wischt sich mit dem Ärmel des Nachthemds die Augen trocken und braucht eine weitere Minute, um zu sich zu finden.

Was zum Teufel is hier los?

Apropos Teufel: Es stinkt. Als ob der Beelzebub mit seinem Huf geschart hätte. Nein, im Ernst. Es riecht wie letzten November, als sie die Pizza im Ofen vergessen und der Tobi ihr zu Feuermeldern geraten hat. Wollte sie im Frühling installieren lassen. Definitiv zu spät.

Feuer! Es brennt.

Ihr Haus, ihr Heim, ihr Dach überm Kopf fackelt gerade ab.

Nein. Sie schüttelt den Kopf. Das kann nicht sein. Jeden Abend dreht sie eine letzte Runde durch ihr kleines Häuschen, das noch mehr Jahrzehnte als sie selbst auf dem Buckel hat. Im Vorzimmer fängt sie an, begibt sich dann in das Wohnzimmer, von dort in die Nähstube und am Ende in die Küche. Besonders in der Küche schaut sie jeden Abend dreimal beim Herd nach, ob sie alle Schalter abgedreht hat. Jedes Mal. Jeden gottverdammten Abend das gleiche Ritual. Seit Jahren.

Ein Kurzschluss wäre eine Erklärung. Im Keller, bei den Sicherungen.

Die alte Frau schwingt die Beine aus dem Bett. Noch immer blitzen ein paar Sterne vor ihren Augen auf. Noch immer ist ihre Kehle gereizt. Der Husten kann jeden Augenblick wiederkommen. Sie knipst die Nachttischlampe an. Der Rauch lässt das sonst so helle Licht trüb erscheinen.

Sie muss handeln, schnell. Die Feuerwehr, die Polizei und den Tobi anrufen. Am Bettpfosten zieht sie sich hoch und kommt zum Stehen. Und stutzt. Die Haut auf ihren Händen sieht so rosig aus. Wie die Haut eines kleinen Schweins, eines Ferkels.

Schweinchenrosa.

Sie dreht sich um. Der Rauch unter der Tür strömt nicht mehr nur, er quillt herein. Ihr Herz beginnt zu rasen. Wahnsinniges Klopfen, das sie noch mehr erschreckt.

Sie macht ein paar Schritte Richtung Tür. Der Boden knarrt. Sie schaut nach unten, ihre Füße sind im Rauch verschwunden. Die Hitze im Zimmer steigt höher. Der Husten setzt wieder ein.

Die alte Frau muss sich krümmen und hustet sich im wahrsten Sinn der Worte die Seele aus dem Leib. Trotzdem gelingt es ihr nach einer Zeit, das Bellen anzuhalten. Sie zwingt sich, still zu sein. Da ist ein Geräusch, ein Lärm, der langsam lauter wird. Er kommt von hinter der Tür. Ein Knistern. Etwas frisst sich draußen durch ihr Haus, stopft sich den Bauch an ihrem Heim voll. Es hört sich an, als würden Zähne mahlen.

Feuer! Es brennt. Eindeutig.

Kein Zögern, sondern Handeln.

Ihr wird klar, dass es nicht klug ist, jetzt die Tür zu öffnen. Also fällt das Telefon im Wohnzimmer weg. Das Handy, das ihr der Tobi geschenkt hat, wäre jetzt ein Sechser im Lotto. Wo hat sie es nur hingetan?

Heureka, sie weiß es wieder. Sie hat gestern vor dem Schlafengehen noch eine Nachricht geschrieben. Mühsam eingetippt mit ihren arthritischen Fingern, mit einem Foto vom Schnee draußen. An den Tobi. All das hat sie geschafft, so wie es der Tobi ihr erklärt hat. Schon hundertmal. Danach hat sie das Ding auf der Fensterbank abgelegt.

Überhaupt ist das Fenster die beste Idee. Nix wie raus. Das Schlafzimmer liegt zwar im ersten Stock, aber besser ein paar gebrochene Knochen, als zu ersticken oder gar zu verbrennen. Warum hat sie nicht gleich daran gedacht?

Dummes Weiberl, du!

Fenster auf und um Hilfe rufen. Frische Luft hereinlassen. Warten auf die Feuerwehr. Die Hartlingers werden wohl hoffentlich wach werden und Alarm schlagen. Oder jemand anders am Mitterweg hier in Krems. Wenn nicht, kann sie immer noch springen, als letzte Option.

Die alte Frau dreht sich. Atmet tief ein. Holt Luft für die nächsten Schritte Richtung Fenster.

Ein Fehler.

Ihre Knie geben nach. Es ist wie ein Zusammenklappen, ein Darniedersinken. Das Denken fällt ihr schwerer. Es fühlt sich an, als würde sie zurück in die Traumwelt gezogen.

Bitt schön nicht. Dort lauert das Feuermonster, das vorhin aus ihrem Bauch gesprungen ist.

Ihre Augenlider schließen sich, sie kann nichts dagegen tun. Es wird dunkel um sie. Die alte Frau stößt einen letzten tiefen Seufzer aus.

Doch statt eines Feuerteufels taucht ein Marillenknödel

vor ihr auf. Schwebt in der rauchigen Luft des Zimmers. Ein Marillenknödel, mit Puderzucker umhüllt. Flaumig und weich ist der Teig. Die Marille innen drin wird saftig und ein wenig sauer schmecken. Das weiß sie. Sie öffnet den Mund. Der Marillenknödel schwebt hinein. Sie beißt zu.
So schmeckt also der Tod.
Das ist das Letzte, was die alte Frau denkt.

2

Toni Krooß musste eine Pause machen.

Eigentlich war es den Feuerwehrleuten nicht erlaubt, sich vom Brandherd zu entfernen, aber Toni hatte das Gefühl umzukippen, wenn er sich nicht eine minimale Auszeit gönnte. Er war hinter der Reihe von drei Feuerwehrwägen, mehreren Polizeieinsatzfahrzeugen und dem Krankenwagen vorbeigeschlichen. Wie ein Dieb, oder schlimmer, wie einer, der den Brand gelegt haben könnte. Denn dieses Feuer sah nach Brandstiftung aus.

Nicht spekulieren. Toni holte tief Luft. Noch stand nichts fest.

Außer dass es einen Toten gegeben hatte. Oder eine Tote. An der verkohlten Leiche in einem der ausgebrannten Räume in dem alten Haus am Mitterweg war unmöglich direkt zu erkennen, ob die Leiche männlich oder weiblich war. Zumindest für ihn.

Inzwischen waren auch zwei dunkelblaue Kombis mit jeweils drei Spurenermittlern an Bord eingetroffen. Sie würden den Fall untersuchen. Er, Toni Krooß, freiwilliger Feuerwehrmann in seinem zweiten Jahr, würde es wohl erst über die Kameraden erfahren, wer dort drinnen ums Leben gekommen war. Oder aus der Zeitung.

Noch nicht einmal zwei Wochen war der Januar alt und schon so ein Unglück. Schlechtes Omen für das neue Jahr.

Es begann leicht zu schneien. Toni nahm seinen Helm und die Sauerstoffmaske ab und streckte die Zunge heraus. Schneeflockenfangen, das war es, was er brauchte. Ein paar Minuten Auszeit, dann würde er kehrtmachen und an seinen ehrenamtlichen Arbeitsplatz zurückkehren, ohne dass die Kameraden etwas bemerkt hätten.

Ehrenamt, das Wort klang falsch in Tonis Ohren. Weil er damit Begeisterung und Freude verband. Doch bereits seit seinem ersten Einsatz wollte er wieder aufhören. Gemeinwohl hin oder her, er hatte sich die Hitze, den beißenden Geruch, die körperliche Anstrengung nie derart intensiv vorgestellt. Als ihn seine Oma zu dieser Tätigkeit gedrängt hatte, war er davon ausgegangen, dass er hauptsächlich Katzen von Bäumen und Lebensmüde von Dächern zu retten hatte. Hin und wieder ein Feuer, leicht in den Griff zu bekommen. Dazu Lob und Anerkennung von den Kremsern, den Kollegen und der Familie.

Er war eines Besseren belehrt worden. Allein in diesem Winter war es bereits der vierte Großbrand. Was zum Teufel trieben die Leute? Hatten alle in der Stadt und im Umland marode Leitungen und alte Öfen? Oder fanden es viele spaßig, ein Lagerfeuer in den eigenen vier Wänden zu machen?

Apropos Feuer: Die Leiche fiel ihm wieder ein. Der Moment, in dem er und die Kameraden die Feuerwand bezwungen hatten und ins Innere vorgedrungen waren. Unten im Parterre war so gut wie alles ausgebrannt. Verkohlte Möbel, geschmolzener Nippes, die Wände voller Ruß. Hier würde in absehbarer Zeit niemand mehr wohnen, das Haus war zu einer Ruine geworden.

Nach der Absicherung waren er und Johannes, der gutmütige und stets gut gelaunte Kumpel, immer noch vorsichtig die Treppe hoch. Die Stufen waren aus Stein, und das Feuer hatte sie mit schwarzen Flecken übersät, sodass sie aussahen wie verfaulte Zähne. Aber sie waren stabil. Johannes und Toni waren in den ersten Stock vorgedrungen.

Oben gab es ein Bad und ein einziges weiteres Zimmer. Johannes hatte die Reste der Tür mit seinem Feuerwehrbeil weggeschlagen und war als Erster hinein. Toni, dicht hinter ihm, hatte eine Sekunde lang gedacht, dass der Klumpen am Boden wie ein großes verbranntes Hähnchen aussah, das jemand am Grill vergessen hatte. Im nächsten Augenblick war ihm klar geworden, dass zwischen Bett und Tür eine stark verkohlte Leiche lag.

Der Körper war in einer eigenartigen Haltung. Der Kopf

zur Seite gedreht. Ein Arm nach vorne gestreckt, der andere nach hinten gebeugt. Wie ein Kleinkind, das in einer schrägen Haltung eingeschlafen war. Hier wäre es allerdings ein Kind, das in der Hölle geschmort hatte. Schaurig.

Tonis Kamerad Johannes hatte die Leiche umrundet und sich im Zimmer nach weiteren Brandherden umgesehen. Doch die Truppe hatte bereits von außen ganze Arbeit geleistet. Auf einen Wink von Johannes hin waren sie beide wieder nach unten und vor den Eingang gegangen. Sobald die Hitze nachließ, würde dieser Tatort, denn das war das abgebrannte Haus nach ihrer Entdeckung geworden, von den Brandermittlern in Augenschein genommen werden. Johannes und Tonis Arbeit war fürs Erste erledigt.

Toni hatte während des Berichts von Johannes beim Hauptmann hauptsächlich genickt. Johannes war im Anschluss zu den Kameraden zurück, und Toni hatte sich schnell und leise hinter die Wagenreihe geschlichen, um sich die kurze Auszeit zu gönnen.

Die frische Januarluft tat ihm gut. Das Tanzen der Schneeflocken ebenso. Der Lärm von der Unglücksstelle klang gedämpft zu ihm herüber, und er schloss die Augen.

»Die alte Dame, die dort lebt. Hat sie es überstanden?«

Die Stimme riss Toni aus seiner Verschnaufpause. Sein Herz machte einen Stolperer, schlug etwas schneller.

»Gott, haben Sie mich erschreckt. Was schleichen S' sich denn so an!« Tonis Ton war harsch. Journalisten waren eine Pestplage.

»Ich bin nicht von der Presse.«

Der Mann schien seine Gedanken erraten zu haben. »Das soll ich dir glauben?« Toni war direkt zum Du übergegangen. Schaulustige waren noch schlimmer. Pest und Cholera.

»Ich bin auch kein Gaffer, wenn Sie das denken.«

Wenn Toni ehrlich war, wirkte der Fremde tatsächlich weder wie das eine noch wie das andere. Auf seinem Kopf saß eine Strickmütze, und sein dunkler Bart war mit Schneeflocken übersät. Er trug einen Parka und hatte beide Hände in den

Taschen vergraben. Keine Anzeichen, dass er ein Handy zücken wollte, eine Kamera oder auch nur einen Notizblock.

Dennoch blieb Toni misstrauisch. »Hier haben Privatpersonen nichts zu suchen. Eigentlich sollte der Bereich längst abgesperrt sein. Also, der Herr, gemma weiter.«

»Hat die alte Dame überlebt?«

Erneut stellte der Mann diese Frage. Toni dachte an die gekrümmte Leiche. Alte Dame. Eine Gänsehaut lief über seinen Rücken. Seine Oma tauchte in seinem Kopf auf. Auch sie eine alte Dame, entsetzlich der Gedanke, dass sie so enden könnte.

Wie bei einem Kartentrick hatte der Mann plötzlich seine Hand aus der Jacke geholt und hielt Toni eine Karte vor die Augen. Es war viel zu dunkel, um sie lesen zu können.

»Sind Sie von der Polizei?« Toni war zur Sicherheit wieder zum Sie gewechselt.

»Kann man nicht sagen. Obwohl ich ermittle.«

»Versteh ich nicht.«

Mit einem Mal fiel Toni die Sprache des Fremden auf. Hochdeutsch. Kein Einheimischer. Seine Skepsis stieg wieder höher.

»Ich darf mit niemandem über das Geschehen reden. Noch is nix geklärt.«

»Hören Sie, Herr …?«

»Krooß. Toni Krooß.« Er hatte sich automatisch vorgestellt, und in der nächsten Sekunde ärgerte sich Toni über seine schnelle Reaktion. Sollte der Mann doch von der Presse sein, konnte die Erwähnung seines Namens ihm Unannehmlichkeiten einbringen.

»Sie heißen wie der Fußballer?«

»Welcher Fußballer?«

»Toni Kroos. Bayern München, Real Madrid. Hat auch für die Nationalelf gespielt. Also, für Deutschland. Ein Fußballstar.«

»Ich kenn den, klar. Aber ich schreib mich mit einem scharfen ß. Und ich mag Fußball nicht so. Sie sind Deutscher?« Ein Tourist, also. Pest und Cholera mit Ebola obendrauf.

»Genau. Ich komme aus Deutschland. Aus Köln. Der Dom, der Rhein, der Karneval.«

»Sie machen hier also Urlaub! Jetzt aber dalli, dalli, gehen S' in Ihr Hotel und schauen S' Nachrichten. Es gibt nix zu sehen oder zu fotografieren. Holen Sie sich Ihre Katastrophenbilder woanders. Aber nicht bei meinem Feuer.« Toni stoppte kurz. Sein Feuer? Das klang merkwürdig.

»Ihr Feuer?« Der Fremde griff Tonis Ansage auf. »Keine Sorge, Toni Krooß mit scharfem ß. Ich bin auch kein Tourist. Auf meiner Karte steht es.«

»Es is arschfinster. Die kann ich nicht lesen.«

»Höchste Zeit, dass ich mich vorstelle: Axel Brecht. ›Brecht – Investigative Nachforschungen‹.«

»Bitte was?«

»Ich bin Privatdetektiv.«

»Na gehen S'. Das is ja interessant.« Tonis Misstrauen wurde von seiner Neugier eingeholt. »Ein Privatdetektiv? Wie der Marlowe? Also, der Philip Marlowe aus den Filmen, falls Ihnen die noch was sagen.«

Mit seiner Oma hatte er im Laufe der Jahre Dutzende alte Hollywoodklassiker geschaut. Darunter einige mit Philip Marlowe, Darsteller Humphrey Bogart war einer von Omas Lieblingen. »Tote schlafen fest« hatten sie sich sogar dreimal im Laufe der Jahre angesehen. Was würde sie dazu sagen, wenn ihr Enkel Toni ihr von dem Zusammentreffen mit einem waschechten Detektiv erzählte? Allerdings war an dem Äußeren von Axel Brecht nichts, was Ähnlichkeit mit Bogart hatte.

»Ach, die alten Schinken. Das war noch großes Kino.« Der Mann kam einen Schritt näher. »Am Ende bin ich sogar deshalb Privatschnüffler geworden, wer weiß. Aber im Ernst. Ich frage noch mal: Hat die alte Dame, die in dem Haus wohnt, überlebt?«

Toni zögerte, überlegte, wie viel Schaden er anrichten konnte. Nicht viel, denn schon jetzt würde die Meldung über das Feuer durch den Nachrichtenticker laufen. Die Zusatzinformation von der Leiche würde nicht lange auf sich warten lassen.

»Es gibt ein Opfer.«
»Wen?«
»Damit bin ich überfragt. Jemanden, der den Brand eben nicht überstanden hat.«
»Liegt ein Verbrechen vor?«
»Das werden unsere Brandermittler feststellen. Ich bin nur Feuerwehrmann.«
»Wo ist das Feuer ausgebrochen?«
»Wenn ich nach meinen ersten Eindrücken geh, würd ich sagen, im Vorzimmer, beim Eingang. Von dort aus hat es sich durch- und hochgefressen. Komisch is nur –« Toni stockte. Erst hatte er überhaupt nichts preisgeben wollen, und nun sprudelte es aus ihm heraus.
»Was ist komisch?«
»Sie müssen es aber für sich behalten.«
Was für ein dummer Spruch. Die beste Art, etwas in die Welt zu posaunen, war dieser Satz.
»Mein Ehrenwort.«
Jetzt musste Toni schmunzeln. »Sagt man das so unter Schnüfflern bei Ihnen in Köln?«
»Ich sage es. Und ich halte mich auch daran. Berufsethos. Wir sind nicht so schlecht wie vielleicht unser Ruf.«
»Schon gut.«
»Was ist Ihnen also merkwürdig vorgekommen?«
»Eigentlich hätten das Haus und die Zimmer gar nicht derart stark ausbrennen dürfen.«
»Weiter?«
»Ich würd auf einen Brandbeschleuniger tippen.«
»Dann wäre es Mord.«
Toni zuckte zusammen. »Geh, was red ich denn da? Sie und Ihre Detektivgeschichten haben mich ganz wirr gemacht. Ich hab keine Ahnung. Ich bin bei der freiwilligen Feuerwehr Krems, und ich mache meine Arbeit, so gut ich eben kann. Aber mit Verbrechen kenn ich mich nicht aus. Außerdem muss ich zurück. Die Kameraden warten.«
Toni Krooß fühlte sich unrund. Er hatte sich von der Truppe

entfernt, er hatte einem Fremden mehr erzählt, als er durfte. Am Ende mochte er der Dumme sein.

»Schon klar. Danke trotzdem, dass Sie mir Auskunft gegeben haben.« Der Privatdetektiv tippte sich mit dem Zeige- und Mittelfinger an die Stirn. »Hut ab vor Ihnen und Ihrer Arbeit.« Er drehte sich um und ging in die entgegengesetzte Richtung. Nach wenigen Metern hatte ihn die Dunkelheit verschluckt.

Toni Krooß blieb noch unschlüssig stehen. Der Schneefall war dichter geworden. Er setzte seinen Helm wieder auf. Höchste Zeit, zurück zum Schauplatz des Feuers zu gehen. Oder zum Tatort.

Der verbrannte Körper war möglicherweise eine alte Dame gewesen. Gruselig. Ein Fall für Philip Marlowe könnte wohl so beginnen.

3

Die Hex stand mitten in der Menge.
Der Geruch ließ ihren Magen knurren. Das Feuer war gelöscht, aber die Luft roch nach Grillparty mit Rippchen und Würstchen. Knusprig. Kross.
Eine Assoziation zum Sommer kam hoch. Fast konnte man sich vorstellen, an der Donau zu sitzen und ein Picknick zu veranstalten. Oder jetzt zu dieser Jahreszeit zumindest in einem begrünten Wintergarten zu frühstücken, mit Blick nach draußen in die verschneite Landschaft. Ein *petit-déjeuner* mit Eiern und gebratenem Speck.
Automatisch leckte sie sich die Lippen. Bis zum Morgen würden noch ein paar Stunden vergehen. Sie würde auf das Frühstücksbuffet warten.
Eine Tafel Schokolade hatte sie im Zimmer. Eigentlich war sie ohnehin eine Süße, eine, die auf Nachspeisen stand. Für einen ordentlichen Kaiserschmarrn oder Palatschinken mit Marillenmarmelade würde sie töten.
Sie musste schlucken.
Getötet schien sie ja zu haben. Denn der Rettungswagen stand immer noch ein gutes Stück hinter der Absperrung und war nicht mit heulenden Sirenen davongefahren.
Es war also amtlich. Sie, die Hex, war eine Mörderin.
Was hieß das für sie? Nichts. Und alles. Eine Veränderung, die am Ende einer langen Reihe von unerfreulichen Ereignissen stand. Sie hatte den Tod in Kauf genommen, mehr noch, sie war davon ausgegangen, dass es keine Überlebenden geben würde.
Gut oder schlecht, sie urteilte nicht. Aber der Gedanke daran begann ihr zu gefallen.
Wenn sie zurück im Hotel Alte Post war, würde sie versuchen, noch eine Mütze Schlaf zu bekommen. Ihre geplante Wanderung morgen zur Wetterkreuzkirche wollte sie trotz

allem durchziehen. Einmal selbst Touristin sein. Außer das Wetter machte ihr einen Strich durch die Rechnung. Der Schneefall war in der letzten halben Stunde dichter geworden. Der Rucksack verursachte Schmerzen am Rücken. Sie konnte spüren, wie die Spiritusflaschen gegen ihre Schulterblätter drückten. Selbst leer waren sie sperrig. Wenigstens würde ihr Koffer bei der Heimreise leichter sein. Entsorgen würde sie die Plastikflaschen erst zu Hause, nach und nach, einzeln, ganz nach Plan.

Apropos Koffer: Höchste Zeit, sich vom Ort des Geschehens zu entfernen. Was wollte sie immer noch hier? Über das Feuer würde sie im Internet nachlesen können, in den Nachrichten, in den Berichten in der Zeitung. Wobei es aufregend war, live dabei zu sein. Das musste sie zugeben.

»Hex«, sagte jemand hinter ihr. »Hex.« Noch einmal, noch lauter.

Sie wirbelte herum und stieß gegen eine Frau in ihrem Alter, die eine pinkfarbene Strickmütze mit einem großen Bommel trug. Was für eine Kopfbedeckung.

»Aufpassen, gell?« Die Stimme klang ungehalten. Der Bommel wackelte.

»Tut mir leid. Ich habe nur gedacht, Sie hätten etwas zu mir gesagt.«

Die Frau legte den Kopf schief, der Bommel neigte sich. »Nein, nicht zu Ihnen. Mein' Mann hab ich angesprochen, gell, Max. Max!«

Der Angesprochene trug ebenfalls eine Mütze, hellblau ohne Schnickschnack. Er nickte, starrte jedoch konzentriert nach vorn.

»Dann entschuldigen Sie.«

»Schon gut. Wir wollen grad wieder gehen. Nicht, Max? Gibt eh nichts zu sehen. Und es is saukalt.« Sie rieb sich die Hände, blieb aber stehen.

»Max«, hatte die Frau gesagt. Nur »Max«. Nicht zu verwechseln mit »Hex«.

Hex.

Böses Schimpfwort. Zugleich der Anfang ihrer Geschichte. Nein, in Wahrheit das Ende einer langen Kette, deren einzelne Glieder sich vervielfältigt hatten, um ihr am Ende die Luft abzuschnüren. Wenn man es näher betrachtete, konnte man ihre Tat auch Notwehr nennen.

Einmal ein »Hex« zu viel, und das Fass war übergelaufen. Besser noch, der letzte Funke hatte das Feuer entfacht. Das klang gut.

Vielleicht war sie ja wirklich eine. Eine böse Hexe, die am dreizehnten Tag des neuen Jahres eine Katastrophe im beschaulichen Krems hergezaubert hatte. Hokuspokus Spiritus.

Jetzt musste sie sogar grinsen.

Das Feuer hatte ihr imponiert, deshalb war sie geblieben. Da war sie nicht die Einzige, wenn sie auf die Menge der Schaulustigen blickte. Das Zischen, das Knistern. Das Tosen. Die Hitze und nach und nach der Geruch. Die Feuerwehr war zu schnell an Ort und Stelle gewesen. Schade.

Doch nun war es an der Zeit. Bevor die Polizei sich an die Gaffer wandte und Personalien aufnahm.

Sie zog an den Riemen des Rucksacks und schob sich in der Menschenmenge eine Reihe hinter das Ehepaar. Links und rechts neben ihr hielten die Leute ihre Handys in die Höhe, knipsten und filmten das Ereignis. Die Menge drängte nach vorn wie bei einem Popkonzert, es war unglaublich.

Sie kam neben einem Mann zum Stehen, der nur einen Morgenmantel anhatte. Sein Zittern ließ darauf schließen, dass er mächtig frieren musste, aber er machte keine Anstalten, vom Schauplatz zurück in sein warmes Zuhause zu wechseln. Seine Füße steckten in Stiefeln, was einen seltsam bizarren Kontrast bildete. Hinter dem Morgenmanteltyp trug ein anderer sogar ein kleines Kind auf seinen Schultern. Wie konnte sich ein Vater nur derart verhalten? Es wäre besser, ihm das Kind wegzunehmen.

Diese Beobachtung ließ ihr erstes Triumphgefühl verschwinden. Die altbekannte Wut kam zurück. Der Groll, der nagte und auch durch das Feuer nicht befriedigt worden war.

Gaffer. Schäbige, gierige Katastrophenjunkies. Jeden Einzelnen sollte sie anrempeln und mit einem bösen Spruch belegen, um der Hex gerecht zu werden.

Nein, nichts dergleichen würde sie tun. Solch eine Aktion würde Aufmerksamkeit erregen. Aufsehen konnte sie überhaupt nicht gebrauchen. Es wurde ohnehin immer riskanter, sich weiter hier aufzuhalten. Zwanzig Minuten Fußweg lagen vor ihr, und es war wirklich arschkalt. Die Frau hatte recht gehabt.

Ihr Magen knurrte wieder. Bratkartoffeln mit Zwiebeln wären auch nicht schlecht.

Töten machte anscheinend hungrig.

»Zurücktreten, bitt schön, treten S' alle jetzt zurück.«

Zwei uniformierte Beamte waren seitlich an die Menschenmenge getreten. Einer hob seine Hände und begann zu winken, um die Leute zu zerstreuen.

»Hörts alle zu. Hier gibt es nichts zu sehen.«

»War noch jemand in dem Haus? Ist einer umgekommen?«, rief der Mann im Morgenmantel laut den Beamten zu. Auf seinen Wangen zeigten sich rote Flecken. In seiner Stimme war die Gier nach einer Sensation zu hören.

»Keine Auskunft. Weitergehen.«

Keiner der Schaulustigen bewegte sich.

»Ich schreib gleich von euch allen die Namen auf, dann kann's gut sein, dass jeder eine Anzeige kriegt.« Der Polizist winkte heftiger.

»Warum denn?« Wieder der Morgenmanteltyp. »Weil wir hier stehen? Das kann uns keiner verbieten. Ich kenne mich aus, ich bin Anwalt.«

Nie und nimmer bist du ein Anwalt, du dummer Idiot, dachte sie. Sie machte einen Schritt auf den Mann zu und zwickte ihn in den Oberarm. »Krepier, du Wappler.«

»Was?« Er griff sich automatisch mit der anderen Hand an die Stelle und sah sie konsterniert an.

»Kalte Nacht, habe ich gesagt«, antwortete sie und zeigte ihm ein breites Grinsen.

»Haben Sie mich grad in den Arm gezwickt?« Er starrte sie an, schien für den Moment vergessen zu haben, dass er eigentlich wegen des Feuers hier war und etwas über eventuelle Tote wissen wollte.

Schnell hob sie beschwichtigend ihre Hände in die Höhe. Die weißen Handschuhe ließen ihre Finger wie Knochen erscheinen. »Entschuldigung. Ich bin ausgerutscht und musste mich festhalten.«

»Aufpassen, Dschopperl, ja?«

Dschopperl?

Der Hass kam so schnell, dass sie sich auf den Typen hätte stürzen wollen. Ihn anspringen, von der Seite. Sich festkrallen an seinen Haaren, ihn in sein Ohr oder seine Wange beißen.

Stattdessen biss sie sich auf die Lippen. Der leichte Schmerz half. Brennender Zorn, der mit jedem Jahr, mit jedem Tag schlimmer wurde. Dafür gab es keine Feuerwehr, ihre innere Glut breitete sich aus.

Sie fuhr sich durch die Haare, um sich zu beruhigen und zugleich die Schneeflocken abzuschütteln. Auf ihren weißen Handschuhen waren schwarze Flecken. Mit einem Blick nach oben merkte sie, dass auch Ascheteilchen herabsegelten.

Vorne, direkt an der Absperrung, ging eine Sirene los. Sie zuckte zusammen. In der Menschenmenge waren vereinzelte Schreie zu hören. Sie stellte sich auf die Zehenspitzen, konnte aber über die vielen Köpfe hinweg nichts Genaues erkennen. Der Morgenmanteltyp hatte das Interesse an ihr verloren und quetschte sich nach vorne durch.

»Zurückbleiben. Herrschaften, es gibt nix zu sehen.« Einer der Polizisten war näher an sie herangekommen.

Keine Sekunde mehr durfte sie warten. Sie musste los. Nicht auf einem Besen reitend, sondern still und leise, einen Fuß vor den anderen setzend.

Sie sah auf ihre Armbanduhr. Gott, was war sie hungrig.

Fünf Stunden später saß sie bei Rührei und Würstchen. Dazu eine Buttersemmel und die zweite Tasse Kaffee. Im Frühstücksraum lief der Fernseher ohne Ton, ORF-Lokalnachrichten. Bilder von dem Feuer in Krems wurden gezeigt. Ein Feuerwehrmann wurde interviewt. Seine Lippen bewegten sich schnell, sie meinte mehrfach, das Wort Tod herauszulesen. »Schrecklich, nicht! Dass so was bei uns passiert, ich glaub's ja nicht.« Der Kellner wechselte die Kaffeekännchen aus.

Sie nickte, guckte betroffen, ohne etwas zu sagen. Zu einer dritten Tasse holte sie sich noch ein Kipferl vom Buffet. Draußen lag Schnee. Ein herrlicher Anblick. Ihre Wut verhielt sich heute still, und die Wanderung zur Wetterkreuzkirche würde traumhaft werden. Beim Gehen konnte sie weiter nachdenken und für die nächste Zeit planen. Es gab einiges zu tun.

Die nächsten Wochen mussten einfach besser werden als die letzten vor ihrer liederlichen und doch so befreienden Tat.

4

Inspektorin Agnes Kirschnagel betrat das Buchcafé im Lippott-Haus mitten in der Fußgängerzone in Kufstein und sah sie sofort. Maria Konstanze Schlager saß an einem der seitlichen Tische neben dem Regal für Kinderbücher und war vollkommen auf ihre Lektüre konzentriert.

Agnes blieb an der Eingangstür stehen und betrachtete die junge Frau, der man ansehen konnte, dass sie tief in die Geschichte, die sie las, eingetaucht war. Versunken oder absorbiert, diese Worte trafen es noch besser.

Mitzi, wie sie gerufen wurde, wirkte auf den ersten Blick so normal wie jeder andere Besucher im Buchcafé an diesem frühen Morgen. Das hellblonde kurze Haar, das hübsche Gesicht und der schlanke Körper machten sie zu einer attraktiven Erscheinung. Wäre Agnes ein Mann oder würde sie sich zu Frauen hingezogen fühlen, wäre sie an Mitzi interessiert gewesen.

Lernte man das Wesen Mitzi allerdings näher kennen, wurde einem schnell klar, dass diese Persönlichkeit alles andere als einfach und im gängigen Sinn »normal« war.

Seit dem Mord an dem deutschen Touristen Karsten Trinkas auf der Brücke über den Inn war nun schon fast ein Dreivierteljahr vergangen, aber immer noch musste Agnes bei Mitzis Anblick an die dramatischen Ereignisse im letzten Sommer denken. Wie war es so weit gekommen? Weil Mitzi in geheimnisvollen und schrägen Geschichten aufging, sich in Filmen und Büchern verlor. Und dabei auch die Realität aus den Augen verlieren konnte.

Nun, hier war der richtige Ort für sie. Inmitten der Bücher im Café im Lippott-Haus konnte sie auf gefährliche Phantasiereisen gehen, ohne sich wirklich zu verletzen oder gar zu sterben. Agnes überlegte, dass es eigentlich das Beste wäre, Mitzi hier festzuhalten, sie einzusperren mit Tonnen von Lesestoff und einer Kaffeemaschine.

Mitzi trug einen gelben Fleecepulli, der sie wie eine Butterblume aussehen ließ. Neben ihr stand ein prall gefüllter Reiserucksack. Agnes fragte sich, wie lange Mitzi bleiben wollte und wo sie sich einquartiert hatte.

Sie sah auf die Wanduhr mit den Tierbildern, die über dem Kinderbuchregal angebracht war. Der große Zeiger stand auf dem Hahn, der kleine auf der Katze. Halb zehn. Eine halbe Stunde, mehr konnte sie ihrer neuen Freundin nicht widmen, der Polizeidienst rief.

Gestern vor genau achtzehn Monaten hatte Agnes ihren Dienst als Inspektorin angetreten. Ihr Kollege Bastian hatte sie daran erinnert und ihr sogar einen kleinen Blumenstrauß gebracht, um diesen Tag des Diensteintritts zu feiern. Nicht ohne Hintergedanken seinerseits, doch Agnes hatte niemals vor, die kurze Affäre zwischen ihnen noch einmal aufzunehmen.

Seit dieser Liebelei fragte er sie regelmäßig nach Dates, manchmal eben auch mit Blümchen in der Hand und einer cleveren Ausrede für seine Anmache.

Am liebsten hätte sie die Dienststelle gewechselt, hätte sich in eines der Polizeipräsidien der österreichischen Hauptstädte versetzen lassen. Kufstein war wunderschön und superlangweilig, beides zur gleichen Zeit. Seit dem Fall, in dem Mitzi eine entscheidende Rolle gespielt hatte, war der dröge Alltag zurückgekehrt, und Agnes war meist damit beschäftigt, Betrunkene abzuführen und Diebstähle aufzuklären. Nun ja, niemand hatte sie zu diesem Beruf gezwungen.

Sie setzte sich in Bewegung. Erst als sie direkt vor Mitzi stand, hob diese ihren Kopf.

»Ja?«

Es war ihr anzusehen, dass sie ganz weit weg gewesen war. Agnes spähte auf den Titel. »Skulduggery Pleasant« – ein Skelett als Detektiv, das Kriminalfälle in einer magischen Welt löste. Das Buch passte zu Mitzi.

»Hey, Mitzi.«

»Agnes.« Jetzt erkannte die junge Frau die Inspektorin,

und ihr Lächeln reichte von einem Ohr zum anderen. »Ich freu mich wie narrisch, dass du spontan gekommen bist.«

Die Umarmung war stürmisch, und Agnes musste sich einfach mitfreuen. Auch das war Mitzi, neben all ihren Verrücktheiten, ein liebevoller und überschwänglicher Mensch.

»Du wirfst mich gleich um, Mitzi.«

»Sorry.« Mitzi löste sich, und die beiden Frauen setzten sich einander gegenüber.

»Ich war von deiner WhatsApp völlig überrascht. Was machst du in Kufstein, Mitzi? Wieder Urlaub? Obwohl das Wetter ja gerade saumäßig schlecht ist.«

Dieser 29. Februar hatte mit Schnee begonnen, der schnell in einen matschigen Regen übergegangen war. Dazu wehte seit Tagen ein böiger, eiskalter Wind.

Ein Schatten huschte über Mitzis hübsches Gesicht. »Ja und nein. Ich fahre in der Gegend herum. Ich bin Richtung Wachau unterwegs. Hab mich aber entschlossen, über Kufstein zu fahren. Ich hab gehofft, dich endlich wiedersehen zu können. Wie super, dass es geklappt hat.«

»Wie? Du bist eben erst hier gelandet?«

»Um halb sechs war ich am Bahnhof in Salzburg und hab gesehen, dass ein Zug um sechs über Rosenheim hierherfährt. In den bin ich eingestiegen. Seit halb acht sitz ich im Buchcafé. Ich war die Erste.«

»So früh?«

»Ich konnt nicht schlafen. Wie öfter.« Mitzi sah auf ihre Finger, und ihre Mundwinkel gingen nach unten.

Eine kurze Pause zwischen ihnen entstand. Ohne Mitzis Schlafstörungen und ihre Vorliebe, schon mal mitten in der Nacht im Freien herumzulaufen, hätten sich die beiden Frauen nie getroffen. Aber auch vieles Schreckliche wäre nicht geschehen. Darüber redeten sie allerdings selten. Zumindest hatte Mitzi Agnes bald nach den Geschehnissen darum gebeten. Agnes hielt sich daran.

»Bist du nicht halb erfroren auf deiner frühen Reise bei der nassen Kälte, Mitzi?«

Nun lächelte Mitzi wieder. »Quatsch. Wofür gibt es Fleecepullis und Schals und Hauberl. Schau, alles in Gelb, die Farbe heitert mich auf. Außerdem is es im Zug sowieso angenehm warm. Man kann ein Schlaferl halten, einen Kaffee trinken, auf die Toilette, sooft man muss.«
»Du könntest einen Bahnwerbefilm machen.«
»Stimmt. Außerdem lese ich beim Fahren immer was Spannendes oder eine Story, die im Sommer spielt. Das macht innerlich warm. Im Gegenzug schau ich mir im Hochsommer Filme an, die in der Kälte oder unter Wasser spielen wie ›Roter Oktober‹ mit Sean Connery, ein klasse Film.«
»Kenne ich leider nicht.«
»Ach, Agnes, du bist ein Filmbanause.«
»In meinem Job sehe ich tagaus, tagein genug Spannendes. Oder Tragisches. Auch Ekelhaftes, glaub mir. Aber jetzt erzähl: Wie geht's dir?«

Als hätte man einen Stöpsel aus einer Flasche gezogen, sprudelte Mitzi los. So verschlossen die junge Frau sonst anderen Menschen gegenüber war, so euphorisch nahm sie das Angebot an, Agnes über ihr Leben zu berichten.

Wobei sich nicht viel geändert hatte. Mitzi lebte nach wie vor mit dem Ungarn Fred Balogh in Salzburg zusammen, der meist auf Vertretertour war und sich zu Hause Sportübertragungen ansah. Mehr eine Nebeneinanderbeziehung, wie Agnes fand. Auch beruflich ließ sich Mitzi immer noch treiben, arbeitete als freie Korrektorin, besuchte an der Uni Vorlesungen und lief gern zu jeder Tages- und Nachtzeit kreuz und quer durch die Stadt.

Über Weihnachten hatte Mitzi ihre Oma im Seniorenheim besucht. Die demenzkranke Frau hatte gute Tage gehabt und ihre Enkelin wiedererkannt, worüber Mitzi unfassbar glücklich gewesen war. Schließlich war Therese Schlager Mitzis letzte lebende Verwandte.

Agnes konnte Mitzis Liebe zur Großmutter vollständig und Mitzis unstete Lebensart zumindest etwas nachvollziehen. Nach der schweren Kindheit, dem Verlust der Eltern und des kleinen Bruders, hatte Mitzi nie wieder richtigen Halt in ihrem Leben gefunden.

»Zum Allerneuesten, Agnes. Stell dir nur vor: Ich geh jetzt seit Anfang dieses Jahres einmal alle vierzehn Tage zur Therapie.«

»Wie bitte?« Das war eine Neuigkeit.

»Zu Dr. Rannacher in Wien. Unser Heinz hat ihn mir empfohlen. Er war auch bei dem.«

Hauptkommissar Heinz Baldur hatte letzten Sommer bei der dramatischen Mörderjagd an ihrer beider Seite gestanden. Oder anders und ehrlicher gesagt, er hatte die Lawine ins Rollen gebracht.

»Du fährst extra von Salzburg nach Wien?«

»Warum nicht? Zugfahren macht mir Freude. Und is umweltfreundlich. So weit is es auch wieder nicht.«

»Bringt es dir etwas?«

»Ja, schon.«

Wieder der Blick nach unten. Agnes konnte sich nie sicher sein, ob Mitzi ihr die Wahrheit erzählte.

»Was bestellen, das Fräulein?« Eine rundliche Kellnerin war neben Agnes aufgetaucht. Agnes orderte einen kleinen Braunen und wandte sich wieder Mitzi zu.

»Was zieht dich in die Wachau?«

In Sekundenschnelle war Mitzi wieder euphorisch. Mit ihr zusammen zu sein glich dem Wetterwechsel auf einer der Bergspitzen rund um Kufstein. Wobei Agnes seit ihrer Kindheit unter Höhenangst litt und ihr bereits dieser Vergleich ein mulmiges Gefühl im Bauch bescherte.

»Ganz was Tolles, Agnes.« Mitzi begann in ihrem Reiserucksack zu wühlen. »Schau.«

Sie hatte eine Klarsichthülle mit einem Zeitschriftenartikel darin herausgezogen. Das Papier war an einer Ecke eingerissen und wirkte zerknittert. Auf einem Hochglanzfoto war eine ältere Dame zu sehen, die in der einen Hand einen Telefonhörer, in der anderen einen Baseballschläger hielt. Dazu grinste sie breit. Auf derselben Seite im unteren Eck war noch eine

Reklame für Waschmittel, was den etwas absonderlichen Eindruck der Darstellung verstärkte.

»Hilda V. (72) aus Melk lehrt Enkeltrickbetrüger das Fürchten«, lautete die Schlagzeile.

Agnes nahm das Papier von Mitzi entgegen. Sie überflog den Artikel unter dem Foto.

Diese Hilda V., von der die Rede war und die auch auf einem zweiten, kleineren Foto strahlte wie eine Lottogewinnerin, hatte anscheinend einem Betrüger das Handwerk gelegt. Ein junger Mann, der nur als K.W. (26) bezeichnet wurde, hatte sich kurz vor Weihnachten bei der alten Dame gemeldet und versucht, sich mit dem sogenannten Enkeltrick Geld zu ergaunern. Dabei gaben sich die Anrufer als Enkel oder Freunde der Enkelkinder von Senioren aus und erfanden eine Notsituation, die es dringend erforderte, eine höhere Summe zu überweisen oder abholen zu lassen. Auch in Kufstein hatte es derartige Tricksereien gegeben, aber Agnes hatte keinen dieser Fälle bearbeitet.

Jedenfalls hatte diese Hilda V. sich bereit erklärt, dem Betrüger das Geld zu übergeben, in der Zeit jedoch die Polizei verständigt, und der junge Mann war verhaftet worden. Wie es schien, galt Hilda V. (72) nun unter den Senioren in Melk als kleine Heldin.

Agnes sah auf das Datum am oberen Seitenrand. »Der Artikel ist von Anfang Januar. Doch etwas länger her.«

»Von der ersten Jahresausgabe, ich weiß. Es war reiner Zufall, dass beim HNO, wo ich vor drei Wochen war, alte Zeitschriften gelegen haben.«

»Und weiter, Mitzi?«

»Ist diese Geschichte nicht toll? Diese Hilda hat mich begeistert.«

»Nicht schlecht, ja. Besser, als sich reinlegen zu lassen, auf jeden Fall.«

»Ich will ihr gratulieren.«

»Du willst was?«

Mitzi nahm Agnes die Klarsichthülle wieder aus der Hand und legte sie neben dem Buch auf dem Kaffeehaustisch ab.

»Ich mach das nicht zum ersten Mal, Agnes, ehrlich gesagt. In der Vorweihnachtszeit hat ein Familienvater auf dem Weihnachtsmarkt in St. Pölten einen Betrunkenen, der randaliert und sogar ein Kind angegriffen hat, niedergerungen. Er wurde als Papa des Monats gefeiert. Ich bin hin und hab ihn beglückwünscht.«

»Wie? Bist du nach St. Pölten gefahren und hast einem völlig Fremden die Hand geschüttelt? Wie hast du den Mann gefunden?«

»Ich hab ihn über Instagram kontaktiert. Das war nicht schwer, weil er sich den Hashtag ›Superpapa‹ zugelegt hat. Darunter hat er Fotos veröffentlicht und Spenden für eine Kinderklinik gesammelt. Fans konnten ihm gratulieren. Es haben ihm wahnsinnig viele Menschen geschrieben. Ich eben auch. Als ich eine Reise nach St. Pölten gemacht hab, hab ich angefragt, ob er Lust hat, mit mir einen Kaffee zu trinken. Hatte er. Es war lustig und aufregend.«

»Ist das dein neues Hobby?«

»Nein, Agnes. Schau mich nicht so an. Ich versuche einfach, die Sache vom letzten Jahr aufzuarbeiten, und das hilft mir dabei. Zumindest hab ich das Gefühl, dass es mir guttut. Dr. Rannacher, mein Therapeut, hat gemeint, wenn ich es nicht übertreibe, wären ein oder zwei Treffen mit Leidensgenossen in Ordnung. Vorläufig.«

»Leidensgenossen?«

»Also Menschen, die auch in ein Verbrechen verwickelt waren. Wie ich.«

So ganz richtig war Mitzis Darstellung nicht, aber Agnes entschloss sich, nicht weiter darauf herumzureiten. »Hast du dich mit dieser Hilda V. auch über Insta verabredet?«

»Nein. Das ging nicht. Außer dem Artikel in der Zeitschrift habe ich nichts von ihr gefunden. Deshalb hab ich in der Redaktion angerufen. Schon allein der Anruf war spannend, kann ich dir sagen.«

Agnes zog die Augenbrauen hoch. »Die haben dir Auskunft gegeben? Das dürfen sie nicht. Stell dir vor, du bist einer, der nichts Gutes im Sinn führt. Ein nächster Verbrecher, der sie bestehlen oder ihr sogar wehtun will.«

»Keine Sorge. Nicht gleich aufregen, Agnes. Es is nichts Illegales passiert. Das Einzige, was die mir erzählt haben, war, in welchem Café in Melk Hilda V. am Samstagnachmittag oft und gern Kaffee trinkt, Kuchen isst und mit anderen Damen ein paar Partien Schnapsen spielt, wie es hier auch beschrieben steht. Es is das Café Mistlbacher. Jetzt versuch ich mein Glück. Is sie da, spreche ich sie an und gratuliere ihr. Is sie nicht da, lauf ich durch Melk und fahr am Abend wieder heim. Beides okay. Du kannst dich entspannen, Frau Inspektorin Kirschnagel.«

»Selbst diese Information hätten sie dir nicht geben dürfen, Mitzi.« Agnes schüttelte den Kopf. »Heutzutage muss man vorsichtig sein, es gibt so viele Irre.«

»Ich sag's auch keinem weiter. Nur du weißt davon.«

»Darum geht es nicht, Mitzi.«

»Du hast ja recht. Aber komm, red du endlich. Was gibt es bei dir Neues, Agnes? Danke noch mal für das tolle Buch über Andreas Hofer, ich hab es in zwei Tagen verschlungen.«

»Hat mir meine Mama zukommen lassen. Ich selbst habe es nicht gelesen. Zu wenig Zeit.«

»Bist du immer noch rauchfrei?«

»Seit dem 1. Januar. Jawohl!«

Darauf war Agnes richtig stolz. Ihr Laster schien sie in den Griff zu bekommen, obwohl die Sehnsucht nach einer Zigarette gerade am Morgen beim ersten Kaffee weiterhin irre groß war.

»Super.« Mitzi klatschte in die Hände. »Was macht dein Hamster Jo? Den würd ich echt gern kennenlernen. Vielleicht nächstes Mal, wenn ich wieder über Nacht in Kufstein bleibe.«

Agnes überlegte kurz, ob sie die rasanten Themenwechsel von Mitzi mitmachen sollte oder ihr noch einmal erklären, dass sie Mitzis neue Idee, fremde Leute aufzusuchen, schlecht und ein wenig dreist fand. Aber Mitzi war keine Stalkerin, die sich festkrallte und die Leute nicht mehr in Ruhe ließ. Mitzi war einfach eine suchende Seele, die mit der Wirklichkeit nicht ganz zurechtkam. Man konnte nur hoffen, dass ihr die Therapie weiterhelfen würde.

Deshalb beantwortete Agnes Mitzis Fragen, erzählte vom Besuch bei ihren Eltern, vom letzten Familienfest und dem neuen Freund ihrer Schwester. Sie berichtete von der langweiligen Polizeiarbeit, und am Ende schwärmte sie von ihrem süßen Jo. Der Hamster war ihr Mitbewohner und ein Garant für gute Laune, wenn sie manches Mal erschöpft vom Dienst nach Hause kam.

Die beiden plauderten länger, als Agnes geplant hatte, und am Ende musste sie rennen, um nicht zu spät ins Polizeirevier zu kommen.

Gern hätte sie noch einmal die Geschichte mit Mitzis neuem Hobby angesprochen, aber dazu blieb keine Zeit. Ihr Dienst rief.

5

Das Café Mistlbacher in Melk war ganz nach Mitzis Geschmack.

Sie liebte es ohnehin, in Kaffeehäusern zu sitzen, bei einem und oft auch einem zweiten Kaffee zu lesen. Oder in die Luft zu gucken, Leute zu beobachten, sich zu ihnen Geschichten auszudenken, das eine oder andere Gespräch von den Nachbartischen zu belauschen. Meistens war sie allein, aber das Stimmengewirr und die wuselnden Kellner gaben ihr nie das Gefühl von Einsamkeit.

Beim Erkunden neuer Orte und Städte war der erste Blick, das erste Gefühl entscheidend. Plus das erste Kaffeehaus, das sie aufsuchte. Die Stadt Melk hatte Mitzi ohne Umschweife nach Verlassen des Bahnhofs in ihr Herz geschlossen.

Ähnlich wie sie in Salzburg stets gern zur beeindruckenden Festung hochsah, erging es ihr bei ihrer Ankunft mit dem Stift Melk, das die Aussicht dominierte. Eine Weile war sie stehen geblieben, mit in den Nacken gelegtem Kopf. Das Wetter war besser als in Kufstein. Es gab zwar auch leichten Schneeregen, aber keinen Wind. Die Temperatur schien höher zu sein und die Luft nicht derart schneidend kalt.

Nach dem Besuch im Café Mistlbacher würde sie hochlaufen und sich das Bauwerk aus der Nähe ansehen. Wenn es nicht schon zu dunkel war. Oder sich ein längeres Gespräch mit der Heldin von Melk, wie die Zeitschrift die alte Dame im Artikel bezeichnet hatte, ergeben würde.

Mitzi merkte, dass sie aufgeregt wurde. Würde ihr das Glück erneut hold sein? Würde Hilda V. (72) in ihrer wöchentlichen Kartenspielrunde sitzen und sich über die Gratulation einer Unbekannten freuen, auch nach den Wochen, die inzwischen verstrichen waren?

Der Familienvater aus St. Pölten fiel ihr ein. Er war von Mitzis Lob und Ansprache begeistert gewesen.

Mitzi hatte Agnes erzählt, dass ihr dieser Besuch gutgetan und ihr Therapeut sie dazu ermutigt hatte. Das entsprach nicht ganz der Wahrheit. Dr. Rannacher hatte ihr zwar geraten, Dinge zu unternehmen, die ihr Freude bereiteten. Sich selbst zu belohnen, um damit in der Gegenwart zu erleben, dass sie wertvoll war und ihre Schuldgefühle keinen Platz mehr hatten. Allerdings hatte die Therapie damals noch gar nicht begonnen, als sie den tapferen Vater in St. Pölten aufgesucht hatte. Insofern war es eine Lüge, die aber durch die spätere Ermutigung von Dr. Rannacher an Wahrheit gewonnen hatte. Es war eine gebastelte Verknüpfung, die Mitzi für sich gelten ließ.

Das Café war richtig gut besucht.

Mitzi bewegte sich durch die einzelnen Geräume, die unterschiedlicher Natur waren. In einem wurde sie an ein Wohnzimmer erinnert, im nächsten an einen Wintergarten, anschließend an ein Bistro, wie es auch in Italien hätte sein können. Jeder Tisch war besetzt, dazwischen wuselten Kellnerinnen und Kellner mit voll beladenen Tabletts. Der Duft von Kuchen und Kaffee hing in der Luft, und der Geräuschpegel war enorm.

Sie sah sich nach einer Runde Damen um, die jeweils zu zweit schnapsten oder überhaupt ein Spiel am Tisch spielten, entdeckte aber keine einzige. Ältere Frauen gab es jede Menge, auch in Dreier- oder Vierergruppen, aber niemand hatte Ähnlichkeit mit den Fotos, die Hilda V. in dem Artikel zeigten. Mitzis erste Euphorie wurde gedämpft.

An einer der hinteren Ecken in einem Raum mit einer Tapete, auf der Lampenschirme abgebildet waren, wurde ein Tisch frei. Mitzi stürzte dorthin und setzte sich. Sie merkte, wie sie schwitzte. Auch nachdem sie sich der Jacke, der Haube und ihres Schals entledigt hatte, war ihr Fleecepulli immer noch zu warm. Darunter hatte sie nur ein ärmelloses weißes Shirt an, das mehr einem Unterhemd glich, deshalb behielt sie das Oberteil trotz der Wärme an.

Sie öffnete ihren Rucksack und zog die Klarsichthülle heraus. Noch einmal studierte sie eingehend die beiden Abbildungen der alten Dame. Auftoupiertes graues Haar, ein breiter

Mund, mit dunkelrotem Lippenstift bemalt, auf der Nase eine Brille, die an einer Kette hing. Kein besonderes Merkmal, das Hilda V. von den vielen anderen Damen unterscheiden könnte, die um Mitzi herum ihren Nachmittagskaffee schlürften.

»Was darf's sein?« Eine Kellnerin in einer weißen Bluse, einem dunkelblauen Trachtenrock und mit einem langen blonden Zopf, der ihr seitlich über die Schulter hing, sprach Mitzi an. Sie wirkte gehetzt.

»Eine Melange, bitte.«

»Was dazu?«

»Ja, gern.«

»Und was?«

»Ich weiß es ehrlich gesagt noch nicht. Was Süßes. Was haben Sie denn so?«

Die Kellnerin seufzte. »Oh Gott, wenn ich Ihnen alles aufzähle, sind wir morgen noch dabei. Gehen S' doch nach vorn zur Kuchentheke und suchen Sie sich was aus. Ich bring es dann. Eben frisch zubereitet sind unsere Engelsküsse. Sehr zu empfehlen.«

»›Engelsküsse‹ klingt nett.«

»Sie schmecken auch.«

»Davon nehm ich einen, unangeschaut.«

»Melange und Engelskuss. Kommt.«

Die Kellnerin drehte sich um, und ihr Zopf flog nach hinten. Auch das gefiel Mitzi. Sie beschloss, den Tag so oder so als wunderbar zu bezeichnen, selbst wenn sie Hilda V. nicht finden sollte. Allein wegen des Treffens mit Agnes und jetzt dem Engelskuss hatten sich die Zugfahrten gelohnt. Heute Nacht würde Mitzi gut schlafen, daran glaubte sie fest. Frei von bösen Träumen. Eingerollt unter der Decke wie ein Igel.

Draußen vor dem Fenster hatte der Schneeregen aufgehört, und die Sonne brach durch. Ein nächstes gutes Omen. Alle guten Dinge laufen in einer Dreierfolge ab, dachte sie. Wie im Märchen. Fehlte nur noch Nummer drei.

»Jessas, Fräulein, sind Sie deswegen hergekommen?«

Mitzi sah hoch. Die Kellnerin war zurück am Tisch. Mit

ausgestrecktem Zeigefinger deutete sie auf den Zeitschriftenartikel und die Fotos.

»Ja, genau wegen der Geschichte bin ich hier. Kennen Sie Frau Hilda V.? Sie soll hier jeden Samstagnachmittag Karten spielen.«

Statt einer Antwort lachte die Kellnerin auf. »Ich glaub es ja nicht, dass immer noch Leut wegen der Sache zu Frau Valbilda wollen. Das ist schon Monate her. In der dritten Adventswoche, letztes Jahr, ist es passiert, die Presse hat es erst im neuen Jahr gebracht.«

»Valbilda? Hilda Valbilda heißt sie?«

»Genau so.«

»Der Name klingt wunderbar.«

»Damals haben ihr einige Gäste gratuliert. Auch von außerhalb sind welche angereist.« Sie beugte sich zu Mitzi hin, stützte die Handfläche auf der Marmorplatte des Kaffeetisches ab und senkte die Stimme. »Sind Sie echt extra deswegen hierher?«

»Bin ich. Hab ich denn Glück?«

»Wie meinen Sie?«

»Mit Hilda Valbilda.«

Der Name war so schön, er zerfloss förmlich auf Mitzis Zunge. Melange, Engelskuss und Hilda Valbilda. Perfekt.

Die Kellnerin gab keine Antwort.

»Keine Sorge. Ich möchte ihr kurz gratulieren. Die Sache mit dem Enkeltrick hat sie einfach toll gemeistert. Vielleicht hält das andere böse Buben davon ab, alten Damen das Geld aus der Tasche zu ziehen.« Mitzi hob beschwichtigend die Hände und redete wie aufgezogen weiter. »Ich hab selbst eine Oma, die leider im Heim lebt. Aber wenn der so was passiert wäre, ich wär ausgeflippt. Enkeltrick und Kaffeefahrten und Versicherungstypen, die einfach unangemeldet vorbeikommen. Auf was man als alter Mensch alles achten muss, finde ich schlimm. Als ich über Hilda Valbilda gelesen hab, hab ich mich richtig gefreut. Ich werde Sie nicht stören, ich will ihr nur die Hand schütteln. Sie gern auf einen Kaffee einladen, wenn sie das will.«

Jetzt erst merkte Mitzi, dass die Kellnerin ihre Stirn runzelte und die Mundwinkel nach unten gezogen hatte. »Es kann sein, dass Frau Valbilda später noch kommt. Sie ist einer unserer Stammgäste, das stimmt schon. Aber Karten gespielt hat sie nie. Zumindest erinnere ich mich nicht.«

»Ach so. Aber auftauchen wird sie noch?«

»Möglich. Sie kommt nicht mehr regelmäßig. Es ist vielleicht nicht so eine gute Idee, sie anzusprechen, wenn ich ehrlich sein darf.«

»Warum denn nicht? Ich will wirklich nur was Nettes sagen.«

Die Stimme der Kellnerin wurde noch leiser, ein verschwörerisches Flüstern. »Ich glaub Ihnen, Fräulein. Trotzdem, lassen Sie es lieber. Ach, es ist ein Jammer.«

»Hallo, Bedienung!« Einer der Gäste rief und winkte.

Die Kellnerin drehte den Kopf, und der Zopf landete auf der Tischplatte. »Bin sofort bei Ihnen.«

Mitzi hätte am liebsten danach gegriffen, um sie an ihrem Tisch zu halten. Der Verlauf des Gesprächs hatte eine eigenartige Wende genommen. »Was is ein Jammer?«

»Die Sache mit Frau Valbildas Schwester Therese.«

Automatisch zuckte Mitzi zusammen. Ihre Oma hieß ebenfalls Therese. Therese Schlager. »Was is mit ihr? Is sie krank?«

»Nein, verstorben. Vor gut einem Monat.«

»Entschuldigung, wir möchten zahlen.« Ein Mann am Nebentisch meldete sich.

»In der nächsten Minute.« Die Kellnerin warf ein unverbindliches Lächeln zu dem Mann und seiner Begleiterin hin, das sofort wieder verschwand. Noch einmal kam sie nahe an Mitzi heran. »Nicht einfach verstorben.« Sie flüsterte. »Ermordet worden ist sie. Das stand alles in der Presse. Überall.«

Mitzi legte automatisch ihre Hand auf den Mund.

Melange, Engelskuss und Mord, so hieß nun die Dreierfolge.

6

Als Mitzi doch Glück hatte, wusste sie nicht mehr, ob sie sich noch freuen konnte und wollte. Aber sie erkannte Hilda V. (72) sofort. Hilda Valbilda, wie ihr die Kellnerin erklärt hatte.

Sie sah zwar schmaler als auf den Fotos aus, aber ihre hochtoupierten grauen Haare und die Brille samt Kette um den Hals glichen den Aufnahmen eins zu eins. Auch ihre Lippen waren heute wie auf dem Bild dunkelrot geschminkt, was in dem künstlichen Licht wie lackiert wirkte.

Sie trug ein grünes Kleid aus einem Wollstoff und eine hellgrüne Strickjacke darüber. An ihrem linken Oberarm war eine schwarze Trauerschleife angebracht. Ihre Finger umklammerten eine große Handtasche, die auf der Vorderseite bestickt war. Ganz wie eine klassische Pensionistin sah sie aus und erinnerte Mitzi stark an ihre Oma. Die war nie ohne Strickjacke, Brille und Handtasche vor die Haustür gegangen.

Die alte Dame sah sich suchend um. Das Café Mistlbacher war immer noch bestens besucht, wie bei Mitzis Eintreffen vor über einer Stunde. Es schien weiterhin keinen unbesetzten Platz mehr zu geben. Außer dem Stuhl neben Mitzi.

Eine Gelegenheit, die Mitzi nach kurzem Zögern doch ergriff. »Frau Valbilda!«, rief sie. »Hallo, Frau Valbilda! Hier wäre noch ein Platzerl frei.«

Hilda Valbilda bewegte sich auf Mitzi zu. Erst als sie sich direkt am Tisch befand, wirkte sie etwas perplex. »Kenne ich Sie?«

»Nein, das tun Sie nicht, Frau Valbilda, aber wenn Sie sich setzen wollen, erkläre ich gleich alles. Bitte schön.«

»Das Lokal war früher nicht so verstopft.« Die alte Dame zog die Augenbrauen zusammen. »Höchstens im Sommer durch die Touristen. Aber die Piefkes kommen jetzt ja in Massen. Ich muss mir ein neues Stammcafé suchen, obwohl die Topfentascherln immer so gut sind. Und erst die Sachertorte, ein Gedicht.«

»Ich hatte einen Engelskuss.«
»Auch g'schmackig. Wer sind Sie eigentlich?«
Noch bevor Mitzi auf die Frage eine Antwort geben konnte, ließ sich Hilda auf den freien Sessel sinken. Sie ächzte dabei wie nach einer schweren körperlichen Anstrengung.

Aus der Nähe konnte Mitzi den Unterschied zu den Pressefotos deutlich erkennen. Keine Spur mehr von der Vitalität, die die alte Frau darauf ausstrahlte. Die Falten zogen ihre Mundwinkel nach unten, und unter ihren Augen waren dunkle Ringe zu sehen. Sie wirkte erschöpft und müde.

Kein Wunder, dachte Mitzi. Wenn sie eine Schwester gehabt hätte, die gestorben wäre, würde es ihr nicht anders ergehen. Ihr kleiner Bruder Benni fiel Mitzi ein, aber sie schob die Erinnerung an ihn weit nach hinten.

»Maria Konstanze Schlager heiße ich.« Sie streckte Hilda Valbilda ihre Hand hin. Mit der anderen hob sie die Klarsichthülle hoch.

»Aha.« Hildas Händedruck war schwach. Mitzi konnte ein Zittern in den arthritischen Fingern spüren.

»Ich bin extra wegen des Artikels gekommen, Frau Valbilda. Auch wenn die Sache schon länger her is, haben mich Ihr Mut und Ihr tapferes Vorgehen sehr beeindruckt.«

»Sie sind von der Presse?«

»Nein, ich bin privat angereist.«

Die alte Dame schüttelte den Kopf, ihre Brille schaukelte auf ihrer Brust. Sie stand mit einem nächsten Ächzen wieder auf und ging in den Durchgangsbereich. Dort drehte sie sich einmal nach links, dann nach rechts. Schließlich kam sie zurück, setzte sich wieder, behielt aber ihre Tasche am Schoß.

Sie zupfte an der schwarzen Armbinde. »So voll, ich muss wohl hier bei Ihnen bleiben.«

Mitzi ignorierte die Bemerkung und startete einen zweiten Versuch. »Die Kellnerin hat mir von Ihrem Verlust erzählt, Frau Valbilda. Mein tiefes Beileid.«

»Sie haben mit der Bedienung über meine Trauer geredet? Um Himmels willen. Die Theres is tot und begraben. Ein

Haufen Asche, den man im Wind verstreuen hätte können. Am Rauch im Feuer erstickt ist sie, und wer weiß schon, ob sie am Ende noch gelitten hat.«

Nach diesen Sätzen schien Hilda Valbilda auf der Stelle noch ein wenig mehr zu altern. Ihre Schultern sackten nach unten, ihre Gesichtsfarbe wurde blasser. Mitzi spürte eine Gänsehaut auf ihrem Rücken, obwohl es ihr in ihrem Fleecepulli weiterhin heiß war.

»Das tut mir so leid, liebe Frau Valbilda. Ich hab nach Ihnen bei der Kellnerin gefragt, weil doch in dem Artikel zu lesen is, Sie würden jeden Samstag im Café Karten spielen.«

Die alte Dame setzte ihre Brille auf. »Das ist erfunden. Ich lebe auch nicht mit zwei Katzen zusammen.«

»Davon steht hier auch nichts.«

»Aber jemand anders hat es irgendwo geschrieben.«

»Ach so.«

»Was wollen Sie, Fräulein? Hat die weiße Frau Sie geschickt? Noch ein paar unheimliche Grüße aus dem Jenseits?«

Der Ton wurde schärfer, und Mitzi schluckte.

»Niemand hat mich geschickt. Und über das Jenseits oder so weiß ich jetzt überhaupt nichts. Ich bin gekommen, um Ihnen zu gratulieren. Es war toll, dass Sie den Betrüger ausgetrickst haben.«

»Davon wird die Theres nicht lebendig.«

»Der Tod Ihrer Schwester is wirklich schrecklich.«

»Kasimir Wollatschek. Das war der Mann. Jetzt sitzt er im Gefängnis. Das geschieht ihm recht.«

Hilda Valbilda spuckte beim Sprechen, und die Tröpfchen landeten auf Mitzis Wange. Sie traute sich nicht, sie abzuwischen.

»War das der Mörder?«

»Nein, der Betrüger, den ich überführt hab. Den Mörder meiner Schwester, den suchen sie noch in ganz Krems. Dass ich das noch erleben hab müssen. Aber von dem Wollatschek könnt ich mir vorstellen, dass der mit der weißen Frau zusammengearbeitet hat. Botschaften aus dem Totenreich. Der Kerl und diese Hex, ich sag's Ihnen.«

Erneut wandte sich die alte Dame um. In Mitzi entstand der Eindruck, dass sie jemanden suchte.

Hilda stellte mit einer unerwarteten Handbewegung ihre Handtasche auf den Tisch, die Zuckerdose kippte um. Mitzi wischte den Zucker mit einer Hand über die Tischplatte und fing ihn mit der anderen auf. Etwas unschlüssig sah sie sich um, ließ den Zucker schließlich in ihre Kaffeetasse rieseln, sie war ohnehin beim letzten Schluck angelangt.

Indessen hatte Hilda in ihrer Handtasche zu kramen begonnen. Sie zog ein Taschentuch heraus und wischte sich den Mund ab. Der dunkelrote Lippenstift wurde verschmiert. »Was für eine Sauerei, was für ein Mensch überhaupt«, murmelte die alte Dame.

Mitzi beugte sich vor. »Was wollten Sie mir sagen?«

»Fräulein, jetzt weiß ich Ihren Namen schon wieder nicht mehr. Mein Hirn is wie ein Spiegelei, das zerläuft. Wer sind Sie? Was wollen Sie? Warum haben Sie sich zu mir gesetzt?«

»Maria Konstanze Schlager.« Mitzi fing vorsichtig von vorne an. »Ich habe über Sie in der Zeitschrift gelesen. Dass Sie den Mut hatten, dem Kerl etwas vorzuspielen, nachdem er Geld von Ihnen erpressen wollte. Das find ich großartig.«

»Ach so. Der Wollatschek war ein dummer Mensch. Dass ich ihn statt zu mir nach Hause zur Geldübergabe in den Park bestellt hab, hat ihn nicht einmal stutzig werden lassen.«

»Was hat er denn für eine Geschichte erzählt?«

»Dass der Tobi einen Autounfall in der Slowakei gehabt hätte und dringend Geld braucht.«

»Tobi?«

Hilda Valbilda wackelte mit dem Kopf. »Na, der Tobias eben. Die Therese war die Einzige von uns vieren, die ein Kind hatte. Also einen Patensohn. Obwohl der Tobi längst erwachsen is.«

»Auch für ihn is es schwer, dass sie gestorben is.«

»Nein, der is ein Strawanzer. Auf den sind wir alle noch

bös. Dem tut das nicht leid. Meine Schwester hat den Buben immer in Schutz genommen. Aber der hat es faustdick hinter den Ohren. Ich habe es herausgefunden. Ich. Verstehen Sie? Zuerst hab ich gedacht, der Wollatschek is von ihm angeheuert worden. Aber jetzt denke ich, es war diese weiße Frau. Ich bin mir fast sicher. Hat die Sie geschickt? Wer sind Sie überhaupt?«

Die Unterhaltung verlief vollkommen anders, als Mitzi es erwartet hatte. Sie fühlte sich mehr und mehr unwohl.

»Maria Konstanze Schlager. Sie können mich auch gern Mitzi nennen. Ich bin aus Salzburg angereist. Also, eigentlich aus Kufstein, dort war ich am Vormittag und hab mich mit Inspektorin Kirschnagel getroffen.«

Die alte Dame starrte Mitzi an, als hätte sie sie eben erst wahrgenommen.

»Polizei?« Ihre Atemzüge beschleunigten sich. »Warum, um Gottes willen, haben Sie die Polizei verständigt? Wollen Sie uns alle ins Unglück stürzen? Ist es nicht genug, dass die arme Therese sterben hat müssen? Vielleicht hat die Hex was damit zu tun, wer weiß das schon? Gehen Sie, bitte, gehen Sie sofort.«

»Ich wollte Sie nicht aufregen, liebe Frau Valbilda.« Mitzi merkte, dass sie selbst langsam die Fassung verlor. »Ich weiß nicht, wovon Sie gerade geredet haben. Ich kenne keine Hex oder weiße Frau, und ich habe auch nicht mit der Polizei über Sie gesprochen. Ehrenwort.«

»Kasimir Wollatschek.«

»Wie bitte?«

»Wenn Sie mehr über die Sache wissen wollen, reden Sie mit Kasimir Wollatschek.«

»Aber das is doch der Mann, den Sie ins Gefängnis gebracht haben.«

»Das schon, aber er weiß Bescheid. Nicht über den Mord, der muss noch aufgeklärt werden. Gehen Sie endlich, sonst schreie ich.«

»Sie werden doch nicht –«

»Ich mache das. Ich zähle von zehn rückwärts, und wenn

Sie dann noch hier sitzen, brüll ich das Café zusammen. Zehn, neun, acht.« Die Brille rutschte Hilda Valbilda von der Nase und schwang mit der Kette auf ihrer Brust wieder hin und her.

Mitzi spürte Panik aufkommen. Sie verstand nichts mehr.

»Ich muss noch zahlen.«

»Das können Sie auch vorn an der Kuchentheke. Sieben, sechs.«

Mitzi schnappte sich ihre Haube, den Schal und die Jacke und klemmte sich die Kleidungsstücke unter die linke Achsel. Mit der rechten Hand packte sie ihren Rucksack. »Frau Valbilda, ich bin wirklich nur wegen des Artikels hier und weil ich Ihnen gratulieren wollt.«

Die Gäste an den anderen Tischen sahen zu ihnen hin.

»Fünf. Vier, drei.«

Als Letztes griff Mitzi mit dem linken Daumen und Zeigefinger nach der Klarsichthülle, dann drückte sie sich an der alten Dame vorbei. »Ich wollt nur –«

»Zwei.«

»Ich bin weg.«

Die Haube fiel zu Boden, dann der Schal. Mitzi bückte sich rasch, kam wieder hoch und schlängelte sich durch den voll besetzten Gastraum. Irgendwer lachte schrill. Die Kellnerin kam aus dem Nebenraum mit einem vollen Tablett.

»So eilig, Fräulein? Wo laufen S' denn hin?«

»Ich zahl draußen«, rief Mitzi ihr zu.

»Aber bitte das Trinkgeld nicht vergessen. Vorne gibt es ein Doserl für die Bedienung.«

»Versprochen.«

Ohne sich noch einmal zu Hilda Valbilda umzudrehen, stolperte Mitzi weiter Richtung Kuchentheke und Kasse.

7

»Du musst sofort ermitteln.«
Kein »Guten Abend«, kein »Servus«, nur diese Aufforderung an erster Stelle.
»Mitzi, hallo.« Es war eines von den vielen Malen, dass Agnes es doch wieder bedauerte, Mitzi ihre private Handynummer gegeben zu haben.
»Agnes, ich weiß, es is spät, und ich hab lang überlegt, ob ich mich melden soll. Ich wollt dich nicht stören.«
Tust du aber, hätte die Inspektorin gern geantwortet, wenn sie zu Wort gekommen wäre.
»Aber es geht vielleicht um Leben und Tod, Agnes. Wenn du dich morgen in der Früh in deinen Wagen setzt, könntest du in zwei Stunden hier in Melk sein. Vielleicht sogar noch schneller, denn ich denke ja immer in Zugzeiten. Mit dem Auto musst du nicht umsteigen.«
Wie so oft plapperte Mitzi. Agnes widerstand dem Drang, aufzulegen. »Du bist immer noch in Melk, Mitzi?«
»Eigentlich hab ich nach Salzburg zurückfahren wollen, aber dann kam der Mord ins Spiel.«
»Bitte? Was?« Agnes stutzte. »Ist dir etwas passiert?«
Bitte, nicht noch einmal. Der nächste unausgesprochene Gedanke.
»Nicht mir.« Mitzi stöhnte kurz auf. »Auch nicht jetzt und hier. In Krems is es geschehen. Die Schwester von der tapferen Enkeltrickbetrügervertreiberin is getötet worden. Im Jänner. Ich kenn keine Details, darum musst du dich kümmern. Es is schrecklich.«
»Ehrlich, Mitzi, ich verstehe nur Bahnhof.« Enkeltrickbetrügervertreiberin, ein tolles Wort für Scrabble, dachte Agnes weiter.
»Lass mich bitte ausreden, Agnes. Damit du die ganze G'schicht erfährst.«

Agnes hielt ihr Lachen zurück: Mitzi und ausreden lassen. Als ob Mitzi sich je davon abhalten ließe, ihre Storys auszubreiten.

Allerdings, wenn sie ehrlich war, hatte sie sich den ganzen Abend über gelangweilt. Im Fernsehen lief nichts Interessantes, und sie hatte sich eben die Zeit vertrieben, indem sie durch alle TV-Programme geswitcht hatte. Einmal durch alle zweihundert und wieder zurück.

Jo, ihr Hamster, drehte seine Runden auf seinem Rad. Sie konnte ihn hören. Er wurde gegen zehn erst richtig wach. Seine Aktivitäten ließen sie an ihr eigenes Berufsleben denken. Im zweiten Jahr als fest angestellte Inspektorin tätig, und der Frust nahm zu. Es war dringend nötig, sich um eine Versetzung zu bemühen.

»… die weiße Frau, so hat Hilda sie genannt. Oder Hex, das hat sie auch gesagt. Das klingt unheimlich.«

Mitzi machte eine Pause. Agnes war zu sehr mit ihren eigenen Gedanken beschäftigt gewesen und hatte nichts vom Beginn der Geschichte mitbekommen. Obwohl es doch um Mord zu gehen schien. Was zu bezweifeln war. Hier schloss sich der Kreis.

»Eine weiße Frau und eine Hex? Hex im Sinne von Hexe oder was? Bist du dir sicher, Mitzi, dass du nicht während eines deiner Filmchen eingeschlafen bist und einen schlechten Traum hattest?«

»Du hast mir nicht zugehört, stimmt's?«

Mitzi klang traurig, und bei Agnes meldete sich auf Anhieb das Mitgefühl. »Du hast mich erwischt, Mitzi. Ich war auf Jo konzentriert.«

»Alles okay mit dem Hamster?«

»Bestens. Er läuft in seinem Rad. Entschuldige bitte und fang noch einmal von vorne an, ja?

»Interessiert es dich?«

»Absolut.«

Mitzi begann ihre Geschichte erneut, nahm sich nur Zeit für kurze Luftschnapper. Am Ende hielt sie erschöpft inne. »Das war's, Agnes. Jetzt bist du dran.«

Nun seufzte Agnes. »Also eine Begegnung mit einer verwirrten alten Frau, Mitzi.«
»Deren Schwester ermordet worden is, Agnes.«
»Vielleicht.«
»Du glaubst das nicht?«
»Mitzi. Ganz ehrlich?«
»Bitte.«
»Ich glaub, dass diese Dame altersbedingt etwas durcheinander war. Oder du bist vielleicht sogar zum Narren gehalten worden. So, wie du den Ablauf erzählst, könnte sich diese Hilda Valbilda einen Scherz erlaubt haben.«
»Warum sollte sie so was machen?«
Agnes sah Mitzi wieder vor sich. In dem gelben Fleecepulli, die kurzen Haare wie bei einem blonden Pumuckl abstehend. Dazu die großen Augen und das naive Geplapper. Das schrille Gelächter, das Mitzi bei ihrer Flucht aus dem Café Mistlbacher gehört haben wollte, mochte von der alten Frau selbst gekommen sein.
»Wenn sie den Trickbetrüger hereingelegt hat, könnte sie auf die Art auch versucht haben, dich vom Tisch wegzujagen. Damit sie ihre Ruhe hat. Vielleicht bist du ihr auf die Nerven gegangen.«
Eine Pause folgte.
»Bist du noch dran, Mitzi?«
»Ihre Verwirrung hat echt gewirkt. Ich hatte Gänsehaut.«
»Was machst du jetzt noch in Melk, Mitzi?«
»Ich bleibe über Nacht in der Stadt und schaue mir morgen das Stift Melk an. Damit hat sich die Reise gelohnt. Ich werde noch mal ins Café Mistlbacher gehen. Sollte Hilda Valbilda dort sitzen, ignoriere ich sie. Das hat sie davon. Vergiss das mit den Ermittlungen, meine Phantasie war einmal mehr viel zu blühend.«
Es war erstaunlich, wie Mitzis Gedankengänge liefen.
Agnes verabschiedete sich. »Schick mir ein Foto vom weltberühmten Kloster.«
»Mach ich, Agnes, und danke, dass ich dich stören durfte.«

»Kein Thema.«

Nach dem Telefonat zappte Agnes weiter durch die Programme und hörte ihren Hamster im Rad laufen. Eine halbe Stunde später nahm sie ihr Laptop zur Hand und gab »Valbilda« und »Krems« und »Mordfall« ein.

Sofort erschienen jede Menge Berichte.

In Krems war in den Morgenstunden des 13. Januar Therese V. (76) bei einem Feuer in ihrem Wohnhaus ums Leben gekommen. Die örtliche Feuerwehr und Polizei sprachen von Brandstiftung mit Todesfolge. Noch war kein Täter gefasst.

Nun war es an Agnes, eine leichte Gänsehaut zu bekommen.

8

Nicht nur bei Agnes stellten sich auf den Armen die feinen Härchen auf. Mitzi hatte ebenfalls im Netz gesucht und war auf den Todesfall von Hilda Valbildas Schwester gestoßen: ein Feuer, eine Brandstiftung, der Fall noch immer nicht gelöst. Dazu noch hatte sie unter den Stichwörtern »weiße Frau« und »Hexe« millionenfach Treffer gefunden. Gruselige Berichte über Gespenstererscheinungen und Hexenzauber. Mitzi wollte keinen einzigen davon lesen.

Sie gestand sich ein, dass sie zu wenige Informationen hatte, um die seltsame Geschichte um Hilda Valbilda einzuordnen. Das Benehmen der alten Dame im Café mochte auf die Trauer zurückzuführen sein, auf die Verwirrung oder vielleicht sogar auf Agnes' letzte Vermutung, dass sie Mitzi auf diese Weise hatte vertreiben wollen.

Wenigstens fühlte sich Mitzi in der entzückenden kleinen Pension geborgen, die sie im Internet noch schnell für ihre Übernachtung in Melk ausfindig gemacht hatte. Das Zimmer war in Rosa ausgestattet, und auf dem Nachttisch lagen original Manner Wachauer Schnitten.

Mitzi aß und blieb bei einer Quizshow im TV hängen. Zum Einschlafen etwas Harmloses. Schließlich nickte sie bei laufendem Fernsehgerät ein und wurde durch die Stimmen der Moderatoren von »Guten Morgen Österreich« geweckt.

Zum Glück begann der neue Tag mit gutem Wetter – Sonnenschein und leichter Wind. Nach einem Frühstück mit Buttersemmerl und Marillenmarmelade und einem perfekten Kaffee mit einem Schlagobershauberl beschloss Mitzi, die Wanderung zum Stift Melk sofort zu unternehmen.

Während der Besichtigung vergaß Mitzi alles, was mit Hilda Valbilda, der Hex oder weißen Frau und dem Tod von Therese Valbilda zusammenhing.

Mit kindlichem Staunen lief sie zwei Stunden lang durch die Bastei. Sie schaffte es, sich einer Gruppe von japanischen Touristen anzuschließen, ohne aufzufallen. Von dem Vortrag auf Englisch bekam sie zwar wenig mit, dafür bestaunte sie umso mehr die prunkvolle Ausstattung der Stiftskirche. Während die Japaner knipsten und filmten, stellte sich Mitzi vor, wie es wäre, in der weltberühmten Bibliothek des barocken Baus zu wohnen und bis zu ihrem Lebensende in den Hunderttausenden von Büchern zu schmökern. Allein schon die Deckengemälde waren es wert, tagelang nur hinaufzusehen und Details zu finden. Im Kaisersaal würde sie zwischendurch Walzer tanzen. Schließlich machte auch sie ein paar Fotos.

Erst auf dem Rückweg fiel ihr auf, dass sie ihren Schal nicht dabeihatte. Im Hotelzimmer war er ebenfalls nicht zu finden. Nach dem Auschecken entschied sie, noch einmal ins Café Mistlbacher zu gehen. Möglicherweise hatte sie ihn am Vortag bei ihrem übereilten Aufbruch vergessen.

Die Kellnerin erkannte Mitzi sofort wieder. »Ah, das Fräulein von gestern. Ich hab Ihren Schal gefunden. Den bring ich gleich. Oder bleiben S' noch auf einen Kaffee?«

Mitzi nickte glücklich. »Danke. Ich bin gestern so schnell davongerannt, dass es ein Wunder is, dass ich nicht mehr verloren hab.«

»Hat Frau Valbilda Sie erschreckt mit ihrer Geschichte vom Tod ihrer Schwester?«

Mit einem Mal war die Gänsehaut auf Mitzis Rücken und Oberarmen zurück. »Schon. Es hat sich furchtbar angehört. Ich hab auch Berichte im Netz darüber gefunden. Ein Feuer, wie schrecklich.«

»Drüben in Krems ist es passiert. Das Haus von Frau Valbildas Schwester ist vollkommen abgebrannt. Brandstiftung, sagt die Polizei.«

»Oh Gott.«

»Schlimm, ich weiß. Seither hab ich Frau Valbilda immer extra viel Schlagobers auf ihre Torte gegeben.«

Mitzi fand die Kellnerin noch sympathischer als gestern. Der lange blonde Zopf war heute nach oben zu einem Kranz gesteckt und ließ sie erwachsener wirken. Mitzi schätzte, dass sie ein paar Jahre jünger als sie selbst war. Ihre Augen hatten ein wässriges Blau, das an einen See im Sommer erinnerte. Sie war einen Kopf kleiner als Mitzi, aber stämmiger gebaut. Ihre weiße Bluse hatte einen winzigen Fleck am oberen Rand. Mitzi überlegte, ob sie es ansprechen sollte, ließ es aber bleiben.

»Ich bleibe und trinke gern noch eine Melange.«
»Wollen Sie was dazu?«
»Was Herzhaftes heut, bitte.«
»Ein spätes Frühstück vielleicht mit allem Drum und Dran? Die Zeit ist zwar schon vorbei, aber ich mache Ihnen noch einen Teller.«

Der Ausflug zum Stift hatte Mitzi wieder hungrig gemacht.
»Gern. Sie sind so nett.«
»Zu netten Gästen immer.«
»Ich bin übrigens die Mitzi.«
»Kathrin.«

Sie schüttelten sich die Hände. Mitzi hatte das Gefühl, spontan eine neue Bekanntschaft gemacht zu haben. Dr. Rannacher würde sie dafür loben. Er hatte ihr zu mehr persönlichen Kontakten mit der Außenwelt geraten. Auch Agnes würde diese Kathrin mögen.

Die Kellnerin verschwand, und Mitzi lief, wie gestern, einmal durch die unterschiedlichen Galerieräume, bevor sie einen Tisch ansteuerte. Hilda Valbilda war nicht anwesend, was nicht weiter verwunderlich war, denn die alte Dame konnte nicht zu jeder Tageszeit im Café sein.

Mitzi zückte ihr Smartphone und sendete ein paar ihrer Bilder an Agnes. Während sie auf eine Reaktion wartete, ließ sie die gestrige Begegnung Revue passieren. Am Ende war sich Mitzi sicher, dass Hilda Valbilda sie nicht auf den Arm hatte nehmen wollen. Dazu hatte die alte Dame zu verloren und ängstlich gewirkt. Sie musste noch einmal mit Agnes darüber sprechen.

Kathrin kam zurück. »So, einmal Frühstück, bitt schön. Und hier Ihr Schal. Nicht wieder vergessen.«

»Danke! Vielen Dank, Kathrin.«

»Sie sehen auf einmal so blass aus, Mitzi. Ist Ihnen nicht gut?«

»Ich musste wieder an das Gespräch mit Hilda Valbilda denken.« Mitzi faltete die Hände. »Die Arme war so aufgeregt. Sie hat immer wieder von einer Hexe geredet. Einer weißen Frau.«

Kathrin beugte sich über den Tisch, näher zu Mitzi hin. »Davon hat Frau Valbilda auch mir und meinen Kolleginnen erzählt. Von Botschaften aus dem Jenseits.«

»Welche Botschaften?« Mitzi hatte zu flüstern begonnen.

»Genaues weiß ich leider nicht.«

»Was is das für eine weiße Frau?«

»Vielleicht eine richtige Hexe.« Kathrin zuckte mit den Schultern.

»Ein böser Geist? Wie die Frau in Schwarz, nur eben weiß?«

Mitzi hatte beide Teile der Verfilmung von »Die Frau in Schwarz« gesehen und sich hinterher noch viel mehr geängstigt als gestern beim Surfen im Internet. Am schlimmsten war es nach dem ersten Teil der »Conjuring«-Reihe gewesen, die Fortsetzungen hatte sie sich deshalb geschenkt.

»Du sollst dir doch nicht so einen Mist reinziehen, Herzilein«, hatte Freddy damals gemeint und sie ausgelacht, als sie bei jedem Geräusch zusammengezuckt war.

»Nein.« Kathrin schüttelte den Kopf. »Kein Geist. So was gibt es doch nicht. Also, ich glaube nicht daran.«

»Haben Sie diese weiße Frau einmal selbst gesehen, Kathrin?«

»Nie. Frau Valbilda hat sie mehrmals erwähnt. Eben nicht nur bei mir, das ganze Personal weiß Bescheid. Es ist manchmal auch etwas nervig, weil man hier ohnehin genug zu tun hat und die Gäste einen oft mit ihren Geschichten aufhalten.«

»So wie ich Sie jetzt, Kathrin.«

»Wenn ich ehrlich bin, ja.«

Mitzi lachte. »Ich lass Sie schon in Ruhe, Kathrin. Vielleicht taucht Frau Valbilda noch auf. Wenn sie besser drauf is, mache ich einen zweiten Anlauf, um ihr zu gratulieren. Allerdings muss ich heute zurück nach Salzburg. Zwei Übernachtungen zu bezahlen wäre mir zu teuer. Ich hole später meinen Rucksack ab, den durfte ich an der Rezeption lassen.«

»Sie wollen echt ein paar Stunden hier herinnen sitzen und warten?« Kathrin verschränkte die Arme. »Wie langweilig, bei dem schönen Wetter draußen. Ich glaube nicht, dass Frau Valbilda kommt. Das macht sie nie zwei Tage hintereinander.«

»Ich hab Zeit, lese in den Zeitschriften.«

»Wissen Sie was, Mitzi, lassen Sie uns Handynummern austauschen. Schauen Sie sich weiter in Melk um. Wenn Hilda Valbilda wider Erwarten eintrudeln sollte, rufe ich Sie an.«

Mitzi fand das Angebot derart freundlich, dass sie beschloss, der Kellnerin ein großes Trinkgeld zu geben, knappe Kasse hin oder her. »Haben Sie was zum Schreiben?«

Kathrin reichte Mitzi einen Stift aus ihrer Schürze, und Mitzi kritzelte ihre Handynummer auf eine der Servietten. »Bitte schön.«

»Geht klar.« Die Kellnerin ihrerseits schrieb eine Nummernfolge auf eine Seite ihres Bestellblocks und riss ihn ab. »Hier die meine. Aber wenn Frau Valbilda sich nicht blicken lässt, melde ich mich auch nicht. Okay?«

»Danke.«

»Nichts zu danken. Lassen Sie sich das Frühstück schmecken, Fräulein Mitzi.«

Mitzi zuckte kurz zusammen. Vor einiger Zeit hatte sie jemand anders Fräulein Mitzi genannt, jemand, der weitaus gefährlicher war als die nette Kellnerin Kathrin.

In dem Moment gab Mitzis Smartphone einen Laut von sich und kündigte eine Nachricht an. Kathrin nickte Mitzi noch einmal zu und ging an den nächsten Tisch, an dem sich Gäste niedergelassen hatten.

Der Text kam von Agnes. »Hübsch. Liebe Grüße. A.« Dazu ein Foto von Agnes' Hamster.

Mitzi lächelte. Eine Freundin in Kufstein und eine neue Bekanntschaft in Melk. Dazu ein spätes Frühstück nach einer wunderbaren Besichtigungstour. Glückliche Momente, ja sogar glückliche Stunden. Darauf wollte sie sich konzentrieren.

Agnes, Kathrin und Mitzi. Das klang nach einem schönen Trio.

Allerdings ließ sie der Gedanke an die weiße Frau, die Hex, auch nicht ganz los.

9

Dichter Nebel kann zu einem ziemlichen Sicherheitsrisiko führen. Oben nichts, unten nichts. Kein Windhauch und scheinbar auch keine Geräusche wie Vogelgezwitscher oder Rascheln. Nur die Stille in dem undurchdringlichen Weiß. Der Schwindel im Kopf setzt ein, weil es dann kaum mehr Orientierungspunkte für Augen und Ohren gibt. Es passieren so eigenartige Dinge, wie sich im Kreis zu bewegen. Die Welt verhüllt sich, und hinter dem Vorhang aus kondensierten Wassertröpfchen kann alles Mögliche lauern. Die Berge, die Wälder, die Wiesen, die Städte und Dörfer bedeckt der Schleier wie mit einem weißen undurchsichtigen Mantel.

Nebel bildet sich, wenn warme, feuchte Luft von Kälte durchströmt wird. Ein natürliches Phänomen, das in der Phantasie der Menschen jedoch die unheimlichsten Geschichten hervorgebracht hat.

Am Abend des 12. März, dreizehn Tage nach dem Zusammentreffen von Mitzi und Hilda Valbilda im Café Mistlbacher, gab es zur selben Zeit an vielen verschiedenen Orten in Österreich dichten Nebel. Drei davon waren Kufstein, Salzburg und Melk.

»Herrje!« Agnes stieß einen Seufzer aus.

Sie stand auf ihrem winzigen Balkon und sah in die Höhe. »Austritt« war eine bessere Bezeichnung, höchstens ein schmaler Stuhl hätte auf der eng begrenzten Fläche Platz gehabt.

Die Nebelschleier in Kufstein waren derart intensiv, dass sie nicht einmal bis zur Burg hochsehen konnte. Von ihrem Ein-Zimmer-Appartement hatte sie sonst einen wunderbaren Blick auf die Stadt und die Alpenkulisse. Heute war alles in der grauen Suppe untergetaucht.

Sie trat von einem Bein auf das andere und hielt mit der rechten Hand eine Decke vor ihrer Brust umklammert. Die klamme Kälte ließ sie leicht zittern. Zwischen dem Zeige- und Mittelfinger ihrer linken Hand schwebte eine Zigarette. Noch unangezündet.

»Herrje«, sagte sie ein zweites Mal laut zu sich selbst und sah sich das Ding an.

Die Lust darauf war riesig, der Wille wurde mit jeder Minute schwächer. Agnes versuchte sich abzulenken, konzentrierte sich auf ihren Hamster Jo, der auf sein Futter wartete und unruhig in seinem Gehege hin und her lief. Vor dem Essen benutzte er nie das Rad, erst hinterher. Agnes wunderte sich immer wieder aufs Neue, dass ihm bei all dem Gerenne darin nicht schlecht wurde.

Sie ließ ihre Gedanken weiterschweifen zu ihrem Kollegen Bastian, der sie auch heute wieder auf ein Bier oder ein Kracherl eingeladen hatte. Hartnäckig um sie bemüht war er, was ihn liebenswert machte. Vielleicht wäre es besser, ihn anzurufen, anstatt das Laster wieder aufzunehmen.

Schließlich dachte Agnes an Mitzi und ihren Besuch. An ihre weiteren Anrufe und Nachfragen. Verwickelte sich Mitzi wieder in eine Geschichte, die sie nichts anging? Sich von einer Story über eine angebliche Hex oder eine sogenannte weiße Frau aufzuregen passte zu ihr. Beide Bezeichnungen gehörten ins Reich der Legenden.

Allerdings hatte Mitzi mit dem Verbrechen recht gehabt.

Wie dachte die örtliche Polizei über den Fall? Brandstiftung, hatte im Internet gestanden. Sollte sie sich in das polizeiinterne Intranet einklinken und sich die tatsächlichen Fakten vornehmen? Oder sich in Krems direkt bei der dortigen Behörde erkundigen?

Beides, entschied Agnes spontan. Heute Abend Intranet, morgen früh ein Anruf. Sie würde sich schlaumachen, ohne Mitzi miteinzubeziehen, damit die nicht auf einen nächsten dummen Gedanken kam. Sie seufzte. Wieder einmal hatte Mitzi es geschafft, Agnes zu beschäftigen.

Die Zigarette zwischen ihren Fingern war feucht geworden, das Papier begann sich zu wölben. Sie machte eine Faust und zerknüllte den Zschigg, wie der Glimmstängel in Tirol genannt wurde. Der Tabak kratzte an ihrer Handinnenfläche. Sie hob die Hand zur Nase und roch daran. Mehr nicht.

Zeit, endlich Jo sein Futter zu geben. Zeit, wieder nach drinnen zu gehen. Immerhin hatte Mitzi in Agnes' Kopf einen Rückfall beim Rauchen verhindert.

»Im Nebel sieht dich keiner sterben.«

Mitzi wiederholte diesen Gedanken laut, und der Schauer, der ihr über den Rücken lief, war eher wohliger Natur.

Zwar hatte der Nebel Salzburg an diesem Abend in seiner Gewalt, aber Mitzi war wieder zu Hause, in ihrer Wohnung, und konnte vom gemütlichen Sofa aus in die undurchdringliche Nebelwelt schauen. Sie stellte sich vor, dass es hinter der Front aus kondensiertem Wasser nichts mehr gab und alle Menschen verschwunden waren. Ausgelöscht. Nur sie, die Mitzi, war zurückgeblieben, um einsam als letztes Individuum auf der Erde zu wandeln.

Die Geräusche aus der Küche passten nicht zu ihrer dystopischen Zukunftsvision.

Freddy war von seiner Vertretertour zurück und bester Laune. Im Februar hatte er es wieder einmal geschafft, zum Mitarbeiter des Monats gekürt zu werden. Seine unermüdlichen Reisen und seine enthusiastische Art, die Nahrungsergänzungsmittel für einen ungarischen Konzern in Österreich zu vertreiben, bescherten ihm regelmäßig diesen Titel. Zwar war der erste Platz im Januar seinem Kollegen aus Linz zugefallen, aber nun hatte sich Freddy die Krone zurückerobert.

»Stört es dich, wenn ich während des Essens Fußball schau?«

Er rief aus der Küche. Neben seinem Vertreterjob gab es für Fred TV-Sport als Entspannung. Mitzi kam an dritter Stelle, was er immer vehement bestritt. Doch ihr machte es nichts aus. Es war gut, dass er oft unterwegs war. Es war in Ordnung, dass er seine Leidenschaft auslebte. So konnte Mitzi eigenbrötlerisch bleiben, ohne ganz auf eine Beziehung zu verzichten.

»Nein, schon gut.« Sie hob ihren Daumen, obwohl Freddy sie nicht sehen konnte. »Wer spielt denn?«

»Bundesliga. Deutschland. Aber das interessiert dich nicht wirklich, oder Mitzi-Herzi?«

Sie kicherte. »Eigentlich gar nicht, das weißt du doch. Aber lass ruhig laufen.« Sie zuckte mit den Schultern. »Danach will ich ›The Fog‹ sehen, ›Nebel des Grauens‹. Den alten Gruselschinken können wir von deinem Abosender streamen.«

Freddy tauchte im Türrahmen zum Wohnzimmer auf. Er trug eine Trainingshose, ein gepunktetes T-Shirt und eine Kochmütze am Kopf.

»Bin dabei. Erst ein gutes Gulasch, dazu hoffentlich ein super Spiel, wenn die Deppen richtig kicken. Dann ein Film mit meinem Mitzi-Herrrzi.« Sein ungarischer Akzent rollte begeistert das R. »Und ein bisserl Sex zwischendrin wär auch toll. *Mit mondasz?* Was meinst?«

»Geht klar. Die Mütze is ja eh schon sexy. Lass sie dabei auf.«

Er lachte und verschwand wieder in der Küche.

Mitzi sah aus dem Fenster. Eigentlich ein gemütlicher Abend. Sie war zu Hause und würde sich nicht im Nebel verirren. Doch war sie nicht dafür gemacht, sich wirklich uneingeschränkt wohlzufühlen. Seit ihrem siebten Lebensjahr schwelte die Glut ihrer Kindheitsschuld tief in ihr. »Mörder-Mitzi«, so hatte man sie hinter vorgehaltener Hand genannt. Die Mitschüler in der Volksschule, auch die Lehrer und später die Nachbarn in Leibnitz bei ihren Großeltern.

Im Nebel sieht dich keiner sterben, dachte sie wieder.

Und: Sex reimt sich auf Hex.

Mit dem Nebel kommen die Nebelhexen.

Sie bevölkern die Felder, die Wälder, die Berge bis zu den Gipfeln. Sie fliegen durch die Straßen, lassen jede Gasse, jedes Haus wie geisterhaft erscheinen und verwehren den wunderbaren Blick auf das Stift. Über der Donau schweben sie und lassen die Flussufer verschwinden, dass man hineinstürzen könnte ins bewegte Nass.

Uralte Weiber sind die Nebelhexen allesamt, verbittert und hässlich geworden in den langen Dekaden, die sie schon auf der Welt sind. Mit Stricklieseln in den groben, faltigen Händen. Sie verknüpfen die weißen Nebelfäden, bis sie immer dicker und dicker werden und am Ende undurchsichtig sind. In der von ihnen erzeugten Nebelwelt herrscht Stille. Nur das Warten auf den Sensenmann zählt, der aber seinerseits die Alten schon vor langer Zeit vergessen hat.

Deshalb sind die Nebelhexen grantige Wesen und nicht gut auf die Menschen zu sprechen. Ihr gestrickter Nebel soll all das Junge und Erblühende verdecken, auf das sie neidisch sind. Ihre besten Tage sind ja längst vorbei, und sie mögen sich nicht mehr an Jugend und Schönheit erfreuen.

So hat sich schon manch ein junges Mädel in den Nebelschwaden verlaufen, die aus den Stricklieseln quellen. Wenn es ängstlich durch die Landschaft irrt, die Hand nicht mehr vor Augen sieht, dann kichern die Nebelhexen leise und machen dem Mädel noch mehr Angst, als es ohnehin schon hat.

»Und deshalb, ihr Mädchen, senkt demütig das Haupt, auf dass ihr die Nebelhexen nicht wütend macht auf euch. Sehen sie nicht mehr eure jungen roten Wangen und eure vor Lebenskraft sprühenden Augen, dann wenden sie sich ab und lassen euch in Frieden heimwärts ziehen.«

Die Sätze wisperte Hilda Valbilda auf ihrem Heimweg in Melk zu sich selbst. Ihre Lippen bewegten sich, und ihr Herz schlug zu schnell. Sie musste langsamer gehen, sonst würde sie zusammenbrechen.

Sie hatte sich spät noch aufgemacht, um frische Luft zu schnappen, und war Richtung Erlöserkirche gelaufen. Nach all dem Kummer in den letzten Wochen hatte sie sich heute zum ersten Mal wieder besser gefühlt. Sie wollte ein Kerzerl anzünden für ihre Schwester. Bei ihrem Aufbruch hatte es sich schon zugezogen, und der Nebel war dichter geworden, schneller, als ihr lieb war. Deshalb war sie auf halber Strecke umgekehrt.

Um sie herum war zwar genug Leben, Autos und Passanten,

sie musste sich keine Sorgen machen. Trotzdem wollte sie in ihre Wohnung, den Schlüssel hinter sich ins Schloss stecken, zweimal umdrehen und sich in den eigenen vier Wänden in Sicherheit wiegen. Eine Kerze konnte sie auch daheim für Therese anzünden. Sie ins Fenster stellen. Morgen einen neuen Versuch wagen.

Flott und dynamisch wie früher war sie schon lange nicht mehr unterwegs, denn sie war bei Gott kein junges Mädel mehr. Oft konnte sie sich nicht einmal mehr vorstellen, wie es gewesen war, jung, kraftvoll, aber auch naiv und unschuldig zu sein.

Aber an das Märchen von den Nebenhexen konnte sie sich erinnern.

Ihre Oma hatte es ihnen erzählt. Den vier Valbilda-Schwestern, die sich alle vom Äußeren her glichen, aber im Charakter so unterschiedlich waren.

Gundula, Vera, Hilda und Therese.

Mein Gott, alles so lang her. Die Zeit raste.

Und jetzt? Gundula im Altersheim in St. Pölten, vor sich hindämmernd. Vera seit Jahrzehnten in Köln, dort im betreuten Wohnen lebend. Beide schon seit Jahren verwitwet. Fast wie ein Fluch, dass keine von ihnen Mutter geworden war und den Eltern Enkerln geschenkt hatte. Hilda und Therese, die jüngeren, waren sowieso ledig geblieben. Auch kein Nachwuchs. Mit ihnen vieren würde diese Linie der Valbildas aussterben.

Die Theres hatte als Einzige zumindest ein Patenkind. Ihren Tobias, den sie liebte wie einen eigenen Sohn. Leider eine Geschichte ohne Happy End. Denn der Tobi war ein rechter Müßiggänger und Strizzi, wie Hilda und Vera meinten. Aber Therese hatte nie etwas auf ihn kommen lassen, hatte ihn immer in Schutz genommen.

Hilda schreckte im Gehen auf. Die Therese, die Kleine, die Süße, die Jüngste, war als Erste von ihnen gestorben. Tot und verbrannt war sie inzwischen. Asche zu Asche, Staub zu Staub. Grausam. Fürchterlich. Hildas Herz wurde schwer.

Vielleicht war Theres zu einer von den Nebelhexen geworden und umhüllte nun mit dem gestrickten weißen Nebel ihre Schwester Hilda. Nicht nur neidisch auf die jungen Mädchen, sondern neidisch auf alles Atmende. Weil sie selbst so schrecklich aus dem Leben gerissen worden war. Brutal durch ein Verbrechen. Brandstiftung. Ein Wort, das Hilda niemals mit einer ihrer Lieben in Verbindung hätte bringen wollen.

»Bist du bös, weil es dich und nicht mich oder die Gundi oder die Vera erwischt hat?«

Was flüsterte Hilda solch eine Frage in den Nebel hinein? Doch nicht die Theres. Wie konnte Hilda nur so etwas denken? Hatte sie doch eine Botschaft vermittelt bekommen, dass es der Schwester drüben auf der anderen Seite gut ging.

An solchen Hokuspokus glaubte sie eigentlich nicht. Trotzdem musste sie immer wieder daran denken.

Hilda blieb stehen und griff sich ans Herz. Auf der anderen Straßenseite erstreckte sich das Landesklinikum Melk. Sollte sie vor Kummer und Not eine Herzattacke erleiden, war sie an der richtigen Stelle. Man konnte sie über die Straße und direkt ins Spital bringen. Doch nach ein paar tiefen Atemzügen entspannte sich ihre Brust, und sie konnte weitergehen.

»Noch ein Stückerl Weg. Dann bist du daheim und in Sicherheit. Bald kannst den Fernseher anmachen und die ›Millionenshow‹ mit dem feschen Armin Assinger anschauen. Nicht aufgeben, Hilda.«

Wieder wisperte sie zu sich selbst. Der Nebel umhüllte die alte Frau wie ein Totenhemd.

10

Keine dreizehn Stunden später, am frühen Morgen des 13. März, war Hilda zwar noch nicht tot, aber ohnmächtig. Ihr Brustkorb hob und senkte sich. Die Augäpfel rollten hinter den geschlossenen Lidern hin und her. Der Mund war leicht geöffnet. Die Wangen wirkten eingefallen, denn obwohl Hildas Vorliebe für Süßes im Alter stark zugenommen hatte, hatte sie in den letzten Wochen einiges an Gewicht verloren.

Die Brillenkette lag um Hildas Hals wie eine Schlange. Die Brille selbst musste unter ihren Rücken gerutscht sein, als sie zusammengesackt war. Die grauen Haare standen merkwürdig ab, einer Punkfrisur gleich. Der rosa Morgenrock war vorne aufgegangen und gab den Blick auf eine lila Pyjamahose mit weißen Tupfen frei.

Alles zu bunt für das Alter, wie die Hex fand. Sie beugte sich über den bewusstlosen Körper.

Vielleicht konnte die Alte nach dem Erwachen noch ein Jahrzehnt leben. Zumindest, wenn jemand schnell die Rettung rief.

Doch dieser Jemand war nicht die Hex.

Dieses Augäpfelrollen faszinierte sie. Die Hex versuchte es ebenfalls und ließ ihren Blick kreisen. Nach einigen Sekunden musste sie blinzeln und spürte, wie ihre Augen feucht wurden.

Wie sollte sie weiter vorgehen?

Sie setzte sich auf das beige Sofa, das in der Mitte des schmalen Wohnzimmers stand und mit weichen Polstern und bestickten Zierkissen überfüllt war. Im Sammeln unnützer Nippessachen waren sich die Schwestern ähnlich gewesen. Allein auf dem Fernsehregal standen mindestens ein Dutzend kleine Figuren. Engel, Hunde und Porzellanblumen wechselten sich ab.

Im Gegensatz zu Therese in Krems lebte Hilda in Melk jedoch in einer kleinen Wohnung auf ziemlich engem Raum.

Kaum ein Meter Abstand zum Fernseher. Mit dem Sofa und einem zweiten Regal an der Wand neben dem Fenster wirkte das Zimmer bereits überladen.

Nun begannen sich neben Hildas Augäpfeln hinter den Lidern auch ihre Lippen zu bewegen. Schlossen und öffneten sich, als wollte sie etwas sagen oder nach jemandem rufen. Nach wenigen Sekunden hörte das eigenartige Schnappen auf. Dafür kam beim Ausatmen ein leiser, singender Ton aus ihrer Brust. Es hörte sich unangenehm an.

Die Hex musste sich entscheiden. In Ruhe und mit Bedacht. Nichts übereilen. War der Entschluss, hierherzukommen, in einem Anfall von neuer Wut und Empörung gereift, die sich entladen mussten, fühlte sie sich jetzt unsicher. Ein nächstes Handeln sollte wohlüberlegt sein.

Sie ließ das Schauspiel, das sie hier inszeniert hatte, Revue passieren. Wenn sie im Nachhinein ehrlich war, hatte es ihr aber fast so viel Freude bereitet, wie das Haus anzuzünden.

»Ja bitte?«
»Frau Valbilda?«
»Ja, die bin ich.«
»Guten Morgen.«
»Sollte ich Sie kennen?«
»Ich bin's, liebe Frau Valbilda.«
»Mein Gott, ja. Entschuldigen Sie, dass ich Sie nicht gleich wiedererkannt hab. Aber die dunkle Haube und der Schal um Hals und Kopf, das hat Sie so anders ausschauen lassen.«
»Draußen ist es ziemlich kalt. Bitte verzeihen Sie mir, dass ich angeklopft habe.«
»Zuerst hab ich gedacht, ich hätte mich verhört. Dann bin ich doch ziemlich erschrocken. Is meine Türglocke kaputt?«
»Ich wollte so früh nicht klingeln. Im Haus wohnen ja noch andere Leute. Ich hoffe, ich habe Sie nicht geweckt.«
»Nein. Aber was um Gottes willen machen Sie hier?«
»Bitte, nicht so laut. Sie wecken die Nachbarn. Darf ich zu Ihnen rein?«

»Warum denn?«
»Ehrlich gesagt, geht es mir nicht gut. Bitte.«
»Warten S'. Ich mach die Sicherheitskette weg. Ach, die hab ich gestern gar nicht vorgemacht. Ich werde immer vergesslicher. Furchtbar. Wie sind Sie denn unten reingekommen?«
»Es war offen.«
»Sakra noch einmal! Seit das Schnappschloss nicht mehr richtig schließt, vergisst immer irgendwer, den Schlüssel umzudrehen. So ein Mist. Da könnt ich mich dauernd drüber ärgern. In der heutigen Zeit kann man nicht mehr die Türen unverschlossen lassen. Früher, im Haus meiner Eltern, da haben wir Mädchen überhaupt keinen Schlüssel gehabt, weil immer alles offen war. Bitte, treten Sie ein.«
»Ich ziehe gleich meine Stiefel aus. Sonst trage ich Dreck in Ihre Wohnung. Die stell ich im Vorzimmer ab und mach die Kette vor. Das Sackerl hier, das ich dabeihabe, nehme ich aber mit. Und die Handschuhe und die Jacke lasse ich an. Mir ist noch ganz klamm.«
»Is denn immer noch so viel Nebel?«
»Ein bisserl noch.«
»Bitte, da links geht's ins Wohnzimmer. Soll ich uns einen Tee kochen? Das wollte ich ohnehin. Jessas, Sie zittern ja.«
»Nein, kein Tee.«
»Jetzt reden Sie endlich. Was is los? Warum sind Sie denn ausgerechnet bei mir aufgetaucht, noch dazu in aller Herrgottsfrüh?«
»Weil ich weiß, wer Ihre Schwester auf dem Gewissen hat. Stellen Sie sich vor.«
»Mein Gott. Was reden Sie denn da?«
»Regen Sie sich nicht gleich so auf, liebe Hilda.«
»Doch, das muss ich. Sie wissen also, wer meine Schwester getötet hat? Mir wird ganz schwindlig.«
»Ich konnte es zuerst auch nicht fassen.«
»Wer is es?«
»Dazu kommen wir noch.«
»Nein, nein. Wir müssen sofort die Polizei verständigen.

Wir rufen sofort an. Oder besser, ich zieh mich an, und wir gehen zusammen hin. Dort machen Sie eine Aussage, das is wichtig. Die Beamten brauchen die Fakten. Die müssen eine Verhaftung vornehmen. Wie heißt der Feuerteufel?«

»Kein Teufel, Hilda, sondern wer anders. Ganz ruhig. Eins nach dem anderen.«

»Meine Nerven, ich kann bei dem Thema nicht ruhig bleiben.«

»Kochen Sie doch lieber Tee, und wir reden.«

»Blödsinn. Wir brechen auf. Sofort.«

»Nein, liebe Hilda.«

»Warum denn nicht? Bitte, warum?«

»Schauen Sie mir direkt in die Augen, Hilda.«

»Was?«

»Ich war es.«

»Bitte? Hören S' auf, das is Blödsinn. Das is nicht wahr. Sie haben doch gesagt, dass Sie bei mir geklingelt haben, weil Sie den Schuldigen gefunden haben.«

»Und jetzt gestehe ich Ihnen, Hilda, dass ich es war. Höchstpersönlich. Glauben Sie mir nicht?«

»Nein. Das is ein schlechter Scherz. Ein sehr schlechter Scherz. Ich weiß nicht, was Ihnen eingefallen is, aber ich rufe gleich trotzdem die Polizei. Die wird Ihnen solche gemeinen Flausen aus dem Kopf treiben. Sich über eine alte Frau lustig zu machen. Sind Sie betrunken oder ein bisserl verrückt? Gehen Sie wieder. Sofort.«

»Nicht aufregen, liebe Hilda. Sie sind schon ganz weiß im Gesicht.«

»Ich rufe die Polizei.«

»Lassen Sie das schön bleiben. Schauen Sie sich lieber an, was in dem verdammten Sackerl ist. Da! Damit könnte ich Ihnen ziemlich wehtun.«

»Oh du lieber Gott.«

»Der liebe Gott hat damit gar nichts zu tun.«

»Tun Sie das weg. Warum machen Sie so was? Warum? Ich hab Ihnen doch nichts getan, gar nichts. Weder ich noch die

Therese. Wir sind auch nicht reich, und ich kann Ihnen nichts geben. Mir wird schlecht.«
»Brauchen Sie einen Arzt? Mir kommt es so vor.«
»Bitte, gehen Sie, bitte. Ich …«

Wie ein gefällter Baum war Hilda Valbilda zu Boden gegangen.
Die Hex rieb sich die immer noch behandschuhten Hände. Was sie getan hätte, wenn die Alte nicht umgekippt wäre, wusste sie nicht. Ihre Aktion war spontan und unüberlegt gewesen, getrieben von ihrer Wut. Eine gefährliche Kombination. Vielleicht hätte sie am Ende das Ding im Sackerl verwenden müssen. Nein, das hätte eine Sauerei gegeben. Viel zu gefährlich angesichts des Todes von Therese und der Spuren, die sie unweigerlich hinterlassen hätte.

Aber ihr verbaler Angriff hatte sich zum Glück unerwartet gut entwickelt. Langsam wurde ihr wärmer. Zeit, eine Entscheidung zu treffen.

In der nächsten Sekunde war von Hilda ein lautes Röcheln zu hören. Die Hex ließ das Sackerl neben sich auf den Boden fallen. Es gab einen dumpfen Laut. Sie nahm eines der Zierkissen zwischen ihre behandschuhten Finger. Sie kniete sich neben die alte Frau.

Doch bevor die Hex das Kissen auf Hildas Mund und Nase drücken konnte, geschah etwas anderes. Hildas Augenlider hoben sich. Der Blick ging an die Zimmerdecke. Sie sah nicht die Hex an, sondern starrte an ihr vorbei zum Luster oben. Einer ihrer Arme ging ebenfalls in die Höhe, und Hilda streckte alle Finger aus. Es schien, als wollte sie nach etwas greifen. Sie atmete einmal rasselnd ein, ohne erneut auszuatmen.

Es war vorbei.

Der Arm fiel zurück auf den Teppich. Die Augen blieben offen. Hilda Valbilda war eines natürlichen Todes gestorben. Die alte Frau auf dem Wohnzimmerteppich neben der Couch wirkte friedlich. Das Zimmer sah nicht wie ein Tatort aus. Ein plötzlicher Herzstillstand am frühen Morgen.

Die Hex legte das Kissen auf das Sofa zurück. Niemand außer ihr kannte die Szene davor.

»Ich geh jetzt, Hilda«, sagte sie laut zu der Toten. »Ich werde keine Spuren hinterlassen. Keiner hat mich gesehen. Toll, dass es noch ein bisserl neblig draußen ist. Aber auch schade, dass du es mir so leicht gemacht hast.«

Trotz der Wärme fühlte sich die Hex mit einem Mal fröstelig. Zu einer Toten zu sprechen war selbst für sie unheimlich.

11

An diesem Vormittag, vier Stunden bevor die tote Hilda vom Briefträger gefunden wurde, rief Agnes bei der Kremser Polizei an.

»Polizeiinspektion Krems an der Donau, Hauptmann Hammerl, grüß Gott.« Eine forsche, tiefe Stimme. »Was liegt an?«

»Hallo, hier spricht Inspektorin Agnes Kirschnagel aus Kufstein.«

»Ah, eine Tiroler Kollegin. Wie schaut es dort aus in den Alpen?«

»Danke, gut.« Agnes wusste nicht genau, wie sie auf diese Frage reagieren sollte. »Schnee bis weit von den Gipfeln herunter. Haben wir öfter im März.«

»Stimmt, da kann es schon noch ziemlich schneien. Bei uns auch. Erst vorgestern hatten wir einen Graupel, ich kann Ihnen sagen, währenddessen siehst du die Hand vorm Gesicht nicht.« Ein bellendes Lachen ertönte, das in ein Husten überging. »Der höchste Berg bei uns in der Wachau is allerdings gerade einmal neunhundertsechzig Meter hoch. Sie werden sich darüber lustig machen als Tirolerin.«

»Nein, nein, das ist eine gute Höhe. Würde mir reichen.«

Agnes dachte an das mulmige Gefühl, das sie bei Höhe hatte. Ihre Eltern waren mit ihr und ihrer Schwester Katja hauptsächlich durch Museen und bei schönem Wetter über Flohmärkte gewandert, deshalb hatte diese Angst in ihrem Leben nie eine große Rolle gespielt. Wenn es allerdings nun beruflich Polizeieinsätze in den Bergen gab, musste ihr Kollege Bastian Klawinder oder ihr Boss, Revierinspektor Sepp Renner, übernehmen. Ihr wurde schon auf dem Weg zur Burg hinauf leicht übel.

»Worum geht's denn, Inspektorin Kirschnagel?«

In medias res vorzustoßen war der beste Weg, fand Agnes.

»Ich wurde zu Ihnen durchgestellt, weil es um den Hausbrand

mit Todesfolge in Krems im Jänner geht. Eine ältere Frau ist ums Leben gekommen.«

Eine kurze Pause am anderen Ende der Leitung trat ein.

»Hallo? Sind Sie noch dran, Herr Hauptmann?«

Wieder das bellende Lachen. »Frau, bitt schön! Ich bin Hauptmann Petra Hammerl.«

»Entschuldigen Sie.« Agnes merkte, wie ihre Wangen warm wurden. Ein Vorteil, dass die Gesprächspartnerin sie nicht sehen konnte.

»Passiert nicht das erste Mal. Aber stört mich nicht, weil ich mich mit meinem Organ bei den männlichen Kollegen immer durchsetze.«

»Das glaube ich.«

»So, jetzt zurück zu Ihnen. Ich weiß ganz genau Bescheid, Inspektorin Kirschnagel. Therese Valbilda. So eine Tragödie passiert nicht oft hier in Krems.«

»Tragödie, sagen Sie? Kein Verbrechen?«

»Doch, doch. Tragödie und Verbrechen. Es war Brandstiftung. Obwohl einiges durch das Löschwasser ausgespült wurde, hat der Brandermittler eindeutig Spuren von Brandbeschleuniger festgestellt. Einfacher Spiritus. Ausgegossen vom Eingang bis zum Wohnzimmer, auch auf den Treppen nach oben, bis zur Schlafzimmertür. Viel Holz war im Haus verbaut, das brennt vorzüglich.«

»Der Täter?«

»Unbekannt. Immer noch.«

Ein ungelöster Mordfall interessierte Agnes sofort. »Die Ermittlungen laufen weiter?«

»Selbstverständlich. Mord bleibt immer im Fokus. Eine Soko is gleich danach ins Leben gerufen worden. Soko Mitterweg. Dort is das Verbrechen geschehen, deshalb der Name. Beamte aus der Kriminalabteilung Niederösterreich unterstützen uns laufend, zusammen mit dem Brandspezialisten. Ich koordiniere alles, bin sozusagen das leitende Teammitglied. Egal wie lang es dauert, wir kriegen den oder die Täter.«

»Davon bin ich überzeugt.«

»Eine solche Schand, so einen hinterhältigen Anschlag zu begehen. Die alte Frau hat keine Chance gehabt.«
»Verdächtige?«
»Wir hatten einen. Einen Privatdetektiv aus Deutschland. Aus Köln. Der is hier herumgeschlichen und hat alle möglichen Fragen gestellt. Einer der Feuerwehrmänner hat ihn wiedererkannt.«
»Jemand aus dem Ausland? Wieso?«
»Das haben wir uns auch gefragt. Noch dazu hat er uns seine Auftraggeber nicht genannt. Zuerst hatte er kein Alibi.«
»Nein, ich meinte, warum sollte ein Privatdetektiv ein Haus mit einer alten Frau anzünden?«
»Er war es nicht. Der Nachtportier des Hotels, in dem er gewohnt hat, hat ihn entlastet. Die beiden haben sich zur Tatzeit unterhalten und gemeinsam vor dem Eingang eine geraucht. Erst als der Detektiv die Eilmeldung auf seinem Handy gelesen hat, is er davongestürzt.«
»Wie heißt der Mann?«
»Axel Brecht.«

Agnes griff zu einem Kugelschreiber und einem Blatt Papier. Sie begann sich Notizen zu machen. Es war ein Glücksfall, dass sie bei ihrem Anruf direkt an die richtige Kollegin geraten war. Sie hätte Hauptmann Petra Hammerl mit der mächtigen Stimme gern kennengelernt.

»War er der einzige Verdächtige?«
»Es gab noch einen weiteren, wesentlich interessanteren. Den Patensohn der Verstorbenen. Er hat uns zuerst eine Nachricht gezeigt, die ihm das Opfer noch am Abend vor dem Feuer gesendet hat, um zu beweisen, dass er nicht am Tatort hätte sein können. Das war uns zu wenig. Schließlich hat er angegeben, dass er im Bogerl, einer Weinbar in Weißenkirchen, einen ziemlichen Absturz erlebt hat. Der Wirt dort hat ihn gesehen. Nicht die ganze Zeit, aber wohl ein paarmal, wenn er sich an der Bar was zu trinken geholt an. Noch dazu hat er mit einer Touristin aus Wien heftig geflirtet, die es am Tag danach bei uns auf dem Revier bestätigt hat. Das war's. Leider.

Sonst tappen wir im Dunkeln. Niemand in der näheren und weiteren Umgebung hat sich in den Tagen davor mit Spiritus eingedeckt. Die alte Dame hatte keine Feinde. Die Nachbarn haben nichts beobachtet, auch nicht vor dieser Nacht. Es is bis jetzt mein schwierigster Fall.«

»Tut mir leid. Ein paar Wochen vor dem Feuer wurde die Schwester der Verstorbenen Opfer einer Betrugsmasche. In Melk.«

»Ach, Sie sind erstaunlich gut vorinformiert, Inspektorin Kirschnagel.«

»Ich erklär's gleich. Bitte erzählen Sie erst.«

»Auch diese Ermittlungen habe ich einfließen lassen, es hat uns aber nicht weitergebracht.«

»Keine weiteren Spuren?«

»Nichts Relevantes. Keiner, mit dem die alte Dame Streit hatte. Außer in der letzten Zeit mal mit ihrem Patensohn, der, wie gesagt, als Verdächtiger weggefallen is. In der Bevölkerung hat noch Wochen danach Aufregung geherrscht, es gingen jede Menge Hinweise ein. Leider nichts, was uns weitergebracht hätte. Selbst jetzt reden mich die Leut darauf an und fragen, manchmal auch Journalisten. Und dieser Brecht is wieder in der Wachau.«

»Wie?«

»Der Detektiv. Ich weiß das von ebendem Nachtportier, der ihm das Alibi gegeben hat. Der hat uns verständigt, als sich der Mann in demselben Hotel hier in Krems wieder einquartiert hat. Vorgestern is er allerdings nach Melk weitergefahren.«

»Das hat Ihnen auch der Nachtportier erzählt?«

»Nein. Axel Brecht schließlich persönlich. Er is aufs Revier gekommen und hat seine Pläne offengelegt. Bevor wir es von jemand anderem erfahren, hat er gemeint. Seine Auftraggeber hat er wieder nicht genannt. Ich hätte ihn gern in Beugehaft genommen, aber dafür hab ich kein grünes Licht bekommen.«

»Am 29. ist er von Krems nach Melk?«

»Genau.«

Mitzi war am letzten Februartag dort mit Hilda Valbilda

zusammengetroffen. Agnes notierte und begann Kreise um die Namen zu formen, die sie dann miteinander verband. War Mitzi in etwas hineingeschlittert? Oder ging jetzt Agnes' eigene Phantasie mit ihr durch? Höchstwahrscheinlich ein Zufall, dass Mitzi mit dem Zeitungsartikel und der Detektiv aus dem Nachbarland am selben Tag in dieser Stadt gewesen waren.

»Aus Köln ist der also. Hatte die Verstorbene Verwandte oder Freunde in dieser Stadt?«

»Eine Schwester. Könnte gut sein, dass der Auftrag von ihr kommt. Wir hatten sie nach dem Begräbnis einbestellt, aber sie hat uns nichts in Richtung Privatdetektei erzählt.«

»Noch eine Schwester also?«

»Es gibt vier. Also, jetzt nur noch drei. Gundula Valbilda lebt in einem Wohnheim in St. Pölten. Sie is nicht vernehmungsfähig. Dement und nicht in der Lage, das Heim zu verlassen. Sie hat den Tod ihrer Schwester gar nicht mitbekommen. Vielleicht ein Segen.«

»Wenn sich der Detektiv in Stillschweigen hüllt, ist davon auszugehen, dass seine Recherchen bereits länger laufen. Wäre interessant zu wissen, was er herausfinden soll.«

»Sie sagen es, Inspektorin Kirschnagel.«

»Soll ich versuchen, ihn zu kontaktieren?«

»Wozu? Ich glaube nicht, dass ihn ein Vorstoß einer Tiroler Polizistin auskunftsfreudiger werden lässt.«

Agnes ging zum Vornamen über. »Darf ich Sie noch was fragen, Petra?«

»Sie dürfen, Agnes.«

»War jemand unter den Leuten, die vernommen worden sind, der eine ›Hex‹ erwähnt hat? Oder hat einer etwas von einer weißen Frau erzählt?«

»Nein. Wie kommen Sie drauf?«

»Ich habe so was in einem der Internetartikel gelesen, die über den Fall geschrieben worden sind.« Agnes musste einfach schwindeln, sie wollte Mitzi nicht ins Spiel bringen.

»Im Netz steht viel Mist.«

»Da haben Sie recht, Petra.«

»So, Agnes, jetzt weiß ich aber noch nicht, warum Sie überhaupt hier angerufen und grad nach diesem ungelösten Fall gefragt haben. Und warum Sie so gut Bescheid wissen.«

»Ich …« Agnes überlegte kurz. Noch eine Lüge wäre nicht gut, lieber die Wahrheit, ohne einen Namen zu nennen. »Es ist so, Petra: Eine Freundin von mir hat die Schwester der Verstorbenen, Hilda Valbilda, kennengelernt und von ihr einiges erfahren. Sie hatte mich gebeten, nachzuhorchen, weil sie ziemlich erschrocken ist über den Vorfall.«

»Das waren und sind wir alle, Agnes. Ich war in der Nacht vor Ort. In Krems passieren selten schlimme Dinge. Ein Raubüberfall bei einem Touristen is oft das Höchste in einem Monat. Dann dieses Feuer. Zuerst haben wir gedacht, die Bewohnerin hat vergessen, den Herd abzuschalten, oder hat eine Kerze brennen lassen. Als klar war, dass es mit Absicht gelegt worden is, hat sich die Lage verschärft. Gruselig. Ich hab die Tote gesehen. Schwarz war die Haut, der Körper seltsam verbogen. Unsere Rechtsmedizinerin hat es als Fechterstellung bezeichnet. Aber eines vergesse ich nie mehr: Als die Kollegen den abgedeckten Leichnam auf der Trage zum Rettungswagen gebracht haben, hat einer aus der Menge gerufen: ›Kurz stehen bleiben, damit wir alle unser Foto kriegen.‹ Grausam, oder?«

»Menschen können sehr brutal sein, das wissen wir besser als andere, Petra.«

»Stimmt leider. So viele haben ihre Handys in die Höhe gehalten. Einer hat sogar ein kleines Kind auf seinen Schultern getragen. Die Menge war fast noch schlimmer als die Tote. Diese Bilder sind in meinem Kopf geblieben. Aber die Personalien der meisten Gaffer haben wir aufgenommen. Leider auch dabei kein Treffer.« Sie begann zu husten, räusperte sich am Ende heftig.

Agnes kritzelte weitere Ringe um den Namen Axel Brecht. Vielleicht sollte sie doch versuchen, mit ihm Kontakt aufzunehmen. Oder nach Melk fahren. Aber das wäre zu viel Einmischung. Es war nicht ihr Fall. Sie würde sich lieber noch einmal bei Petra Hammerl melden und nach den Fortschritten fragen.

Trotzdem wagte sich Agnes einen Schritt weiter vor. »Kollegin, könnten Sie mir die Akten zukommen lassen? Direkt jetzt?«

»Nein, das geht nicht. Bei aller Sympathie zu Tirol, ich mauschle nicht.«

»Das will ich auch nicht. Es ginge nur schneller.«

»Fordern Sie sie bitte offiziell an. Mit einer Begründung, die über einen Freundschaftsdienst hinausgeht und die ich nachvollziehen kann.«

Dann würde es in Kufstein Nachfragen geben. Von Agnes' Chef und Bastian. Sie würde sich ein paar Argumente überlegen müssen, für Hauptmann Hammerl und für ihre Kollegen.

»Okay, mache ich. Danke für die Auskünfte.«

»Stopp, Inspektorin Agnes Kirschnagel, ich muss jetzt streng werden.« Petra Hammerls Stimme wurde tatsächlich noch tiefer. »Ich brauch Ihre Dienstnummer. Nichts Schlimmeres, als dass Sie am End eine Mitarbeiterin von dieser Detektei sind und ich Ihnen alle Polizeiinterna verraten hab, nur weil Sie so interessiert am Telefon klingen und ich mir alles von der Seele reden wollte.«

»Selbstverständlich.« Agnes gab ihre Nummer an und hörte ein Tippen im Hintergrund. »Danke für die Auskünfte, Petra. Sie sind mir allein übers Telefon sehr sympathisch.«

Petra Hammerl begann unvermutet wieder zu lachen. »Allerdings kann das nicht an meiner hellen Stimme liegen.«

Diesmal stimmte Agnes mit ein.

Nach dem Gespräch begann sie, sich ihr Gesuch um die Akten im Fall Therese Valbilda zu überlegen. Der etwas langsame, aber hochoffizielle Dienstweg. Im Anschluss beschäftigte sie sich mit dem Privatdetektiv und sah sich die Webseite »Brecht – Investigative Nachforschungen« an. Sie wählte die angegebene Nummer, es kam nur eine Bandansage. Agnes nannte ihren Namen, bat um Rückruf und legte wieder auf.

Mehr konnte und wollte sie im Moment nicht tun, für mehr

Einmischung gab es keinen Grund. Es hieß, sich wieder auf gegenwärtige und damit wichtigere Ermittlungen in Kufstein zu konzentrieren.

Mitzi würde sie ein wenig auf Abstand halten.

12

Mitzi versuchte sich zu entspannen, atmete tief ein und aus. Friedhöfe waren nichts Schlimmes. Hier herrschten Ruhe und Stille, selbst wenn gerade eine Beerdigungsgesellschaft einer Verstorbenen die letzte Ehre erwies. Nur langsam ließ das beklemmende Gefühl nach. Ein leichtes Unwohlsein blieb jedoch.

Sie sah sich um.

Der Friedhof Stein in Krems war hübsch angelegt, mit vielen Baumgruppen, die im Sommer Schatten spenden würden. Zwischen den Gräbern säumten Büsche die Wege. Es gab Bänke zum Ausruhen, und weiter entfernt konnte sie eine Gruft sehen, die von einem steinernen Engel bewacht wurde.

Auf einem Strauch in nächster Nähe hatten sich ein paar Spatzen niedergelassen und flogen abwechselnd in die Höhe. An den Zweigen zeigte sich das Grün des aufkeimenden Frühlings. Die Wachauer Marillenblüte stand in den Startlöchern. Bald würde die Landschaft in einem Traum aus Rosa und Weiß versinken. Inmitten von Tod und Vergehen begann der Zyklus des Lebens erneut.

Der Gedanke gefiel Mitzi.

Die Trauernden hatten sich um das Grab versammelt. Viele der Anwesenden waren ältere Frauen und trugen Schwarz, zwei von ihnen waren mit Rollatoren unterwegs. Die Vertreter der mittleren Generation hatten zwar dunkle Jacken und Mäntel an, aber in Blau, Grün oder Braun gehalten. Direkt vor der Grabstelle hielt ein blonder, sehr junger Mann eine Rede, die sie nur bruchstückhaft verstehen konnte.

Rein zufällig hatte Mitzi von Hilda Valbildas Tod und der Beerdigung erfahren.

Nach ihrer Rückkehr nach Salzburg hatten sie die Begegnung mit Hilda und deren seltsames Verhalten noch hin und wieder beschäftigt. Sie hatte im Internet nach weiteren Artikeln über Hildas Schwester gesucht, aber nichts Neues war erschienen. Einige Male hatte sie dazu mit Agnes in Kufstein telefoniert, aber die Inspektorin war kurz angebunden gewesen und hatte ihr nur versprochen, bald für ein ausführlicheres Telefonat Zeit zu haben. Mitzi gab sich damit zufrieden.

Die nette Kellnerin Kathrin aus dem Café Mistlbacher in Melk hatte sich überhaupt nicht mehr gemeldet. Mitzi nahm an, dass die Frau sie schlicht und einfach vergessen hatte. Bei ihrer nächsten Therapiestunde in Wien hatte sie auch Dr. Rannacher nichts von ihrer Reise erzählt, sie hatten über Mitzis Probleme, einen festen Job anzunehmen, geredet.

Mitzi hatte daraufhin beschlossen, diese Sache ad acta zu legen und sich um ihr eigenes Leben zu kümmern. Bis zu diesem Wochenende.

Ein ruhiger Samstagmorgen, eigentlich ein guter Start in den Tag. Nach längerer Pause war wieder eine Anfrage für eine Textkorrektur hereingekommen. Ein Kollege von Freddy und nebenbei aufstrebender Autor hatte ihr sein Manuskript zu einem historischen Krimi geschickt, den er Verlagen anbieten wollte. Mitzi war in Rechtschreibung richtig gut, und sie liebte es, Beistriche zu korrigieren. Ihr Freund hatte sie deshalb weiterempfohlen und ihr damit einen kleinen Verdienst verschafft.

Während einer ersten Arbeitspause hatte sie ziellos gesurft, aber gegen Ende noch einmal »Valbilda« und »Wachau« in die Suchmaschine eingegeben. Nichts Neues über Therese Valbilda, aber ein Partezettel zum Tod von Hilda war auf meinbezirk.at aus Melk aufgetaucht.

Sie hatte einen ziemlichen Schrecken bekommen. Die Traueranzeige war kurz und bestand nur aus der Todesnachricht und der Ankündigung der Beerdigung am Samstag um halb drei auf dem Friedhof Stein in Krems.

Nach ihrer Entdeckung hatte Mitzi sofort versucht, Agnes zu erreichen, doch nur die Mailbox erwischt. Statt die Neuigkeit auf Band zu sprechen, hatte Mitzi aufgelegt und es spontan bei Kellnerin Kathrin versucht. Kathrins Stimme erklang, aber ebenfalls nicht sie persönlich. »Servus. Für den, der mich erreichen will: Nachrichten nach dem Pieps.«

»Hallo, Kathrin, hier spricht Mitzi. Sie werden sich hoffentlich an mich erinnern, wir haben uns im Café kennengelernt. Ich bin die Blonde, die ihren Schal vergessen hat. Am 29. Februar war ich da. Und ich bin wegen Frau Valbilda und dem Enkeltrickbetrüger extra aus Salzburg gekommen. Eben hab ich gelesen, dass Frau Valbilda gestorben is, und bin ein bisserl durch den Wind deswegen. Was is denn geschehen? Wenn Sie etwas dazu wissen, rufen Sie mich bitte an. Ich fahr jetzt zur Beerdigung. Obwohl es ein bisserl komisch wirkt, weil ich die Frau Valbilda nicht wirklich gekannt habe. Leid tut es mir aber schon. Also, ich bin die Mitzi. Maria Schlager. Aus Salzburg. Vielleicht sehen wir uns ja.«

Kein Rückruf war erfolgt, weder von Agnes noch von Kathrin. Und Mitzi hatte sich nach kurzem Für und Wider einfach auf den Weg gemacht. Die Zugverbindung passte, und abends würde sie wieder zurück sein.

Nun stand sie inmitten der Trauergäste.

Keiner der Anwesenden war Mitzi bekannt. Die Kellnerin Kathrin war ebenfalls nicht zu sehen. Warum auch? Wenn sie als Bedienung bei jedem älteren Gast, der verstarb, zum Begräbnis gehen würde, hätte sie wahrscheinlich keinen freien Tag mehr. Trotzdem hatte Mitzi darauf gehofft und war etwas enttäuscht.

Zu ihrer Erleichterung hatte sie bis jetzt niemand gefragt, in welchem Verhältnis sie zu Hilda Valbilda gestanden hatte.

Sie schloss zu einer kleineren Menge auf, die ein paar Meter von der Hauptgruppe entfernt zusammenstand. Eine Weile lauschte sie den Unterhaltungen und versuchte, selbst unauffällig zu bleiben. Herauszuhören war, dass diese Leute entfernte Bekannte und frühere Arbeitskollegen der Verstorbenen waren. Eine füllige Frau erzählte einer anderen mit einem Rosenkranz zwischen den Fingern von der lieben Frau Valbilda, bezeichnete die alte Dame als »die gute Seele damals in der Schneiderei«.

Die Füllige zückte eben ein Taschentuch. »In derart kurzem Abstand gleich zwei Schwestern zu verlieren. Die armen Hinterbliebenen.«

»Liebe Lore, wissen Sie denn, wo die Gundi, die vierte Valbilda-Schwester, is?«, fragte die andere.

»Die is zu schwach und zu senil, um heute dabei zu sein. Fast ein Segen, dass sie nichts mehr mitbekommt im Heim in St. Pölten.«

»Aber die Vera sieht schrecklich traurig aus. Die is extra aus Köln angereist. Der Bub, der Tobi, tut mir auch leid. Zuerst seine Patentante, nun die Hilda. Gleich zwei Trauerreden in so kurzer Zeit.«

»Ich dachte, die Hilda hat ihn nicht gemocht?« Die füllige Lore schnäuzte sich leise.

Die Finger der anderen bewegten den Rosenkranz. »Echt? Das weiß ich gar nicht.«

»Ich hab so was gehört. Aber ich kann mich auch irren.«

»Mir hat man erzählt, dass die Hilda erst vor zwei Tagen verbrannt worden is und der Beerdigungstermin gewackelt hat.«

»Geh, liebe Anna, was sagen Sie da? Warum das denn? Hilda is doch schon seit fast zwei Wochen tot. Liegt vielleicht daran, dass sie aus Melk hertransportiert worden is zum Familiengrab.«

»Nein. Die Autopsie, wie man das nennt, hat gedauert.«

»Autopsie?« Lore wischte sich nach der Nase auch ihre Lippen ab.

Mitzi spitzte ihre Ohren und vergaß für Sekunden ihr Unwohlsein.

Erst nach einer gehaltvollen Pause redete die Rosenkranzfrau Anna weiter. »Also man sagt, dass es anfangs nicht klar war, ob sie eines natürlichen Todes gestorben is.«

»Hören S' auf. Wer sollte denn der lieben Frau Valbilda was Böses gewollt haben?«

»Keiner. Nix haben sie gefunden. Ein Herzstillstand war es. War nur eine sehr genaue Untersuchung, nachdem die Schwester ja ermordet worden is.«

»Schrecklich. Hat man den Mörder von der Theres schon? Diesen Feuerteufel?«

»Immer noch nicht. Eine Schande is das, Lore, ich sag's Ihnen. Vielleicht war man deshalb bei der Hilda so penibel, wenn ich das so sagen darf.«

»Aber Anna, eine Totenbeschau wird bei uns sowieso gemacht. Immer. Das weiß ich. Es bedeutet nichts. Man sollte keine Gerüchte verbreiten oder Tratsch, es ist ohnehin alles schlimm genug.«

»Wer will denn tratschen?« Annas Rosenkranz schwang wild hin und her. »Ich sag nur, was die anderen erzählt haben. Ob das Feuer bei der Therese Valbilda wirklich gelegt worden is, weiß man doch auch nicht.«

»Das stand damals überall in den Zeitungen. Sogar in den Nachrichten, in der ZIB 1 und 2, haben sie davon berichtet.«

»Die schreiben und reden auch schon mal einen Schmarrn zusammen. Denen darf man nicht alles glauben. Sollen beide in Frieden ruhen.«

Die Frauen schwiegen und falteten die Hände.

Der junge Mann am Grab vorne war bei seiner Rede ans Ende gelangt. Einer der Friedhofsmitarbeiter trat hinter dem Grabstein hervor und hob die Urne hoch, um sie anschließend in dem vorbereiteten Loch zu versenken.

Mitzi hielt den Atem an.

Als kleines Mädchen war sie damals nicht auf der Beerdigung ihrer Eltern und ihres jüngeren Bruders gewesen, weil sie zu der Zeit immer noch unter Schock gestanden und im Kinderkrankenhaus in Graz gelegen hatte. Aber die Jahre danach hatten ihre Großeltern sie oft mitgenommen. Das Grab war gehegt und gepflegt worden. Seit Mitzis Oma im Heim war und Mitzi in Salzburg wohnte, kümmerte sich die Friedhofsverwaltung darum. Mitzi wurde mit Schrecken klar, dass sie seit Weihnachten nicht mehr dort gewesen war.

Es wäre besser gewesen, in die Steiermark zu reisen und Oma und die letzte Ruhestätte ihrer Familie zu besuchen, als hier dem Begräbnis einer fremden Frau beizuwohnen.

Was für Schnapsideen Mitzi stets aufs Neue durch die Welt trieben.

»Mein Beileid für Sie beide«, sagte die füllige Lore laut und riss Mitzi aus ihren Gedanken. »Es is ein Unglück.«

»Danke. Vielen lieben Dank, Frau Hawlik. Schön, dass Sie Hilda die letzte Ehre erweisen.«

Der junge Mann, der die Ansprache gehalten hatte, war zu der Gruppe getreten. An seiner Seite eine Frau in Hildas Alter, die aber wesentlich vitaler wirkte und doch Ähnlichkeit mit ihr aufwies. Das mussten der Patensohn und die andere Schwester sein, von denen vorhin die Rede war.

Mitzi wurde wieder heiß, diesmal vor Scham. Sie hatte kein Recht, hier zu stehen und so zu tun, als würde sie dazugehören.

»Mein Beileid«, hauchte sie, als sie bei den beiden Hinterbliebenen an die Reihe kam. Sie schüttelte erst der alten Dame die Hand, dann dem Patensohn.

»Danke, dass Sie gekommen sind«, murmelte der junge Mann.

»Danke«, sagte auch Hildas Schwester und sah Mitzi ins Gesicht. »Sollte ich Sie kennen, Fräulein?«

Am liebsten wäre Mitzi im Erdboden versunken. »Ich hab Frau Valbilda kürzlich …« Sie stotterte. »Also, aus dem Café Mistlbacher. In Melk.«

»Ach, das Lieblingscafé von der Hilda. Bedienen Sie dort?«

»Ja, genau, das mache ich.« Die Lüge schoss nur so aus Mitzi heraus. »Ich bin eine der Kellnerinnen.«

»Das ist aber nett, dass Sie heute gekommen sind, Fräulein.«

»Wir werden auf jeden Fall auch dort einen Trauergottesdienst machen und Nachbarn und Bekannte einladen.« Der Patensohn wandte sich Mitzi ebenfalls zu. »Schließlich hat Hilda über Jahrzehnte in Melk gelebt. Vielleicht organisieren wir eine kleine Gedenkfeier in diesem Café.«

»Hübsche Idee.« Mitzi hatte wie vorhin das Gefühl, sich gleich vor Scham aufzulösen.

Der junge Mann verzog seine Lippen zu einem Lächeln, das

gequält wirkte. »Heute treffen wir uns um vier in der Alten Post. Sie sind herzlich eingeladen.«

»Danke schön.«

Mitzi machte einen völlig unpassenden Knicks vor Aufregung. Die füllige Lore und die Rosenkranzfrau Anna, deren Dialog Mitzi vorhin gelauscht hatte, sahen sie erstaunt an. Hildas Schwester und der Patensohn setzten ihren Kondolenzgang fort.

Am Grab hatte sich eine Schlange gebildet. Einer nach dem anderen hielt ein kurzes Gedenken ab.

Mitzi wagte es nicht, sich direkt aus dem Staub zu machen, sondern reihte sich ein. Sie schwor sich hoch und heilig, sich nie wieder in eine solche Situation zu bringen. Agnes hatte vollkommen recht. Fremde Lebensgeschichten gingen Mitzi nichts an.

Überhaupt nichts.

Genauso wie Todesfälle.

Dreizehn

Mitzi dreht eher zufällig den Kopf zur Seite.
Leichter Wind ist aufgekommen, die Äste der Bäume, die zwischen den Gräbern stehen, knacken. Mitzi spürt langsam die gefalteten Finger kalt werden, sie zieht die Schultern hoch und lässt den Blick schweifen. Bis hin zu zwei Tannenbäumen, die neben der Gruft mit dem steinernen Engel stehen.
Es gibt diesen Moment, in dem Realität und Fiktion verschwimmen.
Na geh wusch, denkt Mitzi. Das kann nicht sein.
Mehr, als dass sie denkt, fühlt sie. Einen kurzen Schrecken, der ihr aber tief in die Knochen fährt. Ihr ganzer Körper verkrampft sich, ihre linke Wade so sehr, dass sie schmerzhaft das Zusammenziehen des Muskels spüren kann und automatisch das Bein durchstreckt und leicht nach oben hebt. Die Wade entspannt sich.
Aber ihr Hirn nicht. In ihrem Kopf legt sich ein Schalter um, sie meint, ein Klicken zu hören.
Mitzi blinzelt, sieht weg, fixiert einen der Grabsteine neben sich.
»Hier ruht Maria«, steht da, und Mitzi wird richtig übel.
»Sie fliegt jetzt mit den Engeln.« Steht da auch.
»Maria Konstanze.« Jetzt meint Mitzi, die Stimme ihrer Großmutter zu hören. Wenn Oma beide Vornamen ihrer Enkelin aussprach, war es immer besonders wichtig. Oder Oma meinte, besonders streng zu wirken.
Mitzi erlaubt sich ein Abschweifen in die Vergangenheit. Als beide Großeltern noch lebten, hatte sie sich sicher gefühlt.
Opa ist vor Mitzis achtzehntem Geburtstag gestorben, und der geistige Zustand ihrer im Heim lebenden Oma Therese ist schon nicht mehr von dieser Welt. Meist weiß die alte Frau nicht einmal, wer Mitzi ist, und erzählt Geschichten aus vergangenen Tagen.

Aber in Mitzis Kopf redet die Oma zu ihr.

»Maria Konstanze.« Wieder die Stimme, die nicht aus Mitzis Gedanken, sondern von links zu kommen scheint. Ein Hauch an ihrem Ohr.

»Was du eben gelesen hast, stimmt nicht.«

Aber es ist eingemeißelt, Oma. Mitzi bewegt tonlos die Lippen.

»Schau noch einmal hin, Kinderl.«

Mitzi gehorcht.

»Hier ruht Annette«, steht auf dem Grabstein.

Nicht im Geringsten eine Ähnlichkeit mit Mitzis Vornamen. Annette fliegt mit den Engeln, und das seit Jahrzehnten schon. Gestorben 1985, liest sie weiter. Geboren 1903. Ein langes Leben. Vielleicht ein gutes. Der Grabstein wirkt ungepflegt, keine Kerze brennt in der Laterne. Über dem grauen Marmor wächst Efeu.

Danke, Oma, flüstert Mitzi.

Sie hat sich geirrt. Ihre Phantasie, die bunte, aber manchmal auch gefährliche Schlange, ist mit ihr durchgegangen. Niemand steht dort bei den Tannen. Nahe bei der Gruft. Niemand. Und schon gar keine Frau, die vollkommen in Weiß gekleidet ist.

Leider doch.

Mitzi hat es gewagt, den Blick wieder in die Weite schweifen zu lassen. Mit ihrer Beobachtung lag sie leider nicht falsch.

Die Person, die bei den Tannen zu sehen ist, trägt ein weißes Tuch, das locker über ihren weißen Haaren liegt. Dazu ein weißes Cape über Schultern und Oberkörper. Vollkommen weiß ist alles an ihr. Zumindest sieht es aus der Entfernung so aus.

Der Wind, der stärker wird, lässt Tuch und Cape nach oben flattern. Aber die Person bewegt sich nicht. Sie steht da und sieht in die Richtung, in der die Trauernden am frischen Grab von Hilda Valbilda stehen.

Die weiße Frau, denkt Mitzi. Das is sie, die Hex.

Omas Stimme widerspricht diesmal nicht.

II.
HexenjagdJodler

– Was soll ich jetzt dazu sagen, liebe Frau Schlager ...

Hauptkommissar Heinz Baldurs Gesicht ruckelt auf dem Bildschirm. Er trägt die Haare kurz und hat sich einen Kinnbart wachsen lassen, der ihm steht. Bei ihrem letzten Zusammentreffen hat Mitzi Heinz das Leben gerettet und auch umgekehrt. Auf jeden Fall freut sich Mitzi, dass der Hauptkommissar wieder diensttauglich geschrieben und seit drei Monaten zurück in Frankfurt am Main ist, erneut im Einsatz bei seinem alten Team.
Nach ihrer Rückkehr von der Beerdigung hat sie sich bei ihm gemeldet und ihm alles erzählt. Doch er wirkt sehr in Eile und gehetzt.

– Ich weiß, es klingt alles komisch, Herr Kommissar. Eine Hexengeschichte und diese Erscheinung am Friedhof, aber die zwei toten Frauen, die sind real.
– Sie sind also in Kontakt mit Inspektorin Kirschnagel geblieben?
– Wir sind befreundet.
– Schön, schön. Also: Zu Ihrer Vermutung kann ich ad hoc leider nicht viel beitragen. Für mich ist es schwer, etwas in die Wege zu leiten. Ich stecke mitten in einem neuen Fall, und, ehrlich gesagt, der österreichischen Polizei ein zweites Mal auf die Pelle zu rücken wäre nicht gerade einfach. Agnes ist die bessere Wahl. Sie ist vor Ort. Kann ich sonst noch etwas für Sie tun?
– Nein, danke. Und noch Grüße an Luis.

Heinz Baldur an seine Persönlichkeitsstörung zu erinnern, seinen imaginären Kumpel, der ihn so lange in eine Auszeit gezwungen hat, lässt den Hauptkommissar erstarren. Mitzi *tut ihre Bemerkung leid. Erst nach einer Minute merkt sie, dass nur das Bild beim Skypen eingefroren ist. Sie weiß nicht genau, ob die Verbindung überhaupt noch steht. Eine Weile fixiert sie weiter sein Gesicht.*

1

»Ich weiß schon, Agnes. Gleich wirst du mich abwürgen, weil mich diese ganze Geschichte mit der ermordeten Schwester von Hilda Valbilda nichts angeht. Tut es auch nicht. Eigentlich. Dich natürlich auch nicht, weil du in Kufstein sitzt. Aber ich hab das ganze Wochenende überlegt, ob ich dich anrufen soll oder nicht. Es hat mir keine Ruhe gelassen, auch wenn du gleich sagen wirst, dass ich eine leicht damische Person bin, die alles glaubt und alles zu ernst nimmt.«

Agnes Kirschnagel musste das Handy ein Stück weit vom Ohr entfernt halten, weil Mitzi ziemlich laut und aufgeregt redete. Als Mitzis Anruf hereinkam, hätte Agnes ihn fast weggedrückt. Nach dem dritten Klingeln hatte sie sich aber doch anders entschieden. Schließlich hatte sie auf die letzten zwei Anrufe schon nicht reagiert, was sonst nicht ihre Art war. Sie wollte sich zumindest nach Mitzis Befinden erkundigen. Doch kaum hatte sie sich gemeldet, hatte Mitzi sie nicht mehr zu Wort kommen lassen.

»Stopp, Mitzi! Ich halte dich nicht für damisch, ganz und gar nicht.«

Eine kurze Pause entstand. Mit diesem Satz schien Agnes Mitzi aus dem Konzept gebracht zu haben. Es war eine Chance, Mitzis lange Einführung abzukürzen.

»Ich denke weder, dass du dumm, noch, dass du verrückt bist oder etwas in der Art. Aber du neigst dazu, dir die Realität zurechtzuzimmern, und verlierst dich dann. Das Leben ist kein Film, auch kein Buch und schon gar keine rechtsfreie Blase, in der jeder tun kann, was er will.«

Agnes hörte Mitzi schlucken. Der Wind war ihr nun vollends aus den Segeln genommen worden. »Du hast recht, Agnes.«

»Aber –«

»Kein Aber.«

»Du hättest deinen Anruf nicht mit diesem stürmischen Monolog gestartet, wenn es nicht einen Grund dafür geben würde.«

»Frau Valbilda is gestorben.«

»Das weiß ich. Am 13. Januar. Es war Brandstiftung. Die niederösterreichischen Behörden ermitteln. Ich habe bereits mit der Leiterin der Soko telefoniert.«

»Du hast dich echt erkundigt?« Mitzi klang gerührt. »Wie lieb von dir.«

»Nach deinem Erlebnis im Café habe ich mich bei der Kremser Polizei gemeldet. Die Aufklärung des Verbrechens ist in guten Händen, Mitzi. Das wollte ich dir schon die ganze Zeit sagen, aber dann war hier auf einmal derart viel los, und ich wollte den richtigen Zeitpunkt erwischen. Deshalb habe ich es immer wieder verschoben. Tut mir leid.«

»Schon gut. Aber davon habe ich gar nicht geredet. Nicht um Therese Valbilda geht es, sondern um Hilda. Die is am 13. März verstorben. Wieder die Dreizehn. Seltsam, findest du nicht?«

»Bitte, Mitzi, keine Spekulationen. Hilda ist die Schwester von Therese, nicht?«

»Genau. Die den Enkeltrickbetrüger schachmatt gesetzt hat.«

»Sie ist ebenfalls tot?«

»Ja.«

Jetzt legte Agnes eine kurze Sprechpause ein. Sie setzte sich an ihren Schreibtisch und nahm den Notizblock zur Hand.

»Hilda Valbilda ist also verstorben.« Agnes fragte sich sofort, ob Hauptmann Petra Hammerl darüber Bescheid wusste. »Was weißt du darüber, Mitzi? War es ein Tötungsdelikt?«

»Mein Gott, das hört sich schrecklich an. Aber nein, du kannst dich entspannen. Glaube ich zumindest. Wie ich auf der Beisetzung mitbekommen hab, war es wohl ein natürlicher Tod. Obwohl sich die Polizei anfangs nicht ganz sicher war. Hab ich gehört.«

»Du warst auf der Beerdigung?«

»Weil ich sie ein bisserl gekannt hab.«
»So gut wie nicht, Mitzi.«
»Trotzdem hab ich mich erschrocken, als ich den Partezettel gelesen hab, und bin hingefahren. Darum geht es nicht, Agnes.«
Agnes seufzte. »Worum denn dann?«
»Bitte, ich fange noch mal von vorne an. Hör mir einfach zu und lass deine Skepsis die nächsten Minuten außen vor.«
»Mehr Zeit hab ich auch nicht. Jeden Moment kann Bastian aus dem Büro von meinem Chef kommen, und dann müssen wir los. In Innsbruck ist ein Drogenring ausgehoben worden, der in mehreren Städten in Tirol Ableger hat. Darunter in Kufstein. Wir ermitteln unter Hochdruck, bevor sich die Bande aus dem Staub macht und wir wieder nur die kleinen Fische kriegen.«
»Du hast ein aufregendes Leben.«
»Geht so. Also, Mitzi, rede. Versuche bitte, Ausschmückungen wegzulassen.«
Mitzi schilderte tatsächlich in wenigen Sätzen ihre Beobachtung am Friedhof.
Agnes konnte nicht anders, als skeptisch zu sein. »Du hast dich getäuscht, Mitzi.«
»Sicher nicht.«
»Deine Phantasie ist mit dir durchgegangen.«
»Ich war weder panisch noch nervös. Nur traurig.«
»Wegen Hilda?«
»Auch. Aber Friedhöfe erinnern mich immer an das, was ich verloren hab.«
»Ach, Mitzi.«
»Nein, kein Mitleid. Mir geht's gut. Ich korrigiere gerade einen ganzen Roman.«
»Toll.«
»Zurück zu der weißen Frau. Dieser Hex.«
»Es kann eine harmlose Friedhofsbesucherin gewesen sein, die zu einem anderen Grab unterwegs war und dabei die Beerdigung von Frau Valbilda beobachtet hat.«
»Sie war ganz in Weiß gekleidet.«

»Modegeschmack ist unterschiedlich.«
»Du glaubst nicht im Traum an so was, oder?«
»Ich kann mir vorstellen, dass jemand Frau Valbilda Angst gemacht hat. Oder sie vielleicht sogar belästigte. Es gibt eine Menge Leute, die versuchen, mit Tricks und Lügen Geld von Pensionisten zu ergaunern. Man müsste recherchieren, ob sie für okkulte Geschichten zugänglich war. Dazu auch herausfinden, ob die Sache sogar mit dem Betrug zusammenhängt, deren Opfer Hilda Valbilda vor Weihnachten fast geworden ist. Der Typ ist doch verhaftet worden.«
»Genau. Der sitzt ein. Kasimir Wollatschek heißt er.«
»Was für ein Name.« Agnes notierte. »Hat die weiße Frau auch Geld für diese angebliche Geisterbotschaft bekommen?«
»Das weiß ich nicht, Agnes. Aber mir fällt ein, dass Hilda meinte, die könnten gemeinsame Sache gemacht haben.«
»Ich schreibe mir alles auf, und wenn ich wieder etwas Luft habe, recherchiere ich.«
»Super, Agnes. Immerhin is für mich diese weiße Frau jetzt nicht mehr so unheimlich. Ein Verbrecher-Duo kann ich mir gut vorstellen.«
»Was erst zu beweisen wäre, Mitzi. Denn warum sollte diese mögliche Komplizin auf dem Friedhof auftauchen? Es ergibt keinen Sinn.«
»Vielleicht ist sie auf der Suche nach neuen Opfern? Soll ich mich weiter erkundigen?« Mitzi klang mit einem Mal wieder aufgeregt. »Nachforschen?«
Agnes hob abwehrend ihre Hand, obwohl Mitzi sie nicht sehen konnte. »Bloß nicht. Lass die Finger davon.«
»Agnes!« Ihr Kollege Bastian hatte die Tür zum Großraumbüro geöffnet. Sie fühlte sich ertappt, als ob sie heimlich geraucht hätte oder etwas Illegales tun würde.
»Wie sieht es aus, Basti?«
»Der Chef hat uns grünes Licht geben. Er hat den Durchsuchungsbescheid bei Richter Wenzel durchkriegt. Wir können starten. Die anderen sind unten, schusssichere Westen anziehn. Hör auf zum trotschn. Auf geht's.«

»Wir hier müssen los«, wandte Agnes sich wieder an Mitzi, während sie nach dem Pistolenhalfter griff, das noch auf ihrem Schreibtisch lag. »Noch zum Abschluss, Mitzi: Hexen gibt es nicht.«

»Das weiß ich.« Mitzi klang trotzdem unschlüssig. »Schusssichere Weste, Agnes? Wird es gefährlich?«

»Standardausrüstung, Mitzi. Ich lege auf. Wenn ich kann, ruf ich dich abends an. Aber ich verspreche nichts.«

»Soll ich nicht doch –«

Agnes beendete den Anruf und schloss zu Bastian auf.

Der runzelte die Stirn. »Mitzi?«

»Maria Schlager. Erinnerst du dich?«

»Die Mordzeugin vom letzten Jahr? Mit dem großen Busen und dem naiven Blick?«

»Genau die.«

»Hast du mit der noch Kontakt? Die war ja ziemlich tamisch.«

»Sie ist weder damisch noch tamisch, nur ein wenig durch den Wind.«

»Was dasselbe is, Agnes.«

Agnes boxte ihn in den Oberarm. »Willst du jetzt dumm rumstehen und quatschen, Bastian? Ich hab gedacht, es eilt. Auf geht's, Kollege, dalli, dalli.«

2

Das mühsame Gespräch mit ihrem Vorgesetzten erschöpfte Agnes. Es ging um ihren möglichen Wechsel. Nach der erfolgreichen Razzia zusammen mit Bastian und den Kollegen hatte sie den Mut gefunden, Sepp Renner darauf anzusprechen.

»Ich möchte mich verbessern, Sepp.«

»Ist dir Kufstein nicht gut genug, Frau Kirschnagel?«

Sofort war klar, dass sie den falschen Zeitpunkt erwischt hatte, denn Revierinspektor Renner sprach seine Untergebenen nur mit Nachnamen an, wenn er mieser Laune war. Noch dazu bemühte er sich, hochdeutsch zu sprechen, ein weiteres schlechtes Zeichen.

»Darum geht es nicht.«

»Du bist gerade mal eineinhalb Jahre bei uns, Agnes.«

»Gerade mal« schien Agnes viel zu lange. Sie lechzte nach interessanteren Aufgaben und Fällen. Wie gestern. Mehr Einbindung, mehr Verantwortung, auch mehr Action wollte sie.

»Ich habe mich ohnehin nicht beworben, ohne mit dir Rücksprache zu halten.«

»Das hast du somit getan. Mach, was du nicht lassen kannst. Ich halte dich nicht auf.«

Damit komplimentierte er Agnes schneller aus seinem Büro hinaus als gedacht. Insgesamt hatte das Gespräch keine fünf Minuten gedauert. Agnes hatte sich mehr erwartet.

Die nächste Stunde brütete sie an ihrem Schreibtisch und dachte über ihr weiteres Vorgehen nach. Sie sehnte sich einmal mehr nach einer Zigarette, widerstand jedoch dem Verlangen. Besser war es, nach vorn zu blicken. Sepp Renners ablehnende Haltung hin oder her, sie wollte ihre Karriere in Schwung bringen. Rauchfrei und erfolgreicher als bisher. Dass er ihr bei einer Bewerbung trotzdem einen guten Leumund ausstellen würde, konnte sie nur hoffen.

Schließlich machte sich Agnes an das Schreiben des Einsatzberichts vom Vortag, bis Polizeiaspirantin Chantal sie an die Anmeldung rief. Jemand verlangte explizit nach ihr.

»Ein Herr Knecht, glaub ich«, kündigte Chantal den Besucher mit einem Zögern an. »Oder Trecht. Ich weiß nicht so genau. Keiner von hier, so viel steht fest.«

Agnes war froh über die Unterbrechung. Sie schnappte sich ihre Lederjacke und ging nach unten.

Der Mann, der dort auf einem der Besucherstühle Platz genommen hatte und in der Broschüre für vorsorglichen Umgang mit Feuerwerkskörpern blätterte, war groß und gut gebaut. Sein Haar war schwarz, ebenso sein gut gestutzter Bart. Er trug einen dunkelblauen Pullover und darüber offen einen ebenfalls blauen Parka. In Zeiten, wo jedermann in Jeans unterwegs war, fiel Agnes seine graue Cordhose auf. Dazu die Schuhe, die besser in eine Großstadt ohne Schnee im März gepasst hätten. Agnes schätzte ihn auf Ende dreißig.

Er sah hoch, als sie sich ihm näherte, und stand mit einem Lächeln auf. Weil er Agnes um einen Kopf überragte, musste sie zu ihm aufsehen.

»Inspektorin Kirschnagel?« Das Lächeln war breit und einnehmend, der Händedruck angenehm kräftig. Selten war Agnes ein Mann auf den ersten Blick derart sympathisch.

»Die bin ich.« Sie lächelte ebenfalls und fuhr sich mit ihrer freien Hand durch ihre Locken, zugleich legte sie den Kopf etwas schief. Der Besucher gefiel ihr eindeutig, denn diese Geste behielt sie sich normalerweise für ihre Freizeit vor, wenn sie in einer Bar oder auf einem Fest flirtete.

Der Tag schien doch noch gut zu werden.

»Was kann ich für Sie tun, Herr Knecht?«

»Können wir uns unter vier Augen unterhalten?«

Er warf einen schnellen Seitenblick zu Polizeiaspirantin Chantal hinter der Glasscheibe der Anmeldung, die sie beide unverhohlen neugierig anstarrte. In wenigen Wochen war ihre Ausbildung abgeschlossen, und sie würde ihren ersten festen Job in Sankt Anton am Arlberg antreten. Noch war sie voller Enthusiasmus, aber Agnes schätzte, dass sich auch bei ihr bald der Polizeialltag einstellen würde. Nun meinte Agnes fast sehen zu können, wie ihre Ohren länger wurden.

»Wir können ins Büro nach oben gehen, Herr Knecht.« Agnes ahnte, dass sie dort ebenfalls nicht lange allein sein würden. Jeden Moment konnte Bastian aus seiner Pause zurückkommen. »Oder wir gehen nach draußen. Das Wetter ist schön.«

»Ein Spaziergang. Gern.«

Als Agnes die Tür zum Polizeirevier hinter ihnen schloss, konnte sie Chantals große Augen sehen, in denen sich ein Fragezeichen zu spiegeln schien. Es war ein amüsantes Bild.

An der frischen Luft fühlte sich Agnes auf der Stelle besser. Sogar ihr Bedürfnis nach Nikotin hatte sich wieder verabschiedet. Sie gab die Richtung vor, und der Mann folgte ihr.

Als Erstes wollte sie klarstellen, dass sie den Besucher von Anfang an durchschaut hatte. »Also, Herr Brecht, wie Ihr Name tatsächlich ist, wir sind unter uns. Was will ein Detektiv aus Köln in Kufstein?«

Schon nach Chantals Hinweis, dass der Mann von außerhalb war, hatte sie auf Axel Brecht getippt. Dazu entsprach sein Gesicht ziemlich genau dem Foto auf der Webseite, und seine Sprache war eindeutig dem Nachbarland zuzuordnen. Einzig, dass sie ihn beim persönlichen Zusammentreffen sofort derart ansprechend fand, hätte Agnes nicht erwartet.

»Ich konnte Sie mit meinem Auftauchen wohl nicht überraschen, Inspektorin Kirschnagel?« In seiner Stimme war ein Schmunzeln zu hören.

»Doch, das haben Sie.« Agnes nickte. »Ich hatte zwar erwartet, dass Sie Ihrerseits Kontakt zu mir aufnehmen würden, nachdem ich mich über Ihre Detektei erkundigt und versucht habe, Sie ans Telefon zu bekommen. Aber ein Rückruf hätte gereicht.«

»Ich war in der Gegend.«

»Machen Sie Urlaub?«

Er lachte auf, schüttelte den Kopf. »Kommen wir ohne Umwege zur Sache. Warum interessiert sich eine Inspektorin aus Tirol für meine Detektei?«

»Warum recherchiert ein privater Ermittler zu einem Todesfall in der Wachau?«
»Ach, daher weht der Wind. Melk oder Krems?«
»Sagen wir: beide.«
»Sie kennen die Familie Valbilda?«
»Nein.«
»Dann verstehe ich es noch weniger.«
Agnes blieb stehen. Sie hatten den Inn erreicht. Der Wind frischte auf, aber die Märzsonne war wärmer als vermutet. An der Uferpromenade standen einige Bänke. Eine davon steuerte Agnes an.
»Setzen wir uns.«
»Gern.«
Die Aussicht war prachtvoll. Agnes fragte sich für einen Moment, warum sie eigentlich unbedingt von hier wegwollte.
Auch Axel Brecht sah sich mit bewunderndem Blick um. »Ich sollte tatsächlich einmal ein paar Tage privat an diesem Ort einplanen. Ein paar Bergtouren machen. Würden Sie mich führen?«
»Nein. Keine Chance.« Jetzt war es an Agnes, zu schmunzeln. »Aber bitte, Herr Brecht, erzählen Sie zuerst, bevor es zu gemütlich wird. Was ist Ihr Auftrag?«
»Auch für Ermittler aus meinem Gewerbe gilt die Schweigepflicht.«
»Um mir das zu sagen, hätten Sie nicht persönlich anreisen müssen.«
»Ich dachte an einen Austausch. Informationen gegen Erkundigungen. ›A Hand wascht die andere‹, wie man hier sagen würde.«
»Bitte, versuchen Sie nicht, Dialekt zu reden. Ich tue es auch nicht, obwohl ich in Innsbruck geboren und aufgewachsen bin.«
»Ist mir bereits aufgefallen.«
»Meine Familie mag die Hochsprache, um es vornehm auszudrücken. Abgesehen davon, das zitierte Sprichwort gilt wohl überall.«

»Beginnen wir. *Ladies first?*«

»Nein. Ich frage, und Sie antworten. Erst dann entscheide ich, wie wir weiter vorgehen.«

»Wow!« Axel Brecht strich sich über den Bart. »Sind alle Frauen in Tirol so beeindruckend energisch?«

»Lassen Sie das Süßholzraspeln, es wirkt bei mir überhaupt nicht.«

»Das war ernst gemeint. Ich verrate Ihnen vorneweg, dass ich mit meiner Auftraggeberin gesprochen und das Interesse einer Inspektorin aus Kufstein erwähnt habe. Weil meine Mandantin leider das Vertrauen in die örtliche Polizei in der Wachau verloren hat, die bis jetzt den Tod von Therese Valbilda nicht aufklären konnte, habe ich ihr Einverständnis, mich mit Ihnen zu verständigen. Bis zu einem gewissen Grad.«

Agnes überlegte, ob der Bart bei einem Kuss kratzen würde, und zuckte in der nächsten Sekunde über diesen Gedanken zusammen. Sie war schon zu lange Single. Es gab nichts Schlimmeres, als mit dem Falschen eine Affäre zu beginnen. Außerdem ging es bei dem Zusammentreffen um nichts Privates.

»Herr Brecht, ich beginne also: In welchem Auftrag recherchieren Sie?«

»Vera Valbilda.«

Damit hatte sich die Vermutung von Hauptmann Hammerl und ihr selbst bestätigt. »Eine weitere Schwester von Therese und Hilda.«

»Richtig. Vier sind es. Gundula, Vera, Hilda und Therese. Die zuckersüßen Valbilda-Mädels, wie sie früher genannt wurden. Hat mir meine Mandantin erzählt.«

»Warum eine Kölner Detektei?«

»Vera Valbilda hat nach NRW geheiratet, ist seit zwölf Jahren verwitwet und lebt im betreuten Wohnen in der Domstadt. Eine reizende Frau, die sich Sorgen um ihre jüngste Schwester gemacht hat.«

»Berechtigterweise – nicht nur eine, sondern zwei sind verstorben.«

Axel Brecht beugte sich vor und faltete seine Hände. Seine

gute Laune war verschwunden. »Ehrlich gesagt, Inspektorin Kirschnagel, damit war nicht zu rechnen. Ich beginne mit dem Brand im Haus von Therese Valbilda. Ich war zu der Zeit vor Ort. Es hat mich sehr mitgenommen, obwohl ich in keinem näheren Verhältnis zu dem Opfer gestanden habe.«

»Warum hat Vera Sie engagiert?«

»Erbschleicherei.«

»Es gibt keine Nachkommen, soweit ich informiert wurde.«

»Therese Valbilda hat einen Patensohn. Er hätte das Haus und alles Weitere geerbt.«

»Das Gebäude ist niedergebrannt.«

»Nicht nur das Haus fließt in das Erbe mit ein. Wobei allein das Grundstück um einiges mehr wert ist. Therese war ihr Leben lang sparsam und hat in der Zeit, wo man in Österreich noch anonyme Sparbücher anlegen konnte, eine ziemliche Summe angehäuft. Laut Vera geht es um acht Sparbücher und insgesamt über dreihunderttausend Euro. Dazu eine hohe Lebensversicherung.«

»Oh, davon wusste ich nichts. Der Patensohn ist erbberechtigt?«

»Er wurde als Universalerbe eingesetzt. Vera meint, er hat schon zu Thereses Lebzeiten zu jedem Geburtstag und zu Weihnachten einige tausend Euro geschenkt bekommen. Plus ein Auto und andere Dinge. Er war Thereses Ein und Alles.«

»Warum sollte er sie dann ermorden? Er hätte nur warten müssen.«

»Tobias Mundi, so heißt der junge Mann, ist spielsüchtig. Seine Schulden sind in den letzten Jahren angestiegen. Er hat Nippesgegenstände, alten Schmuck und eine wertvolle Uhr in die Pfandleihe gebracht. Allerdings ist er dafür nach Melk gefahren, um nicht erkannt zu werden. Die Sachen stammten aus dem Haus von Therese. Was der junge Mann nicht wusste, war, dass Hilda ihn gesehen hat und mit dem Inhaber der Pfandleihe bekannt war. Kleinstadtleben.«

»Hat dieser Tobias Mundi auch mit dem Enkeltrick zu tun?«

»Gut kombiniert.« Axel Brecht streckte sich. »Meine Klientin vermutet es. Zusammen mit einem Komplizen könnte er den Betrug geplant haben. Um genauso Hilda abzuzocken. Denn die hat Therese von der Pfandleihe erzählt, und Therese hat wohl den Geldhahn erst mal zugedreht. Sie war enttäuscht und verletzt in ihren Gefühlen.«

»Kasimir Wollatschek sitzt inzwischen ein und Tobias Mundi nicht.«

Der Detektiv sah Agnes in die Augen. »Sie sind besser informiert, als ich dachte.«

»Ich kenne den Namen des Enkeltrickbetrügers. Viel mehr nicht.«

»Hier kommen wir in die derzeitige Sackgasse. Kasimir Wollatschek hat ausgesagt, allein gehandelt zu haben. Dem Patensohn ist bisher nichts nachzuweisen. Die Abwicklung des Erbes steht noch aus. Denn Hilda Valbilda hat nach dem Tod ihrer Schwester eine zivilrechtliche Klage eingereicht zur Durchsetzung privatrechtlicher Ansprüche. Das heißt, noch hat Tobias Mundi nicht geerbt. Ein Kurator wurde eingesetzt. Das Erbe ist eingefroren. Die Sache kann sich demnach ziemlich in die Länge ziehen. Ich habe ihn inzwischen mehr als einmal wieder in die Spielhalle gehen sehen.«

»Er lebt nicht in Krems, soviel ich gehört habe.«

»Nicht weit entfernt. In Senftenberg.«

»Was ist mit dem Feuer?«

»Die Ermittlungen dauern an. Für die Nacht, in der das Feuer gelegt wurde, hat Tobias Mundi allerdings ein Alibi. Er war in einer Bar, dort mit einer Frau zusammen. Ein Flirt mit einer Touristin. Die Aussage der Dame wurde aufgenommen und überprüft. Mehr darüber entzieht sich meiner Kenntnis.«

Agnes nickte. »Recherchieren Sie deshalb weiter in der Wachau, Herr Brecht?«

»Meine Mandantin will nicht aufgeben. Sie findet, dass Tobias Mundi das Erbe auf keinen Fall verdient hat. Vera Valbilda will die Zivilklage weiterführen. Auf beiden Beerdigungen hat sie trotzdem einen Streit vermieden. Aber der Gedanke, dass er etwas mit dem Tod seiner Patentante zu tun haben könnte, lässt sie weiterhin nicht los. Bei Mord wäre der Täter erbunwürdig und für den Staat Österreich als Erbe nicht mehr existent. Ich nerve die Polizei in Krems und habe die Gelegenheit genutzt, einen Abstecher hierher zu machen.«

»Könnte Kasimir Wollatschek das Feuer gelegt haben?«

»Er hat ein noch viel besseres Alibi als der Patensohn. Er saß zu der Zeit bereits im Knast.«

»Gab es weitere Verdächtige?«

»Soweit ich weiß, nein.«

»Verstehe.« Agnes löste den Blick zwischen ihnen als Erste und sah aufs Wasser. Die Wellen glitzerten im Licht. »Kommen wir zum Tod von Hilda Valbilda. Was wissen Sie darüber, Herr Brecht?«

»Natürliche Todesursache. Herzversagen. Die Leichenbeschau hat es bestätigt. Sie starb am 13. März.«

»An einem 13. Wie ihre Schwester zwei Monate davor am 13. Jänner.«

»Genau. Das scheint mir Zufall zu sein.«

»Hatten Sie zu Hilda Valbilda Kontakt, bevor sie starb, Herr Brecht?«

»Nur einmal. Bevor Therese Valbilda im Feuer umkam. Wir haben uns im Café getroffen, und sie hat mir alles en détail geschildert. Von der Pfandleihe über das schwierige Gespräch mit Therese bis zu ihrer Aktion beim Enkeltrickbetrüger. Darauf war sie stolz.«

»Hat Sie sonst noch jemanden erwähnt?«

»Wieder nein. Wollen Sie auf jemand Bestimmten hinaus?«

»Ich frage nur gern nach.«

Agnes überlegte, wie viel sie dem Privatdetektiv über Mitzi und deren Beobachtungen preisgeben wollte. Vielleicht sollte sie umgekehrt zu ihrem Gespräch mit der Kremser Sokoleiterin Petra Hammerl vorgehen. Es konnte nicht schaden, den Mann mit ein paar Informationen zu füttern. Ein Detektiv hatte andere Gedankengänge als eine Polizistin, die die Spekulationen bereichern konnten.

Das meiste, was Axel Brecht ihr berichtete, hatte sie bereits von Hauptmann Hammerl erfahren. Was sie dem Detektiv jedoch lieber verschwieg. Auch, dass sie wusste, dass er als Verdächtiger gegolten hatte.

Obwohl sie im Freien waren, hatte er sich bisher noch keine Zigarette angezündet.

»Inspektorin Kirschnagel, nun zu Ihnen.« Er zog sich den Parka aus, es war warm in der Sonne. »Ich habe geplappert wie ein Wasserfall. Darf ich Sie meinerseits darum bitten, mir endlich zu erzählen, welche Rolle Sie dabei spielen? Wie hat sich die Geschichte von der Wachau nach Kufstein übertragen?«

Agnes schlug ein Bein über das andere. Sie sah kurz auf ihr Handy, ob sie im Revier jemand vermisste, aber es gab keine neuen Nachrichten.

»Ich unterliege wie Sie einer gewissen Schweigepflicht, Herr Brecht. Da ich jedoch nicht in die Ermittlungen eingebunden bin, kann ich Ihnen zumindest ein paar Auskünfte geben, damit Sie meine Beweggründe verstehen.«

Agnes begann, von Maria Konstanze Schlager zu erzählen. Sie fing mit dem Fall an, der sie mit Mitzi zusammengeführt hatte. Ohne intimere Details zu verraten, die den Detektiv nichts angingen. Doch während ihrer Rede merkte sie, dass sie das eine oder andere Mal ihre Aktionen ein wenig heraushob, um ihn zu beeindrucken. Am Ende schloss sie den Bogen hin zu Mitzis Treffen mit Hilda Valbilda in Melk.

»Interessant, Ihre Freundin.« Axel Brecht lächelte wieder.

Agnes fuhr sich erneut durch die Locken.

Doch bei aller Sympathie und Offenheit, die sie einander zeigten, verlor Agnes kein Wort über Mitzis Hexengeschichte. Alles in ihr sträubte sich, daran zu glauben.

3

Bei Mitzis nächstem Besuch in Krems war es fast die gleiche Wegstrecke wie die vom Bahnhofplatz bis zum Friedhof Stein, auf dem nun zwei der Valbilda-Schwestern ruhten. Sie hätte unterwegs die Kunsthalle oder das Karikaturmuseum besuchen können. Aber auch heute hatte sie keine Zeit für Sightseeing und Kultur. Die zweite Stadt, die Mitzi in der Wachau bereiste, war wesentlich größer als Melk, wirkte auf sie jedoch ebenso freundlich und idyllisch.

Die Marillenblüte war inzwischen voll im Gange. Schon auf der Zugfahrt hatte sie beim Blick nach draußen das Gefühl gehabt, durch ein Wunderland zu reisen. Die schier endlosen Reihen von Bäumen, die ihre Pracht einer wie der andere zur Schau stellten, hatten Mitzi sehnsüchtig seufzen lassen, aber ihr bevorstehender Termin ließ kein Innehalten zu.

Sie war aufgewühlt. Allerdings war es eine andere Aufregung als auf der Beerdigung von Hilda Valbilda vor drei Tagen. Diesmal war sie nicht betrübt und melancholisch, eher prickelte es in ihrem Bauch.

Es war ihr allererster Besuch in einer Strafanstalt.

Von dem bevorstehenden Zusammentreffen erhoffte sich Mitzi mehr Klarheit rund um die Ereignisse zu den Schwestern Valbilda. Die beiden verstorbenen alten Damen hatten in Mitzis Kopfkino inzwischen einen festen Platz eingenommen. Es ging mehr noch um Hilda, Therese hatte sie nie kennengelernt.

Bei Therese Valbilda erschreckte sie das Verbrechen vor allem deshalb, weil auch ihre Großmutter diesen Vornamen trug. Mitzi wollte sich bei all ihrer Phantasie nicht eine Sekunde lang ausmalen, wie furchtbar es sein würde, wenn Therese Schlager etwas zustieß. Oma konnte sich zwar nicht einmal mehr daran erinnern, dass sie ihre Enkelin großgezogen hatte, doch bei den Besuchen im Heim in der Steiermark einfach ihre Hand zu halten tat Mitzi jedes Mal gut.

Neben Mitzis Gefühl der Verbundenheit zu Hilda Valbilda beschäftigte sie die Erscheinung am Friedhof, diese weiße Frau, die sie meinte gesehen zu haben. Egal wie oft sie diesen Moment in ihren Gedankenspielen ablaufen ließ, es blieb unheimlich. Das Erlebnis schrie förmlich danach, weiterverfolgt zu werden.

Sie sehnte sich nach einem Gesprächspartner, jemandem, mit dem sie sich austauschen konnte. Agnes wollte sie nicht weiter auf die Nerven gehen, es war ohnehin großartig, dass die Inspektorin Nachforschungen anstellte.

Mitzi hatte überlegt, ihren Freund Freddy einzuweihen, aber der war wieder auf Tour und hätte sie bei übersinnlichen Geschichten höchstens ausgelacht. Hauptkommissar Heinz Baldur war in Frankfurt zugange und mitten in neuen Ermittlungen, er fiel also ebenfalls weg. Ganz abgesehen davon war auch er nicht der Typ Mann, mit dem man über eine Hex reden konnte. Viele Optionen gab es nicht. Mitzis Liste der Ansprechpartner war kurz.

Schließlich, mitten in der Nacht, als sie nicht schlafen konnte und einen sehr späten Spaziergang durch die Salzburger Innenstadt gemacht hatte, war ihr eine Person eingefallen, durch die sie zumindest versuchen konnte, mehr in Erfahrung zu bringen.

Diese Person war der Enkeltrickbetrüger.

Hilda Valbilda hatte von dem Mann erzählt und erwähnt, dass er womöglich mit der weißen Frau in Verbindung gestanden hatte. Es konnte demnach sein, dass dieser Kasimir Wollatschek von der Hex wusste und somit sagen konnte, ob Übernatürliches dahintersteckte. Was lag also näher, als ihn zu befragen? In Mitzis schräger Art, zu denken, war der heutige Besuch vollkommen logisch.

Sie hatte sich im Internet schlaugemacht, welche Haftanstalten es in Niederösterreich gab, und eine Liste zusammengestellt. Erfreulicherweise war sie bereits bei ihrem ersten Anruf an die richtige Stelle geraten.

»Kasimir Wollatschek wollen Sie besuchen?« Die männliche Stimme am anderen Ende der Leitung hatte gelangweilt geklungen.

»Genau den. Er sitzt wegen Betruges. Ich bin seine Cousine zweiten Grades und morgen in Krems.« Eine Schwindelei zu erfinden war für Mitzi eine leichte Übung. »Ich hab erst gestern gehört, dass der Kasimir einsitzt. Geht das, dass ich kurzfristig vorbeikomm?«

»Passen S' auf, Fräulein. Innerhalb der festgesetzten Besuchszeiten dürfen Insassen zumindest einen Besuch wöchentlich in der Dauer von einer halben Stunde empfangen.« Der Mann rasselte die Sätze herunter, höchstwahrscheinlich zum tausendsten Mal. »Es dürfen nicht mehr als drei Personen erscheinen. Kinder, die das vierzehnte Lebensjahr noch nicht vollendet haben, werden nur in Begleitung Erwachsener eingelassen. Montag und Mittwoch sind keine Besuchstage.«

»Na, dann is es ja gut, dass morgen Donnerstag is.« Mitzis Scherz zeigte keinerlei Wirkung. »Ich würde mich gleich anmelden.«

Mitzi gab ihre Daten durch, sie hörte das Klicken einer Tastatur.

»Erledigt, Fräulein. Es ist erforderlich, einen gültigen amtlichen Lichtbildausweis vorzulegen, ansonsten kann kein Einlass in die Justizanstalt gewährt werden.«

»Verstanden.«

»Bitte beachten Sie, dass eine Ein-Euro-Münze für die Benützung eines versperrbaren Kästchens zur Verwahrung von persönlichen Gegenständen notwendig ist. Weitere Hinweise zur Eingangskontrolle finden Sie auf der Startseite.«

»Danke schön.«

»Aber immer gern.«

Jetzt war Mitzi am Ziel angekommen und stand mit trommelndem Herzen und glühenden Wangen am Empfang. Sie zeigte ihren Ausweis vor.

»Zum ersten Mal hier?«, fragte der Justizvollzugsbeamte und lächelte Mitzi aufmunternd an.

Sie nickte.

»Handtasche?«

»Nein. Nur das Geldtascherl und eine Packung Taschentücher. Und den Fahrschein für den Bus, nicht gestempelt, weil ich zu Fuß gegangen bin.« Ihren Rucksack hatte sie in einem Schließfach am Bahnhof gelassen.

»Alles bitte in das Kästchen.«

»Jawohl.«

»Herr Bösel wird Sie nach der Sicherheitskontrolle in den Besucherraum begleiten.«

»Herr Böse?« Es konnte doch keiner in einem Gefängnis arbeiten und Böse heißen.

»Bösel. Martin Bösel. Keine Sorge, er beißt nicht.« Der Beamte schmunzelte.

Davor fürchtete sich Mitzi nicht. Ihre Besorgnis galt dem Umstand, dass sie gelogen hatte und Kasimir Wollatschek nicht kannte. Was, wenn er sie auf der Stelle ebenso als Betrügerin entlarvte, wie er einer war, und sie direkt an Ort und Stelle eingesperrt wurde? Sie wischte diese unrealistischen Gedanken beiseite. Die Haftanstalt war ein reines Männergefängnis, und ohne Verurteilung durfte sie niemand festhalten.

Trotzdem blieb die Unsicherheit, als Herr Bösel sich zeigte und sie begleitete. Es war ein kurzer Weg durch zwei Gänge. Eine Gittertür wurde von ihm geöffnet und wieder abgeschlossen. Mitzi fühlte einen Kloß im Hals. Sie erreichten den Besucherbereich.

Der Raum war recht einfach gestaltet, mit ein wenig Phantasie konnte man sich vorstellen, in einem schmucklosen Klassenzimmer zu sein. Bilder gab es keine an der Wand, dafür eine Wanduhr gegenüber drei Reihen von Tischen. Immerhin waren die Sitzflächen der Stühle mit dunkelgrünem Stoff überzogen.

Drei Häftlinge waren anwesend und saßen mit Abstand voneinander an jeweils einem der Plätze. Mitzi hielt den Atem an, sie hatte keine Ahnung, wie Kasimir Wollatschek überhaupt aussah. Gleich würde ihre Schwindelei auffliegen.

Am hintersten Tisch erhob sich ein Mann. Er sah irritiert in ihre Richtung. Mitzi hoffte das Beste. »Da is ja mein Cousin. Danke, Herr Bösel.«

Sie machte einen Knicks, was wiederum bei Herrn Bösel eine Irritation auslöste. Wenn sie sich nicht zusammennahm, würde sie durch ihr Verhalten mehr Aufmerksamkeit als nötig erzeugen. Mitzi steuerte den Platz an.

Der Mann hatte sich wieder gesetzt. Die Verwunderung auf seinem Gesicht war geblieben.

Er schien jünger als Mitzi zu sein und hatte kurzes rotes Haar. Auf seiner Haut zeigten sich jede Menge Sommersprossen. Seine blauen Augen wirkten hell, seine Lippen waren voll. Von der Statur her war er auf jeden Fall kleiner als Mitzi. Und fülliger, auch wenn er nicht dick war. Er erinnerte Mitzi an einen Prominenten, aber sie kam partout nicht darauf, an wen.

»Hallo.«

Mitzi schluckte. »Servus, Kasimir.«

»Du bist eine Cousine? Maria Schlager aus Salzburg?« Er kannte ihren Namen, also war er vorweg über den Besuch informiert worden. Wenigstens hatte er ein Treffen nicht abgelehnt. »Sollte ich dich kennen, Maria?«

Mitzi begann eine Story in ihrem Hirn zu kreieren, wie sie über diese Verwandtschaft gestolpert war und was sie hergeführt hatte, aber nach wenigen Sekunden ließ sie alle Lügen fallen. Die Besuchszeit war auf eine halbe Stunde begrenzt, und Mitzi wollte keine Minute vergeuden.

»Pass auf, Kasimir. Ich bin Mitzi. Wir zwei sehen uns heute das erste Mal. Ich hab mich eingeschlichen, weil ich wegen Hilda Valbilda hier bin.«

Kasimir zog die Schultern nach unten und sah verlegen auf die Tischplatte. »Es tut mir leid. Ehrlich. Es war mein erstes Verbrechen. Das müssen Sie mir glauben.«

»Bleiben wir beim Du, das is leichter.«

»Nein, Frau Schlager. So heißen Sie doch wirklich, oder?«

Mitzi nickte schnell.

Der Enkeltrickbetrüger begann seine Finger zu kneten. »Ich

sitze in der Erstvollzugsabteilung ein, bin sechsundzwanzig Jahre alt und bin vorher nie aufgefallen. Nur, dass Sie es wissen. Ich hab vielleicht mal einen Joint geraucht, aber nie was Illegales gemacht. Dann lass ich Depp mich überreden ...« Er stoppte und fuhr sich mit der Hand an den Mund.

Mitzi reagierte blitzschnell. »Von wem?«

Kasimir überlegte, schüttelte dann aber den Kopf. »Nein, nein. Niemand hat mich angestiftet. Ich war's ganz allein. Hab Geld gebraucht für ein neues Handy und hab mir gedacht, ich probier es einfach mit diesem Enkeldings.«

»Enkeltrick.«

»Genau. Darüber hab ich gelesen. Hat ja schon oft funktioniert. Wer hätte gedacht, dass diese Pensionistin so gescheit is und mich reinlegt. Pech für mich. Ich bin der Blöde. Gott sei Dank hab ich nur achtzehn Monate bekommen. Wenn ich mich gut verhalte, bin ich früher wieder draußen, und dann mach ich so was nie wieder. Ehrenwort. Bitte also noch mal um Verzeihung. Ist das in Ordnung für Sie? Kommen Sie von einer Opfervertretung oder von einem Anwalt? Oder sind Sie mit Frau Valbilda verwandt oder bekannt? Wären Sie bitte so lieb, ihr meine Entschuldigung auszurichten?«

»Wenn du mich zu Wort kommen lassen würdest, dann könnte ich dir erzählen, weswegen ich hier bin.«

»Nicht wegen des Betrugs?«

»Nein, wegen der Hex. Der weißen Frau.« Mitzi beugte sich vor und senkte ihre Stimme. »Kennst du jemanden, der sich so nennt und Frau Valbilda belästigt hat?«

»Was? Wen?« Er sah sie verdutzt an, begann erneut, seine Finger aneinanderzupressen. »Keine Ahnung.«

Mitzi wollte nicht so schnell aufgeben. »Pass auf, Kasimir. Ich erzähle dir alles, was ich weiß, oder besser, was ich gesehen habe, seit Frau Valbildas Tod. Dann bist du an der Reihe.«

»Die Frau Valbilda ist gestorben? Oh Gott.« Er wurde ziemlich bleich, und die Sommersprossen traten auf seiner Haut hervor wie Punkte. »Die war so eine Nette. Na ja, bis auf die Tatsache, dass sie mich reingelegt hat, aber sonst echt freundlich. Das kann doch nichts mit mir zu tun haben. Auch nicht mit –«

Wieder landete seine Handfläche auf seinen Lippen. Mitzi konnte sich gut vorstellen, wie einfach es für Hilda gewesen war, den jungen Mann zu täuschen.

»Hör mir einfach zu, Kasimir.«

Mitzi beeilte sich, ihm ihre gesamte Geschichte vom Café und vom Friedhof auszubreiten. Es gab hier Querverbindungen, die anscheinend noch keinem aufgefallen waren. Kasimir Wollatschek schien etwas oder jemanden zu verheimlichen. Es war die richtige Entscheidung gewesen, herzukommen.

Während Mitzi redete, hielt Kasimir die ganze Zeit den Blick auf sie geheftet. Seine Augenfarbe war wirklich auffallend blau.

Am Ende war Mitzi etwas außer Atem. »Kasimir. Es geht echt um weit anderes als um einen blöden kleinen Enkeltrick.«

»So blöd war der nicht.«

»Bitte, sag mir, ob du diese Hex kennst.«

»Nein.«

»Hand aufs Herz.«

Zum ersten Mal lächelte Kasimir, und wieder erinnerte er Mitzi an einen Prominenten. Es lag ihr auf der Zunge.

»Ich kenn keine Hexen oder Geister, Mitzi, glaub mir. Außer einen Flaschengeist, wenn ich zu viel getrunken hab. Oder einen Hexenschuss im Rücken.« Nun war auch er beim Du gelandet.

Mitzi suchte nach Worten. »Geist is das falsche Wort. Eher Erscheinung. Aber aus Fleisch und Blut. Das hoffe ich zumindest. Weiße Frau, das klingt einfach unheimlich.«

Im nächsten Moment hob Kasimir ein drittes Mal seine Hand hoch, aber diesmal klopfte er sich mit dem Zeigefinger gegen die Schläfe.

»Mir is etwas eingefallen. Einmal is genau diese Bezeichnung gefallen bei einer unserer Vorbesprechungen. Im Zusammenhang mit Hilda Valbilda. Aber nur kurz. Ich hab es aufgeschnappt und wieder vergessen.«

»Bei einer eurer Besprechungen, sagst du? Jetzt spuck es auch aus, wer is noch mit von der Partie gewesen?«

»Nein, ich war es allein.« Er stockte. »Ach, was strenge ich mich so an, es is bei dir eh wurscht. Ich und ein Kumpel waren es. Wenn du das jetzt der Polizei erzählst, leugne ich es. Darin bin ich gut.«

»Kasimir.« Mitzi tätschelte seinen Handrücken. Seine Haut fühlte sich warm an. »Warum deckst du den, der dich hier hereingebracht hat?«

»Weil er mein Freund is und mir versprochen hat, dass ich einen Anteil bekomme.«

»Wovon? Die Sache is doch schiefgegangen. Außer dass es Hilda ziemlich viele Nerven gekostet hat.«

Die blauen Augen des gescheiterten Enkeltrickbetrügers wurden groß. »Sei ehrlich, Mitzi, bist du sicher, dass meine Trickserei nichts mit dem Tod von ihr zu tun gehabt hat? Hat sie sich etwas angetan?«

»Nein. Sie is an einem Herzstillstand gestorben. Aber ich an deiner Stelle würde nicht hier drinnen sitzen wegen eines anderen, der genauso nur ein dummer Betrüger is.«

»Ich bin nicht dumm. Vielleicht ein wenig naiv.«

»Damit entschuldige ich meine blöden Ideen auch immer.«

»Oje, Zeit ist um.« Kasimir löste eine seiner Hände aus Mitzis und zeigte auf die Wanduhr. »Gleich müssen wir uns verabschieden.«

»Auch wenn wir uns in Wahrheit gar nicht kennen, bitte ich dich: Versprich mir, dass du eine neue Aussage machst, Kasimir.« Mitzi lehnte sich mit dem Oberkörper noch weiter über die Tischplatte zu Kasimir hin.

»Das kann ich nicht.«

»Doch, das kannst du. Sag aus, wer dein Komplize war. Ich geh jetzt. Hat mich gefreut, dich kennenzulernen. Ehrlich.«

»Kommst du vielleicht noch einmal zu mir, Cousine? Es würde mich freuen, Mitzi. Oder lass mir wenigstens deine Nummer da. Wenn ich wieder draußen bin, würde ich dich auf einen Kaffee einladen.«

»Ich überlege es mir und schreib dir, okay?«
»Nicht vergessen, bitte.« Kasimir blinzelte Mitzi zu.
»Besuchszeit ist zu Ende.«
Die Ansage kam aus einem Lautsprecher über ihnen. Mitzi hätte den jungen Mann gern weiter ausgehorcht und ihm ins Gewissen geredet.
»Pfiat di und baba, Kasimir.«

Draußen vor der Justizanstalt lehnte sich Mitzi gegen die Mauer des Gebäudes. Sie fühlte sich erschöpft. Die Atmosphäre im Gefängnis hatte ihr doch zugesetzt. Obwohl sie Kasimir Wollatschek netter gefunden hatte als gedacht. Aber wenn sie ehrlich war, hatte sie ohnehin einen Radar für böse Buben. Wobei ihr Kasimir nicht wirklich böse vorkam.

Zuerst musste sie Agnes informieren. Ob direkt heute oder mit etwas Abstand morgen, würde sie nach ihrer Heimkehr entscheiden. Keine Alleingänge, hatte sie Agnes versprochen. Trotzdem war sie hierhergefahren. Wenn, mit etwas Glück, der Enkeltrickbetrüger seinen Verbündeten preisgab, war Agnes hoffentlich nicht allzu verstimmt.

Auf dem Weg zurück zum Bahnhof wusste sie es plötzlich.
Ed Sheeran.
Kasimir Wollatschek sah aus wie der Bruder des berühmten Sängers. Der etwas unscheinbarere Bruder, zugegeben. Ob Kasimir auch Musik gemacht hatte, bevor er auf die schiefe Bahn geraten war? Das könnte sie ihn bei einem nächsten Besuch fragen.

Das denkst du jetzt nicht wirklich, Spatzerl?, fragte die Oma-Stimme in ihrem Kopf.

Nein, natürlich würde Mitzi nicht wiederkommen. Vielleicht ihm ihre Nummer auf einer Postkarte aus Salzburg zuschicken, das fühlte sich okay an.

4

Bevor Mitzi Agnes den Besuch in der Justizvollzugsanstalt beichten konnte, war es die Inspektorin, die sich bei ihr meldete.

»Du bist es gewesen, nicht?«, eröffnete Agnes ihren Anruf am nächsten Tag.

Mitzi hatte sofort ein schlechtes Gewissen. »Ich weiß, ich hätte dich vorher fragen sollen. Es mit dir besprechen. Ich wollte es gestehen, aber du bist mir jetzt zuvorgekommen.«

»Warum, Mitzi?«

»Agnes, du glaubst mir die Sache ohnehin nicht.«

»An Spukstorys aus der Twilight Zone glaube ich nicht, damit hast du recht. Aber handfeste Kriminalfälle sind eine ganz andere Sache.«

Mitzi wechselte das Handy von einem Ohr zum anderen.

Sie war in ihrer Küche und schlug gerade Eier auf. Schon bald nach ihrem Gefängnisbesuch gestern hatte sie kurioserweise Lust aufs Backen bekommen. In dem Familienrezeptbuch, in dem am Rand noch Anmerkungen ihrer Mutter geschrieben standen, hatte sie sich einen Gugelhupf ausgesucht, die Zutaten noch vor dem Frühstück besorgt und alles andere auf später verschoben. Wenn er ihr gelang, würde sie einen zweiten Anlauf starten, im Laufe der Woche, extra noch einmal für Freddy.

Ihr Freund hatte sich für Gründonnerstag angekündigt, seine laufende Verkaufstour war vor Ostern zu Ende, und diesmal würde er über die Feiertage zu Hause bleiben. Zweisamkeit war ohnehin selten bei ihnen. Mitzi hatte sich vorgenommen, dieses Mal auf gemeinsamen Unternehmungen zu bestehen.

»Kennst du überhaupt die Serie ›Twilight Zone‹, Agnes?«

»Reden wir lieber weiter über das andere, Mitzi.«

Mitzi seufzte. »Wer hat es dir gesagt? Die Gefängnisverwaltung in Krems? Stehen sie mit der Polizei in Kufstein in Kontakt? Oder hast du mir einen Minisender untergejubelt, damit du immer weißt, wo ich hingehe?«

»Keine schlechte Idee.« Agnes lachte.

Mitzi fühlte sich erleichtert. Wenn Agnes es mit Humor nahm, würde sie Mitzis Aktion nicht zu sehr tadeln.

»Woher weißt du es dann? Ich wollte dich wirklich in der nächsten Stunde anrufen.«

»Ich will auch ehrlich sein, dein Name wurde überhaupt nicht erwähnt. Aber ich habe mir einen Reim auf die neueste Entwicklung im Betrugsfall Hilda Valbilda gemacht.«

Auf der Stelle entflammte Mitzis Neugierde. »Du zuerst. Was hat sich ergeben? Darfst du es mir erzählen? Bitte.«

»Eine Kollegin aus Krems, Hauptmann Petra Hammerl, hat sich vorhin bei mir gemeldet. Sie leitet die Soko Mitterweg, die den Mord an Therese untersucht. Kasimir Wollatschek hat eine neue Aussage gemacht. Zu Hilda Valbilda und dem Enkeltrick im letzten Jahr, vor Weihnachten. Die Fäden laufen bei Petra Hammerl zusammen, aus dem Grund wurde sie umgehend verständigt.«

»Nein, echt? Er hat neu ausgesagt? Ich bin baff.« Mitzi sah den rothaarigen jungen Mann vor sich. Zugleich kam ein neues Gefühl hinzu: Stolz. Sie hatte ihn dazu gebracht.

»Er hatte einen Komplizen. Den Patensohn der verstorbenen Therese Valbilda: Tobias Mundi. Der hat ihn zu der Straftat angestiftet.«

»Ich wusste es.«

Nun hörte Mitzi Agnes Luft holen. »Weiter zu dir, Mitzi. Als dieser Wollatschek zusätzlich ausgesagt hat, er hätte Besuch von seiner Cousine zweiten Grades aus Salzburg bekommen und die hätte ihm ins Gewissen geredet, ahnte ich, dass du das sein könntest. Nachfragen habe ich mir erspart und mich direkt bei dir gemeldet.«

»Du kennst mich.«

»Oh ja. Aber es gibt noch mehr.«

»Erzähl mir auch davon, bevor du mir die Leviten liest.«

»Na schön: Aufgrund der neuen Erkenntnisse hat die Kremser Polizei inzwischen Tobias Mundi festgenommen. Er sitzt in Untersuchungshaft.«

»Ich fasse es nicht. Ich hab dem Patensohn auf der Beerdigung von Hilda Valbilda die Hand geschüttelt. Er hat eine Ansprache gehalten und wirkte total harmlos. Aber ich hab dort ein Gespräch mitbekommen, im dem gesagt worden is, dass Hilda ihn gar nicht mochte. Zwei Frauen haben sich unterhalten: eine Lore und eine Anna. Leider kenn ich nur die Vornamen, aber beschreiben könnte ich sie dir.«

»Mitzi, davon hast du mir bisher nichts gesagt.«

»Ich war wegen der weißen Frau ziemlich durcheinander. Was für ein Fiesling, dieser Patensohn. Meinst du, er is auch schuld an Hildas Tod?«

»Nein, Mitzi. Es wird trotzdem noch spannender. Das Alibi, das Tobias Mundi für die Todesnacht seiner Patentante Therese Valbilda angegeben hat, wackelt inzwischen.«

Mitzi unterbrach ihre Backvorbereitungen und ließ sich auf einen der Küchenstühle fallen, sie musste sich einfach setzen.

»Wahnsinn.«

»Er war in der Nacht in einer Weinbar, und der Wirt hat ihn das eine oder andere Mal gesehen. Allerdings mit langen Pausen dazwischen. Zusätzlich gab es eine Frau als Zeugin, die einen Flirt bestätigt hat. Eine Touristin aus Wien. Aber die ist nicht mehr auffindbar. Hauptmann Hammerl wollte sie erneut vorladen, doch die Handynummer war nicht mehr vergeben. An der angegebenen Adresse wohnt ein Ehepaar. Laut Polizeibericht war angeblich der Ausweis gültig. Aber der Beamte hat zugegeben, dass er ihn sich in der Eile nicht extra hat zeigen lassen, sondern nur die Daten notiert hat. Petra Hammerl hat getobt.«

»Der Arme.«

»Nein. Eher der Unfähige.«

»Und der Patensohn?«

»Der bleibt bei seinen Angaben und will nur den Vornamen der Frau kennen. Doch sein lückenloses Alibi ist somit perdu.

Von Weißenkirchen nach Krems würde man in der Nacht keine Viertelstunde brauchen. Wenn die Kremser Kollegen weitere Beweise dafür finden könnten, dass er zum Zeitpunkt des Feuers doch in Krems war, wird er Wollatschek demnächst Gesellschaft leisten.«

»Kasimir is kein Schlechter. Glaube ich zumindest.«

»Er wäre nicht im Knast, wenn er unschuldig wäre. Du bist an der Reihe, Mitzi. Ohne Ausschmückungen bitte.«

»Ja, ja, schon gut.«

Agnes unterbrach das Gespräch. »Warte bitte noch, Mitzi, ich bekomme einen anderen Anruf herein.«

Sie legte Mitzi auf eine Warteschleife, auf der Musik ertönte. Alphornklänge waren zu hören. Mitzi stellte das Handy auf laut und machte sich wieder ans Backen, während sie alle Infos noch einmal gedanklich durchging.

Tobias Mundi.

Sie rief sich den blonden Mann von der Beerdigung ins Gedächtnis. Groß. Schlank. Jung. Vielleicht sogar jünger als Kasimir Wollatschek. Es war erstaunlich, was alles ans Tageslicht kam. Kasimir hatte mit seiner Aussage eine Lawine ins Rollen gebracht. Ob er Marmorgugelhupf mochte? Mitzi wog Zucker und Butter ab und raspelte die Kochschokolade, bis Agnes wieder in der Leitung war.

»Bist du noch dran, Mitzi?«

»Alphorngedudel lasst ihr bei der Polizei spielen?«

»Man hat wissenschaftlich festgestellt, dass Musik Menschen in Warteschleifen beruhigt. Seitdem läuft es, damit uns niemand ausrastet, wenn er warten muss.«

»Aber wenn es um einen Notfall geht?«

»Mitzi, wenn ein Notruf kommt, wirst du nicht auf Warteschleife gelegt. Das ist doch klar. Nicht jeder, der sich bei uns meldet, braucht sofort polizeiliche Unterstützung. Es gibt oft Anfragen oder Beschwerden.«

»Verstehe. Was war denn?«

»Ich habe einen neuen Kontakt zu einem Detektiv aus Köln.«

»Zu einem Privatdetektiv? Wie in ›Das Model und der Schnüffler‹, die tolle alte Serie mit dem jungen Bruce Willis?«
»Kenne ich nicht.«
»Musst du dir einmal anschauen. Die zwei haben immer spannende Fälle gelöst und sind nach und nach ein Liebespaar geworden.«
»Wie auch immer.« Agnes räusperte sich. »In der realen Welt ist Detektivarbeit meistens genauso dröge wie Polizeialltag. Axel Brecht heißt der Mann. Die ältere Schwester von Hilda und Therese hatte ihn bereits auf den Patensohn angesetzt. Sie wohnt ebenfalls in Köln. Ich habe ihn kennengelernt, als ich deiner Anfangsgeschichte nachgegangen bin. Du siehst also, ich glaube dir doch.«
Mitzi musste endlich nachfragen. »Hat denn einer von denen allen etwas von dieser Hex oder weißen Frau erzählt?«
»Nein, Mitzi! Niemand. Der Fall scheint sich aufzuklären. Und du hast Anteil daran. Ist das nicht genug?« Agnes' Stimme wurde strenger. »So, Mitzi. Nun zu deinem Cousinenbesuch.«
Während Mitzi ausführlich berichtete, dachte sie wieder an ihre Beobachtung am Friedhof. Wie der weiße Umhang im Wind geweht hatte und wie die Person, diese Erscheinung die Beerdigung beobachtet hatte. Der Blick der weißen Frau war definitiv auf die Trauernden gerichtet gewesen. Das hatte sich Mitzi nicht eingebildet.
»… und dann bin ich wieder gegangen. So war es, Agnes. Nicht mehr und nicht weniger. Bekomme ich Schwierigkeiten?«
Erst nach einer kleinen Pause gab Agnes eine Antwort. »Ich lasse es durchgehen, Mitzi. Diesmal drücke ich ein Auge zu.«
»Danke. Auch dafür, dass du recherchiert hast.«
»Das ist mein Job.«
»Wann sehen wir uns wieder?«
»Ich kann es dir nicht sagen. Erst einmal fahre ich in den nächsten Tagen nach Krems. Hauptmann Hammerl hat inzwischen überlegt, mich mit ins Boot zu holen. Würde mich schon interessieren.«

»Super.«
»Warten wir ab. Mein Boss könnte etwas dagegen haben. Im Moment ist es schwierig mit ihm. Mit dem Detektiv Axel Brecht werde ich mich ebenfalls noch einmal kurzschließen.«
»Axel und Agnes, klingt gut.«
»Mitzi, es ist rein beruflich.«
»Wenn du es sagst.«
Sie verabschiedeten sich.

Mitzi kostete den Teig am Löffel, wie sie es früher als Kind gern getan hatte. Ihre Mutter hatte regelmäßig für die Kinder gebacken und der kleinen Mitzi den einen oder anderen Trick gezeigt, wie Kuchen flaumiger wurden. Auch wie man es am besten anstellte, dass Knödel beim Kochen nicht zerfielen, hatte Marion Schlager ihrer Tochter beigebracht.

Gugelhupf- und Knödel-Tipps, sie waren geblieben von Mitzis Mama.

Mit einem Mal überschwemmte sie eine tiefe Sehnsucht nach ihren Eltern und ihrem kleinen Bruder. Es war nun bald dreiundzwanzig Jahre her, seit sie alle drei tot waren, aber Mitzi kam es viel kürzer vor.

Mama, dachte sie. Und Papa. Und Benni. Vor allem ihren kleinen Bruder vermisste sie. Wenn er je erwachsen geworden wäre, würde er jetzt im Alter von Kasimir Wollatschek sein.

5

»Ana hat imma des Bummerl, ana muass imma verlier'n ...«

Die Hex sang. Versuchte über das Singen, ihren Ärger und auch die Angst loszuwerden, die sie quälte.

»Kränkungen haben oft seltsame Folgen. Die verletzte Auster bildet eine Perle.«

Diesen Satz hatte einer ihrer Lehrer gesagt. In der Hölle verrotten sollte der alte Hurensohn. Angetascht hatte er sie, unsittlich berührt, als sie einmal nachsitzen musste. Doch hatte sie nicht vorher versucht, ihn zu verführen? Ja, hatte sie.

Ein kurzes Sinnieren kam mit diesem Gedanken, das aber schnell von einem unerwarteten Heiterkeitsausbruch abgelöst wurde. Ärger, Wut, Angst und schrille Freude, ein Viererkleeblatt.

»Ja, ana hat imma des Bummerl. Ana muass imma verlier'n.«

So funktionierte die Welt. Horst Chmela hatte mit seinem zeitlosen Lied vollkommen recht. Sie würde jedoch nicht das Bummerl bekommen, so viel stand fest. Verlieren konnten alle anderen, sie würde am Ende siegen.

Außerdem hatte ihr das Feuer gefallen. Auch Hildas Sterben war ein Erlebnis der besonderen Art gewesen, und sie hatte ihm beiwohnen dürfen. Zwei tote alte Schachteln waren hinnehmbar.

Was aber, wenn Tobias oder der dumme Kasimir über sie quatschten? Sie in den Fokus geriet, ihr Name doch noch genannt wurde? Die Hex fröstelte und rieb sich die Hände.

Nein. Kasimir wusste nichts über sie.

Und Tobi, der fesche Tobi, war ihr verfallen. Hexenmäßig hatte sie ihn verzaubert.

Als sie von seiner Verhaftung gehört hatte, hätte sie ihn allerdings umbringen können. Am liebsten hätte sie ihn angerufen, aber sie hatte sich beherrscht. Kein Kontakt, das wäre zu riskant. Sie hatte mit Bauchgrimmen und Alpträumen zu kämpfen, in denen sie sich im Frauengefängnis sah, eingesperrt in einem kleinen Raum ohne Bewegungsfreiheit. Sie hatte sogar schon angefangen, die Koffer zu packen, sich aber umentschieden.

Tobi würde weiter bei der Flirtgeschichte mit einer Unbekannten bleiben, dessen war sie sich sicher. Und mehr, als dass sein Alibi nicht wasserdicht war, konnten sie ihm nicht nachweisen. Er war nicht in Krems gewesen in dieser Nacht.

Wenn er wider Erwarten reden sollte, würde sie ihn gnadenlos reinreiten. Schließlich gab es da noch eine Spiritusflasche, die besonders war und die sie nicht verwendet hatte, als sie das Feuer am Mitterweg legte. Mit seinen Fingerabdrücken darauf. Keine Ahnung hatte er davon. Er hatte das Plastik ohne Arg berührt, als sie ihn gebeten hatte, ihr das Putzmittel zu reichen. Hinterher hatte sie es eingetütet.

Er glaubte ihrer Geschichte, dass sie sich stets im Verborgenen hielt, weil sie ihm nicht schaden wollte. Ihm, ihrem Liebsten, ihrer großen Liebe. Selbst jetzt noch konnte sie ihm diese Story wunderbar verkaufen, weil ein kleines Stückchen Wahrheit darin steckte.

Abgesehen davon war sie gut. Besser, als alle dachten. Besser, als man es ihr jemals zugetraut hätte. Im Bett und im Leben. Im Planen und im Ausführen. Im Schweigen und im Ausharren.

Wenn sie länger darüber nachdachte, war auch Tobi dumm und leicht manipulierbar. Er würde später einen guten Ehemann abgeben. Wenn sie es wagte, weiter in die Zukunft zu spekulieren, würde letzten Endes auch Tobi nach einer angemessenen Zeit etwas zustoßen müssen. Manche Männer starben früh. Ihre Frauen wurden zu betuchten Witwen. Aber ein Schritt nach dem anderen. Noch galt es, Stolpersteine aus dem Weg zu räumen.

»Ana hat imma des Bummerl ...«

Sie trällerte das Lied und dachte an ihr neues Problem. Ihr brandneues Hassobjekt – brandneu, wie treffend. Fast wie

Kai aus der Kiste war diese komische, schräge Person aufgetaucht und hatte sich eingemischt. Die Beweggründe dieser damischen Urschl lagen im Dunkeln, aber die Auswirkungen waren bereits spürbar. Nun ja, sie hatte ihr weiteres Schicksal selbst verschuldet.

Wenn die Hex mit ihrer Einschätzung richtiglag, war die Frau noch leichter zu verschrecken als die alte Hilda. Sie wusste auch schon, wie. Der nächste Plan stand. Alles war vorbereitet. Es würde ein Spaß werden.

»I hab mei' Leb'n lang des Bummerl, weil i vom Glück a Stiefkind bin.«

Ihre Singstimme klang wesentlich höher als die Sprechstimme. Sonst versuchte sie bewusst, ein dunkleres Timbre herzustellen, es wirkte deutlich anziehender auf das andere Geschlecht.

Ihre Fähigkeiten, andere zu manipulieren und zu betören, waren ihre wenigen Trümpfe im Leben. Bei Männern ein Leichtes, bei Frauen etwas schwieriger, bei Therese hatte es überhaupt nicht geklappt. Das alte, böse Weib hatte es verdient, in der Hölle zu schmoren.

Wie eine Woge kam der tiefe Hass hoch. Ihr wurde noch kälter, ihre Zähne schlugen aufeinander.

Thereses Gesicht tauschte den Platz mit einer anderen alten Frau.

Eine von ungezählten grausamen Begebenheiten, die sich in ihrer frühen Kindheit abgespielt hatten, lief wie eine kurze Filmsequenz vor ihrem inneren Auge ab. Angeblich hatte man aus der Zeit noch keine Erinnerungen, hieß es, aber sie meinte, auf jede Einzelheit messerscharf zurückblicken zu können. Es war wie ein Stummfilm, sie konnte die Sätze von den Mündern der Darsteller ablesen. Hätte es einen Ton gegeben, hätte sie die Szene in ihrer Muttersprache gehört. Aber die zu sprechen oder auch nur zu denken kam niemals in Frage. Nicht einmal in ihren Träumen.

Die Protagonisten: ein Kind, ein kleines Mädchen, und seine Großmutter. Eine Großmutter wie aus einem bösen Märchen, nicht liebevoll, sondern schlicht und einfach böse. Der Ort: eine Küche, eng und voller Gerüche nach gebratenen Zwiebeln, Paprika und angebranntem Öl.

»Du magst mein Gulasch nicht, du kleine Hex?«

Die böse Alte hatte weder ihre Tochter noch ihre Enkelin je beim Vornamen genannt.

»Oma, es ist so scharf.«

»Friss es, oder ich prügele dich windelweich.«

Das Kind aß auf, bis auf den letzten Löffel, und die Schärfe verbrannte ihm die Lippen und die Zunge. Die Magenschmerzen und später der schlimme Toilettengang rundeten die Qual ab. Oma kochte liebend gern, immer zu scharf und zu heiß. Nie kleinkindgerecht.

Verprügelt hatte sie das Kind am selben Abend trotz allem, grundlos. »Tut weh, Oma« – ihr wahrscheinlich erster Satz in diesem harten Leben.

Viel früher schon hätte jemand die Alte erschlagen sollen. Die psychische Zermürbung, die Quälereien und Bösartigkeiten – im Laufe der Jahre hatten sie aus jedem in Großmutters Nähe ein Wrack gemacht.

Warum war die Alte so gewesen? So geworden? Und warum hatte niemand in Umfeld ihr Treiben und hinterhältiges Wirken gestoppt?

Fragen, die damals wie heute nie laut gestellt und demzufolge nie beantwortet worden waren. Zurückgeblieben war nur der unversöhnliche Groll.

Nicht daran denken. Nicht immer und nicht jeden Tag. Die Hex wischte die Szene beiseite. Die eigenen Pläne verfolgen und sich von nichts und niemandem davon abbringen lassen. Zur Not eben über Leichen gehen. Niederstrecken, was einem im Weg steht. Zerhacken, zerstückeln und die Reste verbrennen. Dann ein Schnapserl darauf trinken. Einen Marillenschnaps. Aus den Kränkungen und Gemeinheiten würde am Ende eine Perle hervorgehen.

»Da draußen in der Wachau, die Donau fließt so blau …«

Laut stimmte sie ein neues Lied an. Mit einem veränderten

Text. »Das Leben verglüht, und die Menschen vergehn! Der Tod in der Wachau ist im Frühling so schön …«

Ihr Singen brach ab, denn darüber musste sie kichern. Immer höher und schriller.

6

Mitzi rekapitulierte Agnes' Ausführungen über die Ermittlungen. Einerseits war sie zufrieden, weil es ihr anscheinend gelungen war, einem weiteren Verbrechen das Handwerk zu legen. Andererseits gab es immer noch die unbeantwortete Frage nach der weißen Frau.

Sie überlegte, ob sie vielleicht nach den anderen Trauergästen am Friedhof suchen sollte, darunter die füllige Lore und die Rosenkranzfrau Anna, um sie nach der Erscheinung zu befragen. Oder ob sie sich bei der dritten Schwester melden sollte. Beides keine wirklich guten Ideen.

»Hexen und so was alles gibt es nicht«, hatte Agnes gesagt. Mitzi nickte sich selbst zu, glaubte aber weiter daran.

Während der Gugelhupf im Backofen war, googelte sie erneut nach diesem Begriff. »Hexen«. Über dreizehn Millionen Einträge.

Bei »Begegnungen mit Hexen« sah es etwas besser aus, aber immer noch erreichte die Trefferzahl die Zwei-Millionen-Grenze. Das brachte sie nicht weiter. In Salzburg selbst wurde es interessanter. In der Stadt und im Land gab es einige historische Geschichten zu Hexen, und eine Gruselführung wurde angeboten.

Mitzi versuchte ihr Glück und konnte sich online für den letzten Freitag in diesem Monat eintragen. »Bei Finsternis«, stand dort, um acht Uhr abends würde es losgehen. Treffpunkt war an der Festungsgasse. Es würde um den Zauberer Jackl gehen, die Hexenprozesse im 17. Jahrhundert und um düstere Geschichten rund um die Festung Hohensalzburg. Dort sollte nämlich eine »weiße Frau« ihr Unwesen getrieben haben.

Sie stutzte. Unfassbar, dass sie in ihren Jahren in der Stadt noch nie davon gelesen hatte. Es war ein unheimlicher Zufall, dass sie gerade jetzt darauf stieß. Sie suchte weiter im Netz, und die Geschichte um diese Figur faszinierte sie augenblicklich.

Sie konnte den Sog spüren, der ihre Phantasie wie in einem Strudel herumwirbeln ließ.

Die Eieruhr klingelte, und Mitzi stieß einen Schrei aus.

Der Gugelhupf war fertig. Sie holte ihn heraus und ließ ihn zuerst einmal auskühlen.

Während des Wartens suchte sie nach Hexen- und Gruselfilmen im Internet. »The Witcher« stand im Streamingportal aufgelistet. Keine gute Idee, gestand sie sich ein. Selbst bei »Charmed«, einer eher harmlosen Gruselserie, in der es um drei Hexenschwestern ging, hatte sie Gänsehaut bekommen.

Sie verharrte bei »Doctor Sleep«, der Verfilmung eines Romas von Stephen King, den sie, wie alle Bücher des Autors, längst gelesen hatte.

Mitzi schloss die Seite. Nein, sie würde sich heute keinen Horrorstreifen ansehen. Es war vielleicht die Gelegenheit, die alten Gewohnheiten aufzugeben. Zeit, sich nicht bei jeder Schwierigkeit in ihrem Leben in fremde, künstliche Welten zu flüchten. Deshalb entschied sie sich dagegen. Zum ersten Mal.

Doch der Tag würde sich in die Länge ziehen.

Sie stürzte den Gugelhupf und klopfte sich selbst auf die Schulter. Er war gelungen. Danach setzte sie Kaffee auf und trank zwei Tassen. Probierte ein Stück ihrer Backkreation dazu. Der Gugelhupf schmeckte sogar ausgezeichnet, und Mitzi beschloss, einen Teil an den Nachbarn abzugeben.

Ronald Hader wohnte versetzt auf der anderen Seite des Flurs und half manchmal aus, wenn Freddy unterwegs war und es etwas Handwerkliches in der Wohnung zu richten gab. Mitzi bat ihn selten um einen Gefallen, sein Humor war gewöhnungsbedürftig und seine Blicke auf ihren Busen fast schon unverschämt. Seit drei Monaten war er arbeitslos und immer zu Hause.

Er öffnete nach dem zweiten Klopfen. Sein Haar sah ungewaschen aus, und er trug eine bunte Leggings. Mitzi hielt ihm einen Teller mit zwei Kuchenstücken entgegen.

»Hallo, Ronald. Schau, ein Marmorgugelhupf. Eben erst fertig. Von mir eigenhändig produziert.«

»Dank schön, Mitzi, das is aber nett. Wusste gar nicht, dass du eine Backfee bist. Das duftet.« Er schnupperte. »Herein, herein. Ich hab gerade ein Flascherl Wein aufgemacht. Zum grünen Veltliner passt ein Gugelhupferl besonders gut.«

Mitzi dachte nicht im Traum daran, in die Wohnung von Ronald zu gehen. Sie griff aus dem Stegreif auf die Story zurück, die sie in der Justizvollzugsanstalt verwendet hatte.

»Mein Cousin zweiten Grades is in der Stadt. Wir machen gleich eine Rundfahrt. Deshalb auch der Kuchen.«

»Bei dem Wetter?« Ronald zeigte auf das Flurfenster.

Draußen regnete es in Strömen. Mitzi hatte davon nichts mitbekommen. »Er reist heute Abend wieder ab, also müssen wir trotzdem los.«

»Wie heißt er denn?«

Es ging den Nachbarn zwar nichts an, aber wenn Mitzi schon dabei war … »Kasimir. Aus der Wachau stammt er.«

»Schön. Dort gibt es auch guten Wein. Gehst du ohne Schirm und Jacke?«

»Die hol ich noch, Ronald. Der Kasi wartet. Lass es dir schmecken.«

»Vielleicht magst ja am Abend noch mal klingeln, Mitzi.« Sein linkes Augenlid zuckte, es mochte sich auch um ein Zwinkern handeln.

Mitzi drehte sich ohne Antwort um und kehrte in die Wohnung zurück. Weil sie sich sicher war, dass Ronald durch den Spion den Flur beobachten würde, schnappte sie sich ihre Jacke und einen Knirps und machte sich zu einem Spaziergang auf.

Sie lief zuerst von der Maxglaner Hauptstraße Richtung Innenstadt, so lange, bis zu dem Regen auch noch Wind dazukam. Nach einer Stunde kam sie völlig durchnässt und frierend zurück nach Hause.

Nach zwei weiteren Tassen Kaffee und einem zweiten Stück ihres Gugelhupfs machte sie sich schließlich an die Korrektur des Romans. Arbeit würde ihr guttun. Der Text strotzte nur so von Fehlern und falscher Beistrichsetzung. Bald war sie darin versunken.

Der Eingang einer neuen E-Mail holte sie aus ihrer Konzentration. Der Absender schien auf den ersten Blick sie selbst zu sein. Ihre Mailadresse war bei »Von:« und »An:« zugleich angegeben. Sie zögerte.

»Ich möchte Sie treffen. Es geht um H.V.«, stand in der Betreffzeile.

Ihr Zeigefinger schwebte über der Tastatur, aber sie klickte nicht darauf. Es war mit ziemlicher Sicherheit eine Abzockernummer, und ihr würden wieder Kredite oder heiße Frauen in der Nähe angeboten.

Eine zweite Nachricht kündigte sich an. Wieder ihre eigene Absenderadresse. Ähnlicher Betreff: »Bitte öffnen Sie die Botschaft. Es geht um H.V.«

Das Wort Botschaft irritierte Mitzi, es klang ungewohnt.

Die nächste kam herein.

»Aller guten Dinge. Das wissen Sie doch. Es geht um H.V.«

Was hatte es mit dieser Abkürzung auf sich? In Mitzis Kopf machte es klick. Hilda Valbilda.

Das war unmöglich.

Was hatten diese Nachrichten zu bedeuten? Wer hatte sie geschrieben? Woher kannte dieser Jemand Mitzis Mailadresse?

Die letzte Frage war als einzige leicht zu beantworten. Mitzi war als freie Korrektorin in einigen Onlineportalen mit Mailadresse aufgeführt. Jeder, der suchte, konnte sie finden.

Aber wer hatte sie gesucht und gefunden?

Sie riss ihren Blick vom Bildschirm los und starrte aus dem Fenster. Es hatte sich, wie so oft in Salzburg, eingeregnet. Dunkle Wolken bedeckten den Himmel.

»Es geht um H.V.« Damit konnte nur Hilda Valbilda gemeint sein, wer sonst.

Mitzi öffnete die erste der drei Botschaften.

»Mailbox von Agnes Kirschnagel. Im Moment kann ich nicht persönlich ans Telefon. Hinterlasst Namen und Nummer, ich rufe zurück. Danke und pfiat euch.«

Mitzi legte beim ersten Mal wieder auf. Auch beim zweiten

Anlauf. Schließlich rief sie auf dem Polizeirevier an und versuchte es bei Agnes' Nebenstelle.

»Polizei Kufstein. Inspektor Bastian Klawinder. Grüß Gott.«

Mitzi brachte keinen Ton heraus und sah auf die Küchenuhr. Es waren einige Stunden seit Agnes' Anruf wegen Kasimir Wollatschek vergangen. Vielleicht hatte sie bereits Feierabend gemacht.

»Hallo? Wer is denn da?«

Der Beamte klang zwar freundlich, aber Mitzi schaffte es nicht, ihn nach Agnes zu fragen. »Entschuldigung, falsch verbunden.«

In Mitzis Kopf rotierten die Gedanken. Agnes wurde gebraucht. Dringend. Etwas hatte sich gedreht oder weiterentwickelt oder kam neu hinzu. Es ging um Hilda Valbilda und deren Tod. Wenn Mitzi den Verfasser der drei E-Mails richtig verstanden hatte.

Sie las sich zum x-ten Mal den immer gleichen Text durch, der in allen drei Nachrichten stand.

»Liebe Mitzi, Sie gestatten, dass ich Sie so nenne. Hilda sucht Kontakt zu Ihnen. Sie möchten sicher mehr über den glücklichen Übergang von Hilda wissen. Ich bringe eine Botschaft. Und ich bin Ihnen näher, als Sie denken. Genau in diesem Moment. Wir müssen uns begegnen. Jetzt, direkt. Ich weiß, dass Sie kommen werden. Hilda will es so. Die Toten rufen. Sie hat mir den Treffpunkt übermittelt. Machen Sie sich auf den Weg. Jetzt!! Ich warte hier nur eine Stunde auf Sie, deshalb beeilen Sie sich.«

Keine Fragen, sondern Feststellungen. Jemand wartete, und die Toten riefen. Jemand wusste, dass Mitzi kommen würde. Wegen der verstorbenen Hilda, die sich aus dem Jenseits gemeldet hatte. Die Kontakt zu Mitzi suchte.

Was?

Eine Gänsehaut lief über Mitzis Rücken, sie schüttelte sich. Es dauerte ein paar Minuten, bis sie zusammenhängend darüber nachdenken konnte.

Hilda Valbilda hatte doch ebenfalls Botschaften von ihrer toten Schwester erhalten. Durch die weiße Frau. Von ihr mussten die drei E-Mails stammen. Es gab keine andere Erklärung. Die weiße Frau, die den Ruf der Toten vernehmen konnte. Gott im Himmel, sie war also doch mitten in einer Geistergeschichte gelandet.

Besser wäre es, die Nachrichten sofort zu löschen, es auf sich beruhen zu lassen. Hilda war Asche, ihre Urne stand im Familiengrab. Tote meldeten sich nicht. Unmöglich.

Gute Argumente, die aber die Gänsehaut nicht vertrieben. Deshalb war Mitzi bereit, mehr herauszufinden. Jetzt, direkt.

Am Ende der Schreiben war jeweils der Treffpunkt angegeben. Ein Platz, der jährlich von Millionen von Touristen aufgesucht wurde und der als Wahrzeichen der Stadt Salzburg bekannt war. Mitzi musste handeln. Sie hatte nur eine Stunde Zeit.

Während sie ihre immer noch nasse Jacke überzog, wählte sie wieder Agnes' Handynummer. Erneut kein Glück. Dann würde sie eben allein losziehen. Obwohl sie Agnes versprochen hatte, keine Alleingänge mehr zu unternehmen. Egal, die Uhr tickte, und in ihrem Kopf rauschte es.

Als Mitzi schließlich den nächsten Versuch unternahm, Agnes zu sprechen, war sie bereits auf der Straße und rannte im Regen den haargenau gleichen Weg Richtung Innenstadt, den sie schon am Vormittag gegangen war.

Diesmal konnte sie sich nicht beherrschen und ließ auf der Mailbox die Bombe platzen.

»Agnes, Mitzi wieder. Ich hab es schon mehrfach versucht, jetzt quatsch ich dir doch aufs Band. Es gibt Neues. Unfassbares. Ich bin unterwegs zur Festung, Agnes. Ich treffe gleich jemanden, der mehr über Hildas Tod weiß. Oder so ähnlich. Hilda Valbilda. Wer weiß, was mir da offenbart wird. Auf der oberen Hasengrabenbastei is der Treffpunkt. Dieser Jemand will mit mir reden. Ich versuche ihn hinzuhalten, bis du da bist. Du kommst, nicht wahr? Bitte, komm.«

Mitzi machte eine Pause, überlegte, ob sie die weiße Frau

erwähnen sollte. Agnes sollte unvoreingenommen sein, trotzdem wollte Mitzi ihr reinen Wein einschenken. Es war die Wahrheit. Nicht einen Funken Schwindelei hatte sich Mitzi erlaubt.

»Agnes, es is wahr.« Sie setzte nach. »Es gibt die weiße Hex. Komm und überzeuge dich selbst. Ruf vorher an oder fahr einfach los.«

Mitzi hastete durch den Regen. Der Schirm lag zu Hause, und sie wurde zum zweiten Mal vollkommen nass.

7

Ihre Schuhe waren durchnässt und ihre Jeans bis zu den Oberschenkeln. Auch auf ihren Haaren glitzerten Regentropfen. Zugleich lief ihr immer noch der Schweiß über den Rücken.

Mitzi war gerannt wie eine Wahnsinnige. Im Normalfall dauerte der Fußmarsch um die vierzig Minuten, aber diesmal hatte sie es in achtundzwanzig geschafft. Sie hatte sich überlegt, ein Taxi zu nehmen, doch am Nachmittag war der Berufsverkehr stark, und in der Fußgängerzone hätte ihr ein Wagen ohnehin nichts gebracht.

Während sie an der Talstation der Festungsbahn ein Ticket löste und auf den nächsten Waggon nach oben wartete, trockneten der Schweiß und die Nässe zumindest ein wenig. Mitzi sah sich um. Die Menschen um sie herum wirkten allesamt wie harmlose Touristen. Je länger sie stand und ausharrte, desto mehr kam ihr aufgewühlter Gemütszustand zur Ruhe.

Nach ihrem übereilten Aufbruch begann sie nun, nüchterner über die E-Mails und das verordnete Treffen nachzudenken. Was, wenn sie nicht in der Stadt gewesen wäre oder bei einer Arbeit, die sie nicht hätte unterbrechen können? In ihrem ersten Schreck hatte Mitzi jegliche Skepsis außen vor gelassen, jetzt schlich sich zumindest ein wenig Misstrauen ein.

Mitzi glaubte an alle möglichen Sachen. Aus ihrer Kindheit hatte sie noch eine Haarlocke, die ihre Oma ihr abgeschnitten und in einem Kästchen aufbewahrt hatte und die sie vor Pech bewahren sollte. Den glücklichen und manchmal auch unglücklichen Zufall, der Menschen in speziellen Situationen zusammenführte, sah Mitzi als schicksalhaft an. Aber an Botschaften aus dem Jenseits hatte sie bisher nie geglaubt. Ihre Eltern, ihr Bruder waren gestorben. Ihre Seelen im Himmel zu wissen war tröstlich, aber ein Versuch, mit ihnen zu kommunizieren, war Mitzi nie in den Sinn gekommen.

Abgesehen davon war sie inzwischen nicht mehr ganz die schräge Mitzi, die sich wie ein Irrlicht durch das Leben bewegte. Sie hatte eine Therapie begonnen, und es hatte sich eine erste echte Freundschaft mit Inspektorin Agnes Kirschnagel entwickelt. Sie konnte Ereignisse und Nachrichten vernünftig analysieren, gerade beim Gedanken an Agnes.

Sosehr sie die ganze Sache mit Hilda Valbilda und der Hex auch erschreckt hatte, je länger sie nun darüber spekulierte, desto eigenartiger kam ihr die Botschaft vor. Nicht im Sinne von geheimnisvoll, sondern von falsch.

Hilda hatte mit einer weißen Frau in Melk zu tun gehabt. Kasimir hatte den Enkeltrick ebenfalls dort durchgezogen, angestiftet von dem Patensohn der verstorbenen Therese, wie ans Licht gekommen war. Kasimir saß in Krems im Hefn ein, in der Stadt, in der Therese Valbilda Opfer eines Verbrechens geworden war.

Das Fazit war, dass sich all die Ereignisse in der Wachau abgespielt hatten. Im Umfeld der Valbilda-Schwestern. Warum nun Salzburg? Und Mitzi selbst?

Vielleicht hatte sie jemanden aufgeschreckt, der mehr über sie und ihre Einmischung erfahren wollte. Ähnlich wie beim Enkeltrick versuchte heute vielleicht jemand, sie reinzulegen. Wie auch immer die Sache mit der weißen Frau zusammenhängen mochte, Mitzi beschloss, sich nicht aufs Glatteis führen zu lassen. Wenn es der alten Hilda zu Lebzeiten gelungen war, den Betrüger Kasimir zu überführen, konnte sich auch Mitzi davor schützen, zum Narren gehalten zu werden. Es gab die E-Mails als handfeste Beweise, die Agnes im Polizeirevier zurückverfolgen lassen konnte. Auf wen auch immer sie gleich treffen würde, er oder sie würde sich in Acht nehmen müssen vor der mutigen Mitzi.

Der nächste Waggon kam und brachte Mitzi nach oben. Der Regen war sogar ein Glücksfall, denn dadurch war der Touristenstrom etwas ausgedünnt. Mit neuem Schwung ging sie direkt Richtung oberer Hasengrabenbastei.

Wie Mitzis Gefühlslage änderte sich auch das Wetter mit

einem Mal. Es nieselte nur noch, und zwischen den grauen Wolken zeigten sich vorsichtig vereinzelte Strahlen der Frühlingssonne. Auf der Aussichtsplattform hielt sich eine Gruppe auf, die gerade an einer Führung teilnahm. Mitzi hatte es nicht mehr eilig. Sie stellte sich hinten dazu und lauschte.

»Hohensalzburg wurde im 17. Jahrhundert zu einer Festung mit mächtigen Basteien ausgebaut.« Der Führer war ein junger Mann mit glatt rasiertem Gesicht und einer Baskenmütze auf dem Kopf. Er hätte eher zu einer Eiffelturmtour gepasst.

»Im Dreißigjährigen Krieg ließ Erzbischof Paris Graf von Lodron den Graben aufschütten und eine Plattform für große Geschütze errichten, da diese wegen ihres Gewichts nicht mehr auf die Türme getragen werden konnten. Um die Geschütze in Stellung zu bringen, brauchte man sie nur noch auf einer Ebene der Bastei zu verschieben. Die Verteidigungslinie verläuft in einem Halbkreis. So konnten die Verteidiger jeden von Süden kommenden Angreifer von drei Seiten unter Feuer nehmen und die Senke zwischen Festungs- und Mönchsberg schützen.«

Mitzi hörte derart konzentriert zu, dass sie fast vergaß, weswegen sie durch den Regen gerannt war.

»Von hier oben sieht Salzburg aus wie eine Spielzeugstadt.« Sagte jemand, nahe an Mitzis Ohr. Ein leichter Akzent war herauszuhören.

Mitzi drehte sich um. Eine Dame stand hinter ihr. Ganz in Weiß gekleidet. Mitzis rationale Überlegungen von vorhin fielen in dem Moment allesamt wie Steine in einen Brunnen.

Die weiße Frau persönlich war gekommen.

***

Die Sage von der weißen Frau auf Hohensalzburg

In ferner Vergangenheit war auf der Festung von Zeit zu Zeit eine gespenstische Erscheinung zu beobachten gewesen. Eine weibliche Gestalt, vollkommen in weiße Gewänder gehüllt, schritt langsam durch Säle und Gänge. Schnell wurde sie die weiße Frau genannt. Vor allem in der Zeit des Vollmonds wandelte sie häufig auf der Mauer und erschreckte die Wachen und die Bewohner. Einer der Soldaten wollte einmal nach ihr greifen, sie einfangen, doch er bekam nur leere Luft zu fassen. Die weiße Frau schien aus Nebel zu bestehen.

Das Erscheinen der weißen Frau hatte stets schwere Zeiten vorausgesagt, Krieg, Hungersnot und Pest. Oder auch ein Feuer.

In jüngster Zeit allerdings hatte man nie mehr von ihr gehört.

8

Agnes war nicht in einen Fall vertieft, sie ermittelte nicht und war auch nicht bei ihrem Kollegen Inspektor Bastian Klawinder im Polizeirevier. Allerdings fand eine Verfolgungsjagd statt, als Mitzi versucht hatte, sie zu erreichen. Eine Jagd der anderen Art, die in einem Desaster endete.

Agnes hockte vor der Küchenzeile ihres Appartements und lauschte. Der Rücken und die Knie taten ihr weh. Trotzdem würde sie nicht aufgeben.

Zeit, ihn wieder zu rufen.

»Jo, Kleiner, zeig dich endlich.«

Zum gefühlt hundertsten Mal versuchte sie, den Hamster zu locken. Jo war nicht wie ein Hund, der aufs Wort folgte, aber wenn er bei seinem Namen gerufen wurde, hieß es für ihn meistens Futter abholen. Diesen Vorgang kannte er. Wie vorhin hörte Agnes ihn hinter der Abdeckung rumoren.

»Jo, komm heraus, hier spielt die Musik. Komm schon, Johann.«

Es war das erste Mal, dass sie ihr Haustier bei seinem vollen Namen nannte. Aus Johann, wie ihre Schwester ihn getauft hatte, als sie ihn Agnes schenkte, war vom ersten Tag an Jo geworden. Ab dem zweiten Tag hatte Agnes den kleinen Kerl in ihr Herz geschlossen. Tagsüber pennte er in seinem Gehege. Aber abends, wenn Agnes oft erschöpft vom Dienst nach Hause kam, hatte er eine Stunde Auslauf und durfte in der Ein-Zimmer-Wohnung herumwuseln.

Heute war Agnes in ihrer Mittagspause nach Hause gelaufen, weil Jo gestern Abend sein Futter weder angerührt noch sich in die Backen gestopft hatte und sie sich Sorgen machte. Gegen jede Gewohnheit hatte sie ihn aus seinem Gehege herausgeholt, um festzustellen, ob er einen schlechteren Eindruck als gestern machte. Die Entscheidung, zum Tierarzt nach Innsbruck zu fahren, wollte sie nach diesem Check-up fällen und sich bei Notwendigkeit den nächsten Vormittag freinehmen. Doch Jo schien zwar verschlafen, aber ganz in Ordnung zu sein.

Dann hatte ihr Smartphone zu klingeln begonnen, und sie hatte Jo am Teppich abgesetzt. Statt wie sonst seine Runden durch das Zimmer zu drehen, war er schnurstracks Richtung Küchenzeile getrippelt und direkt in den Spalt zwischen Herd und Spüle verschwunden.

Agnes war ihm nach und hatte das Handy klingeln lassen. »Was machst du denn heute, Jo?«, hatte sie ihm noch hinterhergerufen und sich zu der schmalen Öffnung hinuntergebeugt. »Raus mit dir, Hamster. Ich muss zurück zum Dienst.«

Jo hatte Agnes' Aufforderung ignoriert, und hinter der Abdeckung an der Wand war das Krabbeln und Kratzen losgegangen. Kein Hamster zeigte sich. Agnes hatte sofort eine Rettungsaktion gestartet, indem sie den Herd herauszog. Dahinter keine Spur von Jo. Stattdessen kam das Krabbeln von links, zwischen Spüle und Kühlschrank. Anscheinend hatte sich Jo in der Richtung geirrt, oder es lag an der falschen Tageszeit, oder der Hamster wollte neue Welten erkunden.

So ging es weiter. Der Kühlschrank war schwerer als der Herd, ließ sich aber ebenfalls bewegen, die Spüle ließ sich jedoch nicht versetzen. Zwischendurch war das Tier vollkommen still, was Agnes noch mehr in Sorge versetzte. Nur wenn sie ihn rief, starteten die Geräusche von vorn. Aber weder die gelegte Futterspur noch ihre Lockrufe ließen ihn hinter der Abdeckung auftauchen.

Ihre Mittagspause war längst beendet, und Agnes' Mobilteil hatte mehrere Male erneut zu klingeln begonnen. Sie hatte jeden Anruf ignoriert, Kufstein musste auch einmal ohne sie auskommen. Jo war wichtiger. Ohne dass sie ihn in Sicherheit wusste, würde sie ihre Wohnung nicht verlassen.

»Jo, verfluacht no amol eini. Du Saufratz, du.« Agnes redete so gut wie nie im Dialekt, in ihrer Familie war immer Hochdeutsch gesprochen worden, aber jetzt verlor sie langsam die Nerven.

Sie versuchte aufzustehen, merkte aber, dass beide Beine eingeschlafen waren. Mit einem Ächzen zog sie sich an der Spüle hoch und massierte die Muskeln. Sie drehte mehrere Runden durch das große Zimmer, um ihren Blutkreislauf anzukurbeln.

»Jo, ich –« Da saß er. Vor der Spüle, als wäre nie etwas gewesen, und stopfte sich das ausgelegte Futter in die Backen.

Agnes war dermaßen erleichtert, dass sie einen langen Seufzer ausstieß. Mit wenigen Schritten war sie bei ihm und nahm ihn auf die Hand. »Das machst du mir nie wieder, verstanden?«

Jo blieb völlig unbeeindruckt und wirkte dabei gesund und munter. Kein Tierarztbesuch vonnöten. Die Spalte würde Agnes noch diesen Abend abkleben.

Nachdem der Hamster wieder sicher in seinem eigenen Mini-Appartement war, schnappte sich Agnes ihre Jacke und ihr Smartphone. Keiner von der Dienststelle hatte angerufen, sondern Mitzi. Vier Versuche in der letzten Stunde. Eine Mailboxnachricht.

Natürlich ließ sich Mitzi nicht mit einem Hamster vergleichen, aber es war, als hätten sich die beiden verabredet. Nach Jo war auch Mitzi in eine Spalte gekrochen und krabbelte hinter einer Abdeckung.

Agnes hatte gewusst, dass Mitzi von dieser komischen Geschichte mit der weißen Hex, dieser angeblichen Erscheinung, von Anfang an fasziniert gewesen war. Dabei stand der Fall Therese Valbilda nach der Verhaftung von Tobias Mundi kurz vor seinem Abschluss. Zwar gab es noch kein Geständnis, doch Agnes hatte gehofft, dass Mitzi damit zufrieden sein würde. Schließlich hatten ihre Einmischung und ihr Besuch bei dem inhaftierten Enkeltrickbetrüger die Sache ins Rollen gebracht. Sie hatte einen Beitrag geleistet, über den Agnes nicht glücklich war, aber den man in Ordnung finden konnte. Alles im Rahmen der Möglichkeiten einer Zivilperson.

Aber Mitzi war damit nicht am Ende ihrer Neugier.

Diese Hexenstory war ihr wichtig. Interessierte sie. Zog sie an. Typisch.

Wie auch immer, Agnes musste handeln. Sie hörte sich Mitzis Nachricht zweimal an, dann drückte sie auf die Rückruftaste.

Beim ersten Klingeln war Mitzi in der Leitung.

»Agnes, endlich. Ich hab sie.«

»Du hast wen, Mitzi?«

»Die Hex. Die weiße Frau. Hast du meine Nachricht nicht gehört?«

»Natürlich hab ich das. Deswegen melde ich mich. Was ist bei dir los?«

»Einen Moment bitte, ich bin gleich wieder bei Ihnen.«

»Was?«

»Nicht du, Agnes, ich rede mit ihr.«

»Mit der Hex?«

»Warte, ich geh um die Ecke, damit sie uns nicht belauschen kann.«

Agnes konnte hören, wie Mitzi ein paar Schritte machte. Im Hintergrund rauschte der Wind, und sie meinte auch, Stimmengewirr zu vernehmen.

»Wo bist du, Mitzi? In Melk? In Krems?«

»Nein, in Salzburg. Zu Hause. Auf der Festung. Hab ich dir doch auf die Mailbox gequatscht. Oder hab ich das vergessen? Egal. Du wirst es nicht glauben.«

Mitzi schlug diesen typischen Ton an, den Agnes letzten Sommer kennengelernt hatte. Diese Mischung aus Faszination und Neugierde. In Agnes kam Unmut hoch. Nach Kasimir Wollatschek hätte für Mitzi Schluss sein müssen.

»Agnes, bist du noch dran?«

»Bin ich. Was machst du?«

»Ich nichts. Sie hat sich gemeldet. Sie. Du musst kommen, Agnes.«

»Wie bitte?«

»Agnes, sie is hier. Du kannst sie festnageln, verhören, ausquetschen. Was auch immer. Die weiße Frau. Es gibt sie. Kein

Gespenst, keine Erscheinung. Fleisch und Blut. Jetzt musst du mir glauben.«

»Mitzi, ich kann nicht einfach von hier weg. Ich muss arbeiten.«

»Bitte, Agnes. Es geht um Hilda Valbilda.«

»Mitzi, ich würde um diese Zeit über eine Stunde nach Salzburg brauchen.«

»Ich lad die Frau zu einem Kaffee ein oder einem Rundgang auf der Festung. Egal. Ich plapper sie voll, ich quetsch sie aus, ich lass mir von ihr die Zukunft voraussagen. Oder ich frage sie nach Hilda. Deswegen wollte sie mich ja treffen.«

»Sie hat dich also kontaktiert?«

»Du klingst skeptisch, verstehe ich. Ich war auch ganz perplex zuerst.«

»Lass es, Mitzi. Rede nicht mit ihr.«

»Doch, ich halte sie hin, bis du da bist. Agnes, wir sind oben. Obere Hasengrabenbastei. Moment …«

Mitzi wechselte erneut ein paar Worte mit jemandem, dann wurde das Gespräch unterbrochen.

Agnes stand vor ihrer Küchenzeile. Der Herd und der Kühlschrank waren nicht an ihrem Platz, der Fußboden war voller Hamsterfutter, und sie war inzwischen über eine Stunde auf dem Revier überfällig.

Statt Mitzi noch mal anzurufen, wählte sie eine andere Nummer.

»Polizeiinspektion Kufstein, Inspektor Bastian Klawinder am Apparat.«

»Basti, hier Agnes.«

»Griaß di, meine Schöne.«

»Ich muss mich entschuldigen.«

»Wofür? Dass du mir heute noch kein Busserl gegeben hast?«

»Bastian, lass die Witze. Ich bin unterwegs, falls ihr euch gefragt habt, warum ich nach der Pause noch nicht wieder im Büro bin.«

»Ich hätte eine Vermisstenanzeige aufgegeben.«

»Bitte, Basti, es ist ernst.«

»Was is g'schehn?«

Agnes wollte nicht Mitzi ins Spiel bringen, sie wollte aber auch nicht aus der Situation eine private Angelegenheit machen.

»Es geht um einen Fall in Krems.«

»Der Chef hat schon angedeutet, dass du uns der Karriere wegen verlassen möchtest. Ich hätte eher auf die Hauptstadt getippt.«

Im Moment hatte Agnes keinen Kopf, um sich darüber auch noch aufzuregen, dass Revierinspektor Renner dem Kollegen über ihre Pläne Bescheid gegeben hatte. Mitzi war wichtiger.

»Nein, das hat damit nichts zu tun. Ich helfe nur und muss noch recherchieren.«

»Du bist nach Krems gefahren?«

»Nein. Ich –« Ich fahre gleich nach Salzburg, wollte sie sagen, verkniff es sich aber. »Ich will dir nur sagen, dass ich es heute nicht mehr ins Büro schaffe. Geht das in Ordnung?«

»Ja klar. Soll ich beim Chef den Mund halten, wenn er nach dir fragt?«

»Das wäre lieb.«

»Aber später weihst du mich ein?«

»Versprochen, Basti.«

Im Berufsverkehr und anschließend zu Fuß durch die Salzburger Altstadt brauchte Agnes insgesamt eineinhalb Stunden, bis sie in der Festungsgasse an der Talstation ankam.

Mitzi hatte sich nicht mehr gemeldet. Auf der Fahrt hatte es Agnes einmal versucht, aber es hatte ewig geklingelt, ohne dass eine Mailbox angegangen war. Mit jedem Kilometer waren Agnes' Frust und Ärger über Mitzis Verhalten gewachsen. Nachdem sie diese weiße Frau in Augenschein genommen hätte, würde sie ein ziemlich ernstes Wort mit Mitzi wechseln müssen.

Agnes überlegte, ob sie ein Ticket kaufen oder ihren Polizeiausweis vorzeigen sollte. Aufmerksamkeit zu erregen war zwar nicht gut, aber als Privatperson war sie auch nicht unterwegs.

Sie sah nach oben. Ein Waggon bewegte sich Richtung Station. Er sah elegant aus, in Rot-Weiß gehalten und die Sichtfenster riesengroß. Doch die steil ansteigenden Schienen, die Felsen, das Bauwerk weit oben, noch höher aufragend als die Festung in Kufstein, bereiteten Agnes schon beim Hinsehen Unbehagen.

Ihr war sofort klar, dass sie nicht nach oben konnte. Nicht einmal zu Fuß würde es klappen. Ihre Höhenangst setzte bereits jetzt ein, und ihr wurde leicht übel. Sie versuchte erneut, Mitzi zu erreichen. Diesmal wurde der Anruf angenommen.

»Gott, wo bist du, Agnes?«

»Ich bin hier. Das heißt, ich stehe unten.« Agnes beherrschte sich. Am liebsten hätte sie Mitzi angeschrien.

»Du brauchst dich nicht zu beeilen mit dem Hochkommen. Sie is weg.«

Ich wäre auch nicht hinaufgefahren oder gelaufen oder geflogen, dachte Agnes. Die Übelkeit vermischte sich mit dem Unmut.

»Heißt das, du hast mich hierhergehetzt für nichts?« Nun wurde Agnes lauter.

Mitzi seufzte. »Ich musste nach über einer Stunde auf die Toilette. Es ging nicht anders. Als ich wiedergekommen bin, war sie verschwunden.«

»Wie ein Geist? Eine Erscheinung? Ein Wesen aus einer Anderswelt?«

»Nein, wie jemand, der nicht auf mich warten wollte. Oder auf dich.« Mitzi schien die Ironie in Agnes' Fragen nicht zu bemerken. »Aber ich berichte dir gleich alles, was sie erzählt hat. Kommst du zu mir rauf?«

»Nein. Du kennst doch meine Höhenangst.«

»Okay. Dann ich runter zu dir. Wir haben einiges zu besprechen, Agnes.«

»Oh ja, Mitzi, das haben wir.«

9

»Ich bin so wütend, dass ich beinahe überhaupt nicht wissen will, was du mit wem da oben geredet hast.«

Agnes war inzwischen nur noch empört. Dieses Gefühl verdrängte alles andere. Sie fühlte sich von Mitzi schikaniert, die es partout nicht lassen konnte, sich in Dinge einzumischen, die sie nichts angingen.

»Komm, Agnes, lass uns zum Café Wernbacher spazieren. Wie ich das Wetter hier kenne, schlägt es bald wieder um, und der nächste Regen steht bevor. Drinnen is es warm und trocken. Ich lade dich ein. Mir reicht's. Ich bin heute schon zweimal nass geworden.«

Um ihre Ansage zu unterstreichen, nieste Mitzi dreimal hintereinander kräftig. Was Agnes noch ärgerlicher machte.

»Nein, Mitzi. Kein Kaffee, kein Geplauder. Mir steht es nämlich bis oben hin. Ich bin extra aus Kufstein hierhergefahren. In meiner Dienstzeit.«

»Es war ja auch dienstlich.«

»Mitzi. Wie oft denn noch: Du darfst nicht so was wie ermitteln.«

»Hab ich auch nicht.« Mitzi zog die Nase kraus. »Ganz im Gegenteil. Diese Frau hat mich angeschrieben. Ich hab darauf reagiert. Noch dazu hab ich sofort dich angerufen, genauso wie du es mir eingetrichtert hast. Was is also falsch?«

»Wo soll ich anfangen? Bei deinem Treffen mit Hilda Valbilda? Beim Besuch im Gefängnis? Oder soll ich weiter zurückgehen?« Jetzt den letzten Sommer ins Gespräch einzubringen, war gemein, aber Agnes spürte, dass es selbst aus diesen Wochen noch unbearbeiteten Frust in ihr gab.

Mitzi senkte den Kopf. Wie ein begossener Pudel, dachte Agnes. Oder besser noch, wie ein Kind, das man getadelt hat. Eine Weile standen sie sich in der Festungsgasse schweigend gegenüber. Es begann, wie erwartet, wieder zu nieseln.

»Wir gehen, Mitzi.«

»Ins Café Wernbacher?« Mitzi hob hoffnungsfroh den Kopf.

»Nein. Durch die Fußgängerzone zurück zu meinem Auto. Wahrscheinlich habe ich auch noch einen Strafzettel bekommen. Es war keine Zeit mehr, mir ein Parkticket zu ziehen.«

»Das bezahl ich, wenn's einen gibt.«

»Brauchst du nicht, ich versuche, es bei unserer Polizei einzureichen.«

»Geht das denn?«

»Mal schauen. Ich könnte es als erweiterte Observierung deklarieren.«

»Willst du wirklich direkt wieder zurückfahren?«

»Ich muss, Mitzi.«

Der Himmel über ihnen wechselte von Grau auf Dunkelgrau, und der Regen nahm zu. Agnes stellte den Kragen ihrer Lederjacke auf. Sie machten sich auf den Weg durch die Gassen der Altstadt.

»Darf ich dir auf dem Weg endlich von der weißen Frau berichten, Agnes?«

»Ja, mach.«

»Von hier oben sieht Salzburg aus wie eine Spielzeugstadt«, sagte jemand nahe an Mitzis Ohr. Ein leichter Akzent war herauszuhören.

Mitzi drehte sich. Eine elegant wirkende Dame stand hinter ihr. Ganz in Weiß gekleidet. ... Die weiße Frau.

Mitzi verschlug es die Sprache. Mit einer Erscheinung, die ein paar Zentimeter über dem Boden geschwebt wäre, hätte sie besser umgehen können.

Doch die Frau war auf jeden Fall aus Fleisch und Blut. Sie wirkte alles andere als geisterhaft. Das einzig Eigentümliche an ihr war das extrem weite weiße Cape. Es schien aus Filz gemacht zu sein. Dazu trug sie weiße Hosen, Jeans, wie Mitzi aus der Nähe nun feststellen konnte, und helle Stiefel, die nicht einmal eine rein weiße Farbe hatten. Allerdings war das Schuhwerk im Gegensatz zum Umhang abgetragen, die Stiefelspitzen waren aufgeraut und wiesen Flecken auf.

Mitzi dachte an ihre Sichtung bei Hilda Valbildas Beerdigung und stellte die Ähnlichkeit mit der Person fest, die sie von der Ferne gesehen hatte. Nur mit dem Unterschied, dass sie ihr damals wie nicht von dieser Welt erschienen war.

Geschätzt war die Frau höchstens Mitte fünfzig. Doch ihr ebenfalls bereits vollkommen weißes Haar verlieh ihr ein feenhaftes Aussehen, genauso wie ihr geschminktes Gesicht. Kein starkes Make-up, viele kleine Fältchen um Mund und Nase waren deutlich zu erkennen. Grauer Lidschatten, silbern glänzender Lippenstift auf vollen Lippen. Dazu die Augen schwarz umrandet.

Endlich fand Mitzi ihre Sprache wieder. »Sie sind es. Die weiße Hex.«

»Oh nein. Als Hexe würde ich mich nur im guten Sinn benennen lassen.« Die Frau lächelte. »Ich versuche zu helfen. Den Menschen, lebend wie tot. Sie auf gute Wege zu bringen. Ihnen Botschaften zu vermitteln aus der Welt danach. Die Toten, sie wollen gehört werden.«

Mitzi wurde nun doch wieder etwas unheimlicher zumute. Sie starrte die weiß gekleidete Frau an. »Bis zu Ihren E-Mails habe ich überlegt, ob Sie überhaupt echt sind.«

»Was ist schon real, was nur Schein? Wo liegt die Grenze zwischen unserer und der anderen Welt?« Wieder kam der Akzent durch. Die Aussprache erinnerte Mitzi ein wenig an Freddys Art, zu reden, aber Ungarisch war es nicht.

»Woher wussten Sie, dass –«

Die Frau schüttelte den Kopf, dann legte sie den Zeigefinger auf ihre Lippen. »Liebe Mitzi, eines will ich klarstellen – von Anfang an. Ich beantworte nicht solche Fragen. Ich bin hier, weil ich von Hilda etwas ausrichten soll. Es geht ihr gut, dort, wo sie jetzt ist. Sie müssen sich keine Gedanken mehr um sie machen. Lassen Sie alles fallen, was mit Hilda auf Erden zu tun hatte. Hilda braucht und will Ruhe. Sie will ihren Frieden.«

Es wurde richtig mysteriös. Mitzi schluckte. »Aber wie haben Sie –«
»Wenn Sie die Spielregeln nicht einhalten, werde ich wieder gehen – auf der Stelle. Das wäre so schade, wo mich Hilda doch eindringlich darum gebeten hat, Ihnen noch mehr zu sagen.«
Mitzi nickte. »Okay. Keine Fragen mehr.«

Agnes stoppte. »Okay? Warum okay, Mitzi?«
»Um zu erfahren, was Hilda mir noch mitteilen wollte.«
»Aber du kannst doch so eine Ansage nicht einfach hinnehmen. Du hättest deinerseits insistieren müssen, bis sie dir Details erzählt. Wie ist ihr Name?«
»Keine Ahnung, den hat sie mir nicht gesagt.«
»Genau das wäre wichtig gewesen.«
»Den hätte sie doch auch erfinden können.«
»Ja, stimmt. Aber sie wusste, wie du heißt.«
»Ja klar.«
»Also, woher? Denk logisch. Wie ist sie zu deiner Mailadresse gekommen? Woher wusste sie, dass du zu Hilda Valbilda Kontakt hattest? Was war ihre Absicht?«
»Na ja, Hilda hat ihr wohl aus dem Jenseits die Botschaft an mich geschickt. Bisher hab ich so was auch nicht geglaubt.«
»Nein, nein, nein.« Agnes schüttelte jetzt ihrerseits heftig den Kopf, die Tropfen flogen von ihren dunklen Locken, wie bei einem nassen Hund. »Nicht schon wieder irgendwelchen Geistermist. Das gibt es nur in der Fiktion. In Filmen, in Gruselgeschichten.«
»Vielleicht is sie ein Medium. So heißen solche Leut.«
»Daran glaube ich nicht.«
Mitzi verschränkte die Arme. »Um die Ecke is eine Einkaufspassage. Lass uns wenigstens dort hineingehen, mir is kalt.«
»Gut.«
Unter der Überdachung waren Boutiquen und ein Souvenirladen untergebracht. Vor dem Wind geschützt, fühlte sich die Temperatur wärmer an.

»Wir könnten schon längst im Café sitzen.«

Agnes verneinte. »Ich muss zurück und will mich noch einmal auf dem Revier zeigen. Lass uns die Sache abkürzen.«

»Willst du nicht alles im Detail wissen?« Mitzi wirkte enttäuscht.

»Weißt du, ich denke, diese Frau hat über irgendwelche Quellen herausgefunden, dass du mit der verstorbenen Frau Valbilda Kontakt hattest. Mit wem alles hast du über Hilda geredet?«

»Mit der Redakteurin der Zeitschrift. Im Café Mistlbacher mit der Kellnerin.« Mitzi hob einen Finger nach dem anderen. »In der Pension in Melk mit der Frau an der Rezeption. Mit dem Wollatschek im Gefängnis.«

»Herrgott, ich fand dein Aufsuchen von wildfremden Menschen von Anfang an eine schlechte Idee. Solche Scharlatane wie diese weiße Frau sind darauf spezialisiert, naiven Gemütern die Taschen zu leeren. Bei Hilda scheint es nicht funktioniert zu haben, jetzt probiert sie es bei dir. Mit einem Wort: Abzocke.«

»Ich hab wenig Geld. Dazu hat sie mit keinem Wort eine Bezahlung erwähnt.«

»Mitzi. Sei ehrlich. Du hast Hilda Valbilda einmal in deinem Leben getroffen, dich einmal mit ihr unterhalten. Und du hast mir selbst berichtet, dass die alte Frau damals abwesend gewirkt und mit ihren ganz eigenen Problemen gekämpft hat. Warum sollte gerade sie dir etwas ausrichten wollen? Merkst du, wie lächerlich sich das anhört?«

»Ja, schon.«

»Über was habt ihr noch geredet? Schließlich hast du sie ja über eine Stunde an Ort und Stelle gehalten.«

»Weißt du, dann is es total banal geworden.«

»Wie meinst du das?«

»Die Führung auf der Festung is weitergegangen, und wir sind mit. Keiner hat uns gefragt, ob wir überhaupt zu dieser Gruppe gehören. Ich hatte den Eindruck, die Frau war das erste Mal dort oben, und es hat ihr gefallen. Als der Rundgang

beendet war, bin ich aufs Klo, und dann hab ich sie nicht mehr gesehen.«
»Hast du ihr mehr über dich verraten? Wo und wie du lebst?«
»Nein.«
»Sicher?«
»Ich war vorsichtig. Ich habe nichts ausgeplaudert.«
»Was für ein Akzent war das, von dem du erzählt hast?«
»Keine Ahnung, ehrlich.«
»Könnte er künstlich gewesen sein, weil die Frau eine Show abzieht und es besser rüberkommt, wenn man mit Akzent mit Toten reden kann?«
»Ich weiß es nicht, Agnes. Du hast ja recht. Vielleicht hat sie mich für dumm verkauft, schon möglich.«
»Aber trotzdem bleibt die Frage, wie und durch wen sie auf dich gekommen ist.«
»Genau.«
»Weißt du was? Ich werde recherchieren. Auf ganz konkrete Art und Weise. Ich versuche herauszubekommen, wie diese Frau heißt und wo sie zu Hause ist. Vielleicht statte ich ihr dann offiziell einen Besuch ab und werde sie daran erinnern, dass sie ebenso wie dieser Enkeltrickbetrüger angezeigt und verurteilt werden kann. Leite mir die E-Mails weiter, man kann sie zurückverfolgen.«
Sie blieben vor einer der Auslagen stehen. Zwei weibliche Puppen trugen Dirndl mit üppigen Ausschnitten. Zwischen ihnen ein Steiff-Stofftier, das einen Gamsbock mit geöffnetem Maul darstellte. Dahinter gab es ein Plakat mit einer Panoramaaufnahme der Berge um Salzburg. Am Boden waren Plastikblumen gestreut. Ein Aufkleber in Rot-Weiß-Rot am unteren Ende zog Mitzis Aufmerksamkeit auf sich: »Auf in die Berg und Jodeln gegen den Alltagsfrust«. Mit drei Ausrufezeichen.
»Wenn es so einfach wäre, alles wegzujodeln, dann würde ich den ganzen Tag nichts anderes mehr tun.« Mitzi seufzte. »Agnes, die weiße Frau hat auch noch zu mir gemeint, dass ich, wenn ich traurig bin, nach oben gehen soll.«

»Was für ein Geschwafel. Nimm das auf keinen Fall ernst, Mitzi. Nach oben in den Himmel oder wohin?«

»Nicht sterben, das hat sie nicht gemeint. Hinaufgehen soll ich, hat sie gesagt. Wenn mich Fragen quälen, dann soll ich alles von oben betrachten, wo die Welt sich teilt und es unter mir wie Spielzeug aussieht. Auch mysteriös, nicht? Zumindest komisch.«

Agnes rieb sich die Finger. »Lösch bloß die E-Mails nicht.«

Mitzi sah hinauf zur gewölbten Decke der Einkaufspassage. »Natürlich nicht, die kriegst du zum Ermitteln. Denkst du denn, es gibt keinen Himmel, Agnes?«

»Keine Ahnung.« Die Frage überraschte Agnes, aber abrupte Themenwechsel vollzog Mitzi oft. »Manchmal wünsche ich mir, es gäbe eine Hölle, in der die Verbrecher schmoren müssen. Aber auch das bezweifle ich.«

»An die Hölle glaube ich auch nicht. Aber ich denke, dass es danach irgendwie weitergeht.«

»Wie denn?«

»Weißt du, ich stelle mir vor, wenn wir abtreten, erkennen wir, wie brav oder bös wir waren, und es tut uns unendlich leid. Dann warten wir eine Zeit lang. Bis wir wieder zurückkehren, um es von vorne zu probieren.«

»Du glaubst also an Reinkarnation?«

»So was Ähnliches.«

»Hätte ich nicht gedacht, Mitzi.«

»Sind wir wieder gut, Agnes?«

»Du meinst, ob ich noch sauer auf dich bin?«

»Ja.«

»Bin ich. Zumindest noch ein Stück.«

»Damit kann ich leben, Agnes.«

10

Als Mitzi das zweite Mal an diesem Tag nach Hause kam, war sie müde und hungrig. Außerdem kratzte es in ihrem Hals, allem Anschein nach hatte sie sich eine Erkältung eingefangen.

Sie setzte Wasser auf für einen Tee, was selten vorkam, aber heute angebracht schien. Gern hätte sie Zitronensaft dazugegeben, aber außer einer Flasche Schlagsahne, drei Zwiebeln und dem Reststück Gugelhupf war der Kühlschrank leer. Wenn sie sich noch aufraffen konnte, würde sie zum Billa laufen und noch einmal einkaufen. Sie erinnerte sich, dass Zwiebeln gut bei Halsschmerzen waren, wusste aber nicht mehr, wie man sie anzuwenden hatte.

Im Internet fand sie den Tipp, aus dem Gemüse ebenfalls ein Heißgetränk zuzubereiten und es mit Honig in kleinen Schlucken zu trinken. Davon gab es im Vorratsschrank genug, Freddy brachte öfter mal ein Glas Honig aus den verschiedensten Ecken des Landes mit.

Während sie die Zwiebel in kleine Stücke schnitt, kamen ihr die Tränen. Obwohl das Weinen mit den Reizstoffen zu tun hatte, die von der Zwiebel freigesetzt wurden, fühlte Mitzi tatsächlich eine Traurigkeit, die mehr kratzte als ihr Hals.

Wie hatte es die weiße Frau gegen Ende ihrer Begegnung formuliert? »Und wenn Sie Fragen quälen, dann betrachten Sie alles von oben, wo die Welt sich teilt und es unter Ihnen wie Spielzeug aussieht.« Oder so ähnlich.

Agnes hatte bei diesem Oben sofort ans Sterben und an den Himmel gedacht, Mitzi interpretierte es anders. Höhe gewinnen oder raufklettern oder sich aufschwingen in luftige Höhen, vielleicht. Auf einen Dachboden steigen oder einen Berg erklimmen.

Wie auch immer, Agnes hatte natürlich vollkommen recht, die Sache roch nach Abzocke. Mitzi stellte sich vor, dass auch die weiße Hex zurück in ihrem Zuhause angekommen war und an ihrer nächsten Nachricht feilte. Bei einem nächsten Zusammentreffen würde sie Botschaften aus dem Jenseits nur noch gegen Kohle vermitteln. Arme Hilda Valbilda, gleich zweimal sollte sie Opfer eines Betrugs werden.

»Mit mir aber nicht«, sagte Mitzi laut und schob die Zwiebelstücke in das inzwischen kochende Wasser. Sie öffnete den Wiesenhonig aus dem Kärntner Oberland. Mit drei Fingern fuhr sie in das Glas und begann, die süße, weiche Masse abzulecken.

Nach Butterbrot und Zwiebeltee würde sie sich hinlegen und einfach den Fernseher laufen lassen. Einkaufen konnte sie auch morgen. Oder den Pizzaservice anrufen, wie Freddy es oft machte. Doch dann aß sie den gesamten Rest des Gugelhupfs. Er stillte ihren Hunger genauso gut.

Sie nahm einen ersten Schluck des Zwiebeltees und verzog den Mund. Der Geschmack war schrecklich. Nicht einmal, wenn ihr Hals in Flammen stehen würde, würde sie eine Tasse von dem Gesöff hinunterwürgen können. Wobei der Vergleich mit den Flammen nicht passend war, nicht im Zusammenhang mit der Schwester von Hilda Valbilda.

Auch nicht mit Mitzis eigener Biografie. Bei Dr. Rannacher hatte sie das Thema in der letzten Therapiestunde angeschnitten. Mitzi fiel ein, dass sie schon längst einen nächsten Termin mit dem Psychologen ausmachen wollte.

Eines nach dem anderen.

Statt sich traurig zu fühlen, sollte sie froh sein, dass das Geheimnis um die weiße Frau gelöst schien. Ob ein Kontakt mit Verstorbenen möglich sein konnte, war eben Glaubenssache. Den Rest würde Mitzi der Polizei überlassen. Sie leitete alle drei Mails an Agnes weiter, anschließend rief sie bei dem Therapeuten in Wien an. Das Band ging an, die Praxiszeit war längst vorbei. Mitzi bat um Rückruf.

Ihre Halsschmerzen legten einen Grad zu, ihre Stirn fühlte sich zu warm an. Sie legte sich auf die Couch und dachte weiter nach.

Es war so banal gewesen, der Hex am Ende zu begegnen.

Nur eine ältere Frau mit einem weißen Umhang und einem leichten Akzent. Immer noch gelang es Mitzi nicht, den Sprachduktus einem Land zuzuordnen. Sie schloss die Augen, stellte sich das Gesicht der Frau vor und erinnerte sich an die Melodie und die Sätze, die sie von sich gegeben hatte.

Da war aber noch mehr gewesen. Etwas, das durch Mitzis Hirn zuckte, allerdings zu schnell, um es festzuhalten. Ein Gedanke, der wichtig sein mochte und doch nicht im Bewusstsein haften blieb.

Mitzi döste weg.

Sie träumte von einem weißen Cape, das in der Luft flog wie ein Vogel mit weiten Schwingen. Es flog in schwindelerregender Höhe und erreichte die Sterne. Auf einem saß Hilda Valbilda, mit ihrer Brille um den Hals gehängt, und aß einen Engelskuss. Mitzi selbst war ebenfalls anwesend, in der Hand die Klarsichthülle mit dem Zeitschriftenartikel, der alles ins Rollen gebracht hatte. »Hilda und der Enkeltrickbetrüger« war die Überschrift, aber auf den beiden Fotos waren zwei Totenköpfe abgebildet, die Mitzi erschreckten. Sie ließ die Hülle los.

»Von hier oben sieht Salzburg aus wie eine Spielzeugstadt«, sagte jemand hinter ihr und gab ihr einen Schubs. Mitzi fiel kopfüber vom Stern herunter und begann zu schreien.

Mit einem Ruck setzte sie sich auf. Es dauerte einige Sekunden, bis ihr klar wurde, dass sie auf der Couch lag und alles nur geträumt hatte. Das Hinabstürzen war ihr ziemlich real vorgekommen. Inzwischen hatte sich zu den Halsschmerzen Schleim in ihrer Nase gesammelt. Sie stand auf, taumelte ins Bad und schnäuzte sich mit Papier von der Klorolle.

Sie fühlte sich ziemlich elend. Und einsam.

Im Wohnzimmer nahm sie ihr Handy zur Hand. Ihre Finger scrollten durch ihre Nummernliste. Einmal durch und ein zweites Mal. Es war zum Heulen. Freddy war unterwegs, ihre Oma im Heim, Heinz Baldur in Frankfurt, und Agnes konnte sie nicht wieder stören.

Außerdem knurrte ihr Magen erneut. Einsam und hungrig

war sie, mit einer tüchtigen Erkältung dazu und einem leeren Kühlschrank. Wenigstens den Pizzaservice konnte sie anrufen. Vielleicht ergab sich eine kleine Plauderei, wenn der Bote kam.

Noch einmal kam der Gedanke hoch, etwas bei der weißen Frau registriert zu haben, an das sie sich partout nicht erinnern konnte. Sie rekapitulierte den Traum. Das Beste darin war der Engelskuss gewesen.

Es war schade, dass Agnes sich nicht hatte überreden lassen, mit ihr Kaffee zu trinken. Sie hätte ihr dazu eine Sacherschnitte oder eben einen Engelskuss empfohlen, wie den, den Mitzi in Melk im Café Mistlbacher gegessen hatte.

Apropos Café: Mitzi scrollte wieder durch die Liste ihrer Kontakte.

Die Kellnerin Kathrin. Mitzi erinnerte sich, wie nett sie sich mit ihr unterhalten hatte. Es war ein wenig aufdringlich, es bei ihr zu versuchen, aber als Aufhänger würde Mitzi ihr von Hilda und dem Verlauf der Ermittlungen erzählen. Das mochte die Kellnerin interessieren. Eine winzige Plauderei würde Mitzi schon aus der depressiven Stimmung herausholen.

Sie tippte auf Kathrins Namen, doch auch bei ihr sprang die Mailbox an. Mitzi beendete die Verbindung.

»Ach, was soll's«, sagte Mitzi laut ins leere Wohnzimmer hinein. »Wer nicht wagt, der wird auch keine neuen Freunde finden.«

Immerhin schaffte sie es damit, sich selbst zum Schmunzeln zu bringen. Sie machte einen zweiten Versuch, ließ es klingeln bis zur Bandansage und dem Piepton.

»Ja, hier is die Mitzi. Vielleicht erinnern Sie sich. Ich will nicht stören nach so langer Zeit, hätte aber einiges zu Frau Valbilda zu erzählen. Wenn es Sie interessiert. Ich probier es auch noch im Café. Ja? Sie können gern bis spätabends zurückrufen. Servus.«

Vielleicht klappte es ja doch.

Mitzi ging zurück ins Bad und holte sich die ganze Klopapierrolle. Nach einem nächsten Naseputzen suchte sie nach der Nummer des Cafés in Melk.

»Café Mistlbacher, grüß Gott im schönen Melk.« Eine sehr freundliche Frauenstimme nahm Mitzi in Empfang.

»Grüß Gott, mein Name is Maria Schlager.«

»Hallo, Frau Schlager, mein Name ist Veronika Kreyes. Oder einfach nur Veronika. Was kann ich für Sie tun? Geht es um eine Reservierung, oder wollen Sie eine Torte für eine Festivität bestellen? Das ist bei uns seit Neuestem auch über unseren E-Mail-Service möglich.«

»Toll, liebe Veronika, aber darum geht's nicht. Ich hätte gern eine Ihrer Kellnerinnen gesprochen.«

»Das ist etwas schwierig, weil die alle am Bedienen sind. Aber ich versuch gern mein Möglichstes. Mit wem wollen S' denn reden?«

»Mit der Kathrin. Leider weiß ich den Nachnamen nicht, aber sie is hübsch und hat so einen tollen langen Zopf.«

»Ich weiß, wen Sie meinen.« Die Stimme wurde leiser. »Die Kathrin arbeitet nicht mehr hier.«

Mitzi war überrascht. Sie hätte gern gefragt, warum, traute sich aber nicht.

»Kann ich sonst etwas für Sie tun?«

»Nein, danke, Veronika. Schade, dass sie nicht mehr bei Ihnen is, sie war sehr nett.«

»Stimmt. Kathrin hat, soweit ich Kenntnis hab, in die ›Donauperle‹ gewechselt.«

»Auch ein Café?«

»Keine Ahnung.«

»Wenn Sie sie sehen sollten, richten Sie ihr bitte Grüße von der Mitzi aus. Und sagen Sie dazu bitte das Stichwort ›Hilda‹.«

»Kann ich machen. Wenn sie wieder einmal vorbeikommt.« Mitzis Gesprächspartnerin wurde ungeduldiger. »Aber jetzt muss ich wirklich weiterarbeiten. Wiederhören.«

Veronika Kreyes vom Café Mistlbacher legte auf, noch bevor Mitzi sich ihrerseits verabschieden konnte.

Eine kräftige Niesattacke schüttelte sie durch. Im Anschluss saß sie eine Weile nur da und ließ den Kopf hängen. Als ihr

Handy klingelte, zuckte sie zusammen. Ohne auf das Display zu schauen, nahm Mitzi den Anruf an. »Kathrin?«

Eine kurze Pause folgte.

»Ich wollte Mitzi sprechen. Bin ich falsch?«

Natürlich rief nicht die Kellnerin zurück, sondern eine Männerstimme war am anderen Ende. Mitzi erkannte den Anrufer sofort und war völlig baff, dass er sich meldete. Damit hätte sie niemals gerechnet.

»Nein, du bist richtig. Hallo, Kasimir.« Sie sah den rothaarigen jungen Mann vor sich, den sie in der Justizvollzugsanstalt Stein in Krems besucht hatte. »Meine Postkarte is also angekommen, Kasimir.«

»Ja, das war lieb von dir. Entschuldigung, dass ich anrufe.« Er räusperte sich. »Ich hab lange überlegt, ob ich mich melden soll. Ich wollte nur sagen, dass ich eine Aussage gemacht habe. So wie du es wolltest, Mitzi.«

Sie merkte, wie ihr wärmer in der Brust wurde. Das konnte am aufkommenden Fieber liegen. »Das weiß ich bereits, Kasimir. Ich finde es großartig. Eigentlich hätte ich mich melden sollen.«

»Nein, schon in Ordnung. War ja mein Fehler. Ich bin ein Depp.«

»Sag das nicht, bitte.«

»Aber es stimmt. Zuerst lass ich mich zu so einem Blödsinn überreden, dann deck ich auch noch den, der den Plan ausgeheckt hat.«

»Du hast eben gedacht, dass er dein Freund is.«

»Schön blöd, sag ich ja. Nachdem du weg warst, habe ich über alles noch einmal nachgedacht und bin in mich gegangen, wie es heißt. Du hast mir den Kopf gewaschen, und das hat gutgetan. Danke noch mal. Das wollte ich loswerden.«

»Gern geschehen.«

»Ich hab mich auch für ein Rehabilitationsprogramm eingeschrieben, das noch vor meiner Entlassung beginnt. Eine Zusatzausbildung im Handwerk. Ich will wirklich von vorn anfangen.«

»Toll.«
»Jetzt will ich aber nicht länger stören.«
»Kasimir?« Mitzi musste es ihm sagen.
»Ja?«
»Ich hab diese weiße Frau getroffen. Sie hat mir von Hilda Grüße ausgerichtet.«
»Du verarschst mich. Hilda is doch gestorben.«
»Schon, aber ... ach, es is kompliziert und komisch zugleich.«
»Magst du es mir erzählen, Mitzi?«
»Oh ja, Kasimir.«

Als das Gespräch beendet war, fühlte sich Mitzi seelisch ein klein wenig besser. Körperlich war ihr nicht nur warm, sondern brennheiß. Ihre Stirn glühte jetzt. Das Schlucken tat weh, und ihre Glieder schmerzten. Sie rollte sich auf der Couch ein.

Die nächsten Tage würde sie nur mit Hilfe des Pizzaservice und jeder Menge Honig überstehen.

11

Agnes war nach ihrem unvermuteten Abstecher nach Salzburg endlich zurück auf dem Revier in Kufstein. Eigentlich hätte sie jetzt längst Feierabend gehabt. Im Großraumbüro, in dem auch ihr Schreibtisch stand, war nur noch Aspirantin Chantal anwesend. Nein, Agnes korrigierte sich, Neuinspektorin Chantal Gladysch. Sie hatte die letzte Prüfung bestanden. Für kommenden Samstag hatte sie zu einem Umtrunk im Gasthof Neuhaus eingeladen.

»Ist Bastian schon weg?«

Chantal sah sie mit großen Augen an. »Schon länger. Ich dachte, er hat dich unterwegs aufgesammelt, damit ihr gemeinsam nach Morsbach fahrt.«

Agnes wurde schnell klar, dass Bastian ihr Fehlen am Nachmittag mit einer Schwindelei gedeckt hatte. Es habe ein Hinweis auf eine illegale Müllablage vorgelegen, und Bastian sollte die Überprüfung durchführen.

»Stimmt.« Agnes merkte, wie sie errötete. Sie hasste es zu lügen. Oder Geschichten zu erfinden, wie Mitzi es gern tat. »Aber als wir fertig waren, bin ich vorher ausgestiegen, weil ich Kopfweh hatte und zu einer Apotheke wollte.«

»Warum bist du denn dann noch einmal hierher?«

»Ich habe meine Zigaretten vergessen.«

»Du rauchst wieder?«

Zum Verbrecher würde sich Agnes auf keinen Fall eignen, bei der ersten Gelegenheit würde sie sich in Widersprüche verstricken. »Eine. Nach getaner Arbeit. Als Belohnung sozusagen. Die Schachtel bewahre ich im Schreibtisch auf.«

»Echt?« Chantal zuckte mit den Achseln. »Also wenn du wegen deiner Zschigg zurückkommst, bist du immer noch süchtig. Glaub es mir.«

»Da hast du sicher recht.«

Ihr fiel ein, dass sie überhaupt keine einzige Zigarette mehr in ihrem näheren Umfeld gebunkert hatte, und begann zu überlegen, wie sie sich weiter erklären sollte. Doch Chantal tat ihr den Gefallen und verabschiedete sich ihrerseits ohne jede Nachfrage.

Agnes blieb. Die Stille im Großraumbüro mochte sie. Etwas später zu Jo nach Hause zu kommen war in Ordnung, noch dazu, wo er sie heute Mittag dermaßen auf Trab gehalten hatte.

Eine E-Mail von Hauptmann Petra Hammerl war in ihrem dienstlichen Postfach. Es gab noch keine Neuigkeiten im Fall Therese Valbilda. Der Patensohn Tobias Mundi schwieg hartnäckig, auch zu seiner mutmaßlichen Beteiligung am Enkeltrick. Wenn sich gegen ihn keine weiteren belastenden Beweise finden ließen, würde er vorerst wieder auf freien Fuß kommen. Sein Anwalt hatte Einspruch gegen eine Fortsetzung der U-Haft eingebracht. Es bestand keine Fluchtgefahr. Petra Hammerl war darüber sehr verstimmt. Agnes verstand die Unzufriedenheit der Sokochefin voll und ganz.

Nach dem dienstlichen checkte Agnes den Posteingang in ihrem privaten E-Mail-Konto, um sich Mitzis weitergeleitete Nachrichten anzusehen. Der Textinhalt war immer der gleiche. Am Ende war der Treffpunkt unterstrichen. Beim Lesen der angeblichen Botschaft aus dem Jenseits kam erneut Ärger in Agnes hoch. Was für ein Mist. »Die Toten rufen« – allein für diesen Satz sollte diese Betrügerin verhaftet werden.

Es war keine gute Idee, die Schreiben Bastian oder einem anderen Kollegen zu zeigen, er würde nachhaken und sich nicht mit verschwurbelten Erklärungen zufriedengeben. Es gab keinen Kriminalfall für die Polizei in Kufstein. Die Ereignisse hatten in Krems stattgefunden. Auch wenn sie die E-Mails stattdessen an Hauptmann Hammerl weiterleitete, würde Mitzi noch weiter in die Sache hineingezogen werden. Agnes kam eine andere Idee. Vor nicht allzu langer Zeit hatte sie selbst einen Weiterbildungskurs in digitaler Verbrechensbekämpfung gemacht, und nun würde sie versuchen, ihre Kenntnisse daraus anzuwenden.

Als Erstes machte sie sich daran, die IP-Adresse des Absenders herauszufinden. Sie suchte den Quelltext der E-Mail und sah sich die »Received from«-Zeile an. Keine sonstigen Weiterleitungen zu entdecken. Sie kopierte die Absenderadresse heraus und gab sie in eine spezielle Datenbank zur Suche ein. Kein ausländischer Server, sondern abgeschickt in Österreich.

So weit, so gut. Doch um zu einem Namen hinter der IP-Adresse zu kommen, würde sie einen offiziellen Weg gehen müssen. Zwei bis drei Wochen Wartezeit, und sie würde Mitzis Namen letztlich doch ins Spiel bringen müssen. Hier biss sich die Katze in den Schwanz.

Agnes konzentrierte sich auf die Betreffzeilen:
»Ich möchte Sie treffen. Es geht um H.V.«
»Bitte öffnen Sie die Botschaft. Es geht um H.V.«
»Aller guten Dinge. Das wissen Sie doch. Es geht um H.V.«

Einen bösen Scherz schloss Agnes aus, dazu kannte Mitzi einfach zu wenige Menschen, um unter ihnen so einen Spaßvogel zu vermuten. Blieb die Sache mit der Abzocke. Es war durchaus möglich, dass es sich um den ersten Schritt einer Kontaktaufnahme handelte. Es würden weitere E-Mails eintreffen, mit einem nächsten Vorschlag für einen Treffpunkt. Agnes konnte sich durchaus vorstellen, dass dann als Gegenleistung für eine Botschaft von Hilda Valbilda aus dem Jenseits eine Forderung nach Bezahlung einer gewissen Summe einginge. Gerade in der Esoterikszene wimmelte es nur so von Scharlatanen und Betrügern. Mitzi hatte berichtet, dass die Frau mit einem Akzent gesprochen hatte. Die Person konnte die Art, sich auszudrücken, einstudiert haben, ein fremdländisch klingender Sprachduktus unterstrich das Mysteriöse.

Ermittlungstechnisch interessanter waren andere Punkte. Wie die Betrügerin an Mitzi geraten war. Mitzi hatte mindestens vier Leute benannt, mit denen sie über Hilda geredet hatte.

Es gab auch die Möglichkeit, dass der Absender hinter der Mail Hilda Valbilda und ihre Aktivitäten vor ihrem Tod sehr genau gekannt hatte. Mit wem hatte die alte Dame über Mitzi gesprochen?

Nächste Frage, die sich anschloss: Warum? Nur das einzige

Mal im Café waren sich die Frauen Mitzi und Hilda begegnet. Wie Mitzi gestrickt war, hatte sie höchstwahrscheinlich freiwillig und enthusiastisch all ihre Daten weitergegeben. Agnes konnte nun bei der Zeitschriftenredaktion beginnen, in weiterer Folge in der Pension und im Café nachhaken. Oder sie konnte abwarten, wann und wie sich die weiße Frau noch einmal mit Mitzi in Verbindung setzen wollte.

Hilda Valbilda war keinem Verbrechen zum Opfer gefallen, so viel stand fest. Jedoch war es nicht völlig auszuschließen, dass Mitzis Zusammentreffen mit der mutmaßlichen Betrügerin auch mit dem Verbrechen an Therese Valbilda in Zusammenhang stehen mochte.

Die Ermittlungen zum Mord waren bei der Kremser Polizei in guten Händen. Aber da Hauptmann Hammerl die Idee geäußert hatte, Agnes mit ins Boot zu holen, wären die drei Mails plus der bisherigen Infos zum Absender genau der richtige Einstieg, sich bei der Soko Mitterweg einzuklinken.

Wieder befand sich Agnes am Ausgangspunkt. Die E-Mails ihrerseits weiterleiten oder nicht? Sie selbst war, was das Rückverfolgen des Absenders betraf, bereits am Ende ihrer Weisheit.

Der Detektiv kam ihr in den Sinn. Axel Brecht. Mit ihm konnte sie sich möglicherweise kurzschließen. Er musste wieder in Köln sein. Zumindest hatte sie nichts mehr von ihm gehört.

Agnes öffnete an ihrem PC die Seite, auf der sie sich schon einmal über die Detektei informiert hatte. Die Startseite zeigte den Kölner Dom vom gegenüberliegenden Rheinufer aus. Schön sah es dort aus.

Sie klickte sich zur Vita von Axel Brecht durch. Der Detektiv mit den schwarzen Haaren und dem dunklen Bart machte auf seinem Porträt einen ernsten Eindruck. 1977 war er in Hillesheim in der Eifel geboren und auch dort aufgewachsen. Also war er Anfang vierzig. Nach einigen Jahren als Zollfahnder hatte er sich bei der ZAD zum Privatdetektiv ausbilden lassen. 2006 hatte er die Detektei Brecht gegründet. Es gab drei

Mitarbeiter, und eine Praktikantenstelle war ausgeschrieben. Keine privaten Details, was zu erwarten war.

Sollte sie bei ihm anfragen? Ein Gespräch mit Axel würde ihr nach den anstrengenden Fahrten heute gefallen, nicht nur beruflich. Schon hatte Agnes ihr Smartphone in der Hand, und ihr Finger schwebte über dem Namen. Aber sie zögerte, und schließlich ließ sie es ganz sein.

Sie entschloss sich, letzten Endes doch zuzuwarten.

Neben ihrer Arbeit und ihrem Hamster Jo rückte Ostern in greifbare Nähe. Ein Familienbesuch in Innsbruck stand an. Ihre Eltern und ihre Schwester wiederzusehen, darauf freute sie sich. Am 12. April war ein Familientreffen mit Essen geplant. Am 13. ein gemeinsamer Brunch. Ihren Urlaub über die Feiertage hatte Agnes bereits vor Monaten angesucht.

»Was mach ich mit dir, Mitzi?«, fragte Agnes ins leere Büro hinein.

Die Tage bis Ostern wurden auf dem Revier stressiger als gedacht. Verbrechen in und um Kufstein hielten Agnes auf Trab. Einmal erhielt sie eine Nachricht von Mitzi, dass sie mit einer schlimmen Grippe krank im Bett lag. Fieber, Halsschmerzen, Husten und jede Menge Rotz knockten sie aus. Agnes schickte ihr ein lustiges Video von Jo zur Aufmunterung.

12

Freddy merkte es als Erster.
Über Ostern hatte er frei, seit vorgestern war er von seiner Tour zurück zu Hause. Sein Schlaf war leicht, außerdem hatte er vom Abendessen Sodbrennen. Zu viel und zu spät war es gewesen. Doch als ihn Mitzi zum Ostersonntag mit einem Schweinsbraten mit Spätzle überrascht hatte, hatte er nicht widerstehen können. Mitzi hatte selten Lust zu kochen, aber wenn, dann mit Hingabe.
Jetzt weckte ihn der Geruch nach Gebratenem. Zuerst glaubte er, dass Mitzi vergessen hatte, den verbliebenen halben Braten in den Kühlschrank zu stellen. Ziemlich schnell jedoch wechselte der Bratengeruch zu Gestank.
Dazu ein Knistern in seinen Ohren. Es knackte und knallte regelrecht.
Als Kind hatte er es geliebt, sich trockene Äste übers Knie zu legen und sie zu brechen. Je dicker, desto größer die Herausforderung. Diese Geräusche hörten sich an, als würde ein verdorrter Baum in Stücke zerhackt.
Freddy öffnete seine Augen. Er streckte den Arm nach unten und schnappte sich die Taschenlampe, die neben dem Bett am Boden bereitstand. Seit er sich vor zwei Jahren einmal den großen Zeh gebrochen hatte, als er sich im Dunkeln den Weg ins Badezimmer ertastet hatte und dabei gegen die Kommode gestoßen war, war der Griff nach der Lampe eine automatische Handlung geworden.
Zugleich spürte er, dass es im Zimmer wärmer geworden war. Sie drehten beim Schlafen nie die Heizung auf, nicht einmal im tiefsten Winter, nun schien sich die Temperatur verdoppelt zu haben.
Sein Hirn war noch etwas träge, er versuchte, seine Gedanken zu sammeln. Hier stimmte etwas nicht.
Er knipste die Lampe an. Der Lichtstrahl schlug eine helle

Schneise durch die Dunkelheit. Nach einem Schwenk quer durch den Raum sah er am Ende den Rauch, der sich in feinen Fäden unter der Schlafzimmertür nach oben kringelte.

Wie auf Kommando begann er zu husten. Er setzte sich ruckartig auf, und Sterne kreisten in seinem Blickfeld. *Ördög vigye el!* Wie immer fiel er bei Aufregung zum Teil ins Ungarische. Was zum Teufel!

»Mitzi!« Freddy wandte sich seiner Freundin zu.

Mitzi hatte sich unter ihrer Decke vergraben. Wenn sie einmal eingeschlafen war, dann fest wie ein Bär in seiner Höhle, wie Freddy sie schon öfter geneckt hatte. Er hob den aufgetürmten Wulst an Stoff hoch und sah sie eingerollt darunterliegen. Er wunderte sich, dass sie nicht schwitzte. Selbst im Sommer versteckte sie sich unter dem Laken, und nicht einmal ein Haarschopf lugte hervor.

Er schüttelte seinen Kopf samt den Schultern, um auf Touren zu kommen. Keine gedanklichen Ablenkungen, er musste sich auf die gegenwärtige Situation konzentrieren.

»Mitzi, wach auf!«

Sie rührte sich nicht.

Freddy beschloss, zuerst die Lage zu checken. Was war los? Ein Feuer?

Er schwang sich aus dem Bett und schwankte leicht, als er das Schlafzimmer durchquerte und an der Tür zum Halten kam. Das Knistern kam aus dem Flur oder aus der Küche. Wieder knackte es.

Freddy streckte die Hand Richtung Türklinke, überlegte es sich aber in der nächsten Sekunde anders. Wenn es wirklich und wahrhaftig brannte, konnte es ein fataler Fehler sein, die Tür zu öffnen.

Für ein paar Sekunden war er wie gelähmt.

Er dachte an sein Fahrtenbuch, in das er all seine Touren und Verkäufe eintrug, so wie sein Boss es von allen Vertretern verlangte, zusätzlich zu den Listen, die online eingescannt wurden. Seine Autogrammkartensammlung bekannter Fußballer, die er im Laufe von Jahrzehnten angehäuft hatte, darunter ein Foto von seiner Lieblingsmannschaft, dem ASV Blau-Weiß Salzburg mit allen Unterschriften. Dazu noch der riesige Flachbildschirmfernseher, den er sich erst zu Weihnachten von seinem letzten Bonus geleistet hatte. Was, wenn alles unwiederbringlich zerstört würde, durch einen Kurzschluss oder weil Mitzi und er vergessen hatten, das Backrohr auszuschalten?

Wieder bewegte er Kopf und Oberkörper von links nach rechts, um sich aus der Starre zu befreien. Fotos, Karten, Fahrtenbuch und Fernseher waren wurscht. Es ging um ihrer beider Leben. Nicht um schnöde Dinge. Wenn sie durch eine Rauchgasvergiftung starben, waren ja nicht einmal Nachkommen da, um die Kostbarkeiten zu erben.

Der Husten setzte wieder ein, und Freddy fühlte sich schwindlig. Das Zimmer schien auf eine schiefe Ebene zu rutschen.

Er stolperte zum Bett zurück.

»Mitzi! Herzi! *Kedvenc!* Steh sofort auf, Mitzi!«

Er kniete sich auf die Matratze und rüttelte ihren Körper. Sie bewegte sich immer noch nicht. Am Ende hatte sie bereits das Bewusstsein verloren.

In Freddy stieg Panik auf. Was war zu tun?

Er hastete zur Fensterfront, zog die Jalousien hoch und riss beide Fenster auf. Draußen war alles still. Die kalte Nachtluft strömte herein. Dann hechtete er zur Kommode und schnappte sich sein Smartphone, das darauf lag. Ihm fiel die Notrufnummer nicht ein. 144 oder 133 oder 122?

»*Bazdmeg!*«, schrie Freddy laut. Ein deftiges Schimpfwort, für das er sich als Teenager einmal von seiner Mutter eine Ohrfeige, eine ordentliche Watschn, eingefangen hatte.

122, das war es.

Er tippte und drehte sich um. Der Rauch unter der Tür hatte zugenommen, es bestand kein Zweifel mehr daran, dass es in der Wohnung brannte. Er stellte die Taschenlampe auf der Kommode ab, öffnete eine Schublade und nahm wahllos Wäschestücke heraus. Eines davon hielt er sich vor die Nase.

»Mitzi!« Er rief ihren Namen, bewegte sich aber zurück ans offene Fenster und sah nach draußen.

Die Wohnung lag im dritten Stock, sie würden nicht einfach springen können. Klettern vielleicht. Sich von einem Balkon zum nächsten schwingen. Er könnte Mitzi dabei auf den Schultern schleppen.

Lächerlich, stoppte er sich. Er liebte Sport, Fußballübertragungen waren seine absolute Entspannungsmethode, Tennis, Golf, Skilaufen waren ihm ebenso recht, aber er selbst war ein schmaler Typ, nicht völlig unsportlich, aber niemals in der Lage, das Gewicht einer erwachsenen Frau zu stemmen. Geschweige denn, sich mit ihr als Last wie Tarzan zwischen den Balkonen zu bewegen.

Allein wäre es vielleicht möglich, wenn er sich trauen würde, den ersten Sprung statt nach nebenan zum unteren Balkon zu machen. Aber er konnte seine Mitzi, sein Herzilein, niemals allein zurücklassen.

Freddy stieß einen hilflosen Schrei aus und stampfte mit dem Fuß auf. Der Husten und der Schwindel kamen zurück, vor ihm begann sich alles zu drehen. Er musste sich am Fensterrahmen festhalten. Das Knistern und Knacken von draußen nahm zu.

»Sie haben den Notruf der Feuerwehr gewählt, was kann ich für Sie tun?«

»Es brennt.« Freddy verlor die Nerven vollends. Er keuchte. »Maxglaner Hauptstraße. Schnell. Hilfe, Hilfe!«

»Bitte versuchen Sie sich zu beruhigen. Nennen Sie die genaue Adresse mit der Hausnummer und Ihren vollen Namen. Langsam. Atmen Sie.«

Die weibliche Stimme am anderen Ende der Leitung klang wie die Ruhe in Person, was Freddy guttat. Er schaffte es, die Daten durchzugeben, der Hustenreiz hörte auf, das Drehen legte sich. Die Gefahrenlage kam unter Kontrolle.

»Hilfe ist unterwegs«, bestätigte die Stimme.

Freddy merkte, dass Tränen über seine Wangen liefen. »Bitte, schnell. Meine Mitzi und ich, wir brauchen euch.«

Er wandte sich vom Fenster ab, und der nächste Schock erwartete ihn.

Mitzi war aufgewacht. Gott sei Dank, dachte er nur eine Millisekunde lang. Denn Mitzi war nicht nur endlich munter geworden, sie hatte inzwischen auch das Bett verlassen. Sie stand an der Schlafzimmertür. Die Rauchentwicklung hatte deutlich zugenommen, nicht nur von unten, auch durch die seitlichen Ritzen quollen nun die grauen Schwaden. Wie er vorhin hatte Mitzi die Hand ausgestreckt, Richtung Klinke.

»Mitzi, nein. Nicht anfassen.«

»Was is geschehen, Freddy?« Sie sah ihn nicht an, fixierte die Tür.

»In der Küche oder im Vorzimmer brennt's. Oder auch im Hausflur, ganz draußen. Keine Ahnung, wo und warum. Wir dürfen nicht hinaus. Mach bloß nicht die Tür auf. Komm zu mir, Mitzi-Herzi. Hier am Fenster kriegen wir frische Luft.«

Mitzi nickte, schüttelte dann den Kopf, sah nicht zu Freddy.

»Was is geschehen?« Die gleiche Frage, als hätte sie seine Antwort nicht verstanden.

»Keine Ahnung. Wir warten hier im Zimmer. An Ort und Stelle. Nimm dir auch ein Stück Unterwäsche und halt es dir vors Gesicht. Das hilft gegen den Gestank. Die Feuerwehr ist gleich da.«

Zur Bestätigung seiner Worte waren Sirenen auf der Straße zu hören, die sich rasch näherten. Freddy drehte den Kopf. Gegenüber ging Licht an. Ein Fenster wurde geöffnet. Der Lärm schwoll an, mehr Sirenen, blaue und rote Lichtspiele kamen rasant näher. Freddy konnte unten einen ersten Feuerwehrwagen sehen, was ihn unendlich erleichterte.

In weiteren Wohnungen wurde es hell. Auch unter ihnen, schräg rechts. Eines der Nachbarsehepaare kam auf den Balkon, auf den Freddy zu springen überlegt hatte. Sie sahen zu ihm hoch.

»Was is los?«

»Oh Gott!«

Sie riefen gleichzeitig.

»Bei uns brennt's.« Freddy schrie zurück. Das Wäschestück entglitt seinen Fingern und segelte nach unten.

»Jessas!« Wieder beide synchron.

»Aber die Feuerwehr ist ja schon da. Mitzi und ich, wir sind gleich in Sicherheit.«

Freddy drehte den Kopf zurück. Mitzi hatte sich immer noch nicht von der Stelle bewegt. Jetzt ihren Arm Richtung Tür ausgestreckt. Der Lichtkegel der Taschenlampe auf der Kommode teilte ihre Gestalt in dunkel und hell.

Er wurde wieder nervös. »Mitzi, was machst du denn? Die Klinke könnt total heiß sein. Und das Feuer könnt hereinkommen. Dich schwer verletzen. Komm her zu mir, *kedvenc*. Sofort.«

Statt ihm zu folgen, zog sie sich das Nachthemd über den Kopf und wickelte eine Hand darin ein, streckte den Arm wieder vor.

Es war wie ein absurdes Gemälde. Mitzi stand an der Tür, der Rauch bedeckte ihre Füße. Ihr Oberkörper war nackt, ihre Brustwarzen waren aufgestellt, als wäre sie erregt. Ihre freie Hand legte sie auf ihren Mund, mit der anderen drückte sie die Türklinke nach unten.

»Nein! Mitzi!«

Freddy hörte sich schreien. So laut, dass es diesmal in seinem Ohr knackte, als hätte er gerade einen dicken Ast in zwei Hälften zerbrochen.

Dreizehn

Mitzi war nur langsam aus dem Reich ihrer Träume zurückgekehrt.

Sie meinte, auf einer Busfahrt gewesen zu sein, die sie in eine ihr unbekannte Stadt bringen sollte. Einen Koffer hatte sie im Traum dabeigehabt, und je länger die Reise dauerte, desto wärmer war ihr geworden.

Ihr Sitznachbar, ein seltsamer kleiner Mann mit einer Knollennase, die von roten und blauen Äderchen durchzogen war, hatte lautstark geschnarcht und sich an ihre Schulter gelehnt. Der Bus hatte gerumpelt, und sie war durchgeschüttelt worden.

»Mitzi«, hatte der Busfahrer gerufen. Und ein zweites Mal: »Mitzi, wach auf!«

Ihr Bewusstsein kehrte in die reale Welt zurück, sie blinzelte, und der Bus verwandelte sich in das Schlafzimmer, das Bett, die Decke, die ihr irgendwer vom Körper gezogen hatte.

Nicht irgendwer, sondern Freddy hatte sie geweckt.

Die Wärme blieb. Dazu kam schlechte Luft. Es stank nach etwas Verkohltem. Trotzdem wollte sie nicht aufstehen, es fühlte sich falsch an. Sie presste ihre Augenlider wieder zu.

»Mitzi! Herzi! *Kedvenc!*« Freddys Stimme wurde lauter, mit einem besorgten Unterton. »Steh sofort auf, Mitzi!«

Sie hörte ihn im Schlafzimmer hin- und herlaufen. Seine Fußsohlen klatschten auf dem Parkett.

Sie hob ihre linke Hand und quetschte sich mit Daumen und Zeigefinger in den rechten Oberarm. Das half, um sie endlich vollends erwachen zu lassen.

Freddy rief noch etwas auf Ungarisch, das sie nicht verstand. Mitzi riss die Augen auf.

Sie sah sich um, und ihr Blick blieb an der Schlafzimmertür hängen. Die Rauchschwaden, der Geruch, die ansteigende Wärme und auch die Geräusche ließen sie wesentlich schneller als vorhin Freddy erkennen, dass es brannte. In der Wohnung oder draußen im Flur.

Mitzi hörte Freddy rufen, drehte ihren Kopf.

»Maxglaner Hauptstraße. Schnell. Hilfe, Hilfe!« Er stand am offenen Fenster und hatte sein Smartphone am Ohr. Die Feuerwehr war demnach unterwegs. Alles war gut, oder?

Vor der Schlafzimmertür gab es einen lauten Knall, als wäre etwas explodiert. Mitzi fixierte wieder die Tür.

Es kam hoch wie eine Welle, es überrollte sie wie eine Lawine, es war einfach da. Aus dem Nichts, oder es hatte schon immer hinter einer Ecke auf Mitzi gelauert.

Ihr Blick wurde starr, und es war, als würde sie wieder einschlafen.

»Die Seele ist ein weites Land«, schrieb Arthur Schnitzler. Dass das Unbewusste unser Schicksal ist, meinte einst Sigmund Freud.

In Mitzi löst dieser einzelne Laut eine Erinnerungsexplosion aus.

Sie ist sieben und am Grundstück ihrer Eltern. Nicht mehr in der Holzhütte, wo das Gas austritt, das sie unwissentlich aufgedreht hat. Sie ist schon bei den Obstbäumen. Ein gutes Stück weg vom kleinen Wochenendhäuserl der Familie Schlager. Mitzi weint, der Rotz rinnt ihr aus der Nase, und sie ruft nach ihrer Mama.

Doch Mama ist gerade im Inneren der Holzhütte verschwunden. Der Papa mit dem Benni auf dem Arm folgt ihr. Sie kann das Gesicht ihres Bruders sehen, der über Papas Schulter schaut. Streckt er ihr die Zunge heraus? Benni ist vier und ein süßer, aber auch nerviger kleiner Kerl.

Dann sind auch Papa und Benni weg.

Mitzi ist allein. Die Wespen umschwirren sie, die Knie brennen von ihrem Sturz vorhin, die Arme auch, die Nase tut weh, die Augen tränen.

Ihr seids so gemein, denkt sie. Meinetwegen könnts ihr allesamt tot sein, denkt sie weiter. Sofort und auf der Stell.

Der Explosion, die die Holzhütte förmlich auseinanderreißt, folgt erst Sekunden später der riesige Knall. Wäre Mitzi näher dran, würde es ihr die Trommelfelle zerreißen.

Automatisch schlägt sie sich die Hände vor die Augen. Auch das tut weh. Durch die Zwischenräume ihrer Finger kann sie helles Licht sehen, heller noch als die Sonne, meint sie.

Ein Sirren ist in der Luft, das nicht von den Wespen kommt. Sie fällt seitlich um ins Gras. Nach der ersten großen Explosion folgen kleine. Es knallt und knistert und knackt. Mitzi bleibt liegen. Langsam wird das helle Leuchten schwächer, und ihr wird schwarz vor Augen.

Jetzt sind alle tot, so is das mit dem Wünschen, denkt sie auch noch.

Jahrzehnte später, im Schlafzimmer der Wohnung in der Maxglaner Hauptstraße in Salzburg, streckte Mitzi die Hand aus.

Freddy rief etwas von »heiß« und »verbrennen« und »sofort herkommen«. Sie hörte nicht hin. Aber sie zog ihr Nachthemd, das blaue mit der Spitze an den Ärmeln, über den Kopf und wickelte es sich um die Finger.

Dann machte sie die Tür auf.

Sie musste es sehen.

III.
AlpenSchluchzen

– *Danke, Oma, dass du mir zugehört hast.*

Therese Schlager, Mitzis Oma, liegt schon in ihrem Bett, ist aber noch wach.
Der Fernseher läuft leise im Hintergrund.
Im Pflegeheim in Leibnitz in der Steiermark ist es um diese Zeit sehr ruhig. Die Senioren, die dort untergebracht sind, können sich nicht mehr selbst versorgen. Viele erinnern sich zwar an Geschichten, die weit in der Vergangenheit liegen, aber leben nicht mehr in der Gegenwart.
Mitzi hat ausnahmsweise die Erlaubnis erhalten, zu ihrer Großmutter durchgestellt zu werden. Sie hat ihr in wenigen Sätzen die Geschichte vom Feuer erzählt.
Mit im Zimmer ist eine Pflegekraft, die Mitzis Oma den Hörer ans Ohr hält.

– *Ich musst es jemandem erzählen, Oma. Mein liebes Omilein.*
– *Versteh ich, liebes Fräulein. Auch die Frau Rosi, die neben mir steht, versteht Sie. Kann ich sonst noch was tun?*
– *Oma, ich bin's, die Mitzi. Weißt du nicht?*
– *Mitzi, klingt putzig. Kommt wahrscheinlich von »Maria«.*
– *Genau, Oma. Maria Konstanze. Mein zweiter Vorname stammt von deiner eigenen Mama, also meiner Uroma.*
– *Meine Mama. Ja, die is eine Liebe. Vielleicht kommt sie heute vorbei, dann kann ich Sie Ihnen vorstellen, Fräulein Mitzi.*

Pflegerin Rosi übernimmt das Gespräch und verabschiedet Mitzi.

1

»Du musst wirklich los? Auf der Stelle?« Agnes' Mutter sah ihre Tochter ungläubig an.

Hinter ihr hatten sich Agnes' Vater, ihre Schwester Katja samt Freund und Großtante Martha zu einer Gruppe zusammengefunden. Sie standen eng beieinander, als würde gleich ein Erinnerungsfoto gemacht werden.

»Ja, Mutti, tut mir leid.«

»Aber es ist Ostermontag. Das Familienfrühstück.«

Agnes konnte nur hoffen, dass ihre Mutter nicht in Tränen ausbrechen würde. Damit konnte sie nicht umgehen. Sie umarmte Frida Kirschnagel stürmisch und fest, um ihr die Luft für eine nächste Bemerkung abzuschnüren.

»Mutti, ich melde mich. Vielleicht kann ich heute Abend sogar wieder bei euch sein.«

Nach der Umarmung huschte Agnes durch die Tür. In wenigen Schritten war sie am Wagen, startete den Motor und setzte rückwärts auf die Zufahrtsstraße. Diesmal lag die Strecke von Innsbruck nach Salzburg vor ihr, ein gutes Stück länger als ihre letzte Fahrt von Kufstein aus. Ein Blick zur Seite zeigte ihre Mutter und Katja, die ihr zuwinkten. Agnes warf ihnen eine Kusshand zu.

Dann fixierte sie ihre Gedanken auf die Informationen, die sie vor zwanzig Minuten erhalten hatte.

Mitzi. Natürlich war es wieder Maria Konstanze Schlager, die Agnes aus ihrer Komfortzone gerissen hatte. Mit beunruhigenden Neuigkeiten. Es hatte ein Feuer in der Wohnung gegeben, die Mitzi zusammen mit ihrem Freund Freddy bewohnte.

Er hatte Agnes als Erste verständigt.

»In Mitzis Handy steht deine Nummer als einzige bei den Favoriten«, hatte er mit heiserer Stimme erklärt. »Ich bin davon ausgegangen, dass du eine gute Freundin von meinem

Mitzi-Herzi sein musst. Ich hab die Nummer herauskopiert und dich angerufen.«

Er rollte das R wie ein leichtes Schnurren.

Agnes erinnerte sich, dass er aus Ungarn stammte, sich jedoch nicht bemühte, seinen Akzent zu verbessern, weil er damit bei den Kunden bessere Verkäufe erzielte, wie Mitzi erzählt hatte.

»Freddy, nicht?«
»Genau der bin ich.«
Er hatte Agnes die Ereignisse der Nacht geschildert.
Der Brand war vor und an der Eingangstür ausgebrochen. Kurios war, dass es nur vor ihrer Wohnung lichterloh gebrannt hatte, sonst hatte es keine Flammen im äußeren Hausflur gegeben. Als er und Mitzi davon wach geworden waren, hatte das Feuer bereits auf die Diele übergegriffen, und der Funkenflug hatte die Garderobe erreicht. Dank des schnellen Eingreifens der Feuerwehr konnte eine weitere Zerstörung verhindert werden.

Aber der Schock saß tief.

Zumal inzwischen feststand, dass das Feuer gelegt worden war.

Es gab Spiritusrückstände am verkohlten Holz und an den Wänden um den Türrahmen außen am Eingang. Dazu hatte jemand versucht, mehr von der gefährlichen Beschleunigerflüssigkeit unter dem unteren Türspalt hindurch ins Innere der Wohnung zu spritzen. Noch in der Nacht waren neben Feuerwehr und Polizei zwei Brandspezialisten hinzugekommen und hatten den Brandherd untersucht. Freddy war intensiv vernommen worden.

»Was ist mit Mitzi?«, hatte Agnes mit klopfendem Herzen gefragt.

»Die ist in die Notaufnahme vom Landeskrankenhaus gebracht worden.«

»Oh Gott.«

»Nicht erschrecken. Sie hat zwar gehustet wie blöd, aber sonst ist ihr körperlich nichts geschehen. Wir hatten Glück.

Wenn die Flammen bis an die Schlafzimmertür vorgedrungen wären, hätte es schlecht ausgehen können. Noch dazu, wo Mitzi die Tür aufgerissen hat. Und ich schrei noch: Tu es nicht.«

»Sie hat die Tür aufgemacht?«

»Keine Ahnung, was sie sich dabei gedacht hat. Dadurch ist der Rauch ganz dick zu uns ins Zimmer gequollen. Ich hab sie weggezogen ans Fenster. Aber, wie gesagt, die Feuerwehr war schnell vor Ort und hat uns beide über die Leiter gerettet.«

»Warum ist Mitzi noch im Krankenhaus und du nicht?«

»Die Nerven. Sie war außer sich. Sie hat geschrien und geweint und war nicht zu beruhigen. Bis ihr der Arzt eine Spritze gegeben hat. Er hat gemeint, es wäre besser, wenn sie stationär versorgt wird. Als ich nach dem ganzen Tamtam dorthin gefahren bin, hat sie geschlafen. Vorhin hab ich versucht anzurufen, aber ich hatte kein Glück.« Er seufzte. »Jetzt muss ich mich um den ganzen Dreck kümmern. Und endlich einmal die Feuermelder installieren, auch wenn es zu spät ist. Falls ich überhaupt schon was machen darf. Die Polizei hat den Zugang zur Wohnung abgesperrt. Die Versicherung muss ich verständigen. Was für Osterfeiertage. Ich kann derweil bei unserem Nachbarn unterkommen. Morgen bin ich noch einmal bei der Polizei vorgeladen. Ein Wahnsinn.«

»Ich mache mich auf den Weg zu euch.«

»Das wäre gut. Mitzi braucht jetzt eine Freundin. Und wahrscheinlich dich, weil du doch die einzige bist ...« Er ließ einen nächsten langen Seufzer hören.

»Es ist gut, dass du mich angerufen hast, Freddy. Ich fahre direkt ins Landeskrankenhaus.«

»Dann sehen wir uns höchstwahrscheinlich dort. Was für ein Glück im Unglück trotzdem, dass Feiertage sind und ich zu Hause war.«

»Kann man wohl sagen. Bis gleich dann.«

»*Örülök, hogy megismerhetlek.* Freut mich, dich kennenzulernen. Mitzi wird sich auch freuen. Es geht ihr sicher bald besser.«

Agnes wollte ebenso zuversichtlich sein.

Durch den Feiertag war die Autobahn relativ frei, und sie konnte Gas geben. Das Navi zeigte ihr eine Ankunftszeit gegen Mittag an. Ein unerwartet schlimmer Ostermontag. Dieser 13. des Monats hätte zu einem Freitag besser gepasst. Für einen Moment vergaß sie, den Fuß am Gaspedal zu halten, und wurde langsamer. Der Fahrer hinter ihr betätigte die Lichthupe.

»Schon gut. Sorry«, rief sie, auch wenn der andere sie nicht hören konnte.

Wieder ein Dreizehnter.

Erneut ein Feuer, das in den Morgenstunden dieses Tages gelegt worden war.

Die Parallele zwischen dem Brand im Haus von Therese Valbilda und dem jetzigen Verbrechen drängte sich förmlich auf. Wobei es hier zum Glück zu keinem Todesfall gekommen war. Mitzi und Freddy hatten beide überlebt. Die Chancen für sie hatten höher gestanden als für die alte Frau am 13. Januar dieses Jahres in Krems. Hauptmann Petra Hammerl hatte Agnes berichtet, dass dort der Brandbeschleuniger in den Innenräumen verteilt worden war und die Bewohnerin deshalb nicht überlebt hatte.

Agnes überlegte weiter. Auch Hilda Valbilda war an einem 13. gestorben. 13. März. Diesem Tod hatten weder die Polizei noch Agnes eine besondere Bedeutung zugemessen, weil er nachweislich auf natürlichem Wege geschehen war. Aber das Datum stimmte. Mitzi hatte es als seltsam bezeichnet.

Agnes begann sich in ihrem Kopf Notizen zu machen. Hilda Valbildas Leiche war schon freigegeben und verbrannt worden. Der Pathologe konnte etwas übersehen haben. Was blieb zu tun? Nach diesem Vorkommnis sollten die E-Mails von der weißen Hex an Mitzi doch mit gerichtlicher Verfügung bis zu ihrem Absender rückverfolgt werden. Die Identität dahinter musste aufgedeckt werden.

Mitzis Namen aus der Geschichte herauszuhalten ging ohnehin nicht mehr. Ab sofort war sie ein neues Opfer, wenn man die Taten miteinander verknüpfte. Noch vor kurzer Zeit hatte

Agnes Mitzis Begegnung mit der weißen Frau als Abzocke abgetan. Dafür musste sie Abbitte leisten. Ihr Zuwarten war die falsche Entscheidung gewesen. Mit der Zuspitzung in dieser Nacht hatte sie nicht gerechnet.

Zuerst würde Agnes ihren Chef Revierinspektor Sepp Renner überzeugen, sie für die Soko Mitterweg freizustellen. Im Anschluss kam Hauptmann Hammerl an die Reihe. Die Ermittler in Krems sollten Agnes' angekündigte Mitwirkung endlich durchsetzen und sie bei den Ermittlungen aktiv einbinden. Bundesländerübergreifende Teamarbeit bei Kriminalfällen war keine Seltenheit.

Als Agnes den Stadtrand von Salzburg erreichte, vibrierte ihr Smartphone. Am Display sah sie Mitzis Gesicht aufscheinen. Sie blinkte und fuhr auf den Gehsteig. Telefonieren über die Freisprechanlage mochte sie nicht, dazu war die Angelegenheit zu wichtig, und sie wollte sich ganz auf das Gespräch konzentrieren.

»Mitzi!«

»Nein, hier ist noch mal Freddy.«

»Hallo, ich bin laut Navi in etwa zehn Minuten am Landeskrankenhaus.«

»Dort ist Mitzi nicht mehr. Sie haben sie in die Ignaz-Harrer-Straße verlegt. In die Christian-Doppler-Klinik. Das ist die Psychiatrie.«

»Warum das denn?«

Freddy ächzte. »Es geht ihr seelisch ganz schlecht.«

Mit einem Mal wurde auch Agnes flau im Magen. »Haben die Ärzte Dr. Rannacher verständigt?«

»Wen?«

»Na, ihren Psychotherapeuten.«

»Den kenne ich nicht.«

Agnes wurde schlagartig klar, dass Freddy keine Ahnung davon hatte, dass Mitzi in Therapie war. Sie entschloss sich, um Mitzis willen zu flunkern. Wie immer tat sie sich damit schwer.

»Das ist ein Freund … nein, anders, das ist ein bekannter

Arzt, den Mitzi und ich über einen gemeinsamen Freund kennen. So stimmt es. Er ist Psychologe. Allerdings ist er in Wien zu Hause.«

»Also, von einem Wiener Arzt hat mir Mitzi noch nie erzählt.«

»Vielleicht, weil er einer meiner Freunde ist.«

»Aha.«

»Ich denke, sie ist so oder so in guten Händen.«

Nach dem Gespräch mit Freddy rief Agnes über die Suchmaschine die Pressemeldungen auf. Das Feuer in der Maxglaner Hauptstraße war Thema, aber noch spekulierte nur eine Onlinezeitung über Brandstiftung.

Schließlich wählte sie eine Nummer, die sie neulich noch nicht angetippt hatte. Sich weitere Hilfe zu holen war unabdinglich angebracht.

»Axel hier.« Ein verschlafener Mann meldete sich.

»Entschuldige die frühe Störung an einem Feiertag. Hier ist Agnes. Also, Inspektorin Agnes Kirschnagel von der Polizei in Kufstein. Wir haben uns Ende März getroffen.«

»Ich weiß genau, wer du bist, Agnes. Du störst nicht.«

Ein kleines Lächeln huschte über ihre Lippen. »Gut.«

»Was kann ich für dich tun?«

»Die Sache um Therese und Hilda Valbilda hat sich ausgeweitet.«

»Ich verstehe nicht. Was Therese betrifft, hat die Polizei doch Tobias Mundi verhaftet. Er sitzt meines Wissens in Untersuchungshaft. Ich hoffe, er gesteht oder ihr findet mehr Beweise. Das ist mein Stand der Dinge.«

»Es hat sich Neues ergeben, Axel, deshalb mein Anruf.«

Sie erläuterte ihm, was geschehen war, und streute einige ihrer Vermutungen ein. Am Ende formulierte sie ihre Bitte.

»Könntest du ein Treffen mit deiner Klientin organisieren?«

»Mit Vera Valbilda? Wozu?«

»Vielleicht kann ich ein paar Infos von ihr bekommen, die sie dir nicht preisgegeben hat.«

»Ganz schön selbstbewusst von dir. Das gefällt mir.«

»Danke.«

»Heißt das, du kommst nach Köln, Agnes?«

Sie überlegte. »Anders geht es wohl nicht. Ich muss aber einiges vorher abklären.«

»Das muss ich auch. Ich werde Vera Valbilda in der nächsten Stunde anrufen und ihr deinen Wunsch mitteilen. Wenn ich ihr dazu rate, wird sie einverstanden sein.«

»Mach das.«

»Sag mir, wo und wann du ankommst, ich hole dich gern ab.«

»Ich melde mich.«

Agnes beendete auch dieses Telefonat, tippte die Adresse der Psychiatrie ins Navi ein und gab wieder Gas.

2

Agnes klopfte.

Als ihr nach längerem Warten keiner antwortete, machte sie vorsichtig die Tür zum Krankenzimmer auf.

Zwei Betten standen darin, und beide waren belegt. Im ersten lag eine ebenfalls junge Frau mit Kopfhörern auf den Ohren und blätterte in einer Zeitschrift. Von Mitzi im zweiten war unter der Bettdecke nur das blonde Haar zu sehen, sonst hatte sie sich vergraben.

Mitzis Zimmergenossin sah hoch. Sie schob sich die Kopfhörer in den Nacken.

Agnes hob die Hand. »Grüß Gott, ich wollte zu Maria Schlager.«

»Mitzi schläft. Schon die ganze Zeit.«

Die beiden hatten sich anscheinend bereits bekannt gemacht. »Seh ich, danke.«

»Sie müssen nicht flüstern. Sie is schwer wach zu bekommen. Auch die Schwester hat sie vorhin gerüttelt, als es Mittagessen gegeben hat.«

»Hat sie gegessen?«

»Ein bisserl.«

Agnes hatte sich bei ihrer Ankunft auf der Station nicht beim Pflegepersonal erkundigt, auch nicht nach dem zuständigen Arzt gefragt. Sie wollte zuerst mit Mitzi selbst sprechen. Freddy hatte sich ebenfalls bisher nicht gezeigt. Nun hoffte Agnes, dass ihr wenigstens die Zimmergenossin Auskunft geben konnte.

»Wissen Sie, wie es ihr geht?«

»Als sie hier hereingebracht worden is heut Vormittag, war sie eigentlich recht munter. Sie hat sich vorgestellt bei mir und ziemlich viel geredet. Gleich ein paar Geschichterln erzählt, die ich nicht richtig verstanden hab.«

Agnes lächelte. Wenn die Aufregung mit Mitzi durchging,

plapperte sie ohne Punkt und Komma. Immer bereit, die Wahrheit ein wenig auszudehnen und bunter zu färben.

Die junge Frau rieb sich die Nase. »Aber kurze Zeit später hat sie angefangen zu weinen und is dabei immer lauter geworden. Sie hat nicht mehr aufgehört, bis ihr Dr. Leuwer eine Spritze gegeben hat. Danach hat sie sich eingerollt und die Decke über den Kopf gezogen. Eben bis zum Essen vorhin. Aber nur ein paar Bissen hat sie zu sich genommen. Danach eine Weile auf den Teller gestarrt. Sich dann wieder ins Bett gelegt. Seither schläft sie wie tot.«

Der Vergleich bereitete Agnes eine Gänsehaut. »Haben Sie Ihren Freund gesehen?«

»So einen dünnen mit krausen schwarzen Haaren?«

Agnes nickte, obwohl sie Freddy noch nie persönlich begegnet war. Sie kannte ihn von einem Foto.

»Der is, bis kurz bevor Sie hereingekommen sind, bei ihr gewesen. Aber vorhin gegangen, weil Mitzi eh geschlafen hat. Er hat ziemlich fertig ausgesehen.«

»Hat denn dieser Dr. Leuwer sonst noch etwas gesagt?«

»Keine Ahnung. Ich bin raus und hab gewartet, bis alles vorbei war. Was is ihr denn geschehen?«

Wohl mehr, als auf den ersten Blick zu erkennen ist, dachte Agnes. »Es gab einen Wohnungsbrand. Der hat sie ziemlich geschockt. Allerdings kenne ich keine genauen Details, bin eben erst aus Innsbruck hergefahren.«

»Hat sie das Feuer selbst gelegt?«

Erschrocken sah Agnes die junge Frau im Nebenbett an. »Wie kommen Sie auf die Idee?«

Die Zimmernachbarin hob ihre Arme in die Höhe, die beide bandagiert waren. »Na ja, vielleicht bringen die hier zwei Lebensmüde an einem Ort zusammen.«

»Das tut mir leid.«

»Muss es nicht. Ich war ein bisserl narrisch, als ich es probiert hab. Liebeskummer. Jetzt bin ich sogar schon wieder froh, dass es nicht geklappt hat. Bin noch zu jung für den Sensenmann.«

»Mitzi hat sich nicht umbringen wollen, dessen bin ich mir sicher.« Agnes starrte auf den blonden Haarschopf im Bett. »Zumindest nicht bewusst.«

»Kann man sich unbewusst ins Jenseits befördern?«

Wenn man sich so verhält wie Mitzi, wäre es höchstwahrscheinlich möglich, dachte Agnes wieder, schüttelte aber den Kopf. »Nein, das Ganze war ein Unfall.«

Von einem möglichen Verbrechen sollte die Zimmernachbarin nichts erfahren. Wenn die ersten Vermutungen sich bestätigten, würde es ohnehin in der Presse zu lesen sein.

Agnes bewegte sich von der Tür weg, nahm sich im Gehen einen der Stühle, die beim Tisch an der Wand gegenüber standen, und brachte ihn an Mitzis Bettseite. Sie setzte sich.

Die junge Frau schob sich die Kopfhörer wieder über die Ohren und begann erneut, in der Zeitschrift zu blättern.

Agnes wartete.

Von draußen waren Geschirrgeklapper und Stimmen zu hören, dazu wie zur Untermalung ein leiser Gesang, der durch die Kopfhörer der Zimmernachbarin drang.

Agnes sah auf die Uhr, die über dem Fernseher angebracht war. Der Sekundenzeiger bewegte sich weich von einem Strich zum anderen. Die Zeit so verstreichen zu sehen war wie Hypnose. Nach einer Weile riss sich Agnes von dem Anblick los und sah wieder auf Mitzis Haarschopf. Sie überlegte, ob sie sie nicht wecken sollte, um mit ihr die Nacht und das Feuer durchzugehen. Doch wahrscheinlich war es besser, sie ruhen zu lassen.

Schließlich holte Agnes ihr Smartphone aus der Hosentasche und tippte eine Nachricht an ihre Familie ein. Sie dachte daran, Hauptkommissar Heinz Baldur Bescheid zu geben, schließlich hatten sie und er und Mitzi einiges zusammen durchgestanden, aber sie entschied sich dagegen. Sie konnte Heinz später informieren, wenn genaue Informationen vorlagen. Er würde sie sonst löchern, und sie könnte ihm nichts Konkretes darlegen.

Die Tür ging auf, und Agnes schreckte hoch. Es war eine

der Krankenschwestern. Eine rundliche Frau in einem weißen T-Shirt und grünen Hosen.

»'tschuldigung, ich wusste nicht, dass noch jemand hier is. Die Besuchszeit is vorbei, Fräulein.«

»Ich wollte gerade gehen.« Agnes stand auf. Es hatte wenig Sinn, länger zu warten.

Die Schwester kam an Mitzis Bett. »Is sie dazwischen einmal aufgewacht?«

»Solange ich hier war, leider nicht.«

»Sind Sie eine Angehörige?«

»Nur eine Freundin.«

»Am besten, Sie kommen morgen wieder.«

Obwohl Agnes nicht vorgehabt hatte, über Nacht in Salzburg zu bleiben, nickte sie. »Könnte ich Dr. Leuwer sprechen?«

»Nein. Dem sein Dienst is beendet, morgen zur Visite is er wieder da.«

Die mollige Schwester hob die Bettdecke an und befreite Mitzis Gesicht. Es war blass, die Wangen wirkten eingefallen. »Frau Schlager?« Sie berührte Mitzi an der Schulter. »Hallo, Frau Schlager. Besuch is da. Wollen S' die Augerl net aufmachen?«

Mitzi drehte den Kopf einmal von links nach rechts, gab ein leises Grummeln von sich und rollte sich dann seitwärts ein.

Agnes merkte, dass ihr die Tränen aufstiegen. »Bitte, lassen Sie sie schlafen. Es ist gut. Ich muss ohnehin los.«

Sie winkte der Schwester und der Zimmergenossin zu und hastete hinaus, ohne sich noch einmal umzudrehen.

Im Aufzug nach unten suchte sie nach einem Taschentuch, hatte aber keines dabei. Sie wischte sich Augen und Nase mit dem Ärmel ihrer Jacke ab. Eine Spur Rotz war auf dem Kunstleder zu sehen.

Darüber hätte sich Mitzi amüsiert.

3

Mitzi!
Es war die Hex.
Sie hatte es geschafft, sich ins Krankenhaus zu schleichen, bis in Mitzis Zimmer. Mitzi tastete nach dem Klingelknopf.
»Hilfe«, flüsterte sie.
Das Feuer. Die Flammen. Der Rauch.
Die Bilder wiederholten sich in einem wilden Kreisel in ihrem Kopf. Mitzi fixierte einen Punkt in der Ferne, um das Kreisen zu stoppen.
MörderMitzi!
Die weiße Frau wusste von dem bösen Spitznamen aus der Kindheit. Hatten es ihr Mama und Papa und der Benni in einer Botschaft aus dem Jenseits verraten?
So ist es. Ich weiß alles, Mitzi. Böses Mädchen, Mörderkind.
»Ich schreie«, antwortete Mitzi und grub sich tiefer unter der Decke ein. Sie presste ihre Augenlider zu.
Glaubst, nur weil du nichts sehen kannst, sieht dich keiner?
»Vielleicht.«
Die Vogel-Strauß-Taktik hilft dir nicht, Mitzilein. Jeder muss einmal für seine Sünden bezahlen.
Die Tür zum Krankenzimmer ging auf. Die Hex versteckte sich unter dem Bett. Mitzi konnte hören, wie ihre langen Fingernägel auf dem glatten Boden kratzten. Sie schlug die Bettdecke zurück.
»Frau Schlager, endlich sind Sie wach. Alles in Ordnung?« Die Krankenschwester sah sie freundlich an.
»Könnten Sie unter das Bett schauen?«
»Warum das denn?«
»Mir is vorhin etwas runtergefallen.«
»Was denn?«
»Ich weiß nicht, ich hab es nur scheppern hören.«
Mitzi!

Die Schwester hatte sich gebückt, und die Hex war auf der anderen Seite wieder aufgetaucht. Sie hockte nun am Bett, neben Mitzis Kopf. Ganz in Weiß gekleidet, sodass sie sich kaum vom Laken und der Bettwäsche unterschied.

»Geh endlich fort.« Mitzi kehrte zum Flüstern zurück.

»Bitte? Was meinen Sie, Frau Schlager?« Der Kopf der Krankenschwester tauchte wieder auf.

»Nix. Alles gut. Haben Sie etwas entdeckt?«

»Unten ist nichts, liebe Frau Schlager.«

Doch, Mitzi, dein Bruder Benni liegt da unten. Verbrannt, verfault, aber noch nicht tot. Wenn du einschläfst, zünden er und ich das Bett an, damit auch du einmal weißt, wie es ist, zu brennen.

»Nein. Bitte nicht.« Nun musste sie doch lauter werden. Die Not war zu groß.

»Frau Schlager, was ist los?«

MörderMitzi. MörderMitzi.

»Mir is nur heiß. Ziemlich.«

»Ich kann das Fenster kippen, aber draußen regnet es.«

»Frische Luft wäre toll.«

»Mach ich gern. Wenn es Ihnen zu kühl wird, klingeln Sie oder machen selbst zu.«

Mitzi sah sich um. »Wo ist denn meine Zimmernachbarin?«

Die hat sich endlich doch das Leben genommen, Mitzi. Deinetwegen. Weil sie es nicht ertragen hat, neben einer kleinen Mörderin zu liegen.

»Die Frau Weber? Die hat Besuch von ihren Eltern und is, glaube ich, mit denen in die Cafeteria.«

»Dorthin will ich später auch.«

»Gute Idee. Vielleicht mit Ihrer Freundin, wenn sie wiederkommt. Oder mit Ihrem Mann.«

»Is nur mein Freund.«

»Was nicht ist, kann ja noch werden.« Sie zwinkerte Mitzi zu.

»Meine Freundin war da?«

»Ja, vorhin. Als Sie tief und fest geschlafen haben. Die Be-

ruhigungsspritze hat lange gewirkt, die Ihnen Dr. Leuwer gegeben hat.«
»Agnes war hier im Krankenhaus?«
»Ich weiß nicht, wie sie heißt. Groß, Lederjacke, mit einem dunklen Lockenkopf.«
»Ja, das is sie. Inspektorin is sie.«
»Interessant.«
»Wann kommt sie wieder?«
»Das hat sie nicht gesagt. Vielleicht ja morgen früh.«
»Danke, ich werde versuchen, sie anzurufen.«
»Und ich schau später noch einmal zu Ihnen rein.«
»Danke gleich nochmals.«

Hinter der Krankenschwester schloss sich die Tür. Vom offenen Fenster her wehte ein kühler Lufthauch ins Zimmer und bauschte die Vorhänge auf. Der Regen draußen ließ das Licht grau und düster wirken.

Kaum war Mitzi wieder allein, sprang die Hex von Mitzis Kopfseite und vom Bett herunter und stellte sich in die Mitte des Raums. Sie begann sich zu drehen. Wie vorhin Mitzis Bilder vom Feuer, wie ein Kreisel. Jedes Mal, wenn ihr Kopf herumwirbelte, schien aus ihren Haaren ein Funkenflug zu kommen.

MörderMitzi!

Mitzi zog die Knie an und umschlang sie mit ihren Armen. Sie wagte es, die Hex genauer in Augenschein zu nehmen. Ihr Aussehen und ihre Gestalt wechselten sich mit jeder Umdrehung ab. Einmal war sie jung, dann alt, einmal schön, dann hässlich. Zwei Gesichter, bös und gut, aber doch auch miteinander verbunden.

In der nächsten Sekunde huschte wieder dieser Gedanke an Mitzis bewusster Wahrnehmung vorbei, den sie schon einmal nicht hatte festhalten können. Sie stellte sich vor, wie eine Irre hinter ihm herzurennen, um ihn einzufangen. Denn er war der Schlüssel zu einer Lösung.

»Ich glaub, ich weiß bald, wer du bist«, sagte Mitzi laut in den Raum hinein.

Die weiße Hex stoppte. Ihr Gesicht bestand nur noch aus Augen, die immer größer wurden. Dann löste sie sich mit einem leisen Ploppen in Luft auf.

4

»Hallo, schöne Frau, was machen S' denn da?«
Der Mann, der aus einer der Nachbarwohnungen herauslugte und Agnes ansprach, trug trotz der kühlen Abendtemperaturen nur Short und Unterhemd.
»Hallo, der Herr. Wer fragt?«
Agnes stand im dritten Stock, im Hausflur vor dem Absperrband, hinter dem sich Mitzis und Freddys Wohnungstür befand. Oder zumindest vor dem verkohlten Loch, das davon übrig geblieben war. Immer noch roch es angebrannt wie nach einer Grillparty. Der Eingang selbst war notdürftig mit Spanplatten verschlossen worden.
»Hader. Ronald Hader. Ich bin der Nachbar. Ich gebe gern ein Statement ab, wie es so schön heißt. Freddy Balogh is ja unterwegs, Sie können mich befragen. Ich war gestern auch in der ZIB 2 in einem Ausschnitt zu sehen. Also telegen bin ich.«
Er grinste, und Agnes wurde klar, dass der Nachbar sie für eine Journalistin hielt. »Können Sie mir sagen, wo Herr Balogh ist?«
»Ich denk, im Spital bei seiner Freundin is er. Das arme Ding haben s' einliefern müssen. So ein Schock kann tödlich sein.«
»Ein Feuer ist auch etwas Schlimmes.« Solange Agnes im Krankenhaus gewesen war, war Freddy nicht aufgetaucht. Sie würde ihn anrufen.
»Soll ich mir was anziehn fürs Interview, schöne Frau? Oder is es fürs Radio? Dann bleib ich leger.«
»Herr Hader.« Agnes schmunzelte. Der Typ war mehr Karikatur als Persönlichkeit. »Sie können gern so bleiben, während Sie meine polizeilichen Fragen beantworten.«
Sie zückte ihren Dienstausweis. Auch wenn der sie als Beamtin aus Kufstein auswies und sie überhaupt noch nicht

offiziell in die Ermittlungen eingestiegen war, war es eine gute Gelegenheit.

Ronald Hader duckte sich, als hätte Agnes ihn mit einem Stock bedroht. »Sorry, das hab ich nicht ahnen können, Frau Inspektor.«

»Kein Problem, Herr Hader.« Agnes ging auf ihn zu und blieb mit leichtem Abstand vor dem Mann stehen. Er war einen halben Kopf kleiner als sie.

»Ich habe allerdings schon eine Aussage gemacht.« Er verschränkte seine Arme vor der Brust, als wäre es ihm plötzlich peinlich, im Unterhemd dazustehen. »Ehrlich, ich hab nix dazu beitragen können. Ich hab tief und fest geschlafen und bin total erschrocken, als die Feuerwehr mich herausgeklingelt hat.«

»Mich würden die Tage davor interessieren, Herr Hader. Ist Ihnen jemand aufgefallen, der Ihnen im Haus begegnet ist und nicht hier wohnt? Oder jemand, den Sie, wie mich, im Flur gesehen haben, der zu Herrn Balogh und Frau Schlager wollte?«

»Nein.«

»Überlegen Sie bitte genau. Als ich vorhin gekommen bin, haben Sie sehr schnell reagiert und die Tür geöffnet. Haben Sie mich durch den Spion gesehen?«

»Wenn ich in der Küche sitz, dann kann ich hören, wenn einer hier langläuft. Und da schau ich schon manchmal, weil man ja ein Auge auf das Haus und seine Bewohner haben soll als guter Nachbar. Es gibt so viele Haderlumpen in der Stadt. Zuagraste aus dem Ausland. Die echten Österreicher sind brave Bürger. So wie ich.«

Diese Bemerkung kommentierte Agnes nicht, aber sie ließ den Mann nicht aus den Augen. Er wurde zusehends nervöser. »Fred Balogh, Ihr Nachbar, stammt aus Ungarn.«

»Das is in Ordnung. Wir haben ja einmal zusammengehört. Damals.«

»Denken Sie noch einmal nach.«

Ronald Hader trat von einem Bein auf das andere. »Etwas war schon.«

»Was war?«

»Nix Besonderes. Vor einer Woche oder so bin ich unten rein. Und da is eine fremde Frau, wie Sie eine sind, bei den Postkästen gestanden. Ich hab sie gefragt, ob ich helfen kann, aber sie hat gemeint, sie würde Reklamezettel verteilen und müsste genau schauen, wo sie was hineinwerfen darf und wo nicht.«

»Und weiter?«

»Sie hat noch gefragt, ob die Wohnungstüren in der Reihenfolge der Postkästen in den Stockwerken sind. Das habe ich bejaht, Frau Inspektor.«

»Was noch?«

»Ich bin danach nach oben und hab mich noch einmal umgedreht. Eingeworfen hat sie nix, nur geschaut.« Er löste die Arme und ballte die Finger zu Fäusten. »Seit eineinhalb Jahren is unten die Gegensprechanlage defekt. Wir haben uns alle schon beschwert. Es is eine Sauerei. Das ganze Gsindel kann herein.«

Beim Eintreten hatte sich Agnes erinnert, dass auch letzten Sommer die Außentür unverschlossen gewesen war.

»Wissen Sie noch, wie die Frau ausgesehen hat, Herr Hader?«

»Hübsch wie Sie. Aber ein bisserl kleiner.«

»Dunkle Haare wie ich?«

»Sie hat ein Regencape angehabt, mit Kapuze. Die Haar hab ich kaum gesehen.«

»Und die Figur?«

»Normal. Glaub ich.«

»War das Cape weiß?«

»Nein. Es war quietschegelb wie viele, die man auf der Straße sieht. So ein Fahrradregenschutz.«

»Hat sie mit einem Akzent gesprochen?«

»Jetzt, wo Sie mich das fragen. Das war ein bisserl komisch. Sie hat betont schön geredet, auch ähnlich wie Sie, Frau Inspektor.«

Agnes fand nicht, dass sie betontes Hochdeutsch sprach.

Aber es war eher eine Seltenheit, dass sie ins Tirolerische verfiel.

»Noch etwas?«

»Nein, mehr weiß ich nicht.«

»Das war schon eine Menge, Herr Hader. Danke.«

Er entspannte sich, und sein Grinsen kam zurück. »Fesche Mädchen arbeiten bei der Polizei, wenn ich das noch sagen darf.«

»Sie dürfen nicht, Herr Hader.«

Ronald Hader blieb mit offenem Mund stehen, als Agnes sich abwandte.

Auf dem Rückweg zu ihrem Auto ließ sie das Gespräch Revue passieren. Eine Frau. Allerdings nicht in Weiß gekleidet und keine mysteriösen Andeutungen aussprechend. Es konnte ein Hinweis sein, oder die Besucherin hatte die Wahrheit gesagt.

Agnes' Handy klingelte, und Mitzis Bild tauchte am Display auf.

»Hallo.« Agnes wartete ab, ob sich Freddy wieder über diese Nummer meldete.

»Hallo, ich bin's.« Diesmal war es Mitzi selbst.

»Mitzi! Was machst du für Sachen?«

»Agnes, du warst bei mir, hab ich gehört.« Mitzis Stimme klang müde, aber Agnes freute sich unendlich, sie zu hören.

»Selbstverständlich.«

»Du bist die Beste.«

»Kein Thema, Mitzi.«

»Ich bin etwas durcheinander.«

»Verständlich.«

»Gibt es was Neues? Kommst du morgen wieder?«

Agnes beschloss, nicht zu erwähnen, dass sie eben in der Wohnung gewesen war und mit dem Nachbarn geredet hatte. Auch würde sie nicht in Salzburg übernachten. Es gab Wichtigeres in die Wege zu leiten. Nach dem heutigen Feiertag wollte sie ihre Freistellung morgen möglichst früh mit ihrem Chef besprechen. Außerdem sich in Krems bei Petra Hammerl melden. Bei den ermittelnden Behörden in Salzburg würde sie sich telefonisch von Kufstein aus erkundigen. Es lagen einige Hürden vor ihr.

»Nein, ich bin auf dem Rückweg. Aber ich werde dich bald offiziell vernehmen, hoffe ich.«

»Vernehmen?« Jetzt klang Mitzi erschrocken.

»Keine Angst. Ich muss nur genau wissen, was passiert ist. Ich rede mit Freddy und der Feuerwehr. Dann mit dir.«

Agnes hörte Mitzi leise stöhnen. »Die Flammen und die Hex.«

»Was war mit der? Hast du etwas beobachtet?«

»Nein. Nur geträumt. Halt mich auf dem Laufenden. Jetzt muss ich wieder schlafen.«

»Ruh dich aus. Ich melde mich, sobald ich mehr weiß. Versprochen.«

Der nächste Tag begann für Inspektorin Agnes Kirschnagel entgegen ihren Befürchtungen überraschend positiv.

Vor ihrem Dienstbeginn rief sie bei Hauptmann Petra Hammerl in Krems an. Sie schilderte ihr in knappen Sätzen das Geschehen in Salzburg, dazu die vermuteten Zusammenhänge zwischen den beiden Todesfällen bei den Valbildas und nun auch den Bezug zu Maria Konstanze Schlager. Hauptmann Hammerl kam von sich aus auf die Zusammenarbeit zu sprechen.

»Ich fand Sie bei unserem ersten Telefonat schon sympathisch. Nachbohren, hinterfragen, wühlen.« Wieder dröhnte die Stimme der Kremser Beamtin dunkel und eher rau. »Sie werden auf jeden Fall bei uns eingebunden.«

»Was werden Ihre Vorgesetzten dazu sagen?«

»Die Soko leite ich. Mein Chef wäre heilfroh, wenn wir das Feuer, bei dem Therese Valbilda ums Leben gekommen ist, endlich aufklären könnten. Einen Cold Case mögen wir hier alle nicht. Wenn wir schnellstens weitere handfeste Beweise gegen Tobias Mundi finden, kann ich eine Entlassung verhindern, egal wie sehr sein Anwalt sempert.«

»Bei einer Vernehmung von Mundi würde ich zu gern dabei sein.«

»Ich kann das arrangieren, Inspektorin Kirschnagel. Direkt morgen. Wenn umgekehrt Ihr Vorgesetzter Sie uns ausleiht.«

»Das hoffe ich sehr. Es wäre perfekt.«

»Dann können wir uns gegenseitig auf den neuesten Stand der Dinge bringen. Allerdings muss ich noch ein paar Formalitäten klären. Am besten werde ich Sie unter einer zeitlich begrenzten Beratungstätigkeit einordnen. Wie schon angedacht. Der Papierkram wird die Hölle, aber das ist es mir wert.«

Kurze Zeit später, auf dem Revier und im Büro ihres Chefs, setzte sich Agnes' Glückssträhne fort.

»Ich werde dich erst mal für die nächsten zwei Wochen freistellen, Agnes.« Revierinspektor Sepp Renner kratzte sich am Kinn. »Oder gibt es eine Querverbindung zu uns in Kufstein?«

Ihr Vorhaben, sich in die Ermittlungen einzuklinken und die Fälle zusammenzuführen, war bei ihm auf offene Ohren gestoßen. Dabei hatte sie von seiner Seite die größten Widerstände erwartet.

»Nein, Sepp. Wenn ich richtigliege, verläuft die Linie zwischen der Wachau und Salzburg. Zumindest sind dort die Verbrechen geschehen, bei denen ich einen Zusammenhang vermute. Danke übrigens, dass du mich machen lässt.«

»Wenn ich dich ein wenig von der Leine lasse, Agnes, überlegst du es dir und bleibst uns treu?«

»Mal schauen.«

»Sind die Beamten in Krems damit einverstanden?«

»Das ist bereits geklärt.«

Als Drittes fehlte nur noch das Okay der Salzburger Polizeibehörde. Hier hatte Agnes weniger Erfolg.

»Sie wollen in eine Brandermittlung involviert werden, die mit einem Mordfall in Niederösterreich zusammenhängen könnte und arbeiten selbst in Kufstein? Is das ein schlechter Scherz?« Der Leiter der Brandursachenermittlung im Salzburger Landeskriminalamt klang unwirsch.

»Nein, ganz und gar nicht. Wenn ich die Tage persönlich zu Ihnen kommen dürfte, würde ich alles ausführen.«

»Machen Sie das bitte erst mal schriftlich, Inspektorin Kirschnagel. Ich werde mich mit meinem Kollegen, der den Brand in der Maxglaner Hauptstraße untersucht, beraten. Dann melde ich mich bei Ihnen.«

»Darf ich wenigstens um Akteneinsicht bitten?«

»Wir stehen noch am Anfang.«

»Vielleicht ein erster Hinweis?«

»Sie sind hartnäckig.«

»Tiroler Dickschädel.«

Der Brandermittlungsleiter lachte, was Agnes hoffnungsfroh stimmte, dass auch er ihre Einmischung mittragen würde.

»Na schön, Inspektorin Kirschnagel. Der Verdacht, dass die Bewohnerin selbst das Feuer gelegt haben könnte, wurde fallen gelassen. So viel kann ich Ihnen vorneweg verraten. Die Tür wurde definitiv von außen in Brand gesetzt.«

Dies zu hören war erleichternd. Mitzi war aus dem Schneider. Auch wenn Agnes nicht eine Sekunde daran geglaubt hatte, dass Mitzi selbst gezündelt haben könnte.

»Seien Sie geduldig, Inspektorin Kirschnagel. Ich lasse von mir hören.«

»Bitte bald.«

»Wir werden sehen.«

In der halben Stunde danach stellte Agnes einen Aktionsplan auf. Sie würde zwischen Krems, Melk und Salzburg pendeln müssen.

Ihr Handy vibrierte. Eine Nachricht von Axel Brecht. Fast unbemerkt stahl sich das Lächeln auf Agnes' Lippen.

»Vera Valbilda ist zu einem Treffen bereit. Morgen. GLG Axel.«

Jetzt kam sie bereits in Planungsnot.

»Geht es übermorgen? Früher Nachmittag? Ich würde einen Flug buchen.«

Statt einer Antwort kam zehn Minuten später ein Daumenhoch-Zeichen zurück.

Während Agnes nach Flügen Innsbruck–Köln googelte, fiel ihr ein, dass sie in der ganzen Hektik nicht vergessen durfte, sich weiter um Mitzi zu kümmern. Wenigstens war sie im Krankenhaus gut aufgehoben.

5

Tobias Mundi starrte ununterbrochen auf den Einwegspiegel, als könnte er hindurchsehen. Auf der anderen Seite des Spiegels hatten Abteilungsinspektor Herbert Loos und Inspektor Karl Eberwert Platz genommen, um die Vernehmung zu beobachten und zu dokumentieren. Hauptmann Petra Hammerl und Inspektorin Agnes Kirschnagel saßen im Vernehmungsraum dem Verdächtigen gegenüber.

»Ich sage nichts ohne meinen Anwalt.«

Petra Hammerl räusperte sich. »Dr. Gerstenberger hat sein Mandat niedergelegt.«

»Was?« Tobias Mundi sah die Polizeibeamtin überrascht an.

»Wir wurden selbst erst vor wenigen Minuten davon unterrichtet, Herr Mundi. Ist etwas zwischen Ihnen vorgefallen?«

Der Patensohn der ermordeten Therese Valbilda zuckte mit den Achseln. Sein Blick ging zurück zu Wand und Spiegel.

Agnes war erst kurz vor dem Beginn der Vernehmung eingetroffen. Ein Stau hatte ihre Fahrt verlängert. Es hatte gerade noch für ein Shakehands mit den Kollegen gereicht, aber für keinen näheren Informationsaustausch. Das erste persönliche Zusammentreffen mit Hauptmann Petra Hammerl war überraschend gewesen. Die Sokoleiterin mit dem rötlichen Pagenkopf war trotz ihrer tiefen Stimme eine schmale, wenn auch drahtige Frau.

Tobias Mundi begann seine Finger zu kneten. »Mein Anwalt hat mir versichert, dass ich entlassen werde. Sie haben nichts gegen mich in der Hand.«

»Noch einmal zum Mitschreiben, Herr Mundi. Dr. Gerstenberger hat das Mandat abgegeben. Wir können uns nun weiter unterhalten, oder Sie kehren in Ihre Zelle zurück und beantragen, dass Ihnen ein Pflichtverteidiger gestellt wird.«

»Wie lange kann das dauern?«

»Wir geben Ihren Antrag an das Gericht weiter.«
»Ich kann nicht noch länger eingesperrt sein. Das halte ich nicht aus.«
»Dann reden Sie endlich mit uns.«
Agnes betrachtete den jungen Mann. Axel Brecht hatte ihr bereits einiges über den Patensohn der Toten erzählt, und auf der Beerdigung von Hilda Valbilda hatte Mitzi ein paar Sätze über ihn aufgeschnappt.
Tobias Mundi war ein gut aussehender junger Mann. Schlank, sportlich, dunkelblondes Haar und grüne Augen. Auf den ersten Blick wirkte er fast noch wie ein Junge. Agnes konnte sich gut vorstellen, wie leicht er seine Patentante um den Finger gewickelt hatte. Dass er Spielschulden hatte und sich mit einigen zwielichtigen Gestalten herumtrieb, hatte er Therese gegenüber stets verschwiegen. Vera und auch Hilda hatten ihm allerdings misstraut.
Sie griff sich eine der kleinen Wasserflaschen, schraubte den Verschluss auf und streckte sie dem Verdächtigen entgegen.
»Möchten Sie etwas trinken?«
Seine Augen lösten sich vom Einwegspiegel und hefteten sich an die Flasche. »Ja. Danke.« Wieder vermied er den Blickkontakt zu den Beamtinnen.
Er nahm einen Schluck und stellte das Getränk auf der Tischplatte ab. Agnes machte in dem Moment eine schnelle Vorwärtsbewegung mit ihrem Oberkörper, die Mundi aufschrecken ließ. Dabei schaute er zu Agnes hoch.
»Herr Mundi, ich bin neu im Team.« Sie lächelte kurz. »Agnes Kirschnagel mein Name. Ich bin extra aus Kufstein angereist.
»Tirol?«
»Genau.«
»Verstehe ich nicht.«
»Die Geschichte rund um Ihre verstorbene Patentante hat weitere Kreise gezogen. Unter anderem ist eine Freundin von mir in Gefahr geraten, und zwischen diesen beiden Fällen scheint ein Zusammenhang zu bestehen. Wieder ein Feuer.«

Nun hatte sie seine volle Aufmerksamkeit. Er schüttelte heftig den Kopf. »Mein Gott, woran soll ich denn noch alles schuld sein? Dass Vera mich nie leiden konnte, war klar, aber Therese und Hilda waren wie zwei Mütter für mich. Ich hab Scheiße gebaut, das stimmt, aber ich hätte keiner von den beiden etwas zuleide getan.«

»Der Betrug, den Sie zusammen mit Kasimir Wollatschek durchziehen wollten, hat Hilda aber sehr zugesetzt. Stellen Sie sich vor, wie schlimm es erst geworden wäre, hätte die alte Dame erfahren, dass Sie der Initiator waren.«

»Es war Notwehr.«

Neben Agnes zog Petra Hammerl die Luft ein. Agnes wurde klar, dass Tobias Mundi überhaupt zum ersten Mal etwas zugegeben hatte. Sie war auf dem richtigen Weg.

»Notwehr?«

»Wissen Sie, Frau Kirschnackerl« – Agnes korrigierte die Aussprache ihres Namens nicht –, »alles hier in der Wachau ist so idyllisch und schön, doch hinter der Fassade gibt es genug Mist und Sauerei.«

»Wie überall, Herr Mundi.«

»Ich hab das Spielen nicht im Griff, war zu oft im Spielsalon, dann bei Pokerrunden im Hinterzimmer mit dabei.«

»In Senftenberg oder Krems?«

»Mein Anwalt hat mir geraten, keine Namen zu nennen.«

»Er ist nicht mehr für Sie zuständig.«

»Aber ich bleib besser dabei. Das Pech verfolgt mich ohnehin. Ich hab verloren. Immer wieder. Vielleicht bin ich spielsüchtig, das mag sein. Aber wo war die Polizei, als man mir angedroht hat, mich krankenhausreif zu schlagen, wenn ich meine Spielschulden nicht zahle? Und nicht nur die Summe, die ich verloren hab, sondern auch noch Zinsen und Zinseszinsen.«

»Wenn Sie uns die Hintermänner nennen, gehen wir der Sache nach.« Petra Hammerl brachte sich ein.

Doch Tobias Mundi fixierte Agnes wie vorhin den Einwegspiegel. Er nahm einen zweiten Schluck aus der Flasche.

»Pech im Spiel, aber Glück in der Liebe.«

»Was meinen Sie damit, Herr Mundi?« Agnes hielt den Augenkontakt.

Er zuckte mit den Schultern. »Nichts. Rein gar nichts. Ich bekenne mich des Betrugs schuldig. Ich habe den Enkeltrick ausgeheckt. Mehr sag ich nicht. Zufrieden damit?«

Agnes nickte. »Ein Anfang. Herr Wollatschek und Sie haben also versucht, Hilda um eine gewisse Summe zu erleichtern. Warum? Wie ich erfahren habe, hat Ihnen Ihre Patentante immer wieder Geld zugesteckt. Hat das nicht gereicht?«

Er zog die Mundwinkel nach unten. »Vera und Hilda hatten Therese eingeredet, mir nichts mehr zu geben. Deshalb musste ich anderweitig an Bargeld kommen.«

»Deshalb haben Sie Ihren Kumpel überredet.«

»Hilda hat genug Geld gehabt. Außer im Kaffeehaus hat sie nie was ausgegeben. Deswegen bin ich auf die Idee gekommen, dass der Kasimir bei der Hilda den Enkeltrick versuchen soll. So ganz klar im Kopf war sie nicht mehr. Sie hat vieles vergessen und anderes ständig wiederholt. Wer hätte gedacht, dass sie den armen Kasimir ihrerseits reinreitet! Damit wir nicht beide ins Gefängnis gehen müssen, hat der Kasimir alles auf sich genommen. Ich hab ihm aber versprochen, dass er später einmal dafür entschädigt wird. Wenn es bei mir besser läuft.«

»Nur Herr Wollatschek und Sie?«

»Nur wir zwei. Genau.«

Es war ein minimales Zucken an seinem Augenlid, das Agnes auffiel. Wenn sie sich nicht irrte, gab es da noch etwas. Oder jemanden.

»Wenn wir ehrlich sind, sind wir Deppen gewesen. Im Nachhinein tun mir die Tricksereien leid.«

»Herr Mundi, es geht aber um mehr als eine Trickserei. Wir sitzen hier, weil Sie des Mordes angeklagt werden können. Ein solcher Prozess bringt viele weitere Nächte hinter Gittern mit sich. Ein Schuldspruch viele Jahre.«

Seine Augen wurden groß, als würde er zum ersten Mal

davon hören.«Hildas Herz hat einfach aufgehört zu schlagen, niemand hat nachgeholfen.«

»Wir reden jetzt über Ihre Patentante Therese. Schon bei ihr haben Sie immer wieder kleine Diebstähle begangen, bis Hilda sie aufgedeckt hat. Deshalb war der Geldhahn zu.«

»Woher wissen Sie das?«

»Recherche, Herr Mundi.«

»Ich hab es meinem Anwalt gesagt. Ich bin unschuldig. Dr. Gerstenberger hat mir geglaubt. Dass er mich jetzt nicht mehr vertritt, hat wahrscheinlich damit zu tun, dass ich auch kein Geld mehr hab, mit dem ich ihn bezahlen könnte. Hilda hatte mich nach Thereses Tod verklagt. Dr. Gerstenberger hat mich auch dabei beraten, aber das wissen Sie doch sicher längst. Das Erbe is eingefroren, die Spielschulden sind nicht getilgt, alle Pläne dahin. Wie oft muss ich es wiederholen: Ich bin am Ende.«

Erste Tränen rannen über seine Wangen. »Aber der lieben Tante Theres hätte ich nie was angetan.«

»Kommen wir zu der Nacht des Feuers am 13. Jänner.«

Tobias Mundi zog die Nase hoch »Ich war im Bogerl in Weißenkirchen, bis über die Sperrstund hinaus. Der Wirt hat mich gesehen.«

»Nicht den gesamten Abend über.« Hauptmann Hammerl war wieder an der Reihe. »Wer war die Frau, die Ihnen zusätzlich ein Alibi gegeben hat?«

»Ein Flirt, eine Bekanntschaft von dort, eine fesche Wienerin, hab ich ja gesagt. Ich weiß nicht, wo die hin is.«

»Ihren Namen müssen Sie doch wissen.«

»Nur was wie Tanja oder Tamara. Ich merk mir so manches Mädel nicht.«

»Wir werden die Untersuchungshaft verlängern, Herr Mundi. Ganz abgesehen davon, dass Sie wegen der Beteiligung an dem versuchten Betrug an Hilda Valbilda angeklagt werden.«

»Aber ich hab doch jetzt alles gestanden, was es zu gestehen gibt.« Immer noch sah er Agnes an, obwohl Petra Hammerl mit ihm redete. »Mit Tirol hab ich überhaupt nichts zu tun. Auch nicht mit einer Freundin von Ihnen. Wer auch immer das sein soll.«

Agnes startete einen Versuchsballon. »Abgesehen von Ihrem Flirt Tanja oder Tamara – ist Ihnen eine andere Dame bekannt, die sich als weiße Frau oder auch als Hex ausgibt und angeblich mit den Toten reden kann?«

Wieder dieses Zucken. »Nein. Kenn ich nicht.«

Für Agnes war klar, dass der Patensohn noch lange nicht die gesamte Wahrheit preisgegeben hatte. Doch ihr Bauchgefühl tippte spontan auf einen anderen Haupttäter. Der junge Mann hier war ein Spieler und Betrüger, aber eine vorsätzliche Brandstiftung traute sie ihm nicht zu.

Tobias Mundi trank die Flasche leer und nahm erneut den Einwegspiegel ins Visier. »Ich mag nicht mehr reden. Ich warte auf den Pflichtverteidiger.«

»Wir machen eine Pause. Dann schauen wir weiter.« Die Sokochefin erhob sich. Agnes ebenfalls.

Eine Minute später kam ein Polizist in Uniform in den Raum und löste die Frauen ab. Draußen vor der Tür trafen sie mit den Kollegen Loos und Eberwert zusammen.

»Für den Betrug haben wir ihn«, meinte Abteilungsinspektor Loos. »Aber ein Mordgeständnis wäre mir lieber gewesen.«

»Wenn ich ehrlich bin, glaub ich nicht, dass er es war.« Petra Hammerl sprach aus, was Agnes eben gedacht hatte. »Der Junge is auf die schiefe Bahn geraten, aber ein Mörder is er meinem Gefühl nach nicht.«

Agnes nickte. »Obwohl er uns einiges verschweigt.«

»Dem stimme ich sofort zu, Inspektorin Kirschnagel.« Herbert Loos streckte ihr seine Hand hin. »Willkommen bei der Soko Mitterweg. Wir sind hier alle per Du, klar.«

»Gern.«

Hauptmann Hammerl stemmte ihre Hände in die Hüfte. »So, Agnes, wir gehen gleich noch einmal rein zu Mundi. Versuchen, weiter nachzubohren. Wenn die Vernehmung durch is, setzen wir uns im Konferenzraum zusammen, und du gibst uns endlich ein Update. Plus dieser Hexengeschichte.«

Die zweite Runde mit Tobias Mundi brachte die Beamten nicht mehr weiter. Nicht einmal Agnes gegenüber war der junge Mann noch zugänglich.

Im Anschluss gab Agnes dem neuen Team ihren Kenntnisstand weiter, beginnend mit Maria Konstanze Schlager, die Hilda Valbilda in Melk aufgesucht hatte, über die weiße Frau bis hin zu dem Feuer an der Wohnungstür in Salzburg und der Begegnung mit dem Nachbarn.

Die Kollegen unterbrachen sie kein einziges Mal mit einer Zwischenfrage, aber Hauptmann Hammerl runzelte zweimal die Stirn, beide Male bei Mitzis Unternehmungen.

Erst am Ende äußerte sich die Sokoleiterin. »Diese E-Mails leite bitte sofort an uns weiter. Allerdings müssen wir uns, was den Absender angeht, gedulden. Provider geben selten freiwillig ihre Daten preis. Wenn wir die Nachrichten früher gehabt hätten, wäre es besser gewesen, Agnes.«

»Das nehme ich auf meine Kappe, ich war unschlüssig und habe definitiv zu lange gewartet«, gab Agnes zu und kam auf ihr nächstes Vorhaben zu sprechen. »Ich werde übrigens morgen nach Köln fliegen und mich mit Vera Valbilda unterhalten.«

»Interessant.« Petra Hammerl hob die Augenbrauen. »Wir haben hier vor Ort mit ihr gesprochen, aber sie konnte uns nicht weiterhelfen. Was versprichst du dir davon?«

»Axel Brecht, der Privatdetektiv. Er wurde von ihr engagiert.«

»Oha! Das hatten wir vermutet. Wie bist du zu dieser Information gelangt?«

»Die Info ist quasi zu mir gekommen. Herr Brecht hat sich bei mir gemeldet und es mir offengelegt.«

»Warum nicht uns?«

»Das müsst ihr ihn selbst fragen.«

»Ist er wieder vor Ort?«

»Nein. Er hat das Treffen morgen in Köln arrangiert.«
»Verstehe. Gute Arbeit, Agnes.«
Agnes freute sich über das Lob nach dem Tadel, sie fühlte sich auf Anhieb im Kremser Team wohl.
Petra Hammerl sah auf die Uhr. »Ich würd vorschlagen, wir informieren dich noch über unsere Vermutungen, die nicht in den Akten stehen. Wer auch immer das Haus und die alte Dame in Schutt und Asche verwandelt hat, wir kriegen ihn.«

6

Die nächste Befragung, die Agnes durchführte, fand unter vollkommen anderen Umständen statt.

Zuerst wurde sie von Axel Brecht am Kölner Flughafen empfangen. Mit einer Lilie.

»Was soll das denn?« Agnes war forscher als gewollt, obwohl sie sich insgeheim darüber freute. »Unser Zusammentreffen ist rein beruflich, Axel.«

Er drückte ihr die Blume unbeholfen in die Hand. »Bitte nicht missverstehen. Nur zur Aufmunterung. Die Lilie symbolisiert unter anderem Liebenswürdigkeit, das passt zu dir.«

Auf der Fahrt Richtung Stadt schilderte Agnes Axel die Details und Mitzis Begegnung mit der weißen Frau. Dazu die Geschehnisse um das Feuer. Erst als sie geendet hatte, wandte er sich ihr an einer roten Ampel zu.

»Es ist richtig, diese Verbrechen zu verbinden. Es gibt einen Zusammenhang.«

Es wurde grün, sie fuhren weiter über eine der Rheinbrücken. Der Kölner Dom war gegenüber zu sehen. »Wow.« Agnes war beeindruckt.

»Das Wahrzeichen unserer City. Wenn du davorstehst, wirkt das Bauwerk noch viel pompöser. Sonst ist Köln nicht gerade die schönste Stadt, aber humorvoll, sympathisch und tolerant. Na ja, sagen wir, meistens. Ich lebe gern hier. Schade, dass ich dich nicht herumführen kann.«

»Vielleicht ein anderes Mal. Ich muss morgen wieder zurück.«

»Das nehme ich als Versprechen, dass dieser Abstecher nicht dein einziger sein wird. Zumindest spendiere ich später ein Kölsch.«

»Eines ist okay, mehr nicht.«

»Wenn du erst siehst, wie klein die sind, wirst du automatisch mehrfach zugreifen, Liebelein.«

»Liebelein?«

»Sorry, ist mir so herausgerutscht. Alte Kölner Ansprache für e lecker Mädche, wie es bei uns heißt.«

Agnes musste kichern, was äußerst selten bei ihr vorkam.

Nach weiteren zehn Minuten hatten sie ihr Ziel erreicht. Die Seniorenresidenz Haus Deckstein, wo Vera Valbilda lebte.

Die älteste der vier Schwestern erwartete Agnes und Axel vor dem Eingang ihres kleinen Appartements in der Wohn- und Pflegeanlage. Volles weißes Haar, ein Hosenanzug in Blau und dazu passend lange Ohrringe. Eine schicke Dame, die rüstig und vital wirkte, obwohl sie bereits über achtzig war. Beim Gehen stützte sie sich auf einen Stock.

»Nur herein, die Herrschaften.« In ihrer Sprachmelodie war das Österreichische trotz der Jahre im Rheinland gut zu hören. »Links geht es in mein einziges, aber geräumiges Zimmer. Bitte, nehmen Sie Platz, Kommissarin Kirschnagel und Herr Brecht.«

»Inspektorin«, korrigierte Axel die alte Dame.

»Schon gut.« Agnes winkte ab.

Vera Valbilda zeigte mit ihrem Stock auf ein ausladendes beigefarbenes Sofa vor einem Couchtisch, der überfüllt war mit Kaffeekanne, Tassen und Tellern, auf denen Kekse und Brötchen lagen. »Ich wusste nicht, was Sie mögen.«

»Nur einen Kaffee, Frau Valbilda. Danke. Wenn wir durch den offiziellen Teil durch sind, werde ich gern zugreifen.«

Agnes setzte sich an den Rand des Sofas, um es sich nicht zu gemütlich zu machen. Sie sah sich um. Ein wenig erinnerte sie die Ein-Zimmer-Wohnung an ihr eigenes Zuhause, wobei es hier eleganter und picobello aufgeräumt war. Die Möbel waren in einem hellen Kiefer gehalten, nur der große Fernseher gegenüber der Couch war schwarz. Die Vorhänge, die Kissen wie auch die Stoffservietten waren allesamt hellblau. Bei Agnes war die Einrichtung nicht aufeinander abgestimmt. Es lagen immer irgendwelche Klamotten auf den Stühlen, und Notizzettel waren überall verstreut. Dazu nahm der breite Hamsterstall von Jo Platz weg.

»Schießen Sie los, Frau Kommissarin.« Vera Valbilda schmunzelte etwas unsicher. »So sagt man doch bei der Polizei.«

Agnes nickte der alten Dame zu. »Meine Dienstwaffe habe ich nicht dabei. Es war nicht genug Zeit, die entsprechenden Dokumente auszufüllen. Aber ich könnte mich auch mit Block und Stift verteidigen.« Sie holte beides aus ihrer Tasche heraus.

Vera Valbilda zeigte jetzt ein herzliches Lächeln. Ihr Gebiss war strahlend weiß. »Das glaube ich Ihnen sofort. Ich stehe zur Verfügung.«

»In medias res, Frau Valbilda. Sie haben Herrn Brecht engagiert, weil Sie der Meinung waren, dass Tobias Mundi Ihre Schwester Therese ausnimmt.«

»Als Bub war er so süß.« Vera wurde ernst. »Aber später, nach dem Tod seiner Mutter, ist er ein richtiges Ekel geworden.«

»Wann ist seine Mutter gestorben?«

»Als Tobi siebzehn war. Gott, wie die Zeit vergeht. Zuerst hat er getrauert, dann leider zu trinken und zu spielen begonnen. Weil er eine charmante Art hat, hat es gedauert, bis wir es mitbekommen haben. Hilda war es, die mir immer berichtet hat, dass der Bub schon wieder seine Patentante anbettelt. Sie hat ihn schließlich auch in der Pfandleihe gesehen, wo er gestohlene Sachen aus Thereses Haus verkauft hat. Therese hat viel länger gebraucht, bis ihr klar war, dass Tobi sie ausnimmt. Hilda und ich haben ihr geraten, ihn als Universalerben zu streichen. Meines Wissens hat Theres das ihm gegenüber auch offen so gesagt.«

Diese Information war neu für Agnes. Sie versuchte, Veras Schilderungen mit dem Bild des Verdächtigen abzustimmen, den sie gestern kennengelernt hatte.

»Als Ihre Schwester dem Feuer zum Opfer fiel ...«

Vera schluchzte kurz auf, und Agnes wartete.

Axel setzte sich neben die alte Frau und nahm ihre Hand. »Schon gut, liebe Frau Valbilda, Sie wussten, dass wir darüber reden müssen. Lassen Sie sich Zeit.«

Vera Valbilda atmete einige Male tief ein und wieder aus. Schließlich ließ sie Axels Hand los und goss sich Kaffee nach.

»Wissen Sie, wir vier, wir waren uns immer nah. Auch als ich meinen Mann kennengelernt habe und nach Köln gezogen bin. Wir waren ein Schwesternkleeblatt. Keiner von uns war es vergönnt, Kinder zu haben, aber wir hatten uns. Jetzt sind Theres und Hilda von uns gegangen, und Gundula lebt wie ich in einem Altersheim. Allerdings ist sie nicht mehr wirklich ansprechbar. Bis heute hat sie nicht realisiert, dass zwei von uns tot sind. Schrecklich.«

»Ich habe selbst eine Schwester.« Agnes dachte an Katja. Sie waren oft nicht einer Meinung, aber wenn ihr etwas zustoßen würde, wäre es eine Tragödie. Auch Mitzi fiel ihr ein, die ihre Familie verloren hatte, doch sie schob den Gedanken beiseite. »Zurück zu Tobias Mundi.«

Vera ächzte. »Therese hat immer noch zu ihm gehalten, ihm aber auf unser Zureden wenigstens kein Geld mehr gegeben. Dann ist bei Hilda dieser dumme Enkeltrickbetrüger aufgetaucht, den sie mit Bravour reingelegt hat. Großartig. Ich habe sofort vermutet, dass Tobi dahintersteckt. Weil er wütend war und die Kohle gebraucht hat. Nachdem dieser Wollatschek verhaftet worden ist und ausgesagt hat, er wäre es allein gewesen, war der Tobias aus dem Schneider. Aber ich bin skeptisch geblieben. Die Polizei hat nicht gegen ihn ermitteln können, deshalb wollte ich was unternehmen und habe Herrn Brecht engagiert.«

Axel brachte sich ein. »Mein Einsatz war gerade angelaufen, als das Feuer gelegt wurde. Ich habe versucht, mich auch darum zu kümmern, und recherchiert, bin der Polizei aber leider in die Quere gekommen. Ich wurde sogar verdächtigt. Eine schwierige Situation. Doch Frau Valbilda wollte anfangs nicht, dass ihr Name genannt wird. Die Überforderung mit der Situation war zu groß.«

Agnes nahm einen Schluck Kaffee, notierte und wandte sich wieder Vera Valbilda zu. »Warum wollten Sie anonym bleiben, Frau Valbilda?«

»Ich glaube, es war der Schock. So ein grausamer Tod. Dazu die Medien. Ich hatte Angst, dass vor allem Hilda, in Melk ja fast vor Ort, von neugierigen Journalisten verfolgt wird. Ihr ging es nach Thereses Tod psychisch überhaupt nicht gut.«

»Hatten Sie Tobias Mundi auch im Verdacht, als das Haus Ihrer Schwester abgebrannt ist?«

»Ja und nein. Das Verbrechen war zu schlimm, als dass ich es ihm zugetraut hätte. Aber dass er fürchtete, Theres würde dem Rat von uns Schwestern folgen und das Testament ändern, wusste ich ja. Und dass sie überhaupt nicht mit seiner neuen Freundin einverstanden war.«

Auch davon hörte Agnes zum ersten Mal. Keiner der Ermittler in Krems hatte eine Freundin von Tobias Mundi erwähnt. Es war nur von der Unbekannten die Rede gewesen, die ihm zuerst ein Alibi für die Nacht verschafft hatte und später von der Bildfläche verschwunden war. Mit falschen Angaben und unauffindbar für die Polizei. Jetzt fiel ihr Mundis eine Bemerkung bei der Vernehmung wieder ein. Pech im Spiel, aber Glück in der Liebe.

»Wer ist sie?«

Vera Valbilda schüttelte den Kopf. »Das kann ich Ihnen nicht sagen. Nicht einmal, wie lange die Sache schon läuft. Therese hat es vor Weihnachten Hilda erzählt und die dann mir. Wie immer. Sie waren nicht einmal offiziell ein Paar. Tobias hat sie nur ein einziges Mal zu meiner Schwester mitgebracht. Die zwei waren sich wohl schnell unsympathisch.«

»Warum das?«

»Wenn ich ehrlich bin, Therese war schon auch eigen. Für ihren Tobi war keine gut genug. Sie hat zu Hilda gesagt, dass sie die Art von ihr überhaupt nicht gemocht hat.«

»Welche Art?«

»Ein Herumscharwenzeln um Tobias. Sie hat ihn ständig bezirzt. Zu viel falsches Getue, hat Theres gemeint.«

Um wen konnte es sich dabei handeln? Warum hatte Tobias Mundi diese Freundin nicht erwähnt? War sie am Ende der angebliche Flirt?

Fragen über Fragen tauchten zusätzlich auf. Es musste eine weitere Vernehmung von Tobias Mundi geben.

Vera schenkte allen Kaffee nach. Agnes schrieb Stichwörter auf und kam zum nächsten Thema.

»Frau Valbilda, was hat es mit der weißen Frau auf sich? Wissen Sie vielleicht darüber Bescheid?«

»Oh Gott, diese Geschichte.« Vera Valbilda schlug die Hände über dem Kopf zusammen.

»So schlimm?« Agnes nahm sich doch einen von den Keksen, sie hatte außer einem frühen Frühstück, bevor sie zum Innsbrucker Flughafen aufgebrochen war, nichts gegessen.

»Nehmen Sie bitte.«

»Schon gut, danke. Einer genügt. Bitte, klären Sie mich auf, Frau Valbilda.«

»Die Sache mit dieser weißen Frau ist kurz nach dem Enkeltrick und der Verhaftung vom Wollatschek losgegangen. So eine dubiose Hellseherin, oder was auch immer diese Dame ist, hat Hilda in ihrem Lieblingscafé in Melk angesprochen. Angeblich hätte sie Botschaften aus dem Reich der Verstorbenen empfangen und wollte sie Hilda mitteilen. Genauer gesagt von unseren Eltern. Es war zwar wirklich nur Positives, was sie so geredet hat, dass es denen auf der anderen Seite gut geht. Zuerst hat sich Hilda beeindrucken lassen. Nimm dich in Acht, hab ich aber gesagt, das dicke Ende kommt noch.«

»Kam es?«

»Ich war der festen Meinung, es kommt die nächste Betrügerin auf Hilda zu, gleich nach dem Enkeltrick, nur eben eine neue Masche. Wir alten Leute werden ja ständig heimgesucht. Kaffeefahrten und falsche Polizisten und wer weiß was sonst noch. Es ist eine Schande. Ich habe auf Hildas Vernunft gesetzt und dass sie dabei im Notfall auch die Polizei verständigt.«

»Hat sie aber nicht.«

»Weil es nie um Geld ging. Aber nach dem Tod von Therese, da hat diese Geschichte Hilda verstört.«

»Weil auch Therese angeblich Grüße aus dem Jenseits bestellt hat?«

»Keine Ahnung, Frau Kirschnagel. Hilda war in den ersten Wochen nach dem gewaltsamen Tod unserer Schwester nicht mehr ganz bei sich. Sie hat Zeiten und Tage verwechselt. Ich habe mir mehr und mehr Sorgen gemacht, dass sie bald wie Gundula in ein Heim muss. Sie hat öfter von der weißen Frau geredet, aber ich kann Ihnen beim besten Willen nicht sagen, ob es ein nächstes Treffen zwischen den beiden gab.«

Axel räusperte sich. »Darum hätte ich mich kümmern können, wenn Sie mir davon erzählt hätten, Frau Valbilda.«

»Ich weiß, lieber Herr Brecht, aber ich war ganz auf Tobias konzentriert, dazu Hildas psychische Verfassung und meine eigene Trauer.« Vera senkte den Kopf.

»Das war kein Vorwurf. Verzeihen Sie.« Axel nahm erneut ihre Hand und drückte sie.

Agnes hätte der alten Dame gern eine Pause gegönnt, aber sie entschloss sich, die Befragung in einem Schwung durchzuziehen.

»Haben Sie etwas davon den ermittelnden Beamten mitgeteilt? Oder hat Hilda nach der Wollatschek-Geschichte mit der Polizei darüber geredet?«

»Nein. Mir schien es Humbug zu sein, und Hilda hat wohl befürchtet, es würde sie keiner ernst nehmen.«

»Wie ging es weiter?«

»Hilda ist gestorben, wir haben sie wie Therese begraben, und das Leben nimmt seinen Lauf. Die Nächste könnte ich sein. Oder Gundula. Am Ende ist unsere Familie damit ausgestorben.«

Agnes und auch Axel schwiegen.

Vera Valbilda stöhnte noch einmal auf, dann fuhr sie sich durch die Haare und schüttelte den Kopf, dass ihre Ohrringe hin- und herschaukelten. »So, ihr jungen Leute, jetzt greift bitte zu. Ich will nichts wegwerfen müssen.« Sie stand auf und entschuldigte sich, um ins Bad zu gehen.

Agnes nahm sich eines der Brötchen.

»Halve Hahn«, sagte Axel.

»Nein, es sind Käse und Gürkchen auf dem Brötchen.«

»Genau.« Axel zupfte sich am Bart. »Halve Hahn ist eine Kölner Spezialität. Ein Roggenbrötchen mit Käse.«
»Echt?«
»Ja, echt. Ich würde mich freuen, dir heute Abend bei Kölsch und Himmel un Äd die Story dazu erzählen zu können. Um die traurige Stimmung etwas aufzuhellen.«
»Vergiss nicht, ich bin dienstlich in der Stadt.«
»Aber um Mitternacht könnte sich die Polizistin vielleicht in ein Tiroler Mädchen verwandeln. Oder?«
Ein wenig bedauerte Agnes, dass sie nicht einfach als Privatperson gereist war. Aber Privates und Berufliches wollte sie auf keinen Fall vermischen. »Um Mitternacht bin ich längst auf meinem Hotelzimmer und gehe die Notizen durch. Immer bei der Arbeit, Detektiv Brecht.«
»Ich verstehe, Inspektorin Kirschnagel. Ich bin im Warten geübt.«

7

»Ich finde es großartig, dass Sie mich besuchen.« Der stattliche Mann in Jeans und Poloshirt empfing Agnes mit aufrichtiger Freundlichkeit in seinem Büro.

»Ihrerseits ist es toll, dass Sie sich spontan Zeit für mich nehmen, Dr. deNärtens.«

Der Leiter des Rechtsmedizinischen Instituts in Köln am Melatengürtel schüttelte Agnes lange die Hand und wies dann auf den Stuhl gegenüber seinem Schreibtisch.

»Inspektorin Kirschnagel, mir ist unsere Zusammenarbeit sehr positiv in Erinnerung geblieben. Auch wenn wir nur telefonisch Kontakt hatten. Umso mehr freue ich mich, dass Sie heute in voller Pracht vor mir stehen.«

Agnes hatte nicht widerstehen können. Ihr Rückflug nach Innsbruck ging in drei Stunden, und statt einmal durch die Innenstadt zu bummeln, hatte sie sich für die Rechtsmedizin entschieden. Sie wollte die Gelegenheit nutzen, sich bei dem Mann persönlich zu bedanken. Er hatte sie bei der Aufklärung ihres ersten Mordfalls letztes Jahr zusammen mit Hauptkommissar Heinz Baldur tatkräftig unterstützt.

»Kaffee, Frau Kirschnagel? Weil ich seit Jahren in einem sehr engen Kontakt zu einer anderen Beamtin stehe, weiß ich, dass man Österreichern nicht mit grünem Tee kommen kann. Willa Stark heißt meine Ösi-Freundin, gebürtig aus Graz, falls Ihnen der Name etwas sagt.«

»Nein. Österreich ist doch größer, als man hier denken mag.« Agnes zwinkerte Harro deNärtens zu. »Und nicht jedes Klischee stimmt, aber einen guten Kaffee trinke ich immer gern.«

Er betätigte die Gegensprechanlage und gab den Wunsch durch.

»Meine Sekretärin wird gleich original Meinl-Kaffee servieren.«

»Perfekt.« Agnes schmunzelte. »Ich bin beeindruckt.«

»Wenn Sie möchten, führe ich Sie im Anschluss herum. Als Universitätsinstitut liegen unsere Aufgaben gleichermaßen in den Bereichen Forschung, Lehre und Dienstleistungen. Über fünfzig Mitarbeiter arbeiten hier eng miteinander. Das Wissenschaftlerteam besteht aus Ärzten, Biologen, Chemikern und einer Pharmazeutin. Dazu sind wir dabei, ein Kompetenzzentrum für Kindergesundheit aufzubauen. Und neben unserer Zusammenarbeit mit Justiz und Polizei bieten wir auch rechtsmedizinische Fachberatungen für Filmproduktionen und bei Dreharbeiten an. Morgen treffe ich das Team vom Kölner ›Tatort‹. Wollen Sie dabei sein?«

»Dafür reicht meine Zeit nicht, aber ich habe vor, wiederzukommen.«

»Wunderbar.«

Der Kaffee kam, und sie plauderten über den Unterschied zwischen Fernseh- und Polizeiermittlungen. Beide amüsierten sich über das rasche Tempo, in dem den TV-Kommissaren die Laborergebnisse zur Verfügung standen. »Wenn eine Produktion real gedreht würde, würden noch mehr Zuschauer vor dem Bildschirm einschlafen.«

Agnes hob ihren Zeigefinger. »Allerdings gibt es auch reale Fälle, die zu noch mehr Gänsehaut führen würden. Die Realität übertrumpft an Brutalität leider öfter die Fiktion.«

»Stimmt. Apropos: Was hat Sie ins schöne Rheinland geführt, Inspektorin Kirschnagel?«

Agnes wurde schnell wieder ernst und schilderte dem Rechtsmediziner die Brandstiftung mit Todesfolge in der Wachau und wie Mitzi in die Sache hineingeraten war. Sie erzählte von Hilda in Melk und deren Tod. Und warum sie Vera in Köln aufgesucht hatte. Am Ende kam sie auf das Feuer in Mitzis Wohnung zu sprechen.

»Damit ist Mitzi die Verbindung sowohl zum Feuertod von Therese als auch zu Hilda Vabilda und der weißen Frau.«

Harro deNärtens hatte interessiert zugehört. »Mit diesem bemerkenswerten Fräulein würde ich mich zu gern auch einmal unterhalten.«

»Sie würden staunen, Dr. deNärtens.«

»Aber ich verstehe vollkommen, Inspektorin Kirschnagel, dass Sie einen Zusammenhang vermuten.«

»Ich habe erst vor drei Tagen die Geschehnisse zu bündeln versucht. Leider hatte ich noch keine Möglichkeit, die Rechtsmedizin in Krems aufzusuchen, in der der Leichnam von Therese Valbilda obduziert wurde.«

Der Rechtsmediziner faltete die Hände. »Zur Festlegung der Todesursache bei Brandopfern werden die typischen Obduktionsbefunde herangezogen. Für eine Kohlenmonoxidvergiftung sprechen hellrote Totenflecke, lachsrote Muskulatur und Organe, ein Hirnödem sowie der toxikologische Nachweis im Leichenblut.«

»Laut Bericht war die Haut fast vollständig verkohlt. Demnach konnte nur durch die DNA die Identität des Opfers bestätigt werden.«

»Abgesehen von thermischen Hautschäden lässt sich neben Rötungen der Schleimhäute vor allem Ruß in den Luftwegen, wie Kehldeckel und Luftröhre, sowie im Magen feststellen. Damit kann man immer noch gut arbeiten.«

»Ich würde Sie gern einfach mitnehmen, Dr. deNärtens. Aber dieses Mal liegen die Kompetenzen ganz in Österreich.«

»Sollten Sie einen Rat brauchen, rufen Sie trotzdem einfach an, Frau Kirschnagel.«

»Danke. Es wurde übrigens Spiritus als Brandbeschleuniger im gesamten Haus verteilt.«

»Oh.« Harro deNärtens runzelte die Stirn. »Das scheint mir eine recht laienhafte Vorgehensweise. Wie jemand, der im Internet nach einer Möglichkeit googelt.«

»Ich stimme Ihnen zu.«

»Auch muss derjenige einen Hausschlüssel besessen haben, um die Flüssigkeit in den Räumen zu verteilen. Oder wurde das Schloss aufgebrochen?«

»Leider hat die Verstorbene öfter vergessen, die Tür abzuschließen. So war es wohl auch an diesem Abend.«

»Dann muss der Täter davon Kenntnis gehabt haben.«

»Stimmt. Der Patensohn sitzt in Untersuchungshaft. Zumindest noch. Er hatte einen Schlüssel und wusste zudem, dass die alte Dame vergesslich war.«

»Waren Spuren von dem Verdächtigen am Tatort?«

»Jede Menge. Er ist allerdings bei seiner Patentante ein und aus gegangen. Seine DNA dort ist nicht als belastend zu verwenden.«

Sie tranken beide ihren letzten Schluck Kaffee.

»Wirklich ausgezeichnet.« Agnes lächelte.

»Sagte ich doch.« Harro stellte die Tassen aufeinander. »Zurück zu Ihren Fällen. Bei dem Feuer in Salzburg fällt dieser Verdächtige weg, wenn ich Sie richtig verstanden habe.«

»So ist es. Tobias Mundi war hinter Gittern, als es bei Mitzi gebrannt hat.«

»Dort lag keine Tötungsabsicht vor?«

»Schwer zu beantworten.«

»Und die andere Schwester der Ermordeten ist nachweislich eines natürlichen Todes gestorben?«

»Es war Herzversagen.« Agnes sah auf ihr Handy. Es wurde Zeit, aufzubrechen. Sie stand auf. »Alles andere wäre Spekulation.«

»Spekulationen führen oft zum Ziel.« Harro deNärtens erhob sich ebenfalls und begleitete Agnes bis nach unten zum Haupteingang. »Darf ich Sie zum Abschied noch mit einer Theorie meinerseits beglücken?« Sein Händedruck war weich.

»Natürlich, Dr. deNärtens.«

»Ich habe eben in eine weitere Richtung überlegt, Frau Kirschnagel: In der Wohnung der verstorbenen Schwester …«

»Hilda.«

»Genau. Man könnte dort ebenfalls fündig werden. Ist es noch möglich, dass Kriminaltechniker sich diese Räume vornehmen? Oder wurde bereits geputzt und entrümpelt und neu vermietet?«

»Warum diese Wohnung?«

»Vergleichsmöglichkeiten, Inspektorin Kirschnagel.« Der Rechtsmediziner hob seinen Zeigefinger. »Vielleicht findet sich dort DNA, deren Profil mit Spuren aus dem Haus der Schwester übereinstimmt.«

»Der Patensohn war sicher auch bei Hilda öfter zu Gast.«

»Lassen Sie den einmal außen vor.«

Agnes sah Harro deNärtens verdutzt an. »Sie haben vollkommen recht. In Hildas Zuhause wurden überhaupt keine Spuren gesichert, weil kein Verbrechen vorlag.«

»Ich spekuliere einmal weiter.« Der Leiter der Kölner Rechtsmedizin zupfte am Kragen seines Poloshirts. »Was, wenn der Herzstillstand von Hilda durch einen äußeren Einfluss ausgelöst worden ist? Durch einen großen Schrecken, zum Beispiel.«

Agnes merkte, wie sie aufgeregt wurde. »Sie meinen, sie hat sich zu Tode erschreckt?«

»Es ist nur schwer möglich. Wir fallen nicht bei jeder Aufregung tot um. Wenn uns ein Schreck eingejagt wird, zeigt der schnelle Herzschlag, dass unser Körper auf den Stress reagiert. Doch bei Menschen, die herzkrank sind, oder eben bei alten Leuten kann eine überdimensionale Aufregung tatsächlich lebensgefährlich werden. Bei einer Obduktion wäre so ein Zu-Tode-Erschrecken leider nicht nachzuweisen, aber –«

Agnes beendete den Satz. »Aber es ist unbedingt einen neuen Gedankengang wert.«

8

Zurück zum Flughafen wurde Agnes wieder von Axel Brecht gefahren. Sie plauderten unter anderem über den Unterschied zwischen österreichischer und deutscher Küche und tauschten Rezepte aus. Axel outete sich als Hobbykoch. Allerdings ernährte er sich seit drei Jahren vegetarisch und behauptete, seither noch variantenreicher zu essen.

Er stoppte den Wagen schließlich an der Haltebucht vor der Abflughalle. »Aber jetzt Schluss mit dem Small Talk, Agnes.«

Am Auto vor ihnen hievte eine dünne Frau zwei riesige Hartschalenkoffer aus dem Kofferraum. Neben ihr stand ein ziemlich dicker Mann und gab Anweisungen.

»Was meinst du, Axel?«

»Agnes, wir haben während der Fahrt über meinen Job, über Köln, sogar über unsere Kochkünste geredet, aber ich hatte keine Sekunde das Gefühl, dass eines dieser Themen dich wirklich interessiert. Lass mich an dem Fall weiter Anteil haben. Schließlich ist Vera Valbilda meine Klientin.«

»Du weißt doch, dass ich inzwischen offiziell in der Soko ermittle. Weitere polizeiliche Interna darf ich nicht mit dir teilen. Das meiste hast du ohnehin mitbekommen.«

»Aber meine Hilfe kannst du mit Kusshand annehmen. Ich schweige wie ein Grab. Ich könnte dich voranbringen. Glaub mir.«

Agnes begann an ihrem Daumennagel zu kauen. Sie war unschlüssig. »Könntest du eine anonymisierte E-Mail-Adresse ohne Gerichtsbeschluss rasch zu ihrem richtigen Absender zurückverfolgen? Mit Namen und Adresse?«

»Ich nicht, aber vielleicht einer meiner Mitarbeiter.«

»Der Einzige, der offiziell einen eindeutigen Zusammenhang zwischen einer IP-Adresse und einem Internetanschluss bis zu einer Wohnung herstellen kann, ist der Provider. Und die Einzigen, die eine solche eindeutige Adresszuordnung anfordern dürfen, sind die Rechtsorgane eines Landes.«

»Trotzdem gibt es andere Möglichkeiten, Agnes. Deshalb hast du doch eben gefragt.«

Ein Flugkapitän kam durch die Drehtür, stellte sich an die Seite und zündete sich eine Zigarette an.

»Ich bin unschlüssig, Axel.«

»Pass auf, Agnes. Ich gebe dir so lange Zeit, bis der Mann mit der schicken Kappe dort mit seinem Glimmstängel fertig ist. Danach musst du aussteigen, und die Chance ist vertan. Solltest du in zwei Wochen oder so wieder bei mir anklopfen, weil der Provider sich weigert, Kundendaten offenzulegen, oder immer noch kein Richter die Zeit gefunden hat, sich mit einer Verfügung zu beschäftigen, dann werde ich stur bleiben.«

Axels gespielte Drohung amüsierte Agnes. Sie überlegte und beobachtete den Flugkapitän. »Ich habe bis Ende letzten Jahres ebenfalls geraucht.«

»Oh. Jetzt nicht mehr?«

»Nein. Obwohl ich einige Male große Lust darauf gehabt hätte.«

»Kenne ich. Ich war in meiner Jugend ein leidenschaftlicher Raucher, habe es mit dreißig aufgegeben. Aber, ganz ehrlich, hin und wieder qualme ich eine. Nachts, wenn ich wegen einer Observation unterwegs bin.«

Agnes erinnerte sich an Petra Hammerls ersten Bericht – Axel war durch das gemeinsame Zigarettenrauchen mit dem Nachtportier als möglicher Verdächtiger entlastet worden.

»Ich will mir überhaupt keine einzige mehr anstecken. Nie mehr.«

»Gut. Dann erspare ich dir meinen Vortrag über die Schädlichkeit des blauen Dunstes. Er ist lang und brutal, und bei meinem Sohn hat er geholfen.«

»Du hast einen Sohn?« Davon hatte Axel am gestrigen Abend im Kölschen Brauhaus nichts erzählt.

»Ich wollte nicht mit allen Türen ins Haus fallen. Ähnlich wie du mit dem Rauchen.«

»Du vergleichst doch jetzt dein Kind nicht mit meinem Tabakkonsum?«

Sie lachten, und Axel strich Agnes leicht über den Handrücken. »Das Kind ist bereits neunzehn, studiert in Bonn und lebt bei seiner Mutter. Ein früher Ausrutscher.« Axel schüttelte den Kopf. »So meine ich es nicht. Patrick ist ein toller Bursche. Ich bin stolz und glücklich, dass ich ihn habe. Ich würde ihn dir bei Gelegenheit gern vorstellen.«

»Warum das denn?«

»Weil ich dich mag.« Er beugte sich vor und gab Agnes einen Hauch von Kuss auf die Wange. Sein Bart kitzelte an ihrer Haut, und sie merkte, wie sie errötete. Auch das passte eigentlich überhaupt nicht zu ihr.

Der Wagen vor ihnen fuhr davon. Die dünne Frau zog die zwei riesigen Koffer auf den Gehweg und Richtung Drehtür. Ihr übergewichtiger Begleiter bewegte sich mit langsamen Schritten hinter ihr her, als ginge ihn alles nichts an. Agnes beobachtete die Szenerie und hätte gern dazu eine Bemerkung gemacht.

Axel räusperte sich. »Ich fliege übrigens morgen ebenfalls nach Österreich.«

Abrupt wurde Agnes aus ihren Gedanken gerissen. »Wie?«

»Ich habe meinen Auftrag, der impliziert, dass ich mich um die Todesumstände der Valbilda-Schwestern kümmere. Ich habe in Salzburg ziemlich kurzfristig ein Treffen mit dem Arzt vereinbaren können, der bei Hilda die Leichenbeschau durchgeführt hat. Er praktiziert in Melk, nimmt jedoch an einem Ärztekongress teil und ist bereit, sich mit mir zu unterhalten. Über die Polizei komme ich an solche Infos nicht heran.«

»Wenn sich dabei etwas gezeigt hätte, hätten es die Kollegen der Soko längst verfolgt.«

»Ich gehe trotzdem allen meinen Optionen nach.«

Agnes dachte an den Vorschlag von Harro deNärtens, in der Wohnung von Hilda Valbilda nach möglichen Vergleichsspuren zu suchen. Jemanden zu Tode zu erschrecken lag bei alten und herzkranken Menschen im Bereich des Möglichen. »Finde ich richtig. Mach das, Axel.«

»Danach will ich weiter nach St. Pölten fahren. Die vierte Schwester Gundula ist zwar dement und kaum ansprechbar, aber ich will mich mit dem Heimpersonal unterhalten, wer sie alles in den letzten Monaten besucht hat. Vielleicht stoße ich auf interessante Namen.«

»Würdest du mir Bescheid geben, wenn du etwas herausfindest?«

»Das hatte ich ohnehin vor. Ob du mich vollkommen ins Vertrauen ziehst oder nicht. Ich will, dass der Fall geklärt wird.«

»Um auf die E-Mail zurückzukommen.« Agnes drehte sich zu Axel hin. »Was meinst du, wie lange dein spezieller Mitarbeiter dafür braucht?«

»Keine Ahnung, ich bin kein Spezialist. Es hängt wohl davon ab, wie sehr es der Absender darauf angelegt hat, sich unkenntlich zu machen. Oder wie gut er ist. Doch wie ich Patrick kenne, kann ich dir bald einen Namen nennen.«

»Dein Sohn ist der Spezialist.«

»Du kombinierst großartig, liebe Inspektorin.«

»Komm, verarsch mich nicht.«

»Würde ich nie.«

Er sah Agnes in die Augen, und sie dachte, dass er sie gleich noch einmal küssen würde, dieses Mal nicht auf die Wange. Bevor es dazu kommen konnte, öffnete Agnes die Autotür. Sie stiegen aus. Agnes nahm ihr Gepäck, bestehend aus einem Handkoffer, den sie ins Flugzeug mitnehmen konnte.

An der Drehtür hielt sie an. »Du brauchst nicht mit hineinzukommen, ich finde meinen Weg.«

»Aber anrufen darf ich dich?«

»Klar.«

»Wenn ich in Salzburg und St. Pölten fertig bin, könnte ich dir meine neuen Erkenntnisse ebenso gut persönlich mitteilen und nach Kufstein reisen. Mit dem Zug, ganz im Sinne einer guten Ökobilanz.«

Darauf wusste Agnes keine passende Erwiderung, sie konzentrierte sich lieber auf die Ermittlung. »Mal sehen, Axel. Ich leite eine der Mails an dich weiter.«

»Okay.«

»Du und auch dein Sohn behandelt es bitte absolut vertraulich.«

»Geht klar. Ich melde mich, sobald ich mehr weiß.«

»Danke.«

Sie schüttelten einander die Hände, um sich im Anschluss vorsichtig zu umarmen.

»Bis die Tage, Agnes. Vielleicht in Kufstein.«

»Ich hab einen Hamster.«

Axel stieß ein lautes Lachen aus. »Das ist die beste Offenbarung. Schlägt das Rauchen um Längen.«

»Ich wollt es dir nur sagen.«

»Passt perfekt. Ich habe einen Sohn und du einen Hamster.«

»Jo heißt er.«

»Niedlich.«

»Ja, das ist er.« Sie zögerte. »In dem Zusammenhang fällt mir noch etwas ein. Eine etwas andere Bitte, die ich an dich hätte.«

»Sprich es aus.«

»Wenn du in Salzburg bist, könntest du zur Christian-Doppler-Klinik fahren. Ich schick dir gleich die Adresse. Besuche Maria Konstanze Schlager und erzähl ihr von deiner Profession und deinem Auftrag. Ich glaube, es könnte ihr gefallen. Mitzi ist ja diejenige, die mich überhaupt auf die Zusammenhänge im Fall Valbilda gebracht hat.«

»Du hast viel von ihr erzählt. Ich bin superneugierig, die Frau einmal persönlich zu treffen.«

»Du wirst dich wundern. An sie wurden übrigens die Nachrichten gesendet. Mitzi ist tiefer in die Sache hineingeraten, als es gut ist. Ich glaube, dass der Täter, der das Haus von Therese Valbilda angezündet hat, auch bei ihr das Feuer gelegt hat. Deshalb ermittle ich in alle Richtungen. So, nun weißt du doch mehr.«

»Ich besuche deine Freundin.«

»Wenn du schon als Detektiv unterwegs bist: Hab ein Auge auf sie.«

»Ist das ein Auftrag?«
»Nein. Nur eine Bitte.«
»Die ich dir gern erfülle. Tschüss, Agnes.«
»Tschau, Axel.«
Sie gingen auseinander.

Agnes passierte einen langen Gang und traf beim Betreten der Abflughalle auf die beiden Leute mit den zwei Megakoffern. Der dicke Mann stand vor einem der Schalter und winkte nach seiner Frau. Sie war es, die einen Koffer vor sich herschob und den zweiten hinter sich herzog. Er trug einzig ein kleines Täschchen unter der Achsel eingeklemmt. »Jetzt komm doch, Babsi«, schnaubte er.

Was es für Paare gab.

9

Eine Nacht und einen Morgen später wagte Mitzi es, wieder daran zu denken.

Wie sie ihr Nachthemd um ihre Hand wickelte, um sich am Türgriff nicht zu verbrennen. Wie sie die Tür öffnete. Es musste sein, es gab keine Alternative.

Die Flammen hatten am Ende der Diele gelodert. Eine intensive Rauchwolke war ihr entgegengekommen und hatte ihr Zehntelsekunden später die Sicht geraubt. Heiß war der Rauch gewesen und stickig. Kein Atemzug mehr möglich. Wenn Freddy sie nicht sofort weggerissen und zum Fenster gebracht hätte, wäre Schlimmeres geschehen.

Keiner von ihnen beiden hatte größeren körperlichen Schaden genommen. Mitzis Seele aber schon.

Wobei – wenn sie ehrlich war, hatte ihre Seele seit Jahrzehnten einen Knacks, einen Riss. Es war eine Wunde, die sich nie geschlossen hatte, nie verheilt war. Nicht einmal Narbengewebe war darüber gewachsen, nur ein Hauch von Verdrängung.

Sie erinnerte sich jetzt an die Tage und Wochen nach dem Unglück in ihrer Kindheit. Auch danach hatte sie in einem Krankenhaus gelegen. In einem Kinderspital. Einer der herumfliegenden Trümmer hatte sie an der Schulter getroffen, aber die körperliche Verletzung war nie das Problem gewesen.

Die Explosion damals hatte einen inneren Teil von ihr mit ausgelöscht. Ihre Eltern und ihr kleiner Bruder waren gestorben, und Mitzi existierte seither zerrissen weiter. Ein Teil von Mitzi war tot wie die anderen, ein anderer bewegte sich noch auf dieser Welt.

Lange Zeit nach dem Feuer hatten ihre Großeltern nicht einmal ein Streichholz anzünden dürfen, ohne dass Mitzi in Panik ausgebrochen war. Dazu der Spitzname, den man ihr in der Schule gegeben hatte: MörderMitzi.

Eine grausame und unerbittliche Zeit.

Die Schuld bestand weiterhin. Diese Schuld meinte sie in den Flammen gesehen zu haben. Zehntelsekunden hatten ausgereicht. Wie die Eingangstür gebrannt hatte, so brannte das Gefühl der Verantwortung seit Jahr und Tag. Sie hatte die Schlafzimmertür geöffnet und in ihr eigenes Fegefeuer gesehen.

Mitzi hatte Agnes vor Tagen erzählt, dass sie an Wiedergeburt glaube. Dahinter steckte die schlichte Überzeugung, dass sie ihre Familie nur so wiedertreffen konnte, denn in einen möglichen Himmel würde sie nie Eingang finden.

Es war still im Zimmer.

Die einzigen Geräusche kamen von draußen. Vom Krankenhausflur. Die zweite Patientin, die hier untergebracht war, hatten die Pfleger vor einer halben Stunde zu einer Untersuchung gefahren. In einem Rollstuhl.

Mitzi konnte selbstständig gehen, auch wenn die Beruhigungsmittel sie müde machten. Mit Glück würde sie bald entlassen werden, hatte der Doktor ihr bei der Visite angekündigt. Gut so.

Diesen Ort mochte sie nicht. Die Psychiatrie machte ihr mehr Angst als ein normales Krankenhaus. Sie würde sich nicht noch einmal wie von Sinnen benehmen. Nicht noch einmal zu einer VerrücktMitzi, PanikMitzi oder TschopperlMitzi mutieren.

Mitzi sah sich um. Durch das Spiel der Lamellen, die am Zimmerfenster heruntergezogen waren, wechselten sich Schatten und Helle ab. Das Fenster war gekippt, und die Vorhänge davor bewegten sich in leichten Wellen. Es herrschte Zebralicht.

Ewig könnte sie so verharren, in dieser Stille und in diesem Licht. Besser, als in Flammen aufzugehen.

Sie döste weg.

Ein Klopfen an der Tür riss sie aus ihrem leichten Schlaf. Freddy oder Agnes oder eine der Krankenschwestern. Lange allein war sie hier nie. Sie sehnte sich nach ihrem Zuhause, meinte damit aber ihre Oma und die Steiermark. Salzburg war schön, aber nicht ihre Heimat.

Es klopfte ein zweites Mal leise.

»Ja bitte?«

Die Tür ging auf. Die weiße Hex war schon wieder da.

Nein, Mitzi korrigierte sich. Nicht die Hex, sondern die weiße Frau. Die mit den Botschaften aus der Geisterwelt. Mit ihrem weißen Umhang und ihrer weißen Jeans und den abgetragenen Stiefeln.

Mit der weißen Frau kam auch dieser Gedanke zur Tür herein, diese Beobachtung, die Mitzi bis jetzt nie hatte festhalten können. Dieses Mal blieb die Idee, die Möglichkeit, die Vermutung. Wie auch immer sie es bezeichnen wollte.

Mit einem Ruck setzte sich Mitzi auf und war hellwach. So klar hatte sie sich seit dem Feuer nicht mehr gefühlt.

»Hallo, liebe Frau Schlager.« In Wahrheit hatte eine der Hilfsschwestern den Raum betreten. Sie trug eine weiße Kittelschürze, die vorne ein paar dunklere Stellen aufwies. »Ich wollte fragen, ob Sie eine Süßspeise zwischendurch möchten. Uns is gestern so viel übrig geblieben. Die Marillenschnitte hat Ihnen ja so gut geschmeckt und is auch heute noch wie frisch.«

»Wie lieb. Aber jetzt nicht. Dank schön.«

»Soll ich mehr Licht hereinlassen?«

»Nein, is gut.«

Die Schwester stellte den Dessertteller neben Mitzi ab und ging wieder nach draußen.

Nur kurz wartete Mitzi ab. Dann stand sie auf. Sie ging zu dem schmalen Schrank an der Seite. Sie zog den Hausanzug aus. Im Fach lagen Jeans und T-Shirt, ein paar Höschen und ein BH. An einem Kleiderhaken hing ihre grüne Regenjacke, ganz unten standen ihre Turnschuhe. Ihr Freund war mit einer Reisetasche ins Krankenhaus gekommen, um Mitzi mit dem Nötigsten zu versorgen. Freddy war ein Guter, er hätte etwas Besseres als sie verdient.

Ein Fach höher lagen ihr Ausweis, ihr Handy, ihr Portemonnaie, die Wohnungsschlüssel. Obwohl sie diese nie mehr brauchen würde – die Eingangstür war verkohlter Schrott, wie Freddy ihr erzählt hatte.

Kaum hatte sich Mitzi angezogen und ihre Sachen verstaut, verließ sie das Krankenzimmer. Im Flur war es taghell. Pfleger und Schwestern, Ärzte sowie Patienten und ihre Besucher waren unterwegs. Mitzi benahm sich unauffällig.

Sie bestieg den Aufzug und fuhr in die Empfangshalle, schließlich ging sie aus der Psychiatrie, ohne aufgehalten zu werden. Sie lief ein Stück die Straße hoch, bis sie außer Sichtweite der Klinik war, dann blieb sie unschlüssig stehen.

»Alles von oben betrachten«, hatte die weiße Frau mit ihrem leichten Akzent gesagt.

Mitzi glaubte, jetzt erst verstanden zu haben, was gemeint war. Den Kopf frei bekommen musste man, um weitere Schritte durchzuziehen und Zusammenhänge zu verstehen. Oben, auf der Höhe, auf dem Berg mit Aussicht und Einsicht.

Wie immer waren Mitzis Entschlüsse schnell, und sie zog sie rasant durch.

Sie ruft sich ein Taxi. Sie lässt sich bis zum Schloss Aigen fahren. Dort steigt sie aus und beginnt ihre Wanderung.

Das Wetter ist schön, und die Natur um sie herum ist dabei, voll zu erwachen. Es ist nicht das erste Mal, dass sie auf den Gaisberg steigt, sie weiß, dass gut zwei Stunden und nicht ganz zwölf Kilometer Fußweg vor ihr liegen. Sie zieht die Regenjacke aus und bindet sie sich um die Hüfte.

Sie wandert über die Hundewiese, den schmalen Forstweg bergan. Weiter auf der asphaltierten Straße am Hofstetter Hof und am Gehöft Speck vorbei. Kurz stoppt sie, sieht sich um, genießt die Aussicht auf den Watzmann und die anderen Berge. Im Anschluss passiert sie ein Waldstück und erreicht die Anhöhe beim Gasthof Zistelalm. Entlang der Baumreihe kommt sie dem Gaisberg-Gipfel näher. Sie wählt den rot markierten Gipfelweg. Erst auf dem Gipfelplateau hält Mitzi an.

Ihr Herz trommelt, in ihren Ohren saust es.

Aber es geht ihr besser. Viel besser.

Ihr Magen knurrt, und sie verspürt Durst. Lust auf eine Süßigkeit hat sie. Sie hätte die Marillenschnitte einpacken sollen.

Sie sieht sich wieder um. Sie atmet. Sie lächelt, weil sie an Agnes und deren Höhenangst denken muss. Hier oben zu sein ist, wie einen Schritt aus dem Fegefeuer heraus zu machen. Geteilte Welt. Der Ratschlag der weißen Frau war absolut richtig. Oben und unten. Gut und böse. Weiß und schwarz.

Apropos: Immer noch ist sich Mitzi nicht sicher, was aus ihrem Gedanken, den sie dieses Mal festhalten konnte, werden soll. Ob ihr Verdacht aus der Beobachtung heraus richtig ist.

Was soll sie als Nächstes tun?

Sie kramt nach ihrem Handy und setzt eine Nachricht ab. Einen einzigen Satz. »Ich weiß, wer du bist«, schreibt sie. Es ist wie ein Versuchsballon, den sie in luftige Höhen fliegen lässt, höher, als sie je hinaufsteigen kann. Mal schauen, was daraufhin folgt.

Dann macht sie sich auf den Rückweg.

Als sie unten ankommt, trifft eine Antwort ein. Aha, denkt Mitzi, auf einmal kannst du dich melden, du Hex.

Eine Ortsangabe steht da. Sonst nichts. Keine direkte Erwiderung auf den Satz, kein Ja oder Nein. Nur eine Adresse, in der Wachau gelegen. Diesmal keine Aufforderung, sofort zu kommen. Trotzdem scheint festzustehen, dass Mitzi in wenigen Stunden dort aufschlagen wird.

Die Hex spielt mit Mitzi. Oder Mitzi hat den nächsten Spielzug eröffnet.

Wieder geht es darum, eine Tür aufzumachen, um hinzuschauen und sich zu vergewissern. Mitzi sucht sich die nächste Verbindung heraus und ruft ein Taxi, das sie zum Bahnhof bringen soll.

Erst wenn sie angekommen ist, wird sie die Angaben in einer Textnachricht an die Inspektorin weitergeben. Agnes wird verstehen, dessen ist sich Mitzi absolut sicher.

Es ist eine weitere von Mitzis MörderMitzi-Entscheidungen.
Und es ist das erste Mal, dass sie über den Spitznamen lächeln kann.

10

Die Information über den Absender der E-Mails erreichte Agnes ebenfalls am nächsten Morgen. Axel Brechts Sohn Patrick hatte schnelle und gute Arbeit geleistet. Über das Ergebnis war Agnes verdutzt.

»Keine Adresse in Salzburg. Stattdessen Weißenkirchen? So nah bei Krems und Melk? Ich bin ganz schön baff.«

»Der Absender könnte sogar in Rio oder Moskau sitzen, Agnes.« Axel klang heiter am Telefon.

»Aber nicht, wenn er eine Stunde später auf der Festung in Salzburg steht.«

»Stimmt. Vielleicht hat jemand anders die Nachrichten losgeschickt? Oder er hat sie zeitversetzt versendet.«

»Möglich. Ich danke dir jedenfalls, Axel. Auch an Patrick ein Dankeschön, dass er sich so beeilt hat.«

Bevor sie damit zu Hauptmann Hammerl gehen würde, wollte Agnes den ersten Schritt selbst unternehmen. Schließlich hatte sie nicht den Dienstweg eingehalten. Sie beschloss, ihre Pläne für den Tag zu ändern.

»Pfiat di, Jo«, rief sie zwanzig Minuten später ihrem Hamster zu, der sich in sein Haus verkrochen hatte und tief und fest schlief. »Ich bin heute Abend wieder da.«

Sie musste baldmöglichst jemanden bitten, sich ein paar Tage durchgehend um das Tier zu kümmern. Agnes konnte die Strecke zwischen Tirol und Niederösterreich unmöglich laufend pendeln. Petra Hammerl hatte ihr für ihre neue Funktion als externe Beraterin der Soko Mitterweg eine Unterkunft und ein Dienstauto in Aussicht gestellt.

Noch war sie mit ihrem Privatwagen unterwegs. Sie gab die Daten in das Navi ein. Die Anzahl an gefahrenen Kilometern hatte sich seit Mitzis Besuch Ende Februar enorm erhöht. Welche Behörde die Abrechnung ihrer Fahrtkosten übernehmen würde, war noch ungeklärt. Trotzdem stand ihr Entschluss fest, dem E-Mail-Absender gleich heute einen Überraschungsbesuch abzustatten.

Es ging also wieder in die Wachau. Eine Adresse in Weißenkirchen. Der Ort, an dem Tobias Mundi sich sein Alibi verschafft hatte. Krems, Melk und Weißenkirchen. Hier zog sich die Spur entlang. Salzburg schien nur ein Abstecher gewesen zu sein.

Nach einem Umweg über das Kufsteiner Polizeirevier, um ein Formular auszufüllen und ihre Dienstwaffe wieder an sich zu nehmen, hielt Agnes nichts mehr zurück.

Nach drei Stunden Fahrt gab der Wettermann im Radio im Anschluss an die Nachrichten eine Unwetterwarnung für Niederösterreich und speziell für die Wachau aus. Eine Regen- und Sturmfront näherte sich dem Gebiet, und bis zum Abend würden hohe Windgeschwindigkeiten erreicht werden.

»Suchts euch ein sicheres Platzerl, liebe Zuhörerinnen und Zuhörer. Das kann noch gefährlich werden. Der erste Frühjahrssturm wird ganz schön fetzen, also bleibts daheim und hörts Radio.«

Der Himmel war allerdings noch strahlend blau, keine Anzeichen von einem Wetterwechsel.

Als Agnes endlich in Weißenkirchen ankam, musste sie erst einmal den Block umrunden, bevor sie einen Parkplatz fand.

Der Laden wirkte von außen völlig unauffällig. Er lag eingeklemmt zwischen einem Wachauer Bauernstübchen und einem Wohnhaus. Fast wäre Agnes daran vorbeigelaufen.

In einem der zwei Schaufenster stapelten sich Reiseführer für das Umland, im Hintergrund war ein Werbeplakat zu sehen, das Weißenkirchen gemeinsam mit den Winzerdörfern Joching, Wösendorf und St. Michael als die größte Weinanbaugemeinde der Wachau anpries. Auf dem Bild waren unendliche Reihen von Reben abgebildet, hinter denen die Sonne idyllisch unterging.

Daneben reihten sich Ziersteine, kleine Buddhastatuen, Schmuck in allen Varianten, Plastikblumen und bunte Tücher aneinander. Auf kleinen Kärtchen standen weise Sprüche wie »Lebe heut!« oder »Lächle, egal was Wetter!« – wobei letzterer Spruch grammatikalisch falsch klang. Der Name »Pallawatsch«, der über dem Eingang in bunten Buchstaben aushing, passte.

Agnes öffnete die Ladentür, und ein helles Klingeln von einem Windspiel über dem Eingang ertönte. Innen war der Raum beengt, die Mischung aus Folklore und Esoterik setzte sich fort. Im Angebot war ein Solarbrunnen mit einer Lotusblüte in der Mitte, umrahmt von zwei Leiterregalen, auf denen verschiedene Sorten von Weinen verkauft wurden. Im Hintergrund konnte Agnes einen Vorhang sehen, der eben zur Seite geschoben wurde.

Ein Mann zeigte sich, dessen Outfit dem Geschäft angepasst war. Er trug eine Lederhose mit kariertem Hemd und auf dem Kopf einen Turban. Als er die neue Kundin sah, faltete er seine Finger und verbeugte sich leicht. »Servus und Namaste.«

Wenn sie nicht offiziell hier gewesen wäre, hätten sie diese Widersprüche amüsiert. Sie hätte sich einfach nach einem Mitbringsel für ihre Mutter oder Schwester umgesehen. Stattdessen zeigte sie ihren Dienstausweis.

»Inspektorin Kirschnagel. Sind Sie Herr Wader, der Besitzer? Helmut Wader?«

Der Turbanmann klatschte in die Hände und sah Agnes mit einer bewusst aufgesetzten Verzweiflung an. »Net schon wieder. Herrschaftszeiten noch amol.«

»Wie meinen Sie?«

»Es hat uns doch net schon wieder einer beim Ordnungsamt angezeigt? Ich glaub's ja nicht.«

Agnes zeigte ein kurzes Lächeln. »Nein, darum geht es nicht.«

»Aber das is doch ein Polizeiausweis, oder?«

»Richtig. Doch es geht nicht um eine Anzeige, sondern um eine laufende Ermittlung.«

Der Mann schüttelte so heftig den Kopf, dass sein Turban über seine Stirn rutschte. Er schob ihn zurück und seufzte.

»Wir tun niemandem etwas. Ganz im Gegenteil, wir kommen grad so über die Runden. Sie sind die erste Kundin, die heut vorbeischaut. Es is ein Gfrett in Wahrheit. Ehrlich, Frau Inspektor, schauen Sie sich um. Sehen wir wie ein Geschäft aus, in dem Drogen verkauft werden oder das zur Geldwäsche dient?«

Um sich auf keine weitere Diskussion einzulassen, kam Agnes direkt auf den Punkt.

»Von Ihrem Computer, Ihrer IP-Adresse aus sind in der Woche vor den Osterfeiertagen drei E-Mails abgeschickt worden, die in Zusammenhang mit einer Straftat stehen könnten. Ein angeblicher Kontakt ins Jenseits wurde angegeben.«

Der Turbanmann öffnete seinen Mund und schloss ihn wieder, ohne etwas zu sagen.

Agnes setzte nach. »Um genau zu sein, wurde eine Frau namens Maria Konstanze Schlager angeschrieben, um ihr ein Treffen mit einer Dame vorzuschlagen, die sich als weiße Frau bezeichnet. Was können Sie mir dazu sagen, Herr Wader?«

Der Mann fasste sich. »Ach so, Sie meinen die Lena.«

»Lena?«

»Lena Bosko. Meine Lebensabschnittsgefährtin, wie es so schön heißt. Mein Weiberl. Wer bitte hat denn die Lena angezeigt?«

»Das würde ich gern mit ihr selbst besprechen. Ist Frau Bosko hier?«

»Alles harmlos. Alles lieb gemeint. Das kann ich Ihnen versichern. Und irgendwelche E-Mails schreibt die nicht. Außer wenn es um den Laden geht, erledigt sie die eine oder andere Anfrage.«

»Bitte, Herr Wader.«

»Na gut. Hab schon verstanden. Folgen Sie mir.« Er drehte sich um und verschwand wieder hinter dem Perlenvorhang. Die Perlen raschelten. Agnes folgte ihm.

Dahinter war es noch beengter. Auf einem Schreibtisch türmten sich Papiere, zwischen denen ein Bildschirm und eine Tastatur zu sehen waren. Der Raum hatte kein Fenster, und die Luft war stickig. Eine Glühbirne mit einem gelben Schirm ließ das Licht ebenfalls gelblich wirken.

An den Wänden stapelten sich Kartons in unterschiedlichen Größen, die obersten mit einer Staubschicht bedeckt. Unterbrochen wurde die Stapelung von einer abgewohnten Zweiercouch mit einem schmalen Vorstelltisch. Darauf standen ein Teller mit einer halb aufgegessenen Wurstsemmel und eine Thermoskanne. Auch die Glasplatte darunter war verschmiert, wie Agnes sehen konnte. Ein Sessel mit einer gehäkelten Überdecke flankierte den Tisch.

Auf dem Stuhl saß eine Frau. Agnes meinte, sie sofort wiederzuerkennen. Sie passte auf Mitzis Beschreibung der weißen Frau auf der Festung.

Zwar trug sie ein blaues Wollkleid über einer Jeans, aber das vollkommen weiße Haar, die vielen Falten um Mund und Augen und die vollen Lippen ließen wenig Zweifel aufkommen. Als sie aufstand, sah Agnes an ihren Füßen beige Stiefel, auch das stimmte mit Mitzis Aussage überein.

»Lena.« Helmut Wader nahm seinen Turban ab. Darunter kam eine Halbglatze zum Vorschein. »Diese Besucherin is eine Inspektorin. Was hast denn g'macht? Wieder irgendwelchen Deppen von den Toten erzählt? Ich hab dir schon immer gesagt, lass es. Wir waren uns doch einig. Jetzt haben wir Polizei im Haus, na bravo.«

Nun war alles klar. Agnes hatte die weiße Frau gefunden. Sie ging einen Schritt auf sie zu und streckte ihre Hand aus. »Inspektorin Agnes Kirschnagel, ich hätte einige Fragen an Sie.«

»Lena Bosko. Grüß Gott.«

Mehr als ihren Namen sagte die Frau nicht, ihr Gesichtsausdruck ließ ebenso wenig erkennen, ob sie über den Besuch erschrocken oder erstaunt war. Sie wies auf die Zweiercouch. Agnes zögerte bei all dem Durcheinander und dem Staub, setzte sich aber. Lena Bosko nahm neben ihr Platz.

Draußen klingelte das Windspiel.

»Ich muss, Kundschaft.« Helmut Wader zuckte mit den

Achseln. »Hoffen ma's, dass einer was kauft. Die Zeiten sind hart.« Er setzte sich den Turban wieder auf und ließ den Perlenvorhang hinter sich zufallen, es gab erneut ein raschelndes Geräusch.

»Wir müssen leise reden, damit wir Helmut nicht stören.« Lena Bosko griff zu der Thermoskanne. »Tee?«

Nirgends waren Tassen zu sehen. Agnes verneinte.

»Ich habe meine Jause nicht zu Ende gegessen, entschuldigen Sie.« Mit einem Handgriff wickelte sie die Wurstsemmel ein. »Aber ich hab auch nicht mit Besuch gerechnet.«

In ihrer Aussprache konnte Agnes nun den leichten Akzent hören. »Kommen wir direkt zur Sache, Frau Bosko.«

Die Frau nickte und lehnte sich zurück. Wieder fiel Agnes auf, dass sie weder überrascht noch in irgendeiner Weise verunsichert wirkte.

»Hilda Valbilda, Frau Bosko.«

Ein halbes Lächeln zeigte sich auf Lena Boskos Gesicht. Es ließ sie jünger wirken. »Ach, Hilda. Ich konnte ihr Grüße von ihren Eltern ausrichten. Und von ihrer Schwester Therese.«

»Vor oder nach dem Tod von Therese Valbilda?«

Zum ersten Mal zeigte Lena Bosko Erstaunen. »Danach natürlich. Ich habe Therese nie kennengelernt. Nur eine Botschaft von ihr erhalten.«

»Von einer Toten?«

»Sehen Sie mich nicht so skeptisch an. Hatten Sie nie den Wunsch, mit jemandem zu sprechen, der unsere Welt verlassen hat, ohne sich zu verabschieden? Ihr Großvater vielleicht?«

Agnes' Opa war gestorben, als sie fünf Jahre alt gewesen war. Sie erinnerte sich noch an seine Zauberkunststücke, die er immer für sie und ihre Schwester aufgeführt hatte. Trotzdem dachte sie nicht daran, sich von dieser Frau in irgendeiner Weise einnehmen zu lassen. Es war eine Tatsache, dass selbst ernannte Wahrsager, die vorgaben, hellzusehen oder mit den Toten kommunizieren zu können, einen guten Blick für Menschen hatten.

»Ich bin nicht wegen meines Privatlebens hier, Frau Bosko.«

Lena nickte. »Es tut mir leid, wenn sich Hilda von mir falsch beraten gefühlt hat. Sie wurde im Laufe unserer Gespräche immer trauriger, was ich gut verstehen kann. Sie zog sich zurück. Wir hatten uns nur ein einziges Mal über Therese unterhalten. Ich dränge mich nie weiter auf. Dann habe ich gehört, dass Hilda verstorben ist. Mehr kann ich dazu nicht sagen. Vielleicht noch, dass ich nie Geld für meine Dienste nehme. Also hätte niemand in Hildas Umfeld einen Grund, sich zu beschweren oder sich sogar bei der Polizei zu melden. Was ich zum Leben brauche, verdiene ich im Laden. Es ist nicht viel, aber ich bin bescheiden. Dort, wo ich herkomme, hatten wir noch weniger.«

»Woher stammen Sie?«

»Aus Podlužany, Bezirk Levice. Das liegt in der Slowakei.«

»Wie lange leben Sie schon in Österreich?«

»Oh, schon viel länger, als ich eigentlich bleiben wollte. Ich bin mit Ende zwanzig hergereist. Die Wachau ist mir zu einer zweiten Heimat geworden.«

»Warum Weißenkirchen?«

»Helmut.«

»Ihr Mann?«

»Nein. Wir haben nie geheiratet. Was in meiner Heimat ein Skandal gewesen wäre. Aber auch in Weißenkirchen haben die Nachbarn genug geklatscht, seit wir den Laden und unsere Wohnung nebenan haben. Alles winzig, doch der Mensch braucht nicht viel. Mit dem Kind war es oft zu eng, jetzt reicht es für Helmut und mich.«

»Sie haben ein Kind?«

»Längst erwachsen. Aber nicht von Helmut. Wir haben uns kennengelernt, als er auf einer Einkaufstour war. Damals waren es noch Kreuze, die die Menschen gekauft haben, in allen möglichen Variationen. Auch Heiligenbilder. Heutzutage möchten sie einen Buddha mitnehmen oder Räucherstäbchen. Am besten mit einer Flasche Wein aus der Wachau. Geist und Seele vereint, könnte man mit einem Augenzwinkern sagen.«

»Sie sind ihm hierher gefolgt?«

»Aus sehr persönlichen Gründen bin ich aus meiner Heimat fort. Ja.« Ihr Lächeln verschwand. »Obwohl ich unbedingt einmal zurückkehren wollte, ist nichts daraus geworden. Nun sitze ich immer noch in diesem Laden und diesem Büro, und die Jahre fliegen vorbei. Nein, ich will mich nicht beklagen. Weißenkirchen ist ein guter Ort zum Leben. Wir kommen zurecht, wie gesagt.«

Agnes stieß auf, wie viel und anscheinend offen Lena Bosko nun redete. Letztlich konnte diese Offenheit eine Strategie sein, die wichtigen Dinge unbemerkt außen vor zu lassen.

»Sie kommen viel herum, Frau Bosko. Melk, Krems, Salzburg.«

»In Melk war ich wegen Hilda. In Krems bin ich leider noch nie gewesen.«

Für einen Moment unterbrach Lena Bosko den Blickkontakt zu Agnes. Es konnte ein Zeichen einer Lüge sein.

»Was ist mit Salzburg?«

»Dort war ich, ja.« Wieder wanderten die Augen von Agnes weg zum Schreibtisch hin.

»Auch am Montag, dem 6. April? Auf der Festung?«

»Auf der Festung war ich Anfang des Monats das erste Mal. Ob es genau der Sechste war, weiß ich nicht mehr. Die Mozartstadt ist wunderschön.«

»Ihr Aufenthalt fand nicht aus Sightseeing-Gründen statt, nicht wahr? Es ging um Frau Schlager.«

Lena Bosko überlegte eine Weile, dann kam das Lächeln wieder. Ihr Blick kehrte zu Agnes zurück. »Sie meinen die entzückende Mitzi.«

»Frau Bosko, Sie haben von diesem PC aus Frau Schlager über E-Mail kontaktieren lassen. Von wem? Herrn Wader? In dem Text haben Sie sie auf die Festung in Salzburg bestellt, und Sie waren bereits vor Ort. Dreimal das gleiche Schreiben in kurzen Abständen. Ziemlich ungewöhnlich und fast schon überfallsartig, finde ich.«

»Drei ist eine Glückszahl. Ich selbst habe die Mails vor meiner Abreise geschrieben. Helmut weiß nichts darüber. Er hätte es nicht gut gefunden. Ich habe ihm schon vor langer Zeit versprochen, meine Fähigkeit nicht mehr anzuwenden. Es hat mir nur böse Nachreden eingebracht.«

»Sie haben Ihr Versprechen wohl nicht eingehalten.«

»Hilda war eine Ausnahme.« Sie zögerte, lächelte breiter. »Mitzi auch. Ich bin also zweimal rückfällig geworden, könnte man sagen.«

»Die E-Mails wurden von Ihnen zeitversetzt abgeschickt?«

Lena Bosko blinzelte. »Ja.«

»Weshalb haben Sie das getan? Viel Aufwand für ein paar jenseitige Grüße, finden Sie nicht? Warum diese ganze Inszenierung?«

»Es war übertrieben, zugegeben. Am liebsten spreche ich die Menschen persönlich an. Deshalb auch der Vorschlag zu einem Treffen.«

»Frau Schlager hätte an diesem Tag, zu dieser Zeit überall sein können. Auf der Arbeit, auf Urlaub. Was hat Sie so sicher gemacht, dass Sie sie erreichen würden?«

»Nichts. Es war nur ein Versuch, weil ich einen Ausflug nach Salzburg geplant hatte. Zufall oder Fügung.«

»Auch daran glaube ich nicht. Woher hatten Sie die Namen von Hilda und Mitzi? Auch aus dem Geisterreich?«

»Mir ist bewusst, dass Sie nicht zu denen gehören, die an ein Leben nach dem Tod glauben. Dennoch versichere ich Ihnen, es gibt eines.«

»Das beantwortet keine meiner Fragen.«

Der Perlenvorhang bewegte sich, und Helmut Wader tauchte auf. »Alles in Ordnung, Lena? Frau Inspektor? Fall geklärt?«

Agnes stand auf. »Herr Wader, ich muss mit Frau Bosko noch einiges bereden. Wären Sie so freundlich, uns weiterhin allein zu lassen?«

Er runzelte die Stirn. »Wenn ich an der Kassa steh, hör ich so gut wie nix. Reicht Ihnen das?«

Es gab keine Möglichkeit, seine Aussage zu überprüfen, und Agnes wollte unbedingt weitermachen. »In Ordnung, Herr Wader, tun Sie das.«

Wieder raschelten die Perlen.

Agnes blieb stehen. »Kommen wir auf Frau Schlager zurück.«

Lena Bosko hatte in der Zwischenzeit zwei Tassen auf den Tisch gezaubert und schenkte aus der Thermoskanne ein.

»Bitte, nehmen Sie doch Tee. Er ist heilsam.«

»Wofür?«

»Für alles Mögliche, was Sie quälen mag.«

»Mich quält nichts. Fahren Sie fort.«

»Wie gesagt, ich hatte eine Botschaft für Mitzi von Hilda.«

»Noch einmal: Wer hat Ihnen die Mailadresse von Frau Schlager gegeben? Wer hat Ihnen gesagt, dass sie in Salzburg zu Hause ist?«

»Ich konnte sie im Internet finden. Auf einem der Portale hatte ich Glück, und sie schien namentlich auf. Als Korrektorin. Ich bin zwar ein wenig zu alt für die neuen Medien, aber etwas Erfahrung habe ich. Für den Laden bestelle ich übers Internet. Ich weiß, wie man sucht. Dort steht auch, dass sie in der Mozartstadt lebt, deshalb schien es mir passend, sie auf die Festung einzuladen.«

»Machen Sie das öfter? Wildfremde Leute anschreiben und sie zu einem Treffen bestellen?«

»Früher schon. Heute haben die Skepsis und auch die Aggressionen mir gegenüber zugenommen. Hilda und Mitzi waren Ausnahmen. Das sagte ich doch schon. Bitte, glauben Sie mir.«

»Warum überhaupt Mitzi?«

»Hilda hatte mich –«

»Frau Bosko, lassen wir das Übernatürliche weg. Hilda Valbilda und Maria Schlager haben sich nur ein einziges Mal gesehen. Sie waren keine Freundinnen. Therese Valbilda ist bei einem Feuer umgekommen. Brandstiftung. Bei Maria Schlager ist ebenfalls ein Feuer ausgebrochen. Die Polizei in Krems und Salzburg hat die Fälle zusammengelegt. Nun versuche ich, Ihre Rolle bei diesen Geschehnissen zu definieren. Sie werden die Tage offiziell vorgeladen werden bei der Kremser Polizei.

Noch mal von vorne: Wenn alles so wunderbar ablaufen sollte, warum haben Sie dann Ihre E-Mail-Adresse anonymisiert?«

Lena Bosko nahm einen Schluck Tee. Sie lehnte sich wieder zurück, aber diesmal war ihre Entspannung gespielt, das konnte Agnes mühelos erkennen.

Die Perlen wurden nach oben und zur Seite geschoben, Helmut Wader kam diesmal mit Schwung herein.

»Herr Wader, ich hatte Sie gebeten, uns allein zu lassen.«

»Ich möchte nicht, dass sich Lena weiter dazu äußert, Frau Inspektor.«

Er trat neben die Couch, den Turban zwischen den Händen. Seine Halbglatze glänzte gelblich im Licht des Hinterzimmers. Er musste doch gelauscht haben.

»Haben Sie mir vielleicht mehr zu erzählen als Ihre Lebensabschnittsgefährtin?« Agnes verschränkte die Arme.

»Bitte, Helmut, lass gut sein.« Lena Bosko faltete die Hände. »Es war abzusehen, dass einmal jemand kommen wird. Dazu muss man keine hellseherischen Fähigkeiten haben. Es ist gut. Wir werden zurechtkommen. Mach dir um uns keine Sorgen.«

»Wer, wir?« Agnes schaltete sich dazwischen.

Der Ladenbesitzer atmete schwer. »Nein, Lena. Kein Wort mehr. Bitte gehen Sie auf der Stelle, Frau Inspektor. Oder haben Sie einen Durchsuchungsbescheid?«

»Nein. Aber ich werde wiederkommen. Und das nicht allein.«

»Ich laufe nicht weg.« Lena Bosko sah zu Agnes hoch. »Ich warte hier.«

»Frau Bosko. Warum nicht sofort? Erzählen Sie mir, was es mit den E-Mails und mit Ihren Begegnungen mit Hilda und Mitzi auf sich hat.«

Helmut Wader machte einen Schritt nach vorn und stellte sich vor seine Lebensgefährtin. In dem kleinen Raum wirkte er ziemlich groß. »Noch einmal: Gehen Sie. Sofort. Lena verweigert die Aussage ohne einen Anwalt.«

11

Vom Laden in Weißenkirchen aus fuhr Agnes nach Krems ins Polizeirevier. Per Handy hatte sie ihr Kommen bei Hauptmann Petra Hammerl angekündigt – mit dem Zusatz, dass es dringend sei.

Das Wetter wurde umso schlechter, je näher Agnes ihrem nächsten Ziel kam. Der blaue Himmel hatte sich hinter aufgetürmten dunklen Wolkenbergen versteckt, und der Wind nahm zu. Das angekündigte Sturmtief zog über Niederösterreich herein. Laut der aktualisierten Wetteransagen sollte es gegen Abend seinen Höhepunkt im Gebiet der Wachau erleben. Für Krems wie auch für die umliegenden Ortschaften wurden immer neue Sturmwarnungen übers Radio verbreitet. Den Anwohnern riet man, wenn möglich zu Hause zu bleiben.

Agnes fuhr an Obstplantagen vorbei, deren Baumkronen sich hin und her bewegten. Massenhaft Blüten, aber auch kleine Äste wirbelten durch die Luft, noch gab es keinen Regen. Als Agnes das Polizeirevier eine knappe Viertelstunde später erreichte und ausstieg, spürte sie die Kraft in den Windböen, die ihre Haare und ihre Kleidung aufbauschten.

Im Polizeirevier erwarteten sie Petra Hammerl und Abteilungsinspektor Loos. Inspektor Eberwert stieß fünf Minuten nach Agnes dazu.

Agnes schilderte die Neuigkeiten. Sie fing mit ihrem Besuch bei Vera Valbilda in Köln an, kam dann auf die Spekulationen von Rechtsmediziner Harro deNärtens zu sprechen. Hauptmann Hammerl war sofort von den Ideen angetan. Schließlich kam Lena Bosko an die Reihe. Als Agnes erwähnte, wie sie zu der Adresse in Weißenkirchen gekommen war, hob Petra Hammerl allerdings die Augenbrauen.

»Dieser Detektiv? Unter der Hand?«

»Wir können jede Hilfe gebrauchen, Petra, finde ich.«

»Trotzdem nicht korrekt, wenn wir es in die Beweisführung

aufnehmen. Das kann uns um die Ohren fliegen und am Ende vielleicht sogar eine Verhaftung verhindern.«

»Ich weiß, Petra. Trotzdem stehe ich zu meiner Entscheidung. Sie hat uns viel schneller vorangebracht. Du weißt doch nur zu gut, wie lange es offiziell dauern kann.«

»Das is die einzige Entschuldigung, die ich überhaupt gelten lasse. Formulieren wir es offiziell so, dass sich Brecht bei dir gemeldet und von sich aus recherchiert hat, Agnes. Eine bessere Lösung fällt mir im Moment nicht ein. Und ich will auf keinen Fall, dass dein gut gemeintes Beschleunigungsverfahren uns Probleme macht. Sprich dich mit ihm ab.«

»Ich bin mir sicher, dass er sein Okay gibt.«

»Geht das auch für euch in Ordnung, im Rahmen der Umstände?« Hauptmann Hammerl sah ihre Kollegen an. Keiner erhob Einspruch. »Dann konzentrieren wir uns zuerst einmal auf die nächsten Schritte.«

Herbert Loos schüttelte den Kopf. »Heute bei dem Wind geht nix mehr.«

»Das Sturmtief is über Nacht vorbei.« Petra Hammerl klopfte auf den Tisch. »Morgen holen wir uns einen Durchsuchungsbescheid für Hilda Valbildas Wohnung. Soweit ich weiß, steht sie immer noch leer. Dieser Lena Bosko statten wir ebenso einen Besuch ab. Machen ein wenig mehr Druck, als Agnes es jetzt konnte. Wo waren sie und ihr Lebensgefährte überhaupt in der Nacht der Brandstiftung? Ich gebe Agnes vollkommen recht, es is seltsam, dass sie nichts mehr ohne Anwalt sagen soll. Das kennen wir schon. Eine Gegenüberstellung mit unserem Verdächtigen wäre auch interessant. Noch haben wir Tobias Mundi in Gewahrsam.«

»Wäre auch eine Durchsuchung dieses Pallawatsch-Ladens möglich?«, fragte Agnes nach.

»Das hängt von dem ab, was wir weiter herausfinden. Wenn nötig, krieg ich es durch. Ein voller Tag wird das morgen, endlich tut sich wieder was, das gefällt mir. Bleibst du über Nacht, Agnes?«

Agnes sah nach draußen. Laut Wetterbericht stand das

Schlimmste noch bevor. Gern hätte sie bejaht und sich in einem Hotel einquartiert.

»Nein, Petra, ich will nach Kufstein. Wenn ich jetzt aufbreche, fahre ich dem Regen davon. Für Tirol hat es keine Warnungen gegeben.« Hamster Jo gab den Ausschlag, aber dieses Argument würde Agnes nicht laut aussprechen.

»Nicht dein Ernst? Über drei Stunden Fahrt liegen vor dir.« Herbert Loos machte große Augen. »Morgen willst du wieder hierher?«

Agnes winkte ab. »Alles gut. Ich flitze hin und eben morgen wieder zurück. Das geht.«

»Du kannst auch in meinem Gästezimmer übernachten.« Petra Hammerl warf ihr ebenfalls einen erstaunten Blick zu.

»Oder in meinem. Sturmschauen mit einem Glaserl Wein in der Hand. Romantisch.« Der Vierte in der Runde, Inspektor Eberwert, äußerte sich zum ersten Mal, seit er zur Besprechung erschienen war.

Alle sahen ihn verdutzt an, und er errötete.

Agnes passierte Amstetten und fuhr auf der A 1 weiter Richtung Linz. Bisher lief es gut, obwohl das Wetter eher schlechter als besser wurde.

Den heutigen Abend würde sie zu Hause verbringen, entspannen und sich eine Portion Spinatknödel einverleiben, die seit Langem im Gefrierfach auf ihren Verzehr warteten. Agnes' Mutter hatte sie bei ihrem letzten Besuch mitgebracht. Ein Hauch von Lust auf eine Zigarette tauchte in ihrem Kopf auf, doch Agnes würde widerstehen. Sie klopfte sich wieder einmal selbst auf die Schulter.

Nach dem Abendessen würde sie Mitzi in der Klinik anrufen und ihr von dem Zusammentreffen mit der weißen Frau erzählen. Ihr zu schildern, dass die angebliche Botschafterin der Toten die Buchhaltung in einem Krimskramsladen machte, bereitete Agnes eine winzige Schadenvorfreude.

Lena Bosko.

In der Unterhaltung mit ihr hatte es Ungereimtheiten gegeben und ein paar Sätze, die Agnes beschäftigten. Sie begann, das Gespräch Revue passieren zu lassen, doch im nächsten Moment meldete sich ihr Smartphone. Es war Axel Brecht.

Irgendwie passten die Spinatknödel zu dem Privatdetektiv mit dem dunklen Vollbart. Unter anderen Umständen hätte sie ihn vielleicht dazu eingeladen. Abgesehen von der Entfernung konnte sie sich gut vorstellen, dass er sofort angenommen hätte.

»Hey, Axel.«

»Hallo, Agnes.«

Sie hörte ein Knistern über die Freisprechanlage.

»Bist du gut nach Hause gekommen?«

»Gestern ja. Heute haben dein Sohn und seine Info mich durch die Lande getrieben.«

Die Verbindung war nicht die beste, Axels Worte rissen ab.

»Die ... Fre...«

»Ich kann dich schwer verstehen, Axel. Ich bin auf dem Weg nach Kufstein. Was gibt es? Bist du inzwischen in Salzburg gelandet?«

»Ja. Bin ich.«

»Axel?« Es rauschte. »Hallo?«

»Deine Freundin Mitzi, Agnes.«

»Warst du bei ihr?«

»Nein. Ich bin vom Flughafen ins Hotel und habe mich telefonisch nach den Besuchszeiten erkundigt, ob ich abends noch zu ihr kann.«

»Und?«

»Sie ist anscheinend nicht mehr im Krankenhaus.«

»Bitte wie?«

Eine Raststätte kam. Agnes blinkte und fuhr ab. Sie stellte sich auf einen der Parkplätze.

»Hallo, Axel, bist du noch dran?«

Das Knistern in der Verbindung legte zu. Agnes nahm das Handy ans Ohr.

»Agn... ja, ich bin dran. Aber –«

»Axel! Hast du gesagt, dass Mitzi nicht mehr in der Klinik ist?«

»Zumindest laut Auskunft am Empfang.«
»Bist du dir sicher?«
»Mehr Informationen hat man mir nicht gegeben. Es ... w... Soll i... noch einmal?«
Die Verbindung brach ab.
Agnes versuchte, sich nicht aufzuregen, sich nicht zu ärgern und sich auch keine Sorgen zu machen. Sie tippte Mitzis Nummer an, die Verbindung wurde aufgebaut, es ertönte jedoch kein Freizeichen. Das gleiche Spiel beim zweiten Versuch.
»Mist.«
Während sie nach der Nummer der Universitätsklinik für Psychiatrie suchte, zählte sie harmlose Gründe auf, warum Mitzi von dort verschwunden sein mochte. Sie konnte entlassen worden sein. Oder war verlegt worden, zurück in das normale Krankenhaus wie am Anfang. Ein Missverständnis war genauso möglich, eine Namensverwechslung, Maria Schlager war öfter im Telefonverzeichnis zu finden, es konnte zwei davon in einem großen Klinikum geben.
Endlich ein Freizeichen. »Univer... Christian-Doppler-Klin... grüß G...« Zerrissene Wortfetzen waren zu hören, es war zum Haareraufen.
»Mein Name ist Agnes Kirschnagel. Inspektorin Agnes Kirschnagel. Es geht um eine Ihrer Patientinnen. Maria Schlager.«
»Soll ich Sie verbind...?«
»Ja!«
Agnes atmete auf. Es klingelte. Immer und immer wieder.
»Universitätsklinik für Psychiatrie, Psychotherapie und Psychosomatik, Christian-Doppler-Klinik, grüß Gott.«
»Ja, hier Agnes Kirschnagel. Ich wollte mit Frau Schlager sprechen. Aber sie hebt nicht ab.«
»Warten Sie bitte.«
Mozartmusik setzte ein. Unterbrochen vom Knistern. Agnes trommelte mit den Fingern der freien Hand auf das Lenkrad.
»Hallo?«

»Ja, ich bin dran. Was ist los?«

»Frau Schlager ist nicht auf ihrem Zi…«

»Könnten Sie noch einmal nachsehen? Ich bin von der Polizei, und es ist wichtig.«

»Tut mi…«

Ende des Gesprächs, Agnes fluchte. Als Nächstes scrollte sie zu Freddys Nummer. Hier ging nur die Mailbox an.

In der Sekunde kam eine Textnachricht herein. Agnes traute ihren Augen nicht, sie war von Mitzi.

Ein Satz, mit dem Agnes auf den ersten Blick nichts anfangen konnte, und eine Ortsangabe, in der Wachau, in Weißenkirchen. War das zu fassen?

Agnes drückte in ihrer aufkommenden Verzweiflung auf Rückruf.

»Agnes?«

Mitzi war mit einem Mal in der Leitung. Agnes schnappte nach Luft. »Gott sei Dank, Mitzi! Wo bist du? Was machst du?«

Ein Knistern im Hintergrund wurde zu einem Rauschen.

»Agnes, ich hör dich kaum.«

»Du bist aus dem Krankenhaus raus.«

»Agnes, ja, weil ich weiß, wer die echte Hex is.«

»Ich auch. Mitzi. Die Polizei in Krems ist an Lena Bosko dran. Wo auch immer du bist, dreh um, geh nach Hause oder zurück in die Klinik.«

Es piepte in Agnes' Ohr. Mitzi war nicht mehr in der Leitung.

»Kruzifix!« Agnes schüttelte ihr Smartphone, als ob das etwas helfen würde. Sie versuchte es erneut.

»Agnes!«

»Mitzi, hast du mich verstanden? Wir sind an der weißen Frau dran. Lena Bosko, in Weißenkirchen. Weißenkirchen, verstehst du? Du sollst nichts mehr unternehmen. Sie hat dir die E-Mails geschickt und war auf der Festung. Deine Beschreibung hat geholfen.«

Rauschen, Knacken. Mitzi wie ganz aus der Ferne: »Ich hab's dir geschrieben.«

»Mitzi!«

Keine Antwort. Die nächsten Versuche, Mitzi anzurufen, schlugen fehl. Dafür klatschten die ersten Tropfen gegen die Windschutzscheibe. Agnes las noch einmal Mitzis Nachricht.

Ein Satz, eine Ortsangabe.

Hamster Jo wartete in Kufstein. Allerdings im Trockenen. Mitzi war im Sturmtief unterwegs.

Jo oder Mitzi. Hamster oder Freundin.

Agnes schlug mit der Handfläche auf das Armaturenbrett. »Herrgottsakra, tut das weh!«

12

Der aufkommende Sturm zerrte an Mitzi. Auch an ihrem Mut, denn mit einem Mal war sie sich nicht mehr so sicher, ob es eine gute Idee gewesen war, allein hierherzukommen.

Sie war in Krems in eine Regionalbahn umgestiegen, hatte in Weißenkirchen mit der Rollfähre die Donau überquert und war ab der Fähranlage St. Lorenz zu Fuß weitergelaufen.

Während sie unterwegs war, hatte sich das Wetter zunehmend verschlechtert. Schon auf dem Fluss war der Wellengang hoch gewesen, und über Lautsprecher hatte man den Reisenden mitgeteilt, dass der Fährbetrieb eingestellt werde und dies die letzte Fahrt des Tages sei. Auf dem weiteren Weg war die Navigation auf ihrem Smartphone immer wieder ausgefallen. Die angezeigte Karte flackerte, und die Streckenangabe fror ein.

Mitzi sah sich um.

Das angepeilte Ziel schien im Nirgendwo zu liegen, zwischen Äckern und Rebenfeldern. Sie lief an der Bundesstraße entlang und sah sich jedes Haus, das sie passierte, genauer an.

Keine der Nummern stimmte.

Nach einem Weingut, einer Weingärtnerei und einem Restaurant zeigte ihr die Karte an, dass sie am Zielpunkt bereits vorbei war. Mitzi drehte um und ging die Straße zurück. Die Angaben konnten genauso gut falsch sein. Vielleicht hatte die Hex Mitzi hereingelegt, um sich in der Zeit aus dem Staub zu machen.

Die Wolken am Himmel ballten sich zusammen, und es wurde zusehends düster. Sie sollte sich in dem Restaurant niederlassen und das Sturmtief aussitzen.

Schließlich blieb sie an einem Feldweg stehen. Hier musste es sein. Weiter hinten begann ein Waldstück, an dessen Rand ein Wagen parkte. In weiterer Ferne war ein Steinhaus zu sehen.

Mitzi konzentrierte sich wieder auf ihr Handy. Die Balken der Signalanzeige waren allesamt wieder dunkel. Kein Empfang. Trotzdem tippte sie ihre Nachricht an Agnes ein und drückte auf »Senden«.

Als ihr Smartphone doch einen Klingelton von sich gab, zuckte sie zusammen. Agnes' Gesicht erschien am Display, und Mitzi nahm den Anruf sofort an.

»Agnes?«

»Gott sei Dank, Mitzi! Wo bist du? Was machst du?«

»Agnes, ich hör dich kaum.«

Agnes hörte sich Lichtjahre entfernt an. Der Dialog lief zerhackt durch den Äther und ergab keinen Sinn.

Beim zweiten Anlauf das Gleiche. Mitzi brüllte gegen den Sturm in ihr Handy. »Ich hab's dir geschrieben.«

Knacken und Rauschen. Keine Verbindung mehr.

Immerhin hatte sie zumindest kurz Kontakt zu Agnes aufnehmen können. Die Nachricht von ihrem Standort hatte sie gesendet, auch ihre neue Erkenntnis durchgegeben. Jetzt konnte sie nur zuwarten.

Sie entschloss sich, ihre Idee von eben aufzugreifen und ins nächstgelegene Gasthaus zu wandern. Eine extrem starke Böe trieb eine Menge Marillenblüten vor sich her und auf Mitzi zu. Mitzi streckte die Hände nach oben, um ein paar davon einzufangen.

»Da schau her«, sagte eine Stimme hinter Mitzi.

Mitzi wirbelte herum. Die Hex war da. Sie wiederzusehen verschlug Mitzi die Sprache.

»Ich hab dich schon länger beobachtet. Hinten vom Waldrand aus.« Die Hex zeigte über das Feld in Richtung des Steinhauses. »Ich wusste, dass du schnurstracks hierherkommst. Wie ein saublöder Hund, den man mit Leckerlis anlockt.«

Mitzi schluckte und fasste sich. »Die Polizei is unterwegs.«

Die Hex lächelte und sah sich um. »Ich seh keinen. Kein Blaulicht, keine Sirene. Niemand is gekommen. Außer dir, stimmt's? Du bist deppert genug, allein hier aufzutauchen, auch das war mir klar. Abgesehen davon, was willst du der Polizei sagen: Hier steh ich auf einem Feldweg neben der Bundesstraße mitten in einem Sturmtief einer Mörderin gegenüber? Lächerlich. Es gibt keine Beweise, Mitzi. Nichts. Keine Zeugen. Oh, nicht ganz richtig. Außer dir natürlich, die mir nachspioniert hat.«

»Hab ich gar nicht.«

»Das glaube ich dir sogar. Du bist nur wie ein Zeck, der sich auf sein Opfer fallen lässt und festsaugt. Ohne Hirn und Verstand.«

»Meine Freundin is eine Inspektorin. Sie wird dich verhaften.«

Die Hex lachte. »Mitzi, du lügst. Böses Mädel.«

»Nein, du bist bös. Das is mir klar geworden. Mir is die Ähnlichkeit durch den Kopf geschossen zwischen dir und der weißen Frau. Ich habe überlegt: Was, wenn es zwei sind? Was, wenn Hilda mit ihrer Bezeichnung der weißen Frau als Hex gar nicht die wahre Hexe gemeint hat? Und ich es nur falsch verstanden hab? Das war der Jackpot.«

Die nächste Windböe kam mit einer solchen Wucht, dass Mitzi einen Schritt nach vorn machen musste, um das Gleichgewicht zu halten. In der nächsten Sekunde hatte die Hex ihren Standort gewechselt, war wieder hinter Mitzi und packte sie an den Schultern. Sie zog ihr die Oberarme nach hinten, sodass Mitzi keine Möglichkeit mehr hatte, auszureißen und die Flucht anzutreten. Ihr Rucksack wurde gegen ihren oberen Rücken gepresst.

»Du tust mir weh.«

»Du hast mir wehgetan, Mitzi. Du hast dich eingemischt mit deiner penetranten Art.« Mitzi konnte die Lippen der Hex an ihrem Ohr spüren. Sie bewegten sich und hinterließen ein Kitzeln.

»Hör mir einmal zu: Der Welterbesteig Wachau ist eine der schönsten Wanderstrecken Österreichs. Hast du das gewusst, Mitzi? Hundertachtzig Kilometer auf den Spuren der Geschichte durch das Welterbe Wachau. Der Höhenweg führt über schöne Aussichtspunkte und an vielen historischen Bauten vorbei durch das Weinbaugebiet. Der mittelschwere Wanderweg führt ohne besondere Schwierigkeiten durch die besten Weinlagen Österreichs.«

»Was redest du denn?« Mitzi versuchte, sich zu befreien, doch der Griff an ihren Oberarmen wurde fester.

»Die schönste Zeit für die Tour reicht von Mai bis Oktober, der Weg ist aber bei wenig Schnee auch im Winter machbar. Im Frühling haben die erwachende Natur und die austreibenden Knospen an den Marillenbäumen einen besonderen Reiz. Von Krems aus geht's los, ein wichtiges Etappenziel ist Weißenkirchen. Bist du dort aus der Bahn ausgestiegen?«

»Bitte, lass los.«

»Bist du mit der Fähre über die blaue Donau gefahren? Ja? Wunderschön, nicht? Selbst bei dem schlechten Wetter. Das hier ist der perfekte Standort. Man muss nur das Geld haben, um zu investieren.«

Die Hex drückte noch fester zu und begann dabei leise zu singen. »›Da draußen in der Wachau, die Donau fließt so blau …‹ Kennst du das Liederl? Nein? Vielleicht verstreue ich deine Asche über dem Wasser. Würde dir das gefallen?«

Mitzi trat nach hinten aus, ihre Ferse ging jedoch ins Leere.

»Lass es, Mitzi, deine Gegenwehr bringt nichts. Gib mir lieber dein Handy. Deinen Rucksack. Alles Zeug, das du nicht mehr brauchst.«

Mitzi spürte, wie ihr die Tränen kamen, die ihr der Wind sofort wieder aus dem Gesicht blies. Erste Regentropfen klatschten auf ihren Kopf.

Sie begann zu ziehen und zu strampeln. Plötzlich ließen die Hände ihre Oberarme frei. Mitzi fiel durch den Schwung nach vorn und nach unten auf die Knie. Es brannte auf ihrer Haut. Mit Schwung stand sie wieder auf.

Gib auf, die Polizei is schon unterwegs, wollte sie sagen und sich umdrehen. Der Hex noch einmal in die Augen schauen. In Mitzis Vorstellung endete hier der letzte Akt der Hexenjagd.

Doch der Schlag gegen ihren Hinterkopf kam ihr zuvor. Dass es einer der Steine war, die auf dem Feldweg lagen, konnte sie nicht sehen. Sie hatte auch keine Chance, dem Schlag auszuweichen. Mit einem Seufzen ging sie zu Boden.

Dreizehn

Als Mitzi das Bewusstsein wiedererlangte, brauchte sie länger als eine Minute, bis ihr klar wurde, dass sie die Augen schon längst offen hatte. Das lag daran, dass es um sie herum völlig dunkel war. Dazu kam das Geräusch von Trommeln.

Wo war sie? In einem Dschungel? Bei Nacht?

Sie versuchte sich zu orientieren, wo oben und unten war. Sie lag auf der Seite. Bei dem Versuch, die Arme auszustrecken, stieß sie am Ende gegen eine harte Begrenzung. Es gab ein dumpfes Geräusch, das sie an das Schließen einer Autotür erinnerte. Sie zuckte zurück, zog automatisch die Knie hoch.

Nein, im Freien lag sie definitiv nicht.

Leichte Panik kam in ihr hoch.

Ihr Hirn rekonstruierte die letzten Geschehnisse vor dem Blackout. Es war keine Ohnmacht und kein Unfall gewesen, sondern etwas hatte sie am Hinterkopf getroffen. Jemand hatte sie zusammengeschlagen.

Die echte und einzige Hex war es gewesen.

Mitzi schluckte. Ihre Kehle war trocken. Wo war sie? In welches dunkle Kellerloch hatte sie die Hex verschleppt? Und wer war der Trommler, der wie ein Besessener zu spielen schien?

Ihr Atem stockte, als sie an einen Film dachte, in dem der Hauptdarsteller in einen Holzsarg eingeschlossen worden war, unter der Erde, auf einem Friedhof. Diese Vorstellung verbannte sie augenblicklich weit nach hinten in ihrem Kopf. Nichts imaginieren, was die Angst, die sie empfand, noch vergrößerte.

Nein, in einem Sarg war sie auf keinen Fall, denn sie hatte die Hände ein gutes Stück weit nach vorne bringen können, bevor sie auf Widerstand getroffen waren. Dazu war um sie herum definitiv zu viel leerer Raum.

Sie streckte wieder die Arme aus. Beide. Denn sie konnte

die linke Hand nicht von der rechten trennen, wie ihr jetzt erst bewusst wurde. Ihre Handgelenke wurden eng zusammengepresst.

Mitzi war gefesselt.

Sie stöhnte auf. Es fühlte sich wie eine feste Schnur aus Plastik an. Eine Wäscheleine, mutmaßte sie. Wie aufs Stichwort nahm sie nun erst den Schmerz wahr, die Fesseln schnitten in ihre Haut.

Ein neuer Versuch. Diesmal bewegte sie sich vorsichtiger, aber der Effekt war der gleiche. Die Finger stießen gegen etwas Hartes. Klonk, ein wenig wie in einem Comic.

Sie versuchte es mit dem linken Bein, streckte es von sich und kam auch hier schnell an die Barriere. Immerhin waren ihre Füße frei. Wo war sie bloß?

Die nächsten Atemzüge wurden ohne ihr Zutun hektischer. Gleich würde sie wieder das Bewusstsein verlieren.

Nein!

Bloß nicht aufgeben.

Mitzi drehte sich mit einem nächsten Ächzen auf den Rücken und suchte nach der Begrenzung über ihr. Der Anschlag kam früh, sie hatte noch nicht einmal die Ellbogen ausgestreckt.

Diesmal ließ sie die Hände oben und versuchte mit den Fingern die Wand ihres Gefängnisses abzutasten. Leicht gewölbt und hart. Ein paar Zentimeter seitlich meinte sie, einen weicheren Rand zu spüren. Weiter unten einen harten Klumpen. Kalt und metallen. Ein Schloss.

Ein Geräusch ließ sie innehalten. Sie lauschte. Es war ein Motor, der startete. Unter ihr. Direkt. Die Vibrationen drangen durch ihren gesamten Körper.

Sie war in einem Auto. Im Kofferraum.

Ein wenig Erleichterung stellte sich ein. Jetzt konnte sie auch das trommelnde Geräusch einordnen. Es hatte zu regnen begonnen, bevor sie in die Schwärze gefallen war, nun musste es schütten. Sie erinnerte sich an den geparkten Wagen am Waldrand. Wie viel Zeit war vergangen?

Die Entspannung dauerte nur Sekunden, denn – die nächste Schreckensphantasie kam hoch – was, wenn das Auspuffrohr verstopft worden war, damit sie langsam erstickte?

Verbissen zwang sie sich, endlich die Katastrophengedanken sein zu lassen. Sie roch keine Abgase, ihr Körper wurde sanft durchgeschaukelt. Das Auto fuhr.

Sie robbte Zentimeter um Zentimeter vorwärts. Der Wagen stoppte abrupt, und sie knallte mit dem Kopf gegen die vordere Begrenzung. Es tat ziemlich weh. Sie winkelte die Arme an. Als sie Stirn und Schädel vorsichtig abtastete, spürte sie auch am Hinterkopf eine feucht verklebte Stelle. Es gab einen heftigen Stich bei der Berührung. Dort hatte der Schlag sie getroffen. Eine Gehirnerschütterung war nicht ausgeschlossen.

Die Fahrt wurde fortgesetzt. Lichtfetzen kamen in unregelmäßigen Abständen durch die Ritzen. Das Tempo wurde gleichmäßiger. Wohin sie wohl unterwegs waren?

Vielleicht hätte der Schlag sie viel länger ausknocken sollen und nur dank ihres steirischen Sturschädels war sie früher erwacht. Die Idee gefiel ihr. Damit schaffte sie es, die Panik vollends zurückzudrängen.

Sie war am Leben und wieder bei sich.

Mitzi tastete nach der Verriegelung. Doch sie schaffte es nicht, sie mit bloßen Fingern zu öffnen. Was auch gut war, denn aus einem fahrenden Wagen zu springen war kein Kinderspiel. Selbst Mitzi mit all ihren gespeicherten Filmszenen war bewusst, dass eine solche Aktion in der Realität tödlich enden konnte. Also verhielt sie sich eine Weile ruhig und gab sich dem Wiegen der Fahrt hin.

Bis zu dem Moment, in dem sie ein zweites Mal nach vorn rollte und wieder mit dem Kopf gegen das Schloss an der Heckklappe stieß.

»Aua.« Mitzi sah helle Sterne vor ihren Augen aufblitzen, die explodierten und erst nach und nach verschwanden.

Keine Fahrgeräusche mehr. Der Wagen hatte angehalten. Eine Autotür wurde zugeschlagen.

Sie waren am Ziel.

Mitzi ballte die Finger zu Fäusten und zog die Knie an. Sie würde boxen, spucken und treten, sobald der Kofferraum offen war.

Doch es passierte erst mal nichts.

Vom Motor war ein Ticken zu hören, sonst war es auffallend still. Der Regen hatte entweder aufgehört, oder das Auto stand in einer Garage. Was jetzt? Wie weiter?

Sie hievte sich noch einmal um die eigene Achse und begann, die hintere Seite ihres Gefängnisses zu erkunden. Die Rückbank in einem Auto konnte man nach vorne klappen. Wenn ihr das gelang, würde sie sich herauswinden können.

Bevor sie zu der Aktion ansetzte, waren von außerhalb Schreie zu hören. Allerdings kein Wehklagen und keine Schmerzenslaute. Es war eindeutig Wutgeschrei.

Das machte Mitzi mehr Angst als die Fahrt und alles, was davor geschehen war.

IV.
HackebeilFinale

– *Hallo, Benni. Ich bin's, deine Schwester Mitzi.*

Das Grab der Familie Schlager am St.-Peter-Stadtfriedhof in Graz ist ein Doppelgrab mit der Nummer 442. Man erreicht es am besten vom hinteren Eingang aus, eine Hofer-Filiale und ein McDonald's sind links und rechts zu finden.
  Das Grab liegt in der Mitte eines der Friedhofswege und ist umringt von drei Bäumen. Zwei Tannen und eine Buche stehen dort. Viele Vögel halten sich im Geäst auf. Deshalb ist der Grabstein oft verschmutzt. Dafür zwitschern die gefiederten Freunde den ganzen Tag über wunderbar.

– *Zuerst hab ich gedacht, du bist wie ein Pupperl zum Spielen. Aber dann hast du geschrien. Und du hast gespuckt. Und du hast gegluckert und hast in die Hose gemacht. Die Mama hat sich ständig mit dir beschäftigt. Das fand ich gemein. Aber als du dich am Sessel hochgezogen und mir deine dicken Ärmchen entgegengestreckt hast, war ich verzückt. Nur für ein paar Sekunden, denn dann hab ich deine volle Windel gerochen. Igitt, hab ich gesagt. Ifitt, hast du geantwortet. Ifitt, Misi. Und jetzt? Jetzt würd ich die Welt dafür geben, wenn ich dich noch einmal riechen könnt, kleiner Bruder.*

1

Und da war sie wieder. Diese alles verschlingende Wut.
Die Hex musste sich ans Auto lehnen, es schwindelte ihr ob dieses übermächtigen Gefühls. Vor allem, wenn man ihr in die Quere kam und ihre Pläne vereiteln wollte, beherrschte der Furor das Denken.
Sosehr sie das Feuer genossen hatte, der Zorn in ihrem Inneren war stets kalter Natur. Ein Lodern aus eisigen Splittern. Wäre sie tatsächlich fähig gewesen, Hexenkräfte anzuwenden, hätte sie Menschen in Eisklumpen verwandelt, sie erstarren lassen in ewiger Kälte.
Man hatte ihr wehgetan, ihre Pläne zunichtegemacht, sie gedemütigt. Schlag auf Schlag. Nach dem Brand hätte es eigentlich besser laufen müssen, aber das Gegenteil war eingetreten. Die Zeit vor Ostern hatte aus einer Hiobsbotschaft nach der anderen bestanden. So viel mehr hätte sie in Schutt und Asche legen mögen, kaum hatte sie den irren Hass in sich zurückhalten können. Immer und immer weiter ins Dunkle hinein trieb man sie.
Mit Theres und ihren Vorurteilen hatte es begonnen. Über die Idee, aus dem aufgelassenen Gasthaus an der Bundesstraße wieder ein florierendes Ausflugslokal zu machen, hatte die Alte gelacht. Schallend gelacht. Über die Hex selbst hatte sie überhaupt nur Übles anzumerken gehabt.
»Eine von außerhalb«, hatte Therese ohne jeden Respekt gesagt, obwohl die Hex schon seit ihrem vierten Lebensjahr in der Wachau lebte. »Komm mir bloß nicht noch einmal mit der. Die is schlecht.«
Tobi hatte nur genickt, wie ein Wackeldackel genickt. Der Erbtante widersprach man nicht.
Sie selbst hatte einen roten Kopf bekommen, ob dieser Dreistigkeit, in ihrer Gegenwart solche Gemeinheiten loszulassen. Dort in dem Haus, in dem mit Nippes überladenen

Wohnzimmer, hätte sie vor der Alten die geplante Verlobung zwischen ihr und Tobi herausschreien sollen. Vielleicht hätte diese Tatsache das Herz dieser bösen Frau zum Stillstand gebracht, und nichts von all den weiteren Dingen wäre geschehen, außer dass Tobi geerbt und sie geheiratet hätten. Offiziell. Den anderen Schwestern hätte die Hex bei der Zeremonie den Stinkefinger gezeigt.

Sie erinnerte sich an den Abend, an dem Tobi ihr mitgeteilt hatte, dass seine Patentante unter dem Einfluss ihrer Schwestern überlegt hatte, das Testament zu ändern. Dass jedenfalls zu ihren Lebzeiten kein weiteres Geld mehr fließen würde. Aus mit den Zuwendungen. Wie geknickt und deprimiert Tobi gewesen war. Er hatte geheult wie ein geprügelter Hund, und sie hatte ihn noch getröstet.

Doch in ihrem Herzen hatte es zu brennen begonnen, und ihr war kalt dabei gewesen. Wobei Tobi am Ende versucht gewesen war, alles weiterlaufen zu lassen. »Die ändert ihren Letzten Willen nicht, wirst sehen«, hatte er gemeint. »Die wickle ich wieder um den Finger. Und zu weiterem Geld jetzt sofort kommen wir anderweitig. Ich krieg das hin. Ich hab schon eine Idee. Wir müssen bloß warten.«

Er war ein Narr und ein spielsüchtiger Depp, der sich höchstens vor einarmigen Banditen und in Pokerrunden als großer Gewinner aufspielte. Natürlich war aus dem Enkeltrick nichts geworden. Dabei lag die Schuld aber eindeutig bei Tobis Freund, der versagt hatte.

Noch in der Nacht, nachdem die Alte den Geldhahn zugedreht hatte, wusste sie, die Theres musste sterben.

Hatte sie bereits das Feuer im Sinn gehabt? Ja und nein. Totschlagen wäre ihr fast lieber gewesen, als Ausdruck des Hasses, den sie empfand. Aber es hätte gut sein können, dass sie gekniffen hätte. Auge in Auge mit Therese Valbilda hätte der Mut sie leicht verlassen können. Hinzu kamen all die Spuren, die man bei einem Totschlag hinterher beseitigen musste. Das Feuer war ohne Zweifel die bessere Alternative gewesen.

Und dann war es Hilda, die nicht lockergelassen hatte.

Hilda, die nicht mehr richtig im Kopf war und alles durcheinanderbrachte – und trotzdem hinterhältig genug, um über einen Anwalt eine Zivilklage gegen Thereses Testament einzureichen. Mit wenig Chancen auf Erfolg, doch die Abwicklung des Nachlasses hatte sich hinausgezögert, sodass ihre Bank die Sicherheit für den Kredit inzwischen längst eingefordert hatte. Die Zwangsräumung, gefolgt von der Zwangsversteigerung ihres eigenen Lokals, ihres Traums, stand vor der Tür. Die Hex war nun bald mittellos auf der Straße. Selbst die Miete für ihr winziges Dachzimmer in Melk würde sie nächsten Monat nicht mehr aufbringen können. Putzen gehen für fremde Leut, das blieb ihr noch. Wieder dienen und Freundlichkeit heucheln.

Aber sie würde nicht aufgeben. Niemals. Zeiten konnten sich ändern. Tobi zu verlassen wäre der nächste Schritt. Wenn er sie nicht gehen lassen wollte, würde sie ihm von der Spiritusflasche erzählen. Weg mit dem Fliegenschiss.

Davor gab es noch anderen Müll zu beseitigen: Mitzi.

Wer diese seltsame Frau war, war der Hex selbst jetzt noch unklar. Aus dem Nichts war sie aufgetaucht, mit ihrem blonden Bubikopf, den grünen Augen und dem großen Busen. Hübsch, aber nervig. Naiv, aber in dieser Naivität penetrant neugierig.

Ein Stück Glück in all dem Pech, dass Mitzis Weg zu Hilda sie auch zur Hex geführt hatte. So war sie zumindest vorgewarnt gewesen. Trotzdem, eine Kretzn, dieses Weib. Keine Maßnahme hatte gegen diesen menschlichen Zeck geholfen. Nicht einmal die weiße Frau auf den Friedhof und danach nach Salzburg zu schicken hatte funktioniert. Die Geisterbotschaften waren zu freundlich gewesen. Selbst die erneute Aktion mit dem Feuer an der Wohnungstür war verpufft. Mitzi war durch nichts abzuschrecken und immer noch unterwegs.

Es reichte. *Time to say goodbye.*

Das Wetter passte.

Bei dem Sturm und Regen war niemand mehr in Feld und Wald unterwegs. Ungesehen konnte die Hex Mitzi niederschlagen und ins Auto verfrachten. Denn was noch nicht klar war und dringend aufgedeckt werden musste, waren die Verbindungen, die Mitzi zur Polizei zu haben schien. Das machte die Hex unruhig, nervös und wieder ängstlich. Wie sie es hasste. Am Ende noch geschnappt zu werden, nach allem, was sie riskiert hatte, war keine Option. Mitzi am Leben zu lassen auch nicht. Aber sie musste sie vorher ausfragen.

Die Empörung über diese störende blonde Schaastrommel ließ die Hex rasend werden. Sie schrie und stampfte mit den Füßen auf, als ob sie wahrhaftig wahnsinnig geworden wäre.

Was auch zutraf, wie sie sich in einer dunklen Ecke ihres Denkens eingestand.

2

Diesmal hatte Agnes nicht erst nach einem Parkplatz gesucht, sondern ihren Wagen auf dem Gehsteig abgestellt. Es schüttete inzwischen in Strömen, der Sturm peitsche den Regen durch die Luft. Die paar Meter zur Eingangstür reichten, dass Agnes durchnässt war.

»Das Pallatwatsch hat zu«, stand auf einem Schild an der Glastür.

Agnes suchte den Rahmen ab, konnte aber keine Klingel finden.

Es war zum Verzweifeln.

Auf keinen Fall wollte sie unverrichteter Dinge aufgeben, denn die Alternativen waren nach dem derzeitigen Stand der Dinge zu zeitaufwendig. Sie konnte erneut zur Polizei nach Krems weiterfahren und bitten, Mitzis Handy zu lokalisieren. Aber bei dem Wetter würde das schwierig, wenn nicht sogar unmöglich sein.

Die Angaben von Mitzi hatten nicht gestimmt. Auf der Höhe der Bundesstraße hatten sich nur Rebenfelder befunden. Keine Menschenseele war dort gewesen. Mitzi nicht und auch kein anderer Mensch. Einen schmalen Weg hatte Agnes gesehen, der abging und nicht einmal asphaltiert war.

Agnes hatte dort eine Zeit lang im Auto gewartet. Einmal war sie ausgestiegen und hatte sich umgesehen, jedoch außer den Feldern und einem beginnenden Waldabschnitt dahinter hatte sie bei dem schlechten Wetter nichts ausmachen können.

Das Sturmtief wurde immer schlimmer. Agnes hatte noch einmal Mitzis Nachricht gecheckt. Samt dem einen kryptischen Satz, den Mitzi zur Ortsangabe hinzugefügt hatte: »Es sind zwei«, hatte sie geschrieben.

Es hatte keinen Sinn, erneut böse auf Mitzi zu sein. Besser war es, Mitzis verschwurbelte Gedankengänge mit den bisherigen Ermittlungsergebnissen zu kombinieren. Genau diese

Zusammenführung der Einzelteile hatte Agnes in Gedanken vollzogen, während sie über die Bundesstraße und die Donau zurück ins Zentrum von Weißenkirchen gefahren war.

Agnes klopfte gegen die Scheibe der Ladentür. Die Laute verpufften im Rauschen von Wind und Regen. Sie erinnerte sich an die Aussage von Lena Bosko, dass nicht nur der Laden in dem Haus untergebracht war, sondern sie hier auch mit Helmut Wader wohnte.

Gegen den Sturm kämpfend, ging Agnes an der Hausfront entlang bis zur nächsten Eingangstür. Drei Schilder waren angebracht, und auf einem stand: »Wader«.

Agnes ließ schon beim ersten Versuch ihren Zeigefinger extrem lange auf dem Klingelknopf. Sturmklingeln im Sturm. Als sich nichts tat, wiederholte sie den Vorgang. Bevor sie ein drittes Mal loslegte, öffnete sich die Eingangstür vor ihr einen Spalt. Lena Bosko sah sie überrascht an.

»Um Gottes willen, was machen Sie? Sie läuten das ganze Haus heraus.«

»Lassen Sie mich hinein.«

»Warum klingeln Sie wie verrückt? Helmut ist nicht da. Und ich hab Ihnen alles gesagt.«

»Das bezweifle ich stark, Frau Bosko. Lassen Sie mich hinein, oder ich hole Verstärkung.«

Die Frau gab den Türspalt frei, Agnes quetschte sich durch.

Im Hausflur war es dunkel. Das Geräusch des Regens klang wie Gewehrkugeln, die in der Ferne abgefeuert wurden.

Lena Bosko trug immer noch das blaue Wollkleid, dazu hatte sie um die Schultern eine gehäkelte graue Stola geschlungen.

»Möchten Sie nach oben kommen, und ich koche uns Tee?«

»Kein Tee, keine Plauderei, Frau Bosko.«

»Helmut ist –«

»Das sagten Sie schon. Frau Bosko, wer außer Ihnen bezeichnet sich noch als weiße Frau?«

Ein leises Lachen kam aus dem Mund von Lena Bosko.

»Sind Sie deshalb wiedergekommen? Das ist nichts. Ich nenne

mich manchmal so, weil Leute mir diese Anrede einmal verpasst haben. Damals habe ich noch das eine oder andere von Verstorbenen übermittelt. Meine Mutter hatte die Gabe auch, aber sie war kein freundlicher Mensch. Es war schwer, unter ihrem Dach zu leben. Das ist ewig her, noch in der Slowakei. Im Dorf damals liefen die Dinge anders. Es bedeutet nichts.«

»Dass Sie sich auch als Hex bezeichnen und den Leuten Angst machen, ist das auch nur Spaß?«

»Das habe ich nie getan.«

»Wenn nicht Sie, wer dann?«

»Wie Helmut vorhin schon gesagt hat, mit dem Gerede macht man heutzutage nur die Kunden und Nachbarn fuchtig.« Lena Bosko senkte den Kopf.

»Beginnen wir noch mal anders: Sie haben die E-Mails nicht geschrieben, nicht wahr? Sie haben keine Ahnung, wie man sie anonymisiert und zeitversetzt abschicken kann.«

»Doch, ich kann das. Ich habe die Zeilen geschrieben, und später habe ich Mitzi auf der Festung getroffen.«

»Das sind zwei Paar Schuhe, Frau Bosko. Sie wussten den Nachnamen von Mitzi nicht, bis ich ihn Ihnen genannt habe. Richtig? Und dass sie die Mailadresse über eines der Internetportale haben, war einfach ins Blaue geraten. Oder es hat Ihnen jemand erzählt. Derjenige, der Ihnen dazu auch eine Beschreibung von Mitzi gegeben hat. Der die E-Mails von Ihrem Computer abgeschickt und Sie dazu überredet hat, wieder einmal die weiße Frau zu spielen, die von den Toten erzählt. Auf dem Friedhof in Krems und auf der Festung in Salzburg zu erscheinen. Sie haben mich vorhin mehrfach belogen.«

»Ohne einen Anwalt –«

»Kein Tee und kein Anwalt, Frau Bosko.« Agnes kam nahe an die Frau heran. »Wo finde ich Ihr Kind, Ihre inzwischen erwachsene Tochter?«

Es war eine Frage, die Agnes wie einen Pfeil noch ohne konkretes Ziel abschoss. Aber mit einer Vermutung. Sie hatte genug Zeit gehabt, das Gespräch mit Lena Bosko noch einmal Revue passieren zu lassen. Die Art, wie sich die Frau Mitzi und auch Agnes gezeigt hatte, passte nicht zu einer Bezeichnung wie »Hex«. Lena Bosko konnte sich möglicherweise verstellen, aber Agnes war sich fast sicher, dass diese weiße Frau niemandem schaden wollte.

Es sind zwei.

Zwei Frauen, nicht eine, wie Mitzi und auch Agnes immer gedacht hatten.

»Was?«

»Sie haben mich schon verstanden, Frau Bosko. Ihre Tochter. Wo finde ich sie?«

»Sie arbeitet. Sie ist fleißig und hat große Pläne. Sie soll es weiter bringen als ich.«

»Sie wollen sie beschützen, das verstehe ich. Trotzdem muss ich jetzt wissen, wo ich sie finden kann.«

Keine Antwort.

Agnes zog einen zweiten Pfeil aus dem Köcher ihrer Überlegungen während der Fahrt durch den Sturm.

»Der Freund Ihrer Tochter ist Tobias Mundi, der Patensohn von Therese Valbilda, der Schwester von Hilda Valbilda. Nicht wahr? Ihre Tochter hat ihm ein Alibi verschafft in der Nacht, als das Feuer gelegt worden ist. Mit falschen Angaben. Wussten Sie davon? Es kann sein, dass Herr Mundi ziemlich bald Ihre Tochter über die Klinge springen lässt, weil er selbst sonst angeklagt wird.«

Unerwartet krümmte sich Lena Bosko nach unten. Aus ihrer Kehle kam ein Schluchzen. »Es tut mir leid. Das alles hätte nie geschehen dürfen. Ich hätte mich nie dazu überreden lassen dürfen. Ich hab so vieles falsch gemacht in meinem Leben. Vor allem bei meiner Tochter. Mein trauriges kleines Mädchen. Ich hab sie nicht geschützt, bin zu spät mit ihr fort. Das arme, arme Kind. Es ist alles meine Schuld.«

Agnes berührte Lena Boskos Schulter. »Frau Bosko. Noch einmal: Wo finde ich Ihre Tochter?«

Der Sturm riss die Eingangstür auf. Regen klatschte in den Hausflur.

3

Die Wutschreie hörten abrupt auf. Mitzi meinte erst Schritte, dann eine Tür zu hören. Hernach herrschte Stille.

In Mitzis Ohren entstand ein hoher, singender Ton. Ihr Herzschlag wurde schneller. Der Stresspegel nahm zu. Wie hatte sie weiter vorgehen wollen?

Atmen, lang und tief. Ihre eigenen Entscheidungen hatten sie an diesen Ort gebracht, wo auch immer sie war. Es hieß, Ruhe zu bewahren.

Mitzi ließ es zu, dass ihr Denken zu der Begegnung zurücklief. Sie kam an den Punkt, an dem die Hex aufgetaucht war. Genau in dem Moment hätte die Polizei eingreifen müssen. Agnes hätte neben ihr stehen sollen, mit Handschellen und Dienstmarke. Um den klassischen Satz zu sprechen: »Sie sind verhaftet.«

Nein, stopp. Kein Abdriften mehr in Abläufe, die so nicht stattgefunden hatten.

Agnes mochte auf dem Weg sein, aber leider auf dem falschen. Die Angaben, die Mitzi ihr gesendet hatte, stimmten nicht mehr. Immerhin konnte Mitzi sich sagen, dass sie recht gehabt hatte mit ihrem Gefühl und ihrer Beobachtung. Sie hatte nach dem Patensohn eine zweite Verbrecherin enttarnt. Damit hörten die guten Entwicklungen jedoch bereits auf.

Die Nachricht war eine Falle gewesen, eindeutig. Hatte sie wirklich geglaubt, die Hex werde ohne Widerstand zur nächsten Polizeiwache mitkommen? Oder sie beide hätten darauf gewartet, dass Agnes und ihre Kollegen mit Blaulicht und Sirene vorfuhren, und in der Zwischenzeit nett übers Feuermachen geplaudert?

Mitzi schüttelte im Kofferraum den Kopf, was den hohen Ton in ihrem Ohr verstärkte. »Hör auf, ein Waserl zu sein«, sagte sie laut. »Reiß dich zusammen. Mach was. Hilf dir selbst.«

Sie winkelte ihre Arme an und legte sich die gefesselten Hände auf die Stirn. Bei jedem Ausatmen gab sie einen leisen Summton von sich.

Nach einem weiteren tiefen Atemzug kam sie auf ihre Idee zurück, wie sie sich aus dem Kofferraum befreien könnte. Die Rückbank nach vorn drücken und sich hinausschlängeln. Wenn sie das Türschlagen vorhin und die Stille jetzt richtig interpretierte, war die Hex nicht in der Nähe des Wagens. Eine Chance zu entkommen, die sie nutzen sollte.

Mitzi tastete sich vor. Als sie das Plastik der Rückbank spürte, presste sie die Handflächen mit Kraft dagegen. Nichts bewegte sich. Je länger sie drückte, desto flauer wurde ihr im Magen. Sie hatte das Gefühl, sich gleich übergeben zu müssen. Der Schlag auf den Kopf mit der möglichen Gehirnerschütterung konnte die Ursache sein.

Warum funktionierte es nicht? Ein Krampf kündigte sich in ihrer linken Wade an. Sie streckte das Bein so gut es ging aus. Ihr linker Fuß berührte einen Gegenstand. Mitzi schreckte erst zusammen, versuchte dann trotz Turnschuhen zu ertasten, was in der Ecke des Kofferraumes verstaut war.

Ein weiches Ding. Es konnte aus Stoff sein. Dazu Teile, die davon abstanden und bei denen es sich um Riemen handeln konnte. Mitzi klemmte es zwischen den Schuhsohlen ein. Zugleich zog sie die Knie hoch, griff mit den Fingern danach.

Es war ihr Rucksack.

Mitzis Herz stolperte gegen den Brustkorb. Die Freude, einen vertrauten Gegenstand entdeckt zu haben, war wie ein Licht in der Dunkelheit. Im Rucksack musste sie etwas verstaut haben, das ihr jetzt eine Hilfe sein konnte.

Sie presste ihn an ihre Brust, öffnete den Verschluss und begann, mit beiden Händen fieberhaft zu kramen.

Dass ihr Smartphone nicht darin zu finden war, hatte sie erwartet. Trotzdem fühlte sie die Enttäuschung. Ein Gummiband war unbrauchbar. Eine Packung Taschentücher konnte ihr genauso wenig von Nutzen sein wie ihr Portemonnaie und darin das Geld, die Zugfahrkarte und ihr Personalausweis.

Auch Bonbons und Kaugummi taugten nicht als Werkzeuge. Die Trinkflasche war schon eher etwas, mit dem man sich verteidigen konnte. Mitzi umklammerte sie mit der rechten Hand. Mit der linken suchte sie unbeholfen weiter. Gefesselt zu sein erschwerte die Aktion und ließ sie keuchen.

In einem der Seitenfächer ertastete sie endlich etwas, das ihr vielleicht mehr helfen konnte als die Trinkflasche, auch wenn Mitzi noch keine Ahnung hatte, auf welche Art und Weise.

Die Pinzette.

Seit Mitzi denken konnte, passierte es ihr, dass sie sich beim Anfassen von Holz, egal ob Möbelstück oder Ast, einen Span einzog. Inzwischen war sie geübt darin, die winzigen Teilchen mit einem schnellen Griff herauszuziehen. Mit einer Pinzette als Hilfe klappte es wesentlich einfacher als mit den Fingernägeln. Deshalb hatte sie sich angewöhnt, auf Reisen immer eine im Gepäck zu haben.

In der nächsten Sekunde öffnete sich der Kofferraum. Mitzi drehte den Kopf. Helles Licht machte sie für Sekunden blind. Sie richtete sich halb auf, hörte ein Knacken im Rücken und warf die Trinkflasche. Ein Scheppern erklang.

Ein Lachen folgte.

»Du dumme Kuh«, sagte die Hex.

Mitzi blinzelte. Die Hex stand über sie gebeugt. In der einen Hand hielt sie eine Taschenlampe, in der anderen etwas, das Mitzis Hirn sich weigerte sofort zu benennen. Auch ein Gebrauchsgegenstand, der im Gegenlicht glänzte. Aber etwas völlig anderes als die Pinzette.

»Steig aus, du Gfrast. Und mach nichts Unüberlegtes. Sonst hau ich dir damit den Schädel ein.«

Noch einmal schloss und öffnete Mitzi ihre Augen. Jetzt leuchtete das Wort, die Bezeichnung in ihrem Kopf auf.

Ein Hackebeil.

Was die Hex erhoben hielt, war ein Hackebeil.

Es hatte eine handliche Größe. Ein Küchenwerkzeug, das man verwenden konnte, um Fleisch zu zerkleinern. Es hatte einen Holzstiel und ein Metallblatt. In der Küche ihrer Großeltern hatte früher eines an der Wand gehangen. Wenn Opa Rippchen vom Metzger geholt hatte, hatte er sie damit zerteilt.

Mitzi starrte das Hackebeil an. Zugleich, wie durch ein kleines Wunder, veränderte sich das Gefühl in ihrem Inneren. Der Anblick bewirkte eine Gegenreaktion. Statt noch mehr zu erschrecken oder in Panik auszubrechen, wurde Mitzi mit einem Mal ruhig. Als ob sie so etwas erwartet hätte. Ihr Herz schlug normal, kein Singen mehr in ihren Ohren. Selbst die Übelkeit war verschwunden.

»Los, aussteigen und mitkommen.«

Die Hex drohte mit dem Hackebeil. Es sah unwirklich aus. Mitzi setzte sich halb auf und beugte sich über den Rand des Kofferraums. Es wäre ein Leichtes, mir jetzt den Schädel zu spalten, dachte sie.

Die innere Gelassenheit blieb. Bevor Mitzi ihr Bein hob, um herauszuklettern, ließ sie die Pinzette aus dem Rucksack in der vorderen Tasche ihrer Jeans verschwinden. Damit ließ sich nichts zerhacken, aber es war besser als nichts.

»Dalli, dalli. Mitzi. Wir sind nicht zum Vergnügen hier. Weder du noch ich.«

Mitzi war draußen. Ihr Blick wechselte vom Hackebeil zur Hex.

»Warum machst du das alles?« Mitzi musste einfach fragen. »Warum, Kathrin?«

4

Agnes stand, nass und frierend, an der Anmeldestelle der Polizeiinspektion Weißenkirchen. Sie hielt ihren Dienstausweis hoch.

»Es ist ziemlich dringend. Ich hab mehrmals versucht, bei Ihnen anzurufen.«

Ihr gegenüber war ein junger Polizist mit karottenroten Haaren und großen Sommersprossen, der Agnes unvermittelt an Pippi Langstrumpf denken ließ. Er zuckte mit den Achseln.

»Bei dem Wetter is uns vorhin die Telefonanlage ausgefallen. Die funktioniert jetzt Gott sei Dank wieder. Aber es herrscht ziemliches Chaos. Vor zehn Minuten sind die Kollegen zu einem nächsten Notruf raus. Bei so einem Wetter gibt es immer Leut, die das ausnutzen. Zwei Typen haben sich an einem Bankautomaten zu schaffen gemacht. Ein Rentner hat sie von seinem Fenster aus gesehen. Dazu sind Bäume umgestürzt, die Feuerwehr is bereits im Dauereinsatz. Es hat Dächer abgetragen.«

»Könnten Sie welche von Ihren Kollegen anfunken? Es geht um einen möglichen Zugriff.«

Insgeheim war sich Agnes nicht sicher, ob sie damit Mitzi oder die neue Hauptverdächtige im Fall Therese Valbilda meinte. Beide hätte sie zum jetzigen Zeitpunkt gern verhaftet.

»Kann ich machen.« Der junge Polizist lächelte unpassend. »Aber es wird dauern. Tut mir leid. Wir sind unterbesetzt.«

Agnes stöhnte auf. »Wir drehen uns im Kreis, junger Mann.«

»Pipper.«

»Wie bitte?« Pippi Langstrumpf hier konnte doch nicht wirklich Pipper heißen.

»Inspektor Clemens Pipper, mein Name. Mit Doppel-p. Erst seit vorgestern neu im Dienst.«

Agnes erinnerte sich an ihre Anfängertage, sie war permanent in Anspannung gewesen, obwohl nichts Schlimmes in der Zeit passiert war. Der Neuinspektor ihr gegenüber wirkte hingegen wie die Ruhe in Person.

»Clemens Pipper, dann helfen Sie mir anders.« Agnes holte ihren Notizblock aus der Jacke. Er war an den Rändern feucht, und das Papier wölbte sich. Aber die Angaben, die Lena Bosko gemacht hatte, waren gut lesbar. »Ich muss wissen, wo sich diese Adresse befindet. Mein Navi ist vorhin ebenso ausgefallen wie meine Handyverbindung.«

»Der Sturm. So ein Wetter kommt schon mal vor. Hat vielleicht auch mit dem Klimawandel zu tun.«

»Dagegen kann ich im Moment keinen Beitrag leisten, Inspektor Pipper. Aber ich brauche Verstärkung bei dieser Adresse. Schnellstmöglich. Gefahr im Verzug, verstehen Sie das?«

Er schien auch davon unbeeindruckt. »Dort in der Umgebung hat es einen Sendemast umgeweht. Laut der neuesten Meldungen.« Clemens Pipper drehte sich zu einem Regal um und zog eine Straßenkarte heraus. Er blätterte, stoppte und legte den Plan vor Agnes auf die Anmeldetheke.

»Schauen S'. Das is ganz in der Nähe, über die Donau drüber.«

»Dort war ich heute schon einmal. Auf einem Feldweg, der hier von der Bundesstraße abgeht.« Agnes tippte mit dem Finger an die Stelle, an der Mitzi vorhin hätte sein sollen. »Dann bin ich über die Melker Straße zurück. Das heißt, die Adresse ist dort nebenan?«

»Nicht direkt, ein Stückerl weiter in die andere Richtung, die Straße hoch. Am schnellsten wär's, wenn Sie über die Donau mit der Rollfähre übersetzen würden.«

»Mach ich.«

»Leider geht auch das heut nicht. Der Fährbetrieb is eingestellt wegen dem Sturm. Fahren Sie also von Weißenkirchen aus auf die B 3, die Donau-Bundesstraße hoch bis zur Mauterner Brücke. Dort kommen Sie hinüber. Dann wieder auf der Bundesstraße retour. Ungefähr in der Höhe der Flößerei Rossatz. Schöne Ausflugsgegend, na ja, wenn es nicht stürmt.«

»Danke. Das Festnetz funktioniert bei Ihnen wieder, haben Sie gesagt?«

»Ja, seit einer Viertelstund.«

»Darf ich bitte telefonieren?«

»Kommen S' ins Büro.«

Agnes umrundete den Tresen, und Clemens Pipper führte sie in das Zimmer dahinter. Er blieb neben ihr stehen.

»Inspektor Pipper, ich tu nichts Illegales. Lassen Sie mich meinen Anruf tätigen.«

Er hob die Hände. »Schon gut. Ich wart vorne.«

Der junge Mann entfernte sich zwar, aber Agnes konnte sehen, dass er die Tür offen ließ und dahinter stehen blieb. Sein Misstrauen hätte sie amüsiert, wenn sie die Muße dazu gehabt hätte.

Agnes suchte auf der Liste ihres Smartphones zuerst Petra Hammerl heraus und gab ihre Nummer in das Festnetztelefon ein. Das Besetztzeichen ertönte. Auch beim zweiten Versuch.

»Mist.«

Die Zeit drängte. Agnes scrollte zurück zu Axel Brechts Namen. Vielleicht hatte sie bei ihm mehr Glück.

»Axel Brecht, hallo.«

»Axel, ich bin es.«

»Agnes? Wo bist du?«

»Im Polizeirevier in Weißenkirchen. Hier herrscht ein derartiges Sauwetter.«

»Ich habe es im Internet gesehen. Ausnahmezustand wegen dem Sturmtief, das über die Wachau fegt. Was ist los?«

»Pass auf. Ich war bei dem Mailabsender, Lena Bosko hat die Nachrichten abgeschickt. Also, nicht sie selbst, ihre Tochter war es. Ich fahre jetzt zu einer Adresse weiter, die ganz in der Nähe ist. Dort könnte auch Mitzi sein. Und in Gefahr.«

»Du willst allein dorthin?«

»Ja, allein. Wie du eben gesagt hast, herrscht hier Chaos.«

»Soll ich mich mit dem Mietwagen auf den Weg machen?«

»Axel, du brauchst mindestens zweieinhalb Stunden, wenn

nicht mehr. So lange warte ich nicht. Aber du kannst mich von Salzburg aus unterstützen.«

»Was soll ich tun, Agnes?«

»Verständige Hauptmann Petra Hammerl. Versuch es ununterbrochen, bis du sie erreichst. Dann muss ich nicht wertvolle Zeit verschwenden. Gib ihr die Adresse durch, die ich dir gleich sagen werde. Versuche im Anschluss auch, Mitzi zu erreichen. Wenn du durchkommst, sag ihr, sie soll auf mich warten. Unbedingt. Ich kämpfe mich durch Sturm und Regen. Du übernimmst das Telefonieren. Bitte.«

»Selbstverständlich. Muss ich mir Sorgen um dich machen?«

»Nein.«

»Glaub ich dir nicht.«

»Das spielt keine Rolle.«

Agnes beendete den Anruf und verließ das Büro. Neuinspektor Clemens Pipper stand immer noch zwischen Tür und Anmeldung.

»Würden Sie ebenfalls, wenn sich die Lage etwas beruhigt hat, einen oder zwei Ihrer Kollegen zu der Adresse schicken?«

»Mein Wort drauf, Kollegin.«

Er tippte sich an eine imaginäre Kappe, was nun doch ein Lächeln über Agnes' Lippen huschen ließ.

5

»Geh weiter. Los. Die paar Stufen hoch.«
Kathrin blieb ein Stück hinter Mitzi.
Trotz des Wissens, dass eine tödliche Waffe auf ihren Kopf und Rücken gerichtet war, verspürte Mitzi immer noch keine Angst. Das Wort Hackebeil wiederholte sich in ihrem Kopf in einer Schleife und löste im Gegenteil eine leichte Heiterkeit in ihr aus. Sie musste sich beherrschen, um nicht zu kichern. Hackebeil. Was für ein Ding, mit dem sie bedroht wurde.
Vielleicht lag es daran, dass ihre Nerven über das Limit hinaus waren, unter dem man noch Angst und Panik empfinden konnte. Oder es war einfach die Genugtuung, dass der Fall gelöst war. Dass Mitzi selbst die Täterin ausfindig gemacht hatte.
Zwar war für sie persönlich nicht im Entferntesten ein Happy End in Sicht, aber vielleicht war das der Preis des Gewinners. Statt eines Pokals ein Hackebeil. Ein leises Glucksen stahl sich über ihre Lippen. Mitzi würde wohl an diesem Ort sterben. Denn Kathrin hatte nichts mehr zu verlieren.
»Passt schon.« Mitzi giggelte. Es ging nicht anders.
»Was hast du gesagt?«
»Es is in Ordnung, wenn du mich umbringst. Aber mach's bitte flott, Schmerzen will ich nicht haben.«
»Was du immer für einen Scheiß redest. Mach die Tür auf, los.«
Am Ende der kurzen Treppe war eine Holztür. Mitzi hob ihre gefesselten Hände nach oben und umfasste mit beiden den Griff.
Der nächste Raum war eine Gaststube.
Hinter Mitzi erlosch der Strahl der Taschenlampe. Durch mehrere Fenster linker Hand kam trübes Resttageslicht herein. Es reichte, um sich umzusehen.
Der Raum war nicht groß, aber auch im Halbdunkel klar

zu erkennen. Eine Theke rechter Hand, an deren Ende eine weitere Tür zu sehen war. Links an zwei Fenstern standen Holztische. Lange Bänke an der Fensterwand und Stühle an der anderen Seite der Tische, von denen einige auch kopfüber auf die Tischplatten hochgestellt waren. Das Holz war hell, aber auf allen Flächen lag eine feine Staubschicht. Dazu tanzten Staubflusen in der Luft, aufgeschreckt durch das Eintreten der Frauen.

Vor den Fenstern ergoss sich weiter die Regenflut, und in Sichtweite bog sich eine Gruppe von Laubbäumen im Wind. Durch ein Vordach erreichten die Tropfen in leicht abgemilderter Stärke die Scheiben. Das Geräusch ähnelte einem ungeduldigen Klopfen.

Mitzi konnte sich vorstellen, dass diese Stube ein recht gemütliches Beisl werden konnte, wenn hier sauber geputzt und dekoriert würde.

Die allererste Begegnung mit Kathrin im Café in Melk kam Mitzi in den Sinn. Unter welchem Stress die Kellnerinnen dort standen. Sicher wünschten sich manche von ihnen, ein eigenes Lokal zu haben, damit sich am Ende des Tages die Lauferei, die Dauerfreundlichkeit den Gästen gegenüber und der Schweiß der Arbeit für die eigene Tasche auszahlten.

»Deine frühere Kollegin im Café Mistlbacher hat mir gesagt, du hast gewechselt. Das is also die ›Donauperle‹. Hübsch.«

Kathrin stieß hinter Mitzi ein verächtliches Schnauben aus. »Wo du dich überall wichtiggemacht hast, du Kretzn, unglaublich. Red keinen Blödsinn. Nichts ist das. Keine Perle, keine Donau, alles im Arsch.« Die Stimme veränderte sich. In den aggressiven Ton schlich sich Wehmut ein. »Am Ende hab doch ich das beschissene Bummerl erwischt.«

»Sag so etwas nicht, Kathrin.« Mitzi blieb stehen.

Die Hex schnaubte. »Der Termin für die Zwangsversteigerung steht. Noch nicht lang, dass es mir gehört hat. Wie schwer es war, überhaupt einen Kredit zu bekommen. Was ich dafür auf mich genommen hab. Inzwischen ist auch der Strom abgestellt worden. Ka Göd, ka Musi, wie es heißt. Aber bevor ich alles verlier, fackel ich die Bude lieber ab. Kein anderer wird hier ein Gasthaus eröffnen.«

»Und dann, Kathrin?«

»Dann verschwinde ich. Fang woanders von vorn an. Lass alles zurück.«

»Auch deine Mama?«

Keine Antwort. Mitzi hätte gern Kathrins Gesicht gesehen.

»Deine Mutter wird ziemlich traurig sein, wenn sie von all den gruseligen Dingen hört, die du getan hast. Die weiße Frau is doch deine Mama, nicht?«

»Halt dein blödes Maul.« Die Aggressivität war zurück. »Meine Mutter geht dich einen Scheißdreck an. Die soll mit ihrem Helmut verrotten.«

»Wenn ich tot bin, kann sie sich auch mit mir unterhalten.«

Mitzi fragte sich, wie lange es noch dauern würde, bis das Stahlblatt des Hackebeils auf sie niedersausen würde, wenn sie so weiterredete. Doch ihre seltsame Heiterkeit war gekommen, um zu bleiben, wie es schien.

Mitzi konnte hören, wie Kathrin ausspuckte.

»Da haben sich ja zwei Verrückte gefunden. Kein Mensch kann mit den Toten reden. Nur zur Information: Meine Mutter ist die Schmähtandlerin. Sie hat betrogen. Auch mich. Immer schon. Das bessere Leben, von dem sie geredet hat, ist nie gekommen.«

»Kann sein. Oder auch nicht. Leid tut sie mir auf jeden Fall.«

»Maul halten, hab ich gesagt. Geh vor.« Sie stieß Mitzi in den unteren Rücken. Nicht mit dem Beil, sondern mit ihrem Knie.

Mitzi bewegte sich an dem Tresen entlang. Dahinter waren Regale aus dem gleichen hellen Holz montiert. Auch auf ihnen lag Staub. Dazu waren schwarze Schmutzstreifen zu sehen. In der Mitte hing ein breiter Spiegel, der fast komplett blind war. Nur an seinem seitlichen Rand spiegelte er Mitzi im Vorübergehen, zeigte ein Stück ihrer Schulter, den Ansatz ihres Kinns.

Am Ende der Theke sah Mitzi, dass es statt einer zwei weitere Türen gab. Im Anschluss ein Durchgang zu einer Küche. Mitzi erhaschte einen Blick auf einen länglichen Herd mit mindestens acht Platten, der relativ neu aussah.

»Stopp. Stehen bleiben.«

Mitzi gehorchte. »Was steht denn auf der Speisekarte in der ›Donauperle‹, Kathrin?«

Ein leises, gurrendes Lachen folgte. »Du bist echt ein deppertes Hendl, Mitzi.«

»Marillenknödel vielleicht?«

»Smaragdsandwich hätte es geben sollen.« Wieder ein Lachen, diesmal eine Mischung aus Gehässigkeit und Trauer. »Weil hier gleich das Smaragdplatzl Rossatz kommt, wenn du es genau wissen willst. Mach die Tür auf. Die erste. Los.«

Mitzi legte die gefesselten Hände an die Klinke, drückte sie nach unten. Dahinter war es noch dunkler, wenig Platz, mit hohen Regalen links und rechts. Eine Kammer ohne Fenster. Für Vorräte geeignet.

»Geh hinein.«

Mitzi machte zwei Schritte nach vorn, blieb stehen. »Ich bin bereit, Kathrin.« Jetzt wandte sie sich um.

Kathrin, hinter ihr, hielt nun das Hackebeil mit beiden Händen fest umklammert. Sie hob es erneut an. »Eine falsche Bewegung, und ich schlag zu.«

»Mach doch. Ich hab nichts gegen das Sterben. Mich hält nicht unbedingt viel auf der Welt. Ich bin schon einmal fast dran gewesen, und es hätte mir nichts ausgemacht. Mein Therapeut nennt das Todessehnsucht. Ich denke, er hat recht. Komm und hau mir ins Gesicht. Wird hässlich werden, aber ich seh es ja dann nicht mehr.«

Das Hackebeil in Kathrins Händen ging noch ein Stück höher. Mitzi schloss die Augen. Sie wartete auf einen Schlag und einen letzten großen Schmerz. Sie fragte sich, wie es wohl sein würde, in die Dunkelheit zu gleiten, ohne je wieder aufzuwachen. Sie dachte an Benni und fühlte Frieden in ihrem Herzen.

Eine Weile geschah nichts.

Mitzi hörte Kathrin atmen. Schwere Atemzüge, die nicht so ruhig wie ihre eigenen waren. Der Atem wurde lauter und klang wie das Geräusch eines Motors.

Das konnte nicht sein. Sie riss die Augen wieder auf.

Kathrin hatte nicht zugeschlagen. Ganz im Gegenteil. Die Hände, die das Hackebeil hielten, waren nun nach unten gerichtet. Kathrins Kopf war zur Fensterseite gedreht. Sie sah nach draußen. Mitzi ebenso. Ein Wagen näherte sich.

Mitzi wusste sofort, wer da aufgetaucht war. Eine kluge und zähe Inspektorin, die sich durch nichts von der richtigen Fährte abhalten ließ.

Agnes war da.

Mitzi fühlte eine Sekunde lang Freude, die sofort wieder kippte. Agnes wusste nicht, wie gefährlich Kathrin war. Wie verrückt, wie bereit, alles zu riskieren, um sich zu retten und zu fliehen. Mitzi musste raus und Agnes warnen. Oder Kathrin aufhalten.

Sie machte einen Schritt, aber kam nicht weit. Vor ihrer Nase schlug Kathrin die Tür zu.

Mitzi blieb in der dunklen Kammer zurück.

6

Zuerst konnte Mitzi, wie vorhin im Kofferraum, überhaupt nichts sehen. Der Knall der zugeworfenen Tür hallte nach. In den nächsten Sekunden wechselten auch ihre Emotionen. Die Ruhe, die Heiterkeit, mit denen sie ihrem bevorstehenden Tod entgegengesehen hatte, wandelten sich in helle Aufregung. Es ging nicht mehr um ihr eigenes Leben.
Agnes war gekommen. Mitzis einzige Freundin in all den Jahren. Zu Mitzis Rettung war Agnes erschienen, wie ein Ritter in strahlender Inspektoren-Rüstung. Mitzi hatte keine Ahnung, wie Agnes die »Donauperle« gefunden hatte, aber es zeigte sich wieder, wie gut die Inspektorin in der Ausübung ihres Jobs war.
Es war großartig und eine Katastrophe gleichermaßen. Sie musste Agnes warnen.
Mit ihren Fäusten begann Mitzi, gegen das Holz der Tür zu trommeln, zumindest soweit sie ihre Handgelenke mit den Fesseln abwechselnd heben konnte. Die Wäscheleine schnitt schmerzhaft in ihre Haut. »Agnes!« Mitzi schrie, so laut sie konnte. »Agnes, pass auf. Es is eine Falle. Agnes!«
Sie verschluckte sich und musste husten. Ihre Augen begannen zu tränen.
»Agnes, pass auf. Bitte, Agnes!«
Es hörte sich mehr nach einem Krächzen als einem Rufen an. Sie spuckte aus und würgte. Die Dunkelheit schien vor ihren Augen zu schwanken, und die Übelkeit, die sie vorhin im Kofferraum schon gespürt hatte, setzte wieder ein. Sie rieb sich notdürftig die Lippen ab. Die Schmerzen an ihren Handgelenken nahmen zu, die Schnur grub sich mit jeder Bewegung tiefer in die Handgelenke.
Mitzi lehnte ihren Kopf erschöpft gegen das Holz und lauschte. War Agnes schon in der Gaststube und Kathrin längst über sie hergefallen? Außer dem stetig weitertrommelnden

Regen war nichts zu hören. Der muffige Geruch in der Kammer fiel ihr auf. Als wäre vor langer Zeit hier etwas hereingekrochen und gestorben.

Verzweifelt trat sie gegen das Holz, das zwar keinen Millimeter nachgab, aber leicht knirschte. Ihre Zehen bekamen den schmerzhaften Gegenstoß ab.

Es war aussichtslos.

Mitzis Augen gewöhnten sich an die Dunkelheit. Der untere Türspalt war breit, und sie sah einen helleren Streifen Licht von draußen. Sie ging auf alle viere, beugte sich bis zur Erde hinunter. Ihre Wange berührte den Boden. Er war eiskalt. In ihrem Sichtfeld war nichts zu erkennen. Keine Füße, die sich bewegten, weder die von Agnes noch von Kathrin. Was passierte in diesen Minuten?

Mit einem Ächzen richtete sie den Oberkörper wieder auf. Sie musste aus der Kammer heraus. Nur wie? Ihr Gesicht kam in Höhe des Schlüssellochs. Sie versuchte, dahinter etwas auszumachen, aber der Schlüssel steckte.

»Agnes?«

Mitzi hob beide Hände und streckte den linken kleinen Finger aus, fuhr mit ihm in das Loch hinein. Wie das Haus war auch die Tür alt, das Schlüsselloch und der Schlüssel fühlten sich klobig und schwer an. Keine Chance, das Schloss zu knacken. Sie zog den Finger zurück und stützte sich auf die Klinke, um zum Stehen zu kommen.

Das Schloss wackelte ganz leicht. Mitzi drückte noch einmal die Türklinke herunter und zugleich kräftig dagegen. Wieder spürte sie eine winzige Bewegung. An der Stelle lag der Schwachpunkt.

Wenn sie es schaffte, den Schmerz auszuhalten, konnte sie mit dem Fuß dagegentreten und mit Glück die Tür aushebeln, die nach außen aufging. Das war die Lösung.

Doch was dann? Sich noch einmal schutzlos in die Arme von Kathrin zu werfen und sie mit dem Hackebeil einen finalen Schlag ausführen zu lassen war keine Option. Selbst wenn Mitzi bereit war zu sterben, half sie mit ihrem Opfer auf keinen Fall Agnes. Eher im Gegenteil. Denn dann hatte die Hex noch weniger zu verlieren als ohnehin schon.

Es musste ihr gelingen, Kathrin zu überwältigen. Aber wie? Ohne Waffe oder Stock oder überhaupt irgendwas, mit dem sie einen Angriff starten konnte.

Die Pinzette.

Besser als nichts.

Mitzi musste die eine Schulter hoch-, die andere nach unten ziehen, um das Teil mit Daumen und Zeigefinger aus der Tasche ihrer Jeans zu holen. Die Pinzette rutschte ihr aus der Hand und landete mit einem »Klonk« am Boden.

»Ach herrje!«

Ihr nächstes Bücken ließ den Schwindel intensiver werden. Die Dunkelheit und der Lichtspalt tauschten in schnellem Wechsel die Plätze und tanzten eine Polka. Mitzi ließ sich an der Tür nach unten gleiten, kam diesmal zum Sitzen und tastete um ihren Hintern und ihre Beine herum. Wieder musste sie sich hin und her winden, weil es mit den zusammengebundenen Händen nicht anders ging.

Sie bekam die Pinzette zu fassen und umklammerte sie mit der rechten Faust. Das offene Ende ließ sie ein Stück hervorstehen. Die Polka vor ihren Augen nahm an Tempo zu. Am liebsten hätte sie sich eingerollt und einfach nur gewartet, bis dieses furchtbare Drehen vorbeiging.

Draußen gab es ein gewaltiges Krachen. Ein Baum musste umgestürzt sein. Oder eine Hacke war in Holz eingeschlagen.

»Oh Gott, oh Gott.«

Mitzi wimmerte, stemmte ihren Rücken gegen die Holztür und ihre Füße in den Boden. Zentimeter für Zentimeter kam sie wieder zum Stehen. Sie machte einen Schritt weg vom Ausgang und drehte sich langsam um. Breit die Beine, um nicht umzukippen. Ihre Muskeln zitterten. Um sie schwankte der Raum, aber sie fixierte mit aller Willenskraft den helleren Spalt am Boden.

Agnes war erschienen, und Agnes war in Lebensgefahr.

Kathrin war dabei, Agnes zu erschlagen.

Mitzi verschwendete keinen Atem, um noch einmal nach Agnes zu rufen, es war ohnehin zu spät, sie zu warnen. Die ihr verbliebene Energie legte sie in ihr linkes Bein. Es würde wehtun, schrecklich weh, grauslig weh, aber sie musste diese verdammte Tür aufsprengen. Dieses Schloss auftreten. Sie musste zu Agnes.

Ein nächstes Krachen draußen, lauter als das erste.

Mitzi hob das linke Bein, den linken Fuß, so hoch es ging. Hob ihren Blick, fixierte das Schlüsselloch.

Sie trat zu.

Das Holz knackte. »Au, au, au, au!« Mitzi jaulte. Doch sie meinte zu sehen, dass das Schloss weiter nachgab. Vielleicht eine Illusion, trotzdem einen nächsten Versuch wert. Denn noch hielt die Tür.

Sie hob das linke Bein erneut. Trat zu. Mit mehr Wucht. Es tat weh. Grauslig weh.

Die Tür flog auf.

Mitzi fühlte die Pinzette in ihrer Faust. Mitzi beugte den Oberkörper. Mitzi setzte sich in Bewegung.

Sie holte Luft und öffnete ihren Mund, um einen Schrei auszustoßen.

Es war kein Schmerzensschrei, sondern ein Kampfschrei.

7

Die Eingangstür ließ sich ohne Probleme öffnen.
Sofort nach Betreten des Hauses versuchte Agnes, die Lage, den Ort und mögliche Gefahren blitzschnell zu überblicken. Düster war es draußen im Sturm und Regen, auch hier drinnen herrschte gedämpftes Halbdunkel vor.

Sie befand sich in einem Raum, der wie eine Gaststube wirkte, nach Feierabend oder nach der Schließung. Rechter Hand sah sie eine Theke und links Tische mit Stühlen davor und darauf, an den Fenstern Sitzbänke. Weiter vorn weitere Türen und einen Durchgang.

Sie war dabei, ihre Waffe zu ziehen, hatte die Lederjacke zurückgeschlagen und berührte das Halfter. Im selben Moment registrierte sie seitlich von sich eine Bewegung. Direkt hinter der Eingangstür hatte jemand gelauert.

Instinktiv drehte sie sich nach links ein, was ihr höchstwahrscheinlich erst einmal das Leben rettete. Denn hätte sie sich dem Angreifer zugewandt, hätte ihr das Hackebeil den Schädel gespalten. So traf das stählerne Blatt nur auf ihren rechten Oberarm.

»Nur« war leicht gesagt, denn der Schmerz, der in den nächsten Sekunden vom Muskel aus über den Nacken bis zum Kopf hochschoss wie ein Blitzschlag aus heiterem Himmel, war wahrhaft unbeschreiblich. Ihr Mund öffnete sich zu einem Schrei, aber ihr Kehlkopf schien überfordert und gehorchte ihr nicht.

Sie hatte das Gefühl, auseinanderzubrechen. Auf der einen Seite blieb ihr Arm zurück, auf der anderen der Rest des Körpers. Dieser Arm schrie statt ihrer, der Muskel kreischte, das Fleisch stimmte ein Heulen an.

Mein Arm ist ab, mein Arm ist ab, dachte Agnes und wagte nicht, weiterzudenken.

Sie konnte das Hackebeil sehen, wie es in ihrem Oberarm

steckte. Dem Blatt, das durch die Jacke tief in ihr Fleisch eingedrungen war, folgte ein Stiel, der wiederum von zwei Händen gehalten und von fremden Fingern umklammert wurde. Und Rot konnte Agnes sehen, ein Rot, das nach oben spritzte und von der Schwerkraft wieder nach unten gezogen wurde. Blut. Ihr Blut.

Meine schöne Kunstlederjacke ist hin, war ihr nächster Gedanke. Völlig absurd.

Die fremden Finger und die Hände bewegten sich rückwärts und zogen die scharfe Klinge aus Agnes' Oberarm heraus. Unfassbarerweise waren die Schmerzen sogar steigerungsfähig, denn es tat weh, so übertrieben weh, dass Agnes nie eine Bezeichnung dafür finden würde.

Das Blatt, der Stiel und die fremden Hände verschwanden aus ihrem Blickfeld, zogen sich in die Schatten hinter der Tür zurück. Agnes hörte Laute, die sich wie Knurren anhörten, als würde dort ein tollwütiger Hund lauern.

Sie ließ sich fallen. Der Aufprall auf dem Holzboden war hart, aber der Schmerz an der Oberarmwunde übertraf alles andere. Agnes rollte einmal um die eigene Achse, um aus der Gefahrenzone wegzukommen. Ihre Knie stießen gegen ein Tischbein, ihr Kopf gegen eine andere Barriere, die sie nicht benennen konnte.

Sie krümmte sich noch ein Stück, wie ein Wurm, der versuchte, sich in der Erde zu vergraben. Agnes robbte in Richtung der Tische. Wenn nur der Schmerz nicht wäre, dieser kreischende Schmerz, würde sie eine bessere Verteidigungsstrategie finden. Außer dass ihr Überlebensinstinkt sie antrieb, sich zu verstecken, war sie zu keiner Überlegung fähig.

Sie biss sich auf die Zunge. So fest, dass sie auch dort Blut schmeckte. Der Gegenreiz schaffte es, dass sich ihr gesamtes Denken aus dem Schmerz um den Oberarm zurückzog und sie zumindest blinzeln konnte. Ihr Sehvermögen passte sich an das Dämmerlicht an, und sie hob den Kopf ein kleines Stück.

Am Eingang war ein hellerer Streifen durch die offene Tür zu erkennen, dahinter tiefe Schatten. Nichts mehr zu sehen oder zu hören von dem Angreifer. Agnes kroch weiter unter die Tischplatte Richtung Mauer, versuchte, die Tür und die Schatten im Auge zu behalten. Der Tisch war momentan ihr einziger Schutz.

Es gelang ihr, mit der linken Hand erneut ins Innere ihrer Jacke zu fassen, aber in ihrer gekrümmten Haltung konnte sie den Verschluss nicht lösen, um die Dienstwaffe aus dem Halfter zu ziehen. Wenigstens registrierte ihr Verstand, dass ihr verletzter Arm immer noch am Körper hing. Nicht abgetrennt, wie sie es eben empfunden hatte. Aber das Blut floss. Agnes spürte die Nässe, wie sich unter der Jacke der Stoff ihres T-Shirts vollsog. Der Blutverlust war groß.

Irgendwie musste sie es schaffen, ihre Pistole zu ziehen, bevor sie ohnmächtig wurde.

Agnes drückte sich aus der Hüfte ein Stück hoch und streckte zugleich den Fuß aus. So war sie gezwungen, ihren Körper wieder ein Stück nach vorn zu schieben. Wieder versuchten ihre Finger zu tasten. Sie schaffte es, die Halterung zu lösen.

Doch bevor sie den Griff der Waffe umklammern konnte, war der Angreifer wieder da. Löste sich aus den Schatten, nahm Gestalt an. Diesmal konnte Agnes das Hackebeil sofort sehen. Auch die Person, die es hocherhoben schwang und auf den Tisch zugestürmt kam.

Mit einem Ruck zog Agnes ihr Bein zurück, krümmte ihren Körper. Erneut kam der Schmerz wie das Aufheulen einer Sirene in einer stillen Nacht. Ihre Reaktion war keine Millisekunde zu früh gekommen.

Die erhobenen Hände und das Hackebeil sausten nach unten, und die Klinge landete statt in Agnes' Fuß im Holz des Tischbeins. Es gab ein splitterndes Geräusch. Das Tischbein zerbrach in zwei Hälften, die Tischplatte kippte zur Seite. Glück für Agnes, denn die schwere Platte war nun wie ein Zeltdach vor ihrem Körper positioniert. Das bot ihr mehr Deckung. Agnes machte sich so klein wie möglich.

Über ihr ertönte wieder dieser Laut, dieses gutturale Knur-

ren. Von ihrer Position aus konnte Agnes die fremden Füße sehen, fremde Beine, die breit gespreizt vor dem Tisch standen.
Dann der nächste Schlag. Gegen die Tischplatte. Es krachte direkt über Agnes' Kopf. Sie zuckte heftig zusammen. Die Spitze des Beils zeigte sich in einem ersten Loch im Holz, wurde hin- und hergerissen.

Noch einmal versuchte Agnes, Kraft zu sammeln, um sich hochzustemmen, einen Gegenangriff zu starten, aber es gelang ihr nicht. Auch keine Chance, nach der Waffe zu greifen.

Sie war am Ende. Schwer verletzt und nicht in der Lage, sich zu wehren. Jeder weitere Hieb konnte die Tischplatte zerschmettern, und damit war sie dem Angreifer schutzlos ausgesetzt.

Der Angreiferin vielmehr. Dieselbe Frau, die auch für den Tod von Therese Valbilda verantwortlich war. Der Fall war gelöst und Agnes in Lebensgefahr.

Und Mitzi? Wo war sie? Ebenso verletzt oder schon tot?

Über Agnes krachte es wieder. Nein, es schrie. Ein Schrei, der nicht von der Angreiferin stammte. Dessen war sich Agnes sicher. Eine Stimme, die sie kannte.

Mitzi.
Sie lebte.
Gott sei Dank.
Aber was zum Teufel machte sie?

8

Mit dem Kopf voraus stürmte Mitzi aus der Kammer.

Sie hatte derart Schwung genommen, dass sie quer durch die Stube in die nächste Sitzgruppe hineinrannte. Sie rammte die Lehne eines Stuhls, der mit Gepolter umfiel. Mitzi fühlte zu den Schmerzen, die sie schon hatte, einen Stich im oberen Bauchbereich.

Das Gefühl, auf einer schiefen Ebene zu laufen, verstärkte sich, und sie schwankte wie auf einem Boot bei hohem Seegang.

All das würde sie nicht abhalten, Agnes zu retten.

Mitzi wandte sich erst nach links. Der Durchgang zur Küche war zu sehen. Sie schwenkte auf die rechte Seite. Dort spielte sich das Geschehen ab, das Mitzi in der dunklen Kammer dermaßen aufgescheucht hatte.

Kathrin war dort.

Mit beiden Händen hatte sie den Holzstiel des Beils umklammert, das in einer schräg stehenden Tischplatte steckte.

Sie hob den Kopf und sah in Mitzis Richtung. Ihr Zopf hatte sich aufgelöst, die langen blonden Haare hingen ihr wirr über die Schultern. In ihren Augen meinte Mitzi eine völlige Verrücktheit zu erkennen. Aus ihrer Kehle kam ein Laut, einem Knurren gleich.

Ein Traum, dachte Mitzi. Das kann nur ein Alptraum sein.

»Du Drecksau!«

Die Beschimpfung, die Kathrin ausstieß, machte Mitzis frommen Wunsch, alles wäre nur eine Illusion, schlagartig zunichte.

»Du deppertes Luder, du kommst als Nächstes an die Reihe.«

Noch etwas wurde Mitzi in den Sekunden klar, in denen sie Kathrin anstarrte und nicht fassen konnte, was aus der netten Kellnerin geworden war, die ihr einen Engelskuss serviert hatte: Unter dem kaputten Tisch neben Kathrin war jemand. Die schief liegende Platte war an einer anderen Stelle bereits eingeschlagen, das Holz stand in Splittern nach oben. Ein Mensch hatte sich daruntergeflüchtet, um den Hieben zu entgehen und zu überleben.

Agnes.

Wenn Kathrin mit ihrem nächsten Schlag die Tischplatte spaltete, war es um Agnes geschehen. Mitzi mochte es sich nicht vorstellen, und trotzdem tauchte das Bild von Agnes' ebenfalls gespaltenem Schädel vor ihr auf. Blut und Knochen und im Tode aufgerissene Augen.

In ihrer rechten Faust hielt Mitzi die Pinzette umklammert. Ihr war sehr wohl bewusst, dass sie mit dem lächerlichen Kosmetikartikel nicht die geringste Chance gegen ein Hackebeil hatte. Doch sie setzte auf den Überraschungseffekt.

Keine von beiden bewegte sich im Moment auf die andere zu.

Kathrin, weil sie es noch nicht geschafft hatte, das Hackebeil aus der Tischplatte zu ziehen, und Mitzi, weil sie sich nicht ganz sicher war, wie sie weiter vorgehen sollte.

Agnes, die Dritte im Bunde in diesem High Noon in der Wachau, gab unter der Tischplatte ein lautes Stöhnen von sich.

Mitzi ließ Kathrin für Sekunden aus den Augen und sah auf den Boden. Was sie entdeckte, hätte sie taumeln lassen, wenn sie nicht ohnehin bereits im Drehmodus gewesen wäre. Ein dunkles Rinnsal lief nahe der Eingangstür und sammelte sich zu einer Lache.

Blut. Agnes' Blut. Agnes war längst getroffen worden und lag verletzt unter dem Tisch.

Sie versuchte sich zu fokussieren, um den Schwindel einigermaßen in den Griff zu bekommen. Ihren linken Fuß stellte sie nach hinten, zog einmal mit der Sohle ihrer Turnschuhe über den Boden. Es gab ein wischendes Geräusch. Sie wollte sich abstoßen und wie ein wilder Stier auf Kathrin stürzen, solange die das tödliche Beil noch nicht wieder benutzen konnte.

Doch zu spät.

Kathrin riss Arme und Hände nach oben. Mit ihnen das Hackebeil.

Jetzt bestand akute Lebensgefahr. Für Agnes und auch für Mitzi. Hatte sie vorhin keine Angst vor dem Tod empfunden, so meldete sich nun bei ihr der Überlebensinstinkt.

Es mochte an Agnes liegen oder daran, dass Mitzi in all dem Chaos, in all dem Wahnsinn plötzlich an ihre Oma denken musste. Wer würde die Rechnung für das Heim bezahlen, wenn sie tot war? Wer würde Oma besuchen, wenn Mitzi es nicht mehr konnte?

»Du gschissane Funzn!«, brüllte Kathrin und sprintete mit erhobenem Beil los.

Mitzi blieb an Ort und Stelle. Aus ihrer Perspektive stürzte Kathrin auf einer Schräge auf sie zu. Dieses verdrehte Sehen half Mitzi sogar. Denn sie stellte sich vor, dass sie im richtigen Moment nur eine einzige Bewegung die Schräge hoch machen musste.

»Ich hau dich tot!«

Kathrin würde gleich das Hackebeil niedersausen lassen. Mitzi spürte zwischen ihren Fingern die Pinzette, sie hörte die Regentropfen an die Fenster klatschen, sie meinte sogar, Agnes' erneutes Stöhnen zu registrieren. Es war, als ob die Zeit sich dehnen und das Geschehen sich wie ein Strudelteig ziehen würde. Kathrins wutverzerrtes Gesicht kam wie in Zeitlupe näher und näher. Staub wirbelte in der Luft, Kathrins Haare wehten nach hinten. Ihre Augen waren größer geworden, die Pupillen dunkler.

Jetzt!, dachte Mitzi. Sie machte einen Ausfallschritt zur Seite. Zog ihren Körper nach.

Der Schlag ging ins Leere. Statt Mitzi traf er den Rand des Stuhls, der vorhin umgefallen war. Wieder krachte es, und Holz splitterte.

Die Wucht der Ausholbewegung ließ Kathrins Körper nach vorn kippen. Um nicht der Länge nach hinzufallen, musste sie sich auf die Knie plumpsen lassen. Ein Geräusch, wie wenn Knochen zusammengeschlagen würden. Kathrin ließ das Hackebeil los und stützte sich im Zu-Boden-Gehen mit beiden Händen ab.

Das war Mitzis minimale Chance.

Sie hob ihrerseits die gefesselten Hände hoch. In einem schrägen Winkel, als würde sie einen Golfschläger führen und ausholen. Sie fühlte die Pinzette in der Faust. Dann ließ sie die Arme, die Hände und damit auch Faust und Pinzette nach unten sausen.

Direkt auf Kathrins Gesicht zu.

Mitzi traf die Wange. Nicht mit aller Kraft, die hatte sie längst nicht mehr. Aber es genügte, um Schaden anzurichten. Die Haut der Angreiferin riss auf, wieder gab es Blut.

Kathrin begann zu schreien. Sie fasste sich an die Wange, und zwischen ihren Fingern wurde es rot.

Mitzi ließ sich dadurch nicht irritieren. Diese kurze Zeitspanne musste sie nutzen, bevor sich das Blatt wieder wendete. Noch einmal war sie nicht in der Lage, sich aufzubäumen.

Sie ließ die Pinzette fallen. Sie bückte sich, die Welt schwankte wieder, aber sie bekam den Stiel des Beils zu fassen. Es ließ sich gut mit allen Fingern greifen. Mitzi hob es an. Sie richtete es nicht gegen Kathrin, sondern holte nach hinten aus und schleuderte das Mordinstrument in Richtung des Fensters.

Das Klirren war ohrenbetäubend laut. Das Glas splitterte, es regnete Scherben. Dazu kam der echte Regen, gefolgt vom Wind.

Mitzi ließ die Arme sinken, schnappte nach Luft.

»Dafür kratz ich dir die Augen aus«, kreischte Kathrin.

Heftig im Gesicht blutend, aber immer noch gefährlich vital baute sich die Hex vor Mitzi auf.

9

Agnes wurde schwarz vor Augen, alles um sie herum tauchte in einer grauen Suppe unter. Keine Farben, kein Gefühl mehr. Sie merkte, wie ihr Körper zur Seite kippen wollte. Nur nicht das Bewusstsein verlieren. Mit der unverletzten Hand gab sie sich eine Ohrfeige. So fest, dass sie es klatschen hörte. Es wirkte.

Der nächste Schrei. Eindeutig kam der Laut von Mitzi.

Agnes starrte auf die Tischplatte über sich. Und auf den silbernen Stahl, der sich im geschlagenen Loch zeigte, aber nicht mehr hin- und hergerissen wurde. Mitzis Schreien hatte den Angriff gestoppt.

Danach hörte Agnes Atmen, Keuchen und erneut das unheimliche Knurren, das aus der Kehle der Angreiferin kam.

Sie versuchte ihre Position zu verbessern, indem sie die linke Schulter an die hintere Sitzbank drückte und sich ein Stück höher stemmte. Der Schmerz rechts nahm ihr den Atem und erneut fast das Bewusstsein. Doch ein paar Millimeter erkämpfte sie sich. Bei ihrer nächsten Bemühung, die Pistole zu erreichen, stießen ihre Fingerkuppen gegen das Halfter.

»Du Drecksau!« Jetzt schrie die Frau über ihr. »Du deppertes Luder, du kommst als Nächstes an die Reihe.«

Das Holz der Tischplatte knirschte. Die Angreiferin versuchte, ihr Mordinstrument aus der Tischplatte zu ziehen. Das Stück Stahl in dem Loch bewegte sich wieder.

Viel Zeit blieb nicht mehr, und die Irre würde sich auf Mitzi stürzen, um dann ihr Werk bei Agnes zu vollenden.

Gegen den Wind, dachte Agnes plötzlich, mit aller Kraft gegen den Wind.

Dieser Spruch ihres Vaters schoss ihr durch den Kopf. Er hatte ihn von einem Segelkurs in den Ferien vor etlichen Jahren mit nach Hause gebracht, und immer noch brachte er ihn bei jeder passenden Gelegenheit mit einem Augenzwinkern an. Gab es Probleme der einen oder anderen Art oder kochte auch nur die Milch über, rief er mit Vergnügen diesen Satz. Damit erheiterte er sich und die Familie, und meistens entspannte sich die Lage schnell.

»Du gschissane Funzn!« Das nächste Gebrüll.

Gegen den Wind, Agnes, mit aller Kraft gegen den Wind. Es klang in Agnes' Ohren, als wäre ihr Vater leibhaftig neben ihr.

Sie nahm allen Mut zusammen, als Bollwerk gegen den Schmerz. Mit einem massiven Ruck kam Agnes ins Sitzen. Ein Stöhnen drang aus ihrer Kehle. Aber ihre Position hatte sich dramatisch verbessert. Ihre Finger bekamen die Waffe zu fassen. Mit der linken Hand zielte und schoss sie nicht gut, doch das spielte in der Situation keine Rolle. Wichtig war das Überleben.

Agnes brauchte ein paar Atemzüge, bis sie zum nächsten Schritt bereit war.

»Ich hau dich tot!« Von oben.

Bewegung. Lärm.

Jetzt!, rief Agnes' Vater in ihrem Kopf.

Sie handelte.

Sie ließ sich nach vorn auf den Bauch gleiten, drehte sich einmal um die eigene Achse, griff mit der linken Hand samt der Pistole nach oben an den Tischplattenrand. Sie zog sich unter der Platte hervor. Den Kopf, den Oberkörper. Mit einem Blick vergewisserte sie sich, dass die Angreiferin tatsächlich nicht mehr über ihr lauerte. Es brauchte eine einzige weitere Anstrengung, bis sie sich seitlich unter der gekippten Tischplatte hervorziehen konnte.

In ihrem Kopf gab es ein unfassbar lautes Klirren, die Schmerzen splitterten in Tausende Scherben. Es klang, als ob ein Fenster zerborsten wäre.

Sie kam auf die Knie und weiter zum Stehen.

Das Geräusch war nicht in ihr, sondern von außen gekommen. Ein Fenster war tatsächlich zerbrochen, der Regen und der Wind peitschten in den Raum.

Agnes sah Mitzi. Die Hände gefesselt und voller Blut. Dann nahm ihr eine Gestalt die Sicht, die sich vor Mitzi aufbaute.

»Dafür kratz ich dir die Augen aus.«

Die Täterin, ohne das Beil. Es war nicht mehr in ihren Händen.

Agnes hob ihre Waffe. Sie wollte abdrücken, der Frau in den Rücken schießen.

Aber sie konnte nicht.

Es war ihr nicht möglich, einen Menschen hinterrücks zu erschießen. Vollkommen egal, was diese Frau getan hatte. Agnes war zur Polizei gegangen, um die Bösen ihrer gerechten Bestrafung zuzuführen, nicht, um über Leben und Tod zu entscheiden.

Ohne das Hackebeil war Kathrin Bosko zwar immer noch extrem gefährlich, aber auch anders zu überwältigen. Binnen Sekunden wechselte Agnes ihre Strategie.

Sie stolperte nach vorn Richtung Mitzi und der Angreiferin. Sie drehte die Pistole in ihrer linken Hand, bekam den Lauf zu fassen, der Griff zeigte nach vorn. Mit Schwung holte Agnes aus und zog die Waffe über den Hinterkopf der Frau.

»Gegen den Wind, mit aller Kraft gegen den Wind«, flüsterte sie dabei.

10

»Agnes, wie geht's dir?«
»Wie soll es mir gehen, Mitzi. Besch…eiden.«
»Ich muss lachen.«
»Was?«
»Agnes, du sprichst nicht einmal jetzt das Wort Scheiße aus.«
»Stimmt. Liegt an meiner Erziehung. Ich glaub, ich muss auch lachen, was nicht gut ist. Wegen dem Blutverlust.«
»Soll ich dir einen Verband machen? Schau, meine Händ sind frei. Ich hab die Wäscheleine an der Tischkante zerreißen können.«
»Hier ist nichts zu finden, was man auf die Wunde draufdrücken könnte.«
»Warte! Ich zieh mein Shirt aus.«
»Okay. Leg es zusammen, immer wieder, bis es ganz klein gefaltet ist. Gut so. Gib es mir.«
»Hier. Bitte.«
»Hilf mir, die Lederjacke auf der einen Seite auszuziehen, Mitzi.«
»Oh mein Gott. Die Wunde.«
»Klapp mir nicht zusammen, Mitzi. Press es auf die Wunde. Au, tut das weh.«
»Mir tut auch alles weh. Ich komm mir wie ein einziger wunder Fleck vor. Agnes, wir sind am Ende.«
»Red keinen Unsinn. Du kannst loslassen. Ich presse.«
»Lass mich.«
»Nein, Mitzi. Jemand muss die Frau da in Schach halten, bis Verstärkung kommt.«
»Hast du die Kavallerie verständigt?«
»Ich hab Axel Bescheid gegeben.«
»Dem Detektiv? Echt dem?«
»Jetzt ist nicht der Zeitpunkt für solche Diskussionen,

Mitzi. Er wird in Krems Alarm schlagen. Und auch das Polizeirevier in Weißenkirchen ist informiert. Die Kollegen werden kommen. Wir können nur warten und das Beste hoffen.«
»Der Sturm draußen is schwächer geworden.«
»Gut.«
»Hast du kein Funkgerät, Agnes? In den Filmen sieht man das immer.«
»Hätte ich, wenn ich nicht mit meinem Privatwagen unterwegs wäre. Selbst schuld. Wo ist dein Handy?«
»Keine Ahnung. Kathrin hat es mir weggenommen, nachdem sie mich zusammengeschlagen hat.«
»Meines ist in meinem Auto.«
»Wenn es überhaupt schon wieder ein Netz gibt.«
»Werde ich gleich ausprobieren. Wenn alle Stricke reißen, versuche ich, mit dem Wagen zurückzufahren. Die Bundesstraße runter gibt es Weingüter und Lokale. Da muss jemand sein.«
»Das kann ich machen. Jetzt gleich.«
»Mitzi. Stopp. Du bleibst. Wenn, dann ich.«
»Nein. Du verblutest.«
»Werd ich nicht. Aber wenn du gehst und ich werde ohnmächtig und die Frau dort erwacht, dann wird's wieder brenzlig.«
»Wenn es dir beim Fahren so ergeht, dann auch.«
»Ich halt an, wenn mir schwarz vor Augen wird.«
»Die Kathrin sieht wie tot aus.«
»Ich hab sie mit der Pistole nur bewusstlos geschlagen.«
»Cool.«
»Red keinen Unsinn. Auch sie braucht einen Arzt. Trotzdem darf sie uns nicht entwischen.«
»Dass du sie mit den Handschellen an die Theke gekettet hast, wird doch reichen.«
»Ich hoffe es. Aber du hast vorhin selbst erlebt, wie irre die Frau ist. Wenn sie zu sich kommt, dann ... Mitzi. Hier, nimm die Waffe.«
»Wie? Ich?«

»Ja, du. Du hältst sie in Schach, bis die Kavallerie kommt, wie du so schön gesagt hast.«

»Vielleicht wacht sie gar nicht auf, bis deine Kollegen da sind.«

»Vielleicht. Aber sicher ist sicher. Schau, ich entsichere die Waffe. Du setzt dich ein paar Meter entfernt auf einen Stuhl. Wenn sie wach werden sollte, halte sie in Schach. Nur in allerhöchster Not drückst du ab. Dann ziel nach unten, auf die Beine. Bring sie nicht um.«

»Ich kann das nicht, Agnes.«

»Du hast mir das Leben gerettet, indem du eine Frau angegriffen hast, die mit einem Hackebeil bewaffnet war.«

»Da war ich außer mir.«

»Ich dürfte dir meine Dienstwaffe nicht aushändigen. Ich könnte dafür sogar kurzfristig suspendiert werden. Aber es ist die einzige Möglichkeit. Ich bin zu schwach.«

»Agnes, ich fürchte mich.«

»Bitte, Mitzi. Nimm die Waffe.«

»Das Blut, Agnes. Mein Shirt ist schon ganz durchnässt.«

»Deshalb machen wir es so, wie ich gesagt hab.«

»Nicht sterben, Agnes, bitte.«

»Versprochen, Mitzi. Versprochen. Mit Glück sind wir beide in kürzester Zeit in Sicherheit und ärztlich versorgt.«

»Agnes?«

»Was noch?«

»Du bist die beste Freundin, die ich je hatte.«

»Ich mag dich auch, Mitzi. Und jetzt halt die Ohren steif.«

11

Mitzi zog die golden glänzende Rettungsdecke enger um ihre Schultern.

Sie stand unter den Laubbäumen und sah auf das Haus, aus dem die »Donauperle« hätte werden sollen. Es wirkte von außen ziemlich renovierungsbedürftig. Das zerborstene Fenster unterstrich den desolaten Eindruck. Mitzi wurde klar, dass hier noch viele Geldinvestitionen hätten fließen müssen, um daraus ein flottes Ausflugslokal zu gestalten.

Sie sah sich nach dem Hackebeil um, das sie hinausgeschleudert hatte, konnte es aber nirgends entdecken. Anzunehmen, dass es sich bereits in einer Plastiktüte unter den Beweismitteln befand.

Die Szene mit Kathrin vorhin wirkte jetzt schon wie aus einem Film mit einem Drehbuch von Stephen King. Obwohl die Kellnerin Agnes und sie fast erschlagen hätte, fühlte Mitzi Mitleid mit ihr. Zerstörte Träume konnten zu einem Krebsgeschwür werden, das alles Gute in einem auffraß. Wenn am Ende jede Hoffnung schwand, war der Schritt über den Abgrund hinaus vielleicht nicht einmal mehr eine große Überwindung.

Mitzis Finger fühlten sich klamm an. Vorhin hatte sie sich am Wasserhahn hinter der Theke intensiv die Hände gewaschen. Das Wasser war eiskalt und anfangs braun gewesen. Aber Kathrins getrocknetes Blut auf der Haut zu spüren war zu eklig. Mitzi fühlte ein leichtes Stechen an ihrem Daumen und sah, dass sie sich einen Holzsplitter eingezogen hatte. Schade, dass sie die Pinzette nicht mehr bei sich hatte.

Alles hatte für sie und Agnes ein gutes Ende genommen, das zählte.

Die Kavallerie hatte zwanzig Minuten später anfangs nur aus einem Polizeiwagen bestanden, der vor dem Haus aufgetaucht war. Mit Agnes, die mehr schwankte, als dass sie ging, hatten zwei Polizisten in Uniform die Gaststube betreten.

»Mitzi, das ist der Kollege Clemens Pippi Langstrumpf«, hatte Agnes noch gesagt, bevor sie ohnmächtig wurde.

Mitzi hatte dem jungen Beamten sofort die Waffe in die Hand gedrückt, während der zweite Polizist sich um Agnes kümmerte. Nur Minuten später waren auch die Ermittler aus Krems eingefahren, mit Blaulicht und Sirene und mit einem Krankenwagen im Schlepptau. Kurz darauf war ein zweiter erschienen.

Vor der »Donauperle« hatte sich ein ganzer Einsatzwagenkonvoi zu sammeln begonnen. Wie der Sturm hatte auch der Regen nachgelassen, aber nass waren trotzdem alle geworden.

Zu Mitzis größter Erleichterung war Kathrin erst aus ihrer Bewusstlosigkeit erwacht, als die Polizei längst den Tatort gesichert hatte und die Sanitäter sie bereits ärztlich versorgten. Sie hatte kein Wort gesagt, sich nur umgesehen und Mitzi, an der Wagentür stehend, einen furchtbar bösen Blick zugeworfen.

Mitzi hatte mit den Schultern gezuckt und sich aus dem Blickfeld der Hex zurückgezogen. Sie war in die Garage gegangen und hatte ihren Rucksack aus dem Kofferraum des Autos geholt, mit dem sie verschleppt worden war. Ihr Handy hatte sie im Seitenfach neben dem Lenkrad entdeckt. Nur ihre Regenjacke war unauffindbar.

»Wollen Sie mitfahren?«

Ein Sanitäter mit einem Ziegenbärtchen am Kinn sprach Mitzi an. Sie nickte und riss sich vom Anblick des Hauses los. Der Ziegenbärtchenmann half ihr beim Einsteigen.

Der Krankenwagen rumpelte über die unasphaltierte Straße. Mitzi hielt sich mit beiden Händen an der Haltestange über ihr fest. Sie warf einen besorgten Blick auf Agnes, die auf der Trage lag.

Doch Agnes hatte die Augen wieder offen und lächelte sogar ein kleines Lächeln, als sich ihre Blicke trafen. Die tiefe Wunde war versorgt. Der weiße Verband sah aus, als wäre der Arm frisch gestrichen worden.

»Alles gut, Mitzi. Ich hab es dir ja gesagt.«

»Die Frau Inspektor übersteht es.« Der Sanitäter blinzelte Mitzi zu. »Und um Sie kümmern wir uns intensiver im Spital.«

»Danke.«

Mitzi sehnte sich nach einem Bett, selbst wenn es wieder ein Krankenbett war. Sie fühlte sich völlig ausgelaugt. Ihre Handgelenke zeigten rote Striemen. Die Wunde am Kopf hatte der Notarzt an Ort und Stelle versorgt. Ob eine Gehirnerschütterung vorlag, würde im Krankenhaus diagnostiziert werden.

Wieder holperte der Rettungswagen, und Mitzi umklammerte den Haltegriff fester.

»Dass du mich hier gefunden hast, is ein Wunder, Agnes.«

Das Haus stand am Waldrand. Der Feldweg, auf dem Mitzi auf Kathrin getroffen war, führte am Ende dorthin. Von der anderen Seite des Hauses her gab es eine schmale Zufahrtsstraße. Dazwischen Rebenfelder und Wald, wohin das Auge reichte. Nur unterbrochen durch die Bundesstraße.

»Kathrins Mutter, Lena Bosko, hat mir den Weg beschrieben.« Agnes' Lächeln verschwand. »So heißt die weiße Frau, die du auf der Festung getroffen hast. Am Ende ist sie eingeknickt und hat mir die Details erzählt.«

»Wie schrecklich für die arme Frau.«

»Ich denke, die ganze Tragweite hat sie noch gar nicht erfasst. Bald wird die Polizei wieder vor ihrer Tür stehen und sie abholen.«

»Aber sie hat doch nichts getan.«

»Sie hat dazu beigetragen, dass ein Mord unaufgeklärt geblieben ist. Sie hat dir und Hilda Valbilda Angst gemacht. Sie hat die weiße Frau gespielt, ohne nachzufragen.«

»Es tut mir so leid. Warum is ihre Tochter zur Mörderin geworden, Agnes? Ich verstehe es nicht.«

»Woher hast du Kathrin Bosko gekannt? Oder besser sie dich?«

»Ach, sie war eine der Kellnerinnen im Café Mistlbacher. Ich wollte mich mit ihr anfreunden. Deshalb is sie überhaupt auf mich aufmerksam geworden. Die Details erzähl ich dir noch. Kathrin schien ein freundlicher Mensch zu sein, wie du und ich. Warum also?«

»Das werden wir genau recherchieren. Ich glaube, hier sind einige Dinge zusammengekommen. Vera Valbilda hat mir gesagt, dass Kathrin von Tobias Mundis Patentante Therese abgelehnt wurde. Therese Valbilda hatte unter anderem auch Vorurteile gegen Kathrin, weil sie und ihre Mutter aus der Slowakei stammen.«

»Also war Therese gar nicht so nett, wie alle gedacht haben.«

»Jeder hat nette und weniger gute Seiten, Mitzi. Nicht schwarz oder weiß, sondern Grauzonen.«

»Kathrin hat die ›Donauperle‹ viel bedeutet.«

»›Donauperle‹?«

»Sie war dabei, das Lokal zu verlieren, lange bevor es eröffnen hätt können.«

»Hauptsache, die Schuldige ist verhaftet worden. Wir zwei haben es überstanden.«

Der Rettungswagen bog um eine Kurve, und das Rumpeln hörte auf. Sie waren auf der Bundesstraße.

»Wenn ich nicht gewesen wäre, würdest du nicht hier liegen, Agnes.«

»Wenn du nicht gewesen wärst, würde die Mörderin von Therese Valbilda frei herumlaufen. Wer weiß, wer noch alles Opfer von Kathrin Bosko geworden wäre. Sie hat gezeigt, dass sie über Leichen geht. Wie hast du herausgefunden, Mitzi, dass sie es ist?«

»Die Ähnlichkeit. Ich hab Kathrin ja im Café kennengelernt und danach die weiße Frau auf der Festung getroffen. In meinem Unterbewusstsein hat es zu arbeiten begonnen. Später, auf dem Berg oben, war ich mir fast sicher.«

»Auf dem Berg?« Agnes schloss kurz die Augen, öffnete sie wieder.

Der Sanitäter beugte sich zu Mitzi. Sein Ziegenbärtchen kringelte sich, was Mitzi faszinierte. »Ich glaube, Sie sollten die Frau Inspektor ruhen lassen. Sie hat viel Blut verloren, und der Schock nach so einer Verletzung is nicht ungefährlich.«

»Aber sie wird wieder, oder?«
»Sicher.«
Mitzi wandte sich erneut Agnes zu. »Lass die Augen zu, Agnes. Gleich werden wir versorgt. Dann kann ich dich einmal in einem Krankenzimmer besuchen, nicht umgekehrt.«
Das kleine Lächeln kam zurück.
Mitzi sah durch das Seitenfenster nach draußen. Der Regen hatte aufgehört. Der Frühlingssturm war vorbei. Inzwischen war es längst dunkel. Einzelne Häuser waren erleuchtet. Mitzi meinte, die Donau zu erkennen. Am Himmel entdeckte sie einen ersten Stern. Abendliche Idylle in der Wachau.

12

Es war, als ob sie den Bogen und damit die Geschichte schließen wollten. Beide hatten sich gegenseitig als Treffpunkt das Buchcafé im Lippott-Haus in Kufstein vorgeschlagen. Agnes war seit drei Tagen aus dem Krankenhaus entlassen und wieder zu Hause, und Mitzi hatte ohnehin eine nächste Zugfahrt unternehmen wollen.

Die Buchhändlerin und Kaffeezubereiterin in einer Person in dem gemütlichen Café, das auch eine Buchhandlung war, servierte Agnes und Mitzi jeweils eine Melange mit einer sensationell gelungenen Haube aus Milchschaum.

»Langsam werde ich ebenfalls zur Kaffeehaushockerin, wie du.«

Agnes löffelte erst den Schaum von der Oberfläche ab, Mitzi nahm sofort einen Schluck und leckte ihn sich anschließend von der Oberlippe.

»Wenn du mir nacheifern willst, dann musst du aber ziemlich viele Filmchen nachholen.« Mitzi stellte ihre Tasse wieder ab. »Abgesehen davon wäre es besser, ich würde mir ein Stück von dir abschneiden, was das Rationale und Überlegte betrifft.«

»Nein, Mitzi. Du bist gut so, wie du bist.«

Mitzi starrte Agnes an. »Das meinst du nicht ernst, oder?«

»Doch. Ich hab nachgedacht während meiner kurzen Auszeit.« Sie zuckte mit dem rechten Oberarm, der unter dem Pullover immer noch mit einem Verband versehen war. »Mein Problem ist, dass ich oft zu lange überlege, bevor ich aktiv werde. Um alle Optionen zu überblicken.«

Mitzi kicherte.

Agnes sah sie an. »Das ist nicht lustig, Mitzi.«

»Nein, darüber lach ich nicht. Aber dass du hier sitzt, immer noch krankgeschrieben, verletzt durch ein Hackebeil, und meinem chaotischem Denken Zuspruch gibst, finde ich irgendwie komisch.«

»Ein ganz klein wenig, zugegeben.«

»Hast du dir ›Shining‹ angesehen, wie ich es dir empfohlen habe, oder is es dafür noch zu früh? Jack Nicholson mit der Axt is ziemlich furchteinflößend.«

Agnes hob ihre Tasse hoch und pustete. »Nein, den nicht. Es war stattdessen ›Chinatown‹. Axel hat mir den Klassiker empfohlen, den ich auch noch nicht kannte.«

»Ha, ich wusste es doch, dass der auf dich steht.« Mitzi klatschte in die Hände. »Die Inspektorin und der Detektiv, auch ein guter Filmtitel.«

»Der steht nicht auf mich.« Leichte Röte zeigte sich auf Agnes' Wangen. »Außerdem lebt er in Köln und ich hier in Kufstein. Nach den Ereignissen hat er nachgefragt, wie es mir geht. Was absolut nichts zu bedeuten hat und jeder andere auch getan hätte. Mein Chef Sepp Renner und mein Kollege Bastian Klawinder haben sich öfter gemeldet als Axel.«

»Was anderes, Agnes: Hat denn Kathrin Bosko noch eine Aussage gemacht?«

»Das hat sie, Mitzi. Ganz unter uns«, Agnes beugte sich zu Mitzi hin und senkte die Lautstärke, »Hauptmann Petra Hammerl hat in ihrem letzten Bericht an mich geschrieben, dass Kathrin Bosko bei einer der Vernehmungen sogar gestanden hat, dass sie Hilda Valbilda töten wollte.«

»Ich wusste es. Ein Doppelmord.«

»Nein. Hilda ist eines natürlichen Todes gestorben, das stimmt. Aber Kathrin Bosko hat keine Hilfe geholt, als die alte Frau einen Herzanfall hatte. Sie war bei ihr. Mit dem Hackebeil. Auch das hat sie preisgegeben. Hilda im Café immer bedienen zu müssen hat ihren Hass anscheinend noch mehr geschürt.«

»Oh Gott.«

»Harro deNärtens in Köln lag absolut richtig. Kathrin Bosko hat Hilda Valbilda quasi zu Tode erschreckt. Inzwischen ist auch Hildas Wohnung von den Spurenermittlern unter die Lupe genommen worden. Obwohl wir die Täterin haben, könnten für die Verhandlung noch mehr handfeste

Beweise nicht schaden. Es reicht, wenn ein Haar oder eine Hautschuppe Kathrin zugeordnet werden kann.«

»Wenn ich nicht öfter versucht hätte, Kathrin zu erreichen, wäre wenigstens Freddys Wohnung in Salzburg noch intakt. Obwohl – wir haben schon eine neue Tür. Besser als die alte, sagt Freddy. Mit Sicherheitsschloss. Aber ich verstehe es einfach immer noch nicht, Agnes.«

»Was?«

»Dass man das Haus einer alten Dame abbrennt. Selbst wenn man in großer Not is und wenn die sich gemein zu einem verhalten hat.«

»Menschen tun so etwas, Mitzi.«

»Was hatte es denn mit der Dreizehn auf sich? Sollte es irgendein mysteriöses Zeichen sein, dass die Verbrechen jeweils an dem Tag passierten?«

Agnes seufzte. »Siehst du, Mitzi. Man soll nie zu viel interpretieren. Die Dreizehn war Zufall. Kathrin Bosko hat sich das Datum für ihre Taten nicht bewusst ausgesucht.«

»An ihre Mutter muss ich oft denken. Sie hat niemandem Böses gewollt. Wird sie auch angeklagt?«

»An der Brandstiftung ist ihr keine Beteiligung nachzuweisen. Von den Verbrechen ihrer Tochter hat sie nichts gewusst. Sie hat ihrer Tochter, ohne nachzufragen, geholfen, weil sie sich seit jeher schuldig gefühlt hat. Sie hat ihr Kind nicht vor den Anfeindungen ihrer eigenen Mutter beschützt. Nach den Schilderungen von Lena Bosko war es wohl schlimm, besonders weil Kathrin ein uneheliches Kind war und deshalb von der Großmutter gequält und verachtet wurde.«

»Wie schrecklich.«

»Deshalb ist sie mit der kleinen Kathrin fort von ihrem Zuhause.«

»Muss sie ins Gefängnis?«

»Man wird sehen. Ihr Lebensgefährte, der den Laden führt, hat geahnt, dass hinter den Auftritten, die Kathrin von ihrer Mutter erbeten hatte, Schlimmeres steckt.«

»Arme weiße Frau. Und was is mit dem Patensohn?«

»Tobias Mundi hätte das Verbrechen seiner Freundin oder fast Verlobten ahnen können. Noch dazu, wo sie in der Tatnacht eben nicht im Bogerl war und erst hinterher für die Polizei die unbekannte Wienerin für sein Alibi gespielt hat. Übrigens hat er mit dem Geld von Therese Valbilda nicht nur seine Spielschulden ausgeglichen, sondern auch Kathrin Boskos Kredit mit bedient. Es war auch sein Auto, mit dem du entführt worden bist. Liebe macht wohl wirklich manchmal blind.«

»Oh weh, jetzt tut mir der Mann ebenfalls leid.«

Agnes nickte. »Wie geht es dir überhaupt, Mitzi? Ich habe mir Gedanken gemacht, schließlich ist es nach dem Feuer Schlag auf Schlag gegangen.«

»Du bist echt lieb. Aber mir geht es wieder gut. Relativ. Seltsam is, dass ich keine bösen Träume davon hab. Nachdem Kathrin Bosko verhaftet worden is, war's für mich erledigt. So wie ein Auftrag oder eben ein Fall, der abgeschlossen is. Geht es dir als Polizistin ebenso?«

»Manchmal. Wir arbeiten weiter, Mitzi. Ein Verbrechen ist aufgeklärt, und das nächste klopft an. Manchmal laufen mehrere Fälle parallel. Zu viel Emotion und Grübeln würden in einem Burn-out enden.«

»Aber das Bauchgefühl, das brauchst du.«

»Jeder gute Ermittler hat einen Instinkt, dem er genauso folgt wie den Beweisen.«

»Hast du manchmal noch Kontakt zu Zeugen oder Opfern?«

»Ja, zu dir.«

Sie lachten beide.

»Noch einmal zu dir und deiner Einmischerei, Mitzi.« Agnes wurde schnell wieder ernst. »Ich sage es zum wiederholten Mal. Es hätte schlimmer ausgehen können. Wenn dir das Feuer, die Entführung und die Eskalation nicht genug gewesen sind, weiß ich auch nicht.«

»Das war genug. Ich verspreche es.«

»Stopp. Das macht bei dir keinen Sinn. Das hatten wir schon. Ich will nur, dass du vorher nachdenkst.«

»Beim nächsten Mal, meinst du?«

»Es wird kein nächstes Mal geben, Mitzi. Keine Einmischung und keine Alleingänge einer Privatperson. Nicht mit mir.«

»Ich versteh schon, Agnes.«

»Wirklich?«

»Wollen wir was Süßes zum Kaffee bestellen? Ich frag, ob die hier Engelsküsse haben.«

Mitzis Themenwechsel war wie immer abrupt.

Dreizehn

Der Sommer zeigte sich in seiner vollen Pracht. Diesmal nicht zu heiß und nicht zu verregnet. Niemand hatte Grund, zu klagen, Mitzi hatte bereits auf der Hinfahrt nach Krems das Gefühl gehabt, hauptsächlich zufriedenen Menschen zu begegnen.

Das konnte auch an ihrer eigenen Gefühlslage liegen.

Seit Wochen ging es ihr fast durchgehend gut. Befreiter und entspannter war sie, als sie sich in den ganzen letzten Jahren gefühlt hatte. Zum ersten Mal in ihrem Leben schien es ihr, als wäre sie in ihrem Erwachsenenleben angekommen. Sogar ihr Schlaf war besser geworden, und die Nächte, in denen sie hochschreckte, hatten sich ziemlich reduziert. Selten ging sie noch mitten in der Nacht spazieren.

Ihr dreißigster Geburtstag war überraschend schön gewesen. Entgegen ihrer sonstigen Gewohnheit, diesen Tag einfach im Bett mit einer losen Reihe an Filmen zu verbringen und sich zu erlauben, auch im Schlafzimmer Pizza zu essen, hatte sie Freddy gebeten, sich freizunehmen. Sie waren zum Brunch ins Café Wernbacher gegangen. Er hatte ihr einen Sprüchekalender mit Tierbildern und ein Spitzennachthemd geschenkt, was sie rührend fand.

Später hatte sich Agnes über Skype gemeldet und für Mitzi nach den Glückwünschen ihren Hamster Jo in die Kamera gehalten. Mitzi war verzückt gewesen. Sogar Hauptkommissar Heinz Baldur hatte aus Frankfurt eine Nachricht gesendet.

Am nächsten Tag hatte sie ihre Oma im Heim besucht und sich nur ein klein wenig traurig dabei gefühlt. Dr. Rannacher meinte, Mitzi sei endlich dabei, das Geschehen Stück für Stück zu verarbeiten.

Also, alles auf einem guten Weg.

Wie sie heute.

Sie kam an einem Feld mit Marillenbäumen vorbei. Die reifen Früchte hingen schwer an den Ästen. Am Rand der

Straße war ein Stand aufgebaut, an dem Kartons in drei Größen mit geernteten Marillen angeboten wurden. Eine stattliche Bauersfrau mit einer Schürze und einem Kopftuch hielt ihr den kleinsten der Kartons entgegen.
»Schöne Marillen, Fräulein. Da, schauen S'.«
Mitzi blieb stehen. Sie überlegte, ob sie an den Ort, zu dem sie unterwegs war, Obst mitnehmen durfte.
»Von unseren Marillen können S' die besten Marillenknödel der Welt machen, Fräulein.«
Die Bäuerin sah Mitzi erwartungsvoll an, legte den Kopf schief. »Apricots from Austria. Very, very good and saftig, lady. Best for Apricot-Knödel.«
Mitzi musste grinsen. Das Englisch der Frau klang saukomisch. »Ich versteh Sie schon. Bin nur am Nachdenken.«
»Ach geh.« Die Bauersfrau schmunzelte jetzt ebenfalls. »Ich hätt Sie für eine Touristin gehalten. Ein Schachterl oder zwei?«
»Wissen Sie was, ich nehm gleich zwei mit.«
Selbst wenn Mitzi die Marillen am Empfang abgeben musste, konnte sie immer noch beide Portionen nach Salzburg transportieren und damit Marillenknödel zubereiten.
»Ich geb extra noch ein paar obendrauf, Fräulein.«
»Dank schön.«
Den Rest der Strecke summte Mitzi im strahlenden Sonnenschein leise vor sich hin. Die Vorfreude stieg.

Am Einlass gab sie ihren Rucksack und ihr Handy ab, füllte das Anmeldeformular aus und streckte dem Beamten einen der Kartons mit den Marillen entgegen.
»Darf ich die mit reinnehmen?«
»Geben S' her?«
»Bitte. Is nur Obst.«
»Geht in Ordnung.«
Herr Bösel nahm sie wieder in Empfang, und diesmal war Mitzi überhaupt nicht mulmig zumute.
Im Besucherraum angekommen, stieg etwas Aufregung in ihr hoch. Es war nicht wirklich richtig, dass sie hier war. Ein

Funke schlechten Gewissens gegenüber Freddy flackerte auf. Obwohl sie nicht vorhatte, ihn zu hintergehen, hatte sie doch mit keinem Wort von ihrem Vorhaben erzählt. Nur, dass sie wieder einmal unterwegs sein würde, wie so oft und wie immer allein.

Die Wahrheit war, dass es seit den Ereignissen um die Valbilda-Schwestern einen regelmäßigen Schriftverkehr gab. Seit der Fall mit der Hex ein Ende gefunden hatte. Mitzi hatte den ersten Schritt getan und die Zeilen aufgesetzt. Mit einem Bericht über die Geschehnisse. Sie wusste nicht, wie viel davon bis in die Justizvollzugsanstalt gedrungen war. Eine Antwort war gekommen, sehr enthusiastisch, mit ein paar Fragen dazu, die Mitzi wieder schriftlich beantwortet hatte. Und immer so weiter.

Mitzi mochte diesen Austausch. Heutzutage waren Briefe selten, und jedes Mal, wenn sie die ersten Worte auf das leere Blatt schrieb, war ihr, als würde sie als Erste eine Spur hinterlassen. Im Schnee oder im Sand oder eben auf dem Papier.

Der Austausch war harmlos, fast banal, aber er erfreute Mitzis Herz.

Sie hätte Agnes einweihen sollen. Aber die Inspektorin war wieder voll in ihren Job eingestiegen. Außerdem schien sich bei ihr eine kleine Liebesgeschichte anzubahnen. Seit Axel Brecht überraschend zu Besuch bei Agnes aufgetaucht war und sie von einer nächsten Kölnreise redete, war sich Mitzi dessen sicher.

Jede von ihnen ging also ihren Weg, und solange der an Feldern mit Marillenbäumen im Sonnenschein vorbeiführte, war alles in Ordnung.

Die Tür vom Besucherraum öffnete sich.

Kasimir Wollatschek trat ein.

»Ich hab dir frische Marillen mitgebracht.« Mitzi hob den Karton in die Höhe.

FINE

Outtake

Ein Outtake ist in einer Film- oder Fernsehproduktion eine aufgenommene Szene, die nicht verwendet wird.
Beim Schreiben des Kriminalromans »Wenn die Alpen Trauer tragen« ist auch ein Dialog entstanden, der zuerst in der Geschichte vorkommen sollte, nun aber hintangestellt wird. Er hat mit der Zahnärztin Dr. Leocardia Kardiff zu tun. Dr. Leo, wie sie genannt wird, praktiziert in Köln und geht selbst das eine oder andere Mal gern auf Verbrecherjagd.

»Der Nächste, bitte. Behandlungsraum fünf. Geradeaus und dann rechts.«
»Danke schön.«
»Sie können direkt auf dem Stuhl Platz nehmen.«
»Mach ich.«
»Frau Dr. Kardiff ist sofort bei Ihnen.«

»Schönen guten Abend, Frau Kirschnagel. Freut mich, Sie kennenzulernen. Was führt Sie in meine Praxis?«
»Eigentlich ist es nichts.«
»Wenn es nichts wäre, wären Sie nicht hier.«
»Gut kombiniert.«
»Wo tut es weh?«
»Ein Missgeschick. Total blöd. Ich habe im Hotel Christina die Begrüßungsschokolade gegessen, und seither sticht und klopft es links oben hinten. Heute Abend hat es nach jedem Schluck Kölsch richtig arg wehgetan.«
»Sie sind also nur zu Gast in unserer Stadt?«
»Ich bin morgen wieder weg und könnte dann zu meinem Zahnarzt in Tirol gehen. Aber die Schmerzen haben zugenommen. Ich hab gegoogelt, und Ihre Praxis war bei den ärztlichen Nachtdiensten angegeben. Relativ nah beim Hotel, da bin ich spontan hierher.«

»Sie kommen aus Österreich?«
»Genau. Aus Innsbruck, lebe und arbeite aber in Kufstein.«
»Wie schön. Ich liebe die Berge.«
»Ich auch, aber bloß zum Schauen. Hinauf gehe ich nicht, ich habe Höhenangst.«
»Oh. Da rate ich Ihnen zu einer Hypnosetherapie, die hat mir bei meiner Spritzenphobie geholfen.«
»Zahnärztin und Spritzenphobie. Muss ich mich jetzt fürchten?«
»Natürlich nicht. Was machen Sie in Köln? Urlaub?«
»Beruflich.«
»Sie haben an der Rezeption vor Ihrem Namen ›Inspektorin‹ angegeben. Sie arbeiten also bei der österreichischen Polizei?«
»Stimmt.«
»Mein Freund ist hier bei der Mordkommission. Hauptkommissar Jakob Zimmer. Hatten Sie mit ihm zu tun?«
»Nein.«
»Wenn Sie etwas brauchen oder Rückfragen haben …«
»Nein, es ist alles geklärt. Ich hatte hier eine Befragung, die aber erledigt ist.«
»Verstehe. Wir sollten ohnehin loslegen, Frau Kirschnagel. Kopf zurücklehnen und etwas zu mir drehen. Den Mund aufmachen. Wo tut es genau weh?«
»Linkschowenhinta.«
»Ah ja, ich sehe das Übel. Eine kariöse Stelle am Fünfer.«
»Aha.«
»Gut, dass Sie gekommen sind, das hätte Sie die Nacht wach gehalten.«
»Aha.«
»Das haben wir schnell erledigt. Ich spritze schon einmal ein. Keine Sorge, meine Spritzenphobie ist so gut wie geheilt.«
»Aha.«
»Aber verzeihen Sie, wenn ich im wahrsten Sinn des Wortes ein wenig nachbohre, geht es um einen Mordfall?«

Glossar

baba – tschüs
Billa – österreichischer Lebensmitteldiscounter
dalli, dalli – schnell, schnell
damisch oder tamisch – verwirrt
damische Urschl – dummes Weib
deppert – dumm
Dschopperl – dummes Ding
einen Schmarrn zusammenreden – Stuss reden
Funzn – dummes Ding
gemma – gehen wir
Gfrast – hinterhältige Person
Gfrett – Missgeschick, schlechte Lage
grantig – schlecht gelaunt
Haderlumpen – schlechter Mensch
Hauberl – Mütze
Hefn oder Häfn – Gefängnis
herumscharwenzeln – jemanden umgarnen
Kaffeetscherl – Kosewort für Kaffee
ka Göd, ka Musi – ohne Geld keine Musik
Kracherl – Kräuterlimonade
krepieren – sterben
Kretzn – unangenehme Person
Kruzifix! – Verdammt!
Melange – Kaffee mit Milchschaum
Packerl – Paket
Piefke – deutscher Urlauber
Polster – Kissen
Sackerl – Tüte

Saufratz – schlimmes Kind
Schaastrommel – blödes Weib
Schachterl – kleiner Karton
Schlagobers – Schlagsahne
Schmähtandler – Betrüger
sempern – sich beschweren, jammern
Strawanzer – Herumtreiber
trotschn – tratschen
Volksschule – Grundschule
Wappler – Weichei
Waserl – unbeholfener Mensch
wurscht – egal
Zschigg – Zigarette (Tirol)
zuagrast – neu angesiedelt, zugezogen

Wachauer Marillenknödel – Rezept für 10 Knödel

Zutaten
Knödelteig:
ca. 60 g zimmerwarme Butter
1 Pkg. Vanillezucker
Salz
1 Ei
300 g Topfen (Quark)
200 g Mehl
10 kleine Marillen (Aprikosen)
10 Stück Würfelzucker

Garnitur – Brösel:
100 g Butter
100 g Semmelbrösel
Zimt
Zucker
Puderzucker

Zubereitung
Die weiche Butter mit Vanillezucker und einer kleinen Prise Salz schaumig rühren.
Das Ei mit Topfen (Quark) und Mehl einrühren und alles zu einem geschmeidigen Teig verarbeiten. Zu einer Kugel formen, in Folie wickeln und ca. 30 Minuten kühl rasten lassen.

Kerne aus den Marillen entfernen (dafür entweder mit einem Kochlöffelstiel hinausdrücken oder aufschneiden). In jede Marille ein Stück Würfelzucker geben.

Teig auf einer bemehlten Arbeitsfläche zu einer ca. 5 cm dicken Rolle formen. Mit einem Messer Scheiben davon abschneiden und diese in der Handfläche etwas flach drücken. Marillen auflegen, Teig zusammenschlagen und gut verschließen. Mit bemehlten Händen zu Knödeln formen und auf ein ebenfalls bemehltes Brett legen.

In einem großen Topf reichlich, nur leicht gesalzenes Wasser aufkochen. Marillenknödel einlegen und 10–13 Minuten leicht wallend ziehen lassen. Währenddessen ab und zu behutsam umrühren, damit sich die Knödel nicht anlegen.

Für die Garnitur Butter in einer Pfanne schmelzen. Semmelbrösel zugeben, mit Zimt aromatisieren und goldgelb rösten. Gegen Schluss kräftig zuckern. Fertig gegarte Knödel vorsichtig herausheben und in den vorbereiteten Semmelbröseln wälzen. Anrichten und mit Staubzucker bestreuen.

Um sicherzugehen, dass die Knödel nicht zerfallen, ist es ratsam, vor dem Füllen der Knödel einen Probeknödel zu kochen. Danach bei Bedarf einen zu weichen Teig mit etwas Mehl, einen zu festen Teig mit Butter korrigieren.

Garzeit: 10–13 Minuten

Quelle: https://www.austria.info/de/service-fakten/osterreichische-kuche/rezepte-aus-osterreich/wachauer-marillenknodel

Dankesliste

Ein herzliches Dankeschön geht jeweils an:
Chris Willer, Sandra und Michael Kosmus, Dr. Cornelia Assaf, Andrea und Martin Friedrich, Dr. Katharina Feld, Astrid Üffing und Alexander Bahr, Brigitte und Herbert und Tiger Hesidenz, Claudia Matschulla, Dorrit und Seppi Archan, Antonia Schlögl, Johann Antonia Claudius, Katharina Kaschel, Beate Gomoluch-Dörr und Stephan Dörr, Else Reinermann, Zsuzsanna Nagy, Susanne Geiger-Krautmacher, Birgit und Frank Orlinski, Lennart und Laurens, Irene und Joachim Schutting, Julian Schutting, Regina und Peter Molden, MMag. Ferdinand Flucher, Bärbel und Dr. Johannes Loh, Uschi Gössl, Dani Bross, Nina Schäfer, Leslie Schmidt, Svenja Schulze, Caro Gladysch sowie Gabriela und Nonni.

Und ein Extra-Danke an meine Lektorin Hilla Czinczoll.

Die Kriminalromane von Erfolgsautorin Isabella Archan im Überblick
Alle Titel sind auch als eBook erhältlich.

Die Zahnarzt-Trilogie mit Dr. Leocardia Kardiff

Tote haben kein Zahnweh
ISBN 978-3-95451-776-3

Auch Killer haben Karies
ISBN 978-3-7408-0036-9

Der Tod bohrt nach
ISBN 978-3-7408-0312-4

Die MörderMitzi

Die Alpen sehen und sterben
ISBN 978-3-7408-0541-8

www.emons-verlag.de